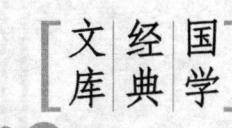

国学经典文库

图文珍藏版

看英雄人物驰骋江山　鉴历史兴亡龙虎争斗

东周列国志

第四册

[明]冯梦龙○原著　王艳军○整理

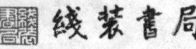

线装书局

图文总编版

宋阘仳国志

〔隋〕□京著 王□□译注

第八十三回　诛芈胜叶公定楚
灭夫差越王称霸

话说卫庄公蒯聩因府藏宝货俱被出公辄取去，谋于浑良夫。良夫曰："太子疾与亡君，皆君之子，君何不以择嗣召之？亡君若归，器可得也。"有小竖闻其语，私告于太子疾。疾使壮士数人，载猳从己，乘间劫庄公，使歃血立誓，勿召亡君，且必杀浑良夫。庄公曰："勿召辄易耳。业与良夫有盟在前，免其三死，奈何？"太子疾曰："请俟四罪，然后杀之。"庄公许诺。

未几，庄公新造虎幕①，召诸大夫落成。浑良夫紫衣②狐裘而至，袒裘，不释剑而食。太子疾使力士牵良夫以退。良夫曰："臣何罪？"太子疾数之曰："臣见君有常服，侍食必释剑。尔紫衣，一罪也；狐裘，二罪也；不释剑，三罪也。"良夫呼曰："有盟免三死！"疾曰："亡君以子拒父，大逆不孝，汝欲召之，非四罪乎？"良夫不能答，俯首受刑。他日，庄公梦厉鬼被发北面而噪曰："余为浑良夫，叫天无辜！"庄公觉，使卜大夫胥弥赦占之，曰："不害也。"既辞出，谓人曰："冤鬼为厉，身死国危，兆已见矣。"遂逃奔宋。

蒯聩立二年，晋怒其不朝，上卿赵鞅帅师伐卫。卫人逐庄公，庄公奔戎国，戎人杀之，并杀太子疾。国人立公子般师③。齐陈恒帅师救卫，执般师，立公子起④。卫大夫石圃逐起，复迎出公辄为君。辄既复国，逐石圃。诸大夫不睦于辄，逐辄奔越。国人立公子默，是为悼公⑤。自是卫臣服于晋，国益微弱，依赵氏。此段话搁过不提。

再说白公胜自归楚国，每念郑人杀父之仇，思以报之。只为伍子胥是白公胜的恩人，子胥前已赦郑，况郑服事昭王，不敢失礼，故胜含忍不

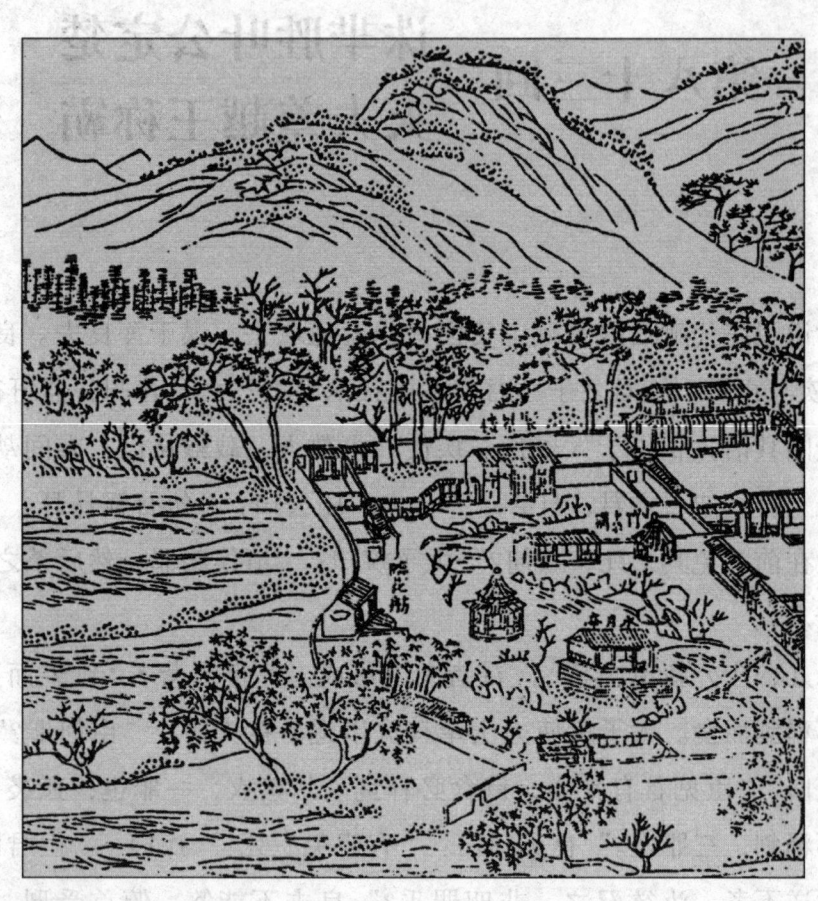

言。及昭王已薨，令尹子西、司马子期奉越女之子章即位，是为惠王。白公胜自以故太子之后，冀子西召己，同秉楚政。子西竟不召，又不加禄，心怀怏怏。及闻子胥已死，曰："报郑此其时矣！"使人请于子西曰："郑人肆毒于先太子，令尹所知也。父仇不报，无以为人，令尹倘哀先太子之无辜，发一旅以声郑罪，胜愿为前驱，死无所恨！"子西辞曰："新王方立，楚国未定，子姑待我。"白公胜乃托言备吴，使心腹家臣石乞，筑城练兵，盛为战具。复请于子西，愿以私卒为先锋伐郑。子西许之。尚未出师，晋赵鞅以兵伐郑，郑请救于楚。子西帅师救郑，晋兵乃退，子西与郑

定盟班师。白公怒曰："不伐郑而救郑，令尹欺我甚矣！当先杀令尹，然后伐郑。"召其宗人白善于澧阳⑥。善曰："从子而乱其国，则不忠于君；背子而发其私，则不仁于族。"遂弃禄，筑圃灌园终其身。楚人因名其圃曰"白善将军药圃"。白公闻白善不来，怒曰："我无白善，遂不能杀令

尹耶？"即召石乞议曰："令尹与司马各用五百人，足以当之否？"石乞曰："未足也。市南有勇士熊宜僚者，若得此人，可当五百人之用。"

白公乃同石乞造于市南，见熊宜僚。宜僚大惊曰："王孙贵人，奈何屈身而至？"白公曰："某有事，欲与子谋之。"遂告以杀子西之事。宜僚摇首曰："令尹有功于国，而无仇于僚，僚不敢奉命。"白公怒，拔剑指其喉曰："不从，先杀汝！"宜僚面不改色，从容对曰："杀一宜僚，如去蝼蚁，何以怒为？"白公乃投剑于地，叹曰："子真勇士，吾聊试子耳！"

即以车载回，礼为上宾，饮食必共，出入必俱。宜僚感其恩，遂以身许白公。及吴王夫差会黄池时，楚国畏吴之强，戒饬边人，使修徼备。白公胜托言吴兵将谋袭楚，乃反以兵袭吴边境，颇有所掠，遂张大其功，只说："大败吴师，得其铠仗兵器若干，欲亲至楚庭献捷，以张国威。"子西不知其计，许之。

白公悉出自己甲兵，装作卤获⑦百余乘，亲率壮士千人，押解入朝献功。惠王登殿受捷，子西、子期侍立于旁。白公胜参见已毕，惠王见阶下立着两筹好汉，全身披挂，问："是何人？"胜答曰："此乃臣部下将士石乞、熊宜僚，伐吴有功者。"遂以手招二人。二人举步，方欲升阶，子期喝曰："吾王御殿，边臣只许在下叩头，不得升阶！"石乞、熊宜僚那肯听从，大踏步登阶。子期使侍卫阻之。熊宜僚用手一拉，侍卫东倒西歪，二人径入殿中。石乞拔剑来砍子西，熊宜僚拔剑来砍子期。白公大喝："众人何不齐上！"壮士千人，齐执兵器，蜂拥而登。白公绑住惠王不许转动。石乞生缚子西，百官皆惊散。子期素有勇力，遂拔殿戟与宜僚交战，宜僚弃剑，前夺子期之戟。子期拾剑，以劈宜僚，中其左肩。宜僚亦刺中子期之腹。二人死命相持不舍，搅做一团，死于殿庭。子西谓胜曰："汝糊口吴邦，我念骨肉之亲，召汝还国，封为公爵，何负于汝而反耶？"胜曰："郑杀吾父，汝与郑讲和，汝即郑也。吾为父报仇，岂顾私恩哉？"子西叹曰："悔不听沈诸梁之言⑧也！"白公胜手剑斩子西之头，陈其尸于朝。石乞曰："不弑王，事终不济。"胜曰："孺子者何罪？废之可也。"乃拘惠王于高府⑨，欲立王子启为王。启固辞，遂杀之。石乞又劝胜自立。胜曰："县公⑩尚众，当悉召之。"乃屯兵于太庙。大夫管修率家甲往攻白公，战三日，修众败被杀。圉公阳乘间使人掘高府之墙为小穴，夜潜入，负惠王以出，匿于昭夫人之宫。

叶公沈诸梁闻变，悉起叶众，星夜至楚。及郊，百姓遮道迎之，见叶公未曾甲胄，讶曰："公胡不胄？国人望公之来，如赤子之望父母，万一盗贼之矢，伤害于公，民何望焉？"叶公乃披挂戴胄而进。将近都城，又遇一群百姓，前来迎接，见叶公戴胄，又讶曰："公胡胄？国人望公之来，如凶年之望谷米，若得见公之面，犹死而得生也，虽老稚，谁不为公致死力者！奈何掩蔽其面，使人怀疑，无所用力乎？"叶公乃解胄而进。叶公知民心附己，乃建大旆于车。箴尹固因白公之召，欲率私属入城，既见大旗上"叶"字，遂从叶公守城。兵民望见叶公来到，大开城门，以纳其

众。叶公率国人攻白公胜于太庙。石乞兵败，扶胜登车，逃往龙山⑪。欲适他国，未定，叶公引兵追至，胜自缢而死，石乞埋尸于山后。叶公兵至，生擒石乞，问："白公何在？"对曰："已自尽矣！"又问："尸在何处？"石乞坚不肯言。叶公命取鼎镬，扬火沸汤，置于乞前，谓曰："再不言，当烹汝！"石乞自解其衣，笑曰："事成贵为上卿，事不成则就烹，此乃理之当然也。吾岂肯卖死骨以自免乎？"遂跳入镬中，须臾糜烂。胜尸竟不知所在。石乞虽所从不正，亦好汉也！叶公迎惠王复位。时陈国乘

楚乱，以兵侵楚。叶公请于惠王，帅师伐陈，灭之。以子西之子宁嗣为令尹，子期之子宽嗣为司马，自己告老归叶。自此楚国危而复安。此周敬王四十二年事也。

是年，越王勾践探听得吴王自越兵退后，荒于酒色，不理朝政，况连岁凶荒，民心愁怨，乃复悉起境内士卒，大举伐吴。方出郊，于路上见一大鼋，目睁腹涨，似有怒气，勾践肃然，凭轼而起。左右问曰："君何敬？"勾践曰："吾见怒鼋如欲斗之士，是以敬之。"军中皆曰："吾王敬及怒鼋，吾等受数年教训，岂反不如鼋乎？"于是交相劝勉，以必死为志。国人各送其子弟于郊境之上，皆泣涕诀别，相语曰："此行不灭吴，不复相见！"勾践复诏于军曰："父子俱在军中者，父归；兄弟俱在军中者，兄归；有父母无昆弟者，归养；有疾病不能胜兵者，以告，给医药糜粥。"军中感越王爱才之德，欢声如雷。行及江口⑫，斩有罪者，以申军法，军心肃然。

吴王夫差闻越兵再至，亦悉起士卒，迎敌于江上。越兵屯于江南。吴兵屯于江北。越王将大军分为左右二阵，范蠡率右军，文种率左军。君子之卒六千人，从越王为中阵。明日，将战于江中。乃于黄昏左侧，令左军衔枚，溯江而上五里，以待吴兵，戒以夜半鸣鼓而进。复令右军衔枚，逾江十里，只等左军接战，右军上前夹攻，各用大鼓，务使鼓声震闻远近。吴兵至夜半，忽闻鼓声震天，知是越军来袭，仓皇举火，尚未看得明白，远远的鼓声又起，两军相应，合围拢来。夫差大惊，急传令分军迎战。不期越王潜引私卒六千，金鼓不鸣，于黑暗中，径冲吴中军。此时天色尚未明，但觉前后左右中央，尽是越军，吴兵不能抵当，大败而走。勾践率三军紧紧追之，及于笠泽⑬。复战，吴师又败。一连三战三北，名将王子姑曹、胥门巢等俱死。夫差连夜遁回，闭门自守。勾践从横山⑭进兵，即今越来溪是也。筑一城于胥门⑮之外，谓之越城，欲以困吴。

越王围吴多时，吴人大困。伯嚭托疾不出。夫差乃使王孙骆肉袒⑯膝行而前，请成于越王，曰："孤臣夫差，异日得罪于会稽，夫差不敢逆命，得与君王结成以归。今君王举兵而诛孤臣，孤臣意者，亦望君王如会稽之赦罪！"勾践不忍其言，意欲许之。范蠡曰："君王早朝晏罢，谋之二十

年，奈何垂成而弃之？"遂不准其行成。吴使往返七次，种、蠡坚执不肯。遂鸣鼓攻城，吴人不能复战。种、蠡商议欲毁胥门而入。其夜望见吴南城上有伍子胥头，巨若车轮，目若耀电，须发四张，光射十里。越将士无不畏惧，暂且屯兵。至夜半，暴风从南门而起，疾雨如注，雷轰电掣，飞石扬沙，疾于弓弩。越军遭者，不死即伤，船索俱解，不能连属。范蠡、文种情急，乃肉袒冒雨，遥望南门，稽颡谢罪。良久，风息雨止，种、蠡坐而假寐，以待天明。梦见子胥乘白马素车而至，衣冠甚伟，俨如生时。开言曰："吾前知越兵必至，故求置吾头于东门，以观汝之入吴。吴王置吾头于南门，吾忠心未绝，不忍汝从吾头下而入，故为风雨，以退汝军。然越之有吴，此乃天定，吾安能止哉？汝如欲入，更从东门，我当为汝开道，贯城以通汝路。"二人所梦皆同，乃告于越王，使士卒开渠，自南而东。将及蛇、匠二门[18]之间，忽然太湖水发，自胥门汹涌而来，波涛冲击，

竟将罗城⑲荡开一大穴，有鲈鲆⑳无数，逐涛而入。范蠡曰："此子胥为我开道也！"遂驱兵入城。其后因穴为门，名曰鲈鲆门，因水多葑草，又名葑门㉑。其水名葑溪。此乃子胥显灵古迹也。

夫差闻越兵入城，伯嚭已降，遂同王孙骆及其三子，奔于阳山。昼驰夜走，腹馁口饥，目视昏眩，左右授得生稻，剥之以进。吴王嚼之，伏地掬饮沟中之水，问左右曰："所食者，何物也？"左右对曰："生稻。"夫差曰："此公孙圣所言，'不得火食走章皇'也。"王孙骆曰："饱食而去，前有深谷，可以暂避。"夫差曰："妖梦已准，死在旦夕，暂避何为？"乃止于阳山，谓王孙骆曰："吾前戮公孙圣，投于此山之巅，不知尚有灵响否？"骆曰："王试呼之。"夫差乃大呼曰："公孙圣！"山中亦应曰："公孙圣！"三呼而三应。夫差心中恐惧，乃迁于干隧㉒。

勾践率千人追至，围之数重。夫差作书，系于矢上，射入越军。军人拾取呈上种、蠡二人同启，视其词曰："吾闻'狡兔死而良犬烹，敌国如灭，谋臣必亡'，大夫何不存吴一线，以自为余地？"文种亦作书系矢而答之曰："吴有大过者六：戮忠臣伍子胥，大过一也；以直言杀公孙圣，大过二也；太宰谗佞，而听用之，大过三也；齐、晋无罪，数伐其国，大过四也；吴、越同壤而侵伐，大过五也；越亲戕吴之前王，不知报仇，而纵敌贻患，大过六也。有此六大过，欲免于亡，得乎？昔天以越赐吴，吴不肯受。今天以吴赐越，越其敢违天之命！"夫差得书，读至第六款大过，垂泪曰："寡人不诛勾践，忘先王之仇，为不孝之子，此天之所以弃吴也！"王孙骆曰："臣请再见越王而哀恳之。"夫差曰："寡人不愿复国，若许为附庸，世世事越，固所愿矣。"

骆至越军，种、蠡拒之不得入。勾践望见吴使者泣涕而去，意颇怜之，使人谓吴王曰："寡人念君昔日之情，请置君于甬东㉓，给夫妇五百家，以终王之世。"夫差含泪而对曰："君王幸赦吴，吴亦君之外府也。若覆社稷，废宗庙，而以五百家为？臣，孤老矣，不能从编氓㉔之列，孤有死耳！"越使者去，夫差犹未肯自裁。勾践谓种、蠡曰："二子何不执

而诛之?"种、蠡对曰:"人臣不敢加诛于君,愿主公自命之。天诛当行,不可久稽。"勾践乃仗"步光"之剑,立于军前,使人告吴王曰:"世无万岁之君,总之一死,何必使吾师加刃于王耶?"夫差乃太息数声,四顾而望,泣曰:"吾杀忠臣子胥、公孙圣,今自杀晚矣!"谓左右曰:"使死者有知,无面目见子胥、公孙圣于地下,必重罗三幅,以掩吾面!"言罢,拔佩剑自刎。王孙骆解衣以覆吴王之尸,即以组带自缢于旁。勾践命以侯礼葬于阳山,使军士每人负土一蒉,须臾,遂成大冢。流其三子于龙尾山[25],后人名其里为吴山里。诗人张羽有诗叹曰:

> 荒台独上故城西,辇路凄凉草木悲。
> 废墓已无金虎[26]卧,坏墙时有夜乌啼。

采香径断来麋鹿，响屧廊空变《黍离[27]》。

欲吊伍员何处所？淡烟斜月不堪题！

杨诚斋[28]《苏台吊古》诗云：

插天四塔云中出，隔水诸峰雪后新。

道是远瞻三百里，如何不见六千人？

胡曾先生咏史诗云：

吴王恃霸逞雄才，贪向姑苏醉绿醅。

不觉钱塘江上月，一宵西送越兵来。

元人萨都剌[29]诗云：

阊门杨柳自春风，水殿幽花泣露红。

飞絮年年满城郭，行人不见馆娃宫。

唐人陆龟蒙[30]咏西施云：

半夜娃宫作战场，血腥犹杂宴时香。

西施不及烧残蜡，犹为君王泣数行。

再说越王入姑苏城，据吴王之宫，百官称贺。伯嚭亦在其列，恃其旧日周旋之恩，面有德色。勾践谓曰："子，吴太宰也，寡人敢相屈乎？汝君在阳山，何不从之？"伯嚭惭而退。勾践使力士执而杀之，灭其家，曰："吾以报子胥之忠也！"勾践抚定吴民，乃以兵北渡江、准，与齐、晋、宋、鲁诸侯，会于舒州㉛，使人致贡于周。时周敬王已崩，太子名仁嗣位，是为元王㉜。元王使人赐勾践衮冕、圭璧、彤弓、弧矢，命为东方之伯。勾践受命，诸侯悉遣人致贺。其时楚灭陈国，惧越兵威，亦遣使修聘。勾践割准上之地以与楚，割泗水之东地方百里以与鲁，以吴所侵宋地归宋。诸侯悦服，尊越为霸。越王还吴国，遣人筑贺台于会稽，以盖昔日被栖之耻。置酒吴宫文台之上，与群臣为乐，命乐工作《伐吴》之曲，乐师引琴而鼓之。其词曰：

吾王神武蓄兵威，欲诛无道当何时？大夫种蠡前致词：吴杀忠臣伍于胥，今不伐吴又何须？良臣集谋迎天禧㉝，一战开疆千里余。恢恢功业勒常彝㉞，赏无所吝罚不违。君臣同乐酒盈卮。

台上群臣大悦而笑，惟勾践面无喜色。范蠡私叹曰："越王不欲功归臣下，疑忌之端已见矣！"次日，入辞越王曰："臣闻'主辱臣死'。向者，大王辱于会稽，臣所以不死者，欲隐忍成越之功也。今吴已灭矣，大王倘免臣会稽之诛，愿乞骸骨，老于江湖。"越王恻然，泣下沾衣，言曰："寡人赖子之力，以有今日，方思图报，奈何弃寡人而去乎？留则与子共国，去则妻子为戮！"蠡曰："臣则宜死，妻子何罪？死生惟王，臣不顾矣。"是夜，乘扁舟出齐女门㉟，涉三江，入五湖。至今齐门外有地名蠡口，即范蠡涉三江之道也。

次日，越王使人召范蠡，蠡已行矣。越王愀然变色，谓文种曰："蠡可追乎？"文种曰："蠡有鬼神不测之机，不可追也。"种既出，有人持书一封投之。种启视，乃范蠡亲笔。其书曰：

国学经典文库

东周列国志

第八十三回

图文珍藏版

子不记吴王之言乎？"狡兔死，走狗烹；敌国破，谋臣亡。"越王为人，长颈鸟喙，忍辱妒功；可与共患难，不可与共安乐。子今下去，祸必不免！

文种看罢，欲召送书之人，已不知何往矣。种怏怏不乐，然犹未深信其言，叹曰："少伯何虑之过乎？"过数日，勾践班师回越，携西施以归。越夫人潜使人引出，负以大石，沉于江中，曰："此亡国之物，留之何为？"后人不知其事，讹传范蠡载入五湖，遂有"载去西施岂无意？恐留倾国误君王"之句。按范蠡扁舟独往，妻子且弃之，况吴宫宠妃，何敢私载乎？又有言范蠡恐越王复迷其色，乃以计沉之于江，此亦谬也。罗隐[①]有诗辨西施之冤云：

家国兴亡自有时，时人何苦咎西施！

西施若解亡吴国，越国亡来又是谁？

再说越王念范蠡之功，收其妻子，封以百里之地，复使良工铸金，象范蠡之形，置之座侧，如蠡之生也。

却说范蠡自五湖入海，忽一日，使人取妻子去，遂入齐。改名曰鸱夷子皮[37]，仕齐为上卿。未几，弃官隐于陶山[38]，畜五牝，生息获利千金，自号曰陶朱公。后人所传《致富奇书》，云是陶朱公之遗术也。其后吴人祀范蠡于吴江[39]，与晋张翰[40]、唐陆龟蒙为"三高祠[41]"。宋人刘寅[42]有诗云：

人谓吴痴信不虚，建崇越相果何如[43]？

千年亡国无穷恨，只合江边祀子胥。

勾践不行灭吴之赏，无尺土寸地分授，与旧臣疏远，相见益稀。计倪佯狂辞职，曳庸等亦多告老，文种心念范蠡之言，称疾不朝。越王左右有不悦文种者，谮于王曰："种自以功大赏薄，心怀怨望，故不朝耳。"越王素知文种之才能，以为灭吴之后，无所用之，恐其一旦为乱，无人可制，欲除之，又无其名。其时鲁哀公与季、孟、仲三家有隙，欲借越兵伐鲁，以除去三家，乃借朝越为名，来至越国。勾践心虞文种，故不为发兵，哀公遂死于越。

再说越王忽一日往视文种之疾，种为病状，强迎王入。王乃解剑而坐，谓曰："寡人闻之：'志士不忧其身之死，而忧其道之不行。'子有七术，寡人行其三，而吴已破灭，尚有四术，安所用之？"种对曰："臣不知所用也。"越王曰："愿以四术，为我谋吴之前人于地下[44]可乎？"言毕，即升舆而去，遗下佩剑于座。种取视之，剑匣有"属镂"二字，即夫差赐子胥自刭之剑也。种仰天叹曰："古人云：'大德不报。'吾不听范少伯之言，乃为越王所戮，岂非愚哉！"复自笑曰："百世而下，论者必以吾配子胥，亦复何恨！"遂伏剑而死。越王知种死，乃大喜，葬种于卧龙山[45]，后人因名其山曰种山。葬一年，海水大发，穿山胁，冢忽崩裂，有人见子胥同文种前后逐浪而去。今钱塘江上，海潮重叠，前为子胥，后乃文种也。髯翁有《文种赞》曰：

忠哉文种，治国之杰！三术亡吴，一身殉越。不共蠡行，宁同胥灭。千载生气，海潮叠叠。

勾践在位二十七年而薨，周元王之七年也[46]。其后子孙，世称为霸。

话分两头。却说晋国六卿，自范、中行二氏灭后，止存智、赵、韩、魏四卿。智氏荀氏因与范氏同出于荀，欲别其族，乃循智䓵之旧，改称智氏，时智瑶为政，号为智伯。四家闻田氏弑君专国，诸侯莫讨，于是私自立议，各择便据地，以为封邑。晋出公[47]之地，反少于四卿，无可奈何。

就中单表赵简子名鞅，有子数人，长子名伯鲁，其最幼者，名无恤，乃贱婢所生。有善相人者，姓姑布，名子卿，至于晋，鞅召诸子使相之。子卿曰："无为将军者。"鞅叹曰："赵氏其灭矣！"子卿曰："吾来时遇一

少年在途，相从者皆君府中人，此得非君之子耶？"鞅曰："此吾幼子无恤，所出甚贱，岂足道哉？"子卿曰："天之所废，虽贵必贱；天之所兴，虽贱必贵。此子骨相，似异诸公子，吾未得详视也。君可召之。"鞅使人召无恤至。子卿望见，遽起拱立曰："此真将军矣！"鞅笑而不答。他日悉召诸子，叩其学问，无恤有问必答，条理分明，鞅始知其贤，乃废伯鲁而立无恤为适子。

　　一日，智伯怒郑之不朝，欲同赵鞅伐郑。鞅偶患疾，使无恤代将以往。智伯以酒灌无恤，无恤不能饮。智伯醉而怒，以酒罍投无恤之面，面伤出血。赵氏将士俱怒，欲攻智伯。无恤曰："此小耻，吾姑忍之。"智伯班师回晋，反言无恤之过，欲鞅废之。鞅不从。无恤自此与智伯有隙。赵鞅病笃，谓无恤曰："异日晋国有难，惟晋阳^⑱可恃，汝可识之。"言毕遂卒。无恤代立，是为赵襄子。此乃周贞定王十一年⑲之事。

时晋出公愤四卿之专，密使人乞兵于齐、鲁，请伐四卿。齐田氏、鲁三家反以其谋告于智伯。智伯大怒，同韩康子虎、魏桓子驹、赵襄子无恤，合四家之众，反伐出公。出公出奔于齐。智伯立昭公之曾孙骄为晋君，是为哀公⑳。自此晋之大权，尽归于智伯瑶，瑶遂有代晋之志，召集家臣商议。

毕竟智伯成败如何，且看下回分解。

【注释】

①虎幕：以虎兽之形为饰的帷幕。《左传·哀十七年》称为"虎幄"，

乃卫庄公藉田时所用。

②紫衣：周代乃诸侯之服。《左传·哀十七年》注："紫衣，君服。"

③公子般师：《史记》作公子斑师，襄公之孙，灵公之侄。

④公子起：卫灵公子，蒯聩庶弟。

⑤悼公：据《史记》应作公子黔，亦为襄公孙，蒯聩庶弟。出公辄复位，经七年（前476—前470）复又被逐，悼公始立。在位五年（前469—前465）。

⑥澧阳：古邑名。即今湖南澧县。因在澧水之北，故名。

⑦卤获：掳掠。卤，通"虏"。

⑧沈诸梁之言：指叶公沈诸梁言胜为仇人，不宜招回之语，见第七十七回。

⑨高府：据《淮南子·泰族训》，楚宫中藏粮食的府库称为高府。

⑩县公：县宰，春秋时诸国多称县大夫。《左传》杜预注："楚县大夫皆僭称公。"例如白公、叶公等。

⑪龙山：古山名。在今湖北江陵县西北。

⑫江口：此指钱塘江渡口。

⑬笠泽：水名。即今之吴淞江。

⑭横山：山名。在今苏州西南，背靠太湖，若箕踞之势，又名据湖山。临湖控吴，为军事要地。

⑮胥门：吴都姑苏之西边靠南之城门。见第七十四回。

⑯肉袒：脱去上衣，裸露肢体。古人常在谢罪或祭祀时，以这种方式表示惶惧或虔敬。

⑰异日：前日，早先。

⑱蛇、匠二门：吴都姑苏南面偏东及东面偏南之二城门。

⑲罗城：为加强防守，在城墙外加建的凸出形的小城。

⑳鳟鲋（zhuān fū 专夫）：均鱼名。鳟，一种淡水鱼，味甚美。鲋，河豚。

㉑葑（fēng 封）门：今苏州城东面靠南之门。葑为菜名，属蔓青类。

㉒干隧：地名，一名遂山。在阳山西南一里。

㉓甬东：古地名，一作甬句东，在浙江舟山群岛定海县东之翁山。即第八十回之句甬。

㉔编氓：指编入户籍的普通百姓。

㉕龙尾山：地名，在今江西婺源县。

㉖金虎：器物上的虎形装饰。疑指墓道上的铜牛、铜马之类。

㉗《黍离》：《诗经·王风》中篇目，内写周大夫于西周亡后，过故宗庙宫室，见尽生禾黍，感而吟成此诗。后常用以表达亡国后的凄凉景象。

㉘杨诚斋：即南宋著名诗人杨万里（1127—1206），字廷秀，号诚斋，吉水（今江西吉安）人。其诗颇有特色，称"诚斋体"。著有《诚斋集》。

㉙萨都剌：元代诗人，字天锡，号直斋，雁门（今山西代县）人。工诗词，著有《雁门集》。

㉚陆龟蒙：唐代文学家，字鲁望，苏州人。曾任苏、湖二郡从事。后隐居松江甫里，号甫里先生。著有《甫里集》。

㉛舒州：春秋时齐邑名，亦作徐州，在今山东滕州。

㉜元王：周元王姬仁，敬王子。在位七年（前475—前469）。

㉝天禧：天赐好运。

㉞勒常彝：指刻功于鼎彝之上。勒，雕刻。彝，盛器，常作祭祀之用。《左传·襄公十九年》注："彝，常也，谓钟鼎为宗庙之常器。"

㉟齐女门：即齐门，苏州东北门，后又改名望齐门。见第七十九回。

㊱罗隐（833—909）：晚唐文学家。字昭谏，新城（今属浙江）。曾节度判官等职。擅长诗歌小品，著有《罗昭谏集》。

㊲鸱夷子皮：《汉书·货殖传》颜师古注："自号鸱夷者，多所容受，而可卷怀，与时张弛也。鸱夷，皮之所为，故曰子皮。"

㊳陶山：在陶邑（今山东定陶区）境内。陶邑春秋末属宋，战国时属齐，乃当时著名商业城市。

㊴吴江：苏州辖县，在苏州南太湖畔。

㊵张翰：西晋文学家，字季鹰，吴（今苏州）人。曾为齐王司马，冏掾吏，知冏将败，因秋风起，思家乡蓴味鲈味美，遂辞归吴。不久，冏果被杀。

㊶三高祠：在今吴江垂虹桥东。

㊷宋人刘寅：查宋代无诗人名刘寅者。疑指明洪武间进士刘寅。崞县人。

㊸"建崇越相"句：越相指越之相国范蠡。此句言曾建崇功，后来下场又如何呢？

㊹"为我谋"句：吴之前人，指夫差之前吴国各代君王，均已死去。这是要文种死的宛转说法。

㊺卧龙山：又名重山，在今浙江绍兴市东。清康熙南巡曾驻此，改名

兴隆山。

㊻周元王之七年：即公元前469年。

㊼晋出公：名姬凿，晋定公子，在位十七年（前474—前458）。被四家讨伐，出奔于齐，死于途中，故谥出。

㊽晋阳：春秋时晋邑名。在今山西太原市西南。

㊾周贞定王十一年：贞定王乃元王子姬介，在位二十八年（前468—前441）。十一年为公元前458年。

㊿哀公：晋哀公姬骄，在位十八年（前457—前440）。

第八十四回　智伯决水灌晋阳　豫让击衣报襄子

　　话说智伯名瑶，乃智武子跞之孙，智宣子徐吾之子。徐吾欲建嗣，谋于族人智果曰："吾欲立瑶何如？"智果曰："不如宵也。"徐吾曰："宵才智皆逊于瑶，不如立瑶。"智果曰："瑶有五长过人，惟一短耳。美须长大过人，善射御过人，多技艺过人，强毅果敢过人，智巧便给过人，然而贪残不仁，是其一短。以五长凌人，而济之以不仁，谁能容之？若果立瑶，智宗必灭！"徐吾不以为然，竟立瑶为适子。智果叹曰："吾不别族，惧其随波而溺也！"乃私谒太史，求改氏谱，自称辅氏。及徐吾卒，瑶嗣位，独专晋政。内有智开、智国等肺腑之亲，外有絺疵、豫让等忠谋之士，权尊势重，遂有代晋之志，召诸臣密议其事。谋士絺疵进曰："四卿位均力敌，一家先发，三家拒之。今欲谋晋室，先削三家之势。"智伯曰："削之何道？"絺疵曰："今越国方盛，晋失主盟，主公托言兴兵，与越争霸，假传晋侯之命，令韩、赵、魏三家各献地百里，率其赋以为军资。三家若从命割地，我坐而增三百里之封，智氏益强，而三家日削矣。有不从者，矫晋侯之命，率大军先除灭之。此'食果去皮'之法也。"智伯曰："此计甚妙！但三家先从那家割起？"絺疵曰："智氏睦于韩、魏，而与赵有隙，宜先韩次魏，韩、魏既从，赵不能独异也。"

　　智伯即遣智开至韩虎府中，虎延入中堂，叩其来意。智开曰："吾兄奉晋侯之命，治兵伐越，令三卿各割采地百里，入于公家，取其赋以充公用。吾兄命某致意，愿乞地界回复。"韩虎曰："子且暂回，某来日即当报命。"智开去，韩康子虎召集群下谋曰："智瑶欲挟晋侯以弱三家，故请割地为名。吾欲兴兵先除此贼，卿等以为何如？"谋士段规曰："智伯

贪而无厌，假君命以削吾地，若用兵，是抗君也，彼将借以罪我，不如与之。彼得吾地，必又求之于赵、魏。赵、魏不从，必相攻击，吾得安坐而观其胜负。"韩虎然之。次日，令段规画出地界百里之图，亲自进于智伯。智伯大喜，设宴于蓝台之上，以款韩虎。

饮酒中间，智伯命左右取画一轴，置于几上，同虎观之，乃鲁卞庄子刺三虎①之图。上有题赞云：

三虎啖羊，势在必争。其斗可俟，其倦可乘。一举兼收，卞庄之能！

智伯戏谓韩虎曰:"某尝稽诸史册,列国中与足下同名者,齐有高虎,郑有罕虎,今与足下而三矣。"时段规侍侧,进曰:"礼,不呼名,惧触讳也。君之戏吾主,毋乃甚乎?"段规生得身材矮小,立于智伯之旁,才及乳下。智伯以手拍其顶曰:"小儿何知,亦来饶舌!三虎所啖之余,得非汝耶?"言毕,拍手大笑。段规不敢对,以目视韩虎。韩佯醉,闭目应曰:"智伯之言是也。"即时辞去。智国闻之,谏曰:"主公戏其君而侮其臣,韩氏之恨必深,若不备之,祸且至矣。"智伯瞋目大言曰:"我不祸人足矣,谁敢兴祸于我?"智国曰:"蚋蚁蜂虿[2],犹能害人,况君相乎?主公不备,异日悔之何及!"智伯曰:"吾将效卞庄子一举刺三虎,蚋蚁蜂虿,我何患哉!"智国叹息而出。史臣有诗云:

智伯分明井底蛙,眼中不复置王家。

宗英[3]空进兴亡计,避害谁如辅果嘉?

次日,智伯再遣智开求地于魏桓子驹,驹欲拒之。谋臣任章曰:"求地而与之,失地者必惧,得地者必骄,骄则轻敌,惧则相亲,以相亲之众,待轻敌之人,智氏之亡可待矣。"魏驹曰:"善。"亦以万家之邑献之。智伯乃遣其兄智宵,求蔡皋狼[4]之地于赵氏。赵襄子无恤衔其旧恨,怒曰:"土地乃先世所传,安敢弃之?韩、魏有地自予,吾不能媚人也!"智宵回报,智伯大怒,尽出智氏之甲,使人邀韩、魏二家,共攻赵氏,约以灭赵氏之日,三分其地。韩虎、魏驹一来惧智伯之强,二来贪赵氏之地,各引一军,从智伯征进。智伯自将中军,韩军在右,魏军在左,杀奔赵府中,欲擒赵无恤。

赵氏谋臣张孟谈预知兵到,奔告无恤曰:"寡不敌众,主公速宜逃难!"无恤曰:"逃在何处方好?"张孟谈曰:"莫如晋阳。昔董安于曾筑公宫于城内[5],又经尹铎[6]经理一番,百姓受尹铎数十年宽恤之恩,必能效死。先君临终有言:'异日国家有变,必往晋阳。'主公宜速行,不可迟疑。"无恤即率家臣张孟谈、高赫等,望晋阳疾走。智伯勒二家之兵,以追无恤。

却说无恤有家臣原过，行迟落后，于中途遇一神人，半云半雾，惟见上戴金冠锦袍，面貌亦不甚分明，以青竹二节授之，嘱曰："为我致赵无恤。"原过追上无恤，告以所见，以竹管呈之。无恤亲剖其竹，竹中有朱书二行："告赵无恤，余霍山⑦之神也。奉上帝命，三月丙戌，使汝灭智

氏。"无恤令祕其事。行至晋阳，晋阳百姓感尹铎仁德，携老扶幼，迎接入城，驻扎公宫。无恤见百姓亲附，又见晋阳城堞高固，仓廪充实，心中稍安，即时晓谕百姓，登城守望。点阅军器，戈戟钝敝，箭不满千，愀然不乐，谓张孟谈曰："守城之器，莫利于弓矢，今箭不过数百，不够分给，

奈何?"孟谈曰:"吾闻董安于之治晋阳也,公宫之墙垣,皆以荻蒿⑧楛楚⑨,聚而筑之,主公何不发其墙垣,以验虚实?"无恤使人发其墙垣,果然都是箭簳之料。无恤曰:"箭已足矣,奈无金以铸兵器何?"孟谈曰:"闻董安于建宫之时,堂室皆炼精铜为柱,卸而用之,铸兵有余也。"无恤再发其柱,纯是炼过的精铜。即使冶工碎柱,铸为剑戟刀枪,无不精利,人情益安。无恤叹曰:"甚哉,治国之需贤臣也!得董安于而器用备,得尹铎而民心归,天祚赵氏,其未艾乎?"

再说智、韩、魏三家兵到,分作三大营,连络而居,把晋阳围得铁桶相似。晋阳百姓,情愿出战者甚众,齐赴公宫请令。无恤召张孟谈商之。孟谈曰:"彼众我寡,战未必胜,不如深沟高垒,坚闭不出,以待其变。韩、魏无仇于赵,特为智伯所迫耳。两家割地,亦非心愿,虽同兵而实不同心,不出数月,必有自相疑猜之事,安能久乎?"无恤纳其言,亲自抚谕百姓,示以协力固守之意。军民互相劝勉,虽妇女童稚,亦皆欣然愿效死力。有敌兵近城,辄以强弩射之,三家围困岁余,不能取胜。

智伯乘小车周行城外,叹曰:"以城坚如铁瓮,安可破哉?"正怀闷间,行至一山,见山下泉流万道,滚滚望东而逝。拘土人问之,答曰:"此山名曰龙山⑩,山腹有巨石如瓮,故又名悬瓮山。晋水⑪东流,与汾水⑫合,此山乃发源之处也。"智伯曰:"离城几何里?"土人曰:"自此至城西门,可十里之遥。"智伯登山以望晋水,复绕城东北,相度了良久,忽然省悟曰:"吾得破城之策矣!"即时回寨,请韩、魏二家计议,欲引水灌城。韩虎曰:"晋水东流,安能决之使西乎?"智伯曰:"吾非引晋水也。晋水发源于龙山,其流如注,若于龙山高阜处,掘成大渠,预为蓄水之地,然后将晋水上流坝断,使水不归于晋川,势必尽注新渠。方今春雨将降,山水必大发,俟水至之日,决堤灌城,城中之人,皆为鱼鳖矣。"韩、魏齐声赞曰:"此计妙哉!"智伯曰:"今日便须派定路数,各司其事。韩公守把东路,魏公守把南路,须早夜用心,以防奔突。某将大营移屯龙山,兼守西北二路,专督开渠筑堤之事。"韩、魏领命辞去。

智伯传下号令，多备锹锸，凿渠于晋水之北。次将各处泉流下泻之道，尽皆坝断。复于渠之左右，筑起高堤，凡山坳泄水之处，都有堤坝。那泉源泛溢，奔激无归，只得望北而走，尽注新渠。却将铁枋^⑬闸板，渐次增添，截住水口，其水便有留而无去，有增而无减了。今晋水北流一支，名智伯渠，即当日所凿也。一月之后，果然春雨大降，山水骤涨，渠高顿与堤平。智伯使人决开北面，其水从北溢出，竟灌入晋阳城来。有诗为证：

　　向闻洪水汩山陵，复见壅泉灌晋城。
　　能令阳侯^⑭添胆大，便教神禹也心惊。
　　时城中虽被围困，百姓向来富庶，不苦冻馁。况城基筑得十分坚厚，虽经水浸，并无剥损。过数日，水势愈高，渐渐灌入城中，房屋不是倒塌，便是淹没，百姓无地可栖，无灶可爨，皆构巢而居，悬釜而炊。公宫虽有高台，无恤不敢安居，与张孟谈不时乘竹筏，周视城垣。但见城外水声淙淙，一望江湖，有排山倒峡之势，再加四五尺，便冒过城头了。无恤心下暗暗惊恐。且喜守城军民，昼夜巡警，未尝疏怠，百姓皆以死自誓，更无二心。无恤叹曰："今日方知尹铎之功矣！"乃私谓张孟谈曰："民心虽未变，而水势不退，倘山水再涨，阖城俱为鱼鳖，将若之何？霍山神其欺我乎？"孟谈曰："韩、魏献地，未必甘心，今日从兵，迫于势耳。臣请今夜潜出城外，说韩、魏之君，反攻智伯，方脱此患。"无恤曰："兵围水困，虽插翅亦不能飞出也。"孟谈曰："臣自有计，吾主不必忧虑，主公但令诸将多造船筏，利兵器，倘徼天之幸，臣说得行，智伯之头，指日可取矣。"无恤许之。

孟谈知韩康子屯兵于东门，乃假扮智伯军士，于昏夜越城而出，径奔韩家大寨，只说："智元帅有机密事，差某面禀。"韩虎正坐帐中，使之召入。其时军中严急，凡进见之人，俱搜简干净，方才放进。张孟谈既与军士一般打扮，身边又无夹带，并不疑心。孟谈既见韩虎，乞屏左右，虎命从人闪开，叩其所以。孟谈曰："某非军士，实乃赵氏之臣张孟谈也。吾主被围日久，亡在旦夕，恐一旦身死家灭，无由布其腹心，故特遣臣假作军士，潜夜至此，求见将军，有言相告。将军容臣进言，臣敢开口，如不然，臣请死于将军之前。"韩虎曰："汝有话但说，有理则从。"孟谈曰："昔日六卿和睦，同执晋政，自范氏、中行氏不得众心，自取覆灭，今存者，惟智、韩、魏、赵四家耳。智伯无故欲夺赵氏蔡皋狼之地，吾主念先世之遗，不忍遽割，未有得罪于智伯也。智伯自恃其强，纠合韩、魏，欲攻灭赵氏，赵氏亡，则祸必次及于韩、魏矣。"韩虎沉吟未答。孟谈又曰："今日韩、魏所以从智伯而攻赵者，指望城下之日，三分赵氏之地耳。夫韩、魏不尝割万家之邑，以献智伯乎？世传疆宇，彼尚垂涎而夺之，未闻韩、魏敢出一语相抗也，况他人之地哉？赵氏灭，则智氏益强。韩、魏能引今日之劳，与之争厚薄乎？即使今日三分赵地，能保智氏异日之不复请乎？将军请细思之！"韩虎曰："子之意欲如何？"孟谈曰："依臣愚见，莫若与吾主私和，反攻智伯，均之得地，而智氏之地多倍于赵，且以除异日之患，世为唇齿，岂不美哉？"韩虎曰："子言亦似有理，俟吾与魏家计议。子且去，三日后来取回复。"孟谈曰："臣万死一生，此来非同容易，军中耳目，难保不泄，愿留麾下三日，以待尊命。"

　　韩虎使人密召段规，告以孟谈所言。段规受智伯之侮，怀恨未忘，遂深赞孟谈之谋。韩虎使孟谈与段规相见，段规留孟谈同幕而居，二人深相结纳。次日，段规奉韩虎之命，亲往魏桓子营中，密告以赵氏有人到军中讲话，如此恁般："吾主不敢擅便，请将军裁决！"魏驹曰："狂贼悖嫚，吾亦恨之！但恐缚虎不成，反为所噬耳。"段规曰："智伯不能相容，势所必然，与其悔于后日，不如断于今日。赵氏将亡，韩、魏存之，其德我必深，不犹愈于与凶人共事乎？"魏驹曰："此事当熟思而行，不可造次。"段规辞去。

　　到第二日，智伯亲自行水，遂治酒于悬瓮山，邀请韩、魏二将军，同视水势。饮酒中间，智伯喜形于色，遥指着晋阳城，谓韩魏曰："城不没者，仅三版矣！吾今日始知水之可以亡人国也。晋国之盛，表里山河[15]，汾、浍[16]、晋、绛[17]，皆号巨川，以吾观之，水不足恃，适足速亡耳。"魏驹私以肘撑韩虎，韩虎蹑魏驹之足，二人相视，皆有惧色。须臾席散，辞别而去。絺疵谓智伯曰："韩、魏二家必反矣！"智伯曰："子何以知之？"絺疵曰："臣未察其言，已观其色。主公与二家约，灭赵之日，三分其地，今赵城旦暮必破，二家无得地之喜，而有虑患之色，是以知其必反也。"智伯曰："吾与二氏方欢然同事，彼何虑焉？"絺疵曰："主公言水不足恃，适速其亡。夫晋水可以灌晋阳，汾水可以灌安邑[18]，绛水可以灌平阳[19]。主公言及晋阳之水，二君安得不虑乎？"

至第三日，韩虎、魏驹亦移酒于智伯营中，答其昨日之情。智伯举觞未饮，谓韩、魏曰："瑶素负直性，能吐不能茹[20]。昨有人言，二位将军有中变之意，不知果否？"韩虎、魏驹齐声答曰："元帅信乎？"智伯曰："吾若信之，岂肯面询于将军哉？"韩虎曰："闻赵氏大出金帛，欲离间吾三人，此必谗臣受赵氏之私，使元帅疑我二家，因而懈于攻围，庶几脱祸耳。"魏驹亦曰："此言甚当。不然，城破在迩，谁不愿剖分其土地，乃舍此目前必获之利，而蹈不可测之祸乎？"智伯笑曰："吾亦知二位必无此心，乃絺疵之过虑也。"韩虎曰："元帅今日虽然不信，恐早晚复有言者，使吾两人忠心无以自明，宁不堕谗臣之计乎？"智伯以酒酹地曰："今后彼此相猜，有如此酒。"虎、驹拱手称谢。

是日饮酒倍欢，将晚而散。絺疵随后入见智伯曰："主公奈何以臣之言，泄于二君耶？"智伯曰："汝又何以知之？"絺疵曰："适臣遇二君于辕门，二君端目视臣，已而疾走。彼谓臣已知其情，有惧臣之心，故遑遽如此。"智伯笑曰："吾与二子酹酒为誓，各不相猜，子勿妄言，自伤和气。"絺疵退而叹曰："智氏之命不长矣！"乃诈言暴得寒疾，求医治疗，遂逃奔秦国去讫。髯翁有诗咏絺疵云：

韩魏离心已见端，絺疵远识讵能瞒？

一朝托疾飘然去，明月清风到处安。

再说韩虎、魏驹从智伯营中归去，路上二君定计，与张孟谈歃血订约："期于明日夜半，决堤泄水，你家只看水退为信，便引城内军士，杀将出来，共擒智伯。"孟谈领命入城，报知无恤。无恤大喜，暗暗传令，结束停当，等待接应。

至期，韩虎、魏驹暗地使人袭杀守堤军士，于西面掘开水口，水从西决，反灌入智伯之寨。军中惊乱，一片声喊起，智伯从睡梦中惊醒起来，水已及于卧榻，衣被俱湿。还认道巡视疏虞，偶然堤漏，急唤左右快去救水塞堤。须臾，水势益大，却得智国、豫让率领水军，驾筏相迎，扶入舟中。回视本营，波涛滚滚，营垒俱陷，军粮器械，飘荡一空。营中军士，尽从水中浮沉挣命。智伯正在凄惨，忽闻鼓声大震，韩、魏两家之兵，各乘小舟，趁着水势杀来，将智家军乱砍，口中只叫："拿智瑶来献者重赏！"智伯叹曰："吾不信絺疵之言，果中其诈！"豫让曰："事已急矣，主公可从山后逃匿，奔入秦邦请兵。臣当以死拒敌。"智伯从其言，遂与智国掉小舟转出山背。谁知赵襄子也料智伯逃奔秦国，却遣张孟谈从韩、魏二家追逐智军，自引一队，伏于龙山之后，凑巧相遇。无恤亲缚智伯，数其罪斩之。智国投水溺死。豫让鼓励残兵，奋勇迎战，争奈寡不敌众，手下渐渐解散，及闻智伯已擒，遂变服逃往石室山中。智氏一军尽没，无恤查是日，正三月丙戌日也。天神所赐竹书，其言验矣。

三家收兵在于一处，将各路坝闸，尽行拆毁，水复东行，归于晋川，晋阳城中之水，方才退尽。无恤安抚居民已毕，谓韩、魏曰："某赖二公之力，保全残城，实出望外。然智伯虽死，其族尚存，斩草留根，终为后患。"韩、魏曰："当尽灭其宗，以泄吾等之恨。"无恤即同韩、魏回至绛州，诬智氏以叛逆之罪，围其家，无男女少长，尽行屠戮，宗族俱尽。惟智果已出姓为辅氏，得免于难，到此方知果之先见矣。韩、魏所献地，各自收回。又将智氏食邑，三分均分，无一民尺土，入于公家。此周贞定王十六年[21]事也。

无恤论晋阳之功，左右皆推张孟谈为首，无恤独以高赫为第一。孟谈曰："高赫在围城之中，不闻画一策，效一劳，而乃居首功，受上赏，臣窃不解。"无恤曰："吾在厄困中，众俱慌错，惟高赫举动敬谨，不失君臣之礼。夫功在一时，礼垂万世，受上赏，不亦宜乎？"孟谈愧服。无恤感山神之灵，为之立祠于霍山，使原过世守其祀。又憾智伯不已，漆其头颅为溲便之器。

豫让在石室山中，闻知其事，涕泣曰："士为知己者死。吾受智氏厚恩，今国亡族灭，辱及遗骸，吾偷生于世，何以为人？"乃更姓名，诈为囚徒服役者，挟利匕首，潜入赵氏内厕之中，欲候无恤如厕，乘间刺之。无恤到厕，忽然心动，使左右搜厕中，牵豫让出见无恤。无恤乃问曰："子身藏利器，欲行刺于吾耶？"豫让正色答曰："吾智氏亡臣，欲为智伯报仇耳！"左右曰："此人叛逆宜诛！"无恤止之曰："智伯身死无后，而豫让欲为之报仇，真义士也！杀义士者不祥。"令放豫让还家。临去，复召问曰："吾今纵子，能释前仇否？"豫让曰："释臣者，主之私恩；报仇者，臣之大义。"左右曰："此人无礼，纵之必为后患。"无恤曰："吾已许之，可失信乎？今后但谨避之可耳。"即日归治晋阳，以避豫让之祸。

却说豫让回至家中，终日思报君仇，未能就计。其妻劝其再仕韩、魏，以求富贵。豫让怒，拂衣而出。思欲再入晋阳，恐其识认不便，乃削须去眉，漆其身为癞子之状，乞丐于市中。妻往市跟寻，闻呼乞声，惊曰："此吾夫之声也！"趋视，见豫让，曰："其声似而其人非。"遂舍去。豫让嫌其声音尚在，复吞炭变为哑喉，再乞于市。妻虽闻声，亦不复讶。有友人素知豫让之志，见乞者行动，心疑为让，潜呼其名，果是也。乃邀至家中进饮食，谓曰："子报仇之志决矣，然未得报之术也。以子之才，若诈投赵氏，必得重用。此时乘隙行事，唾手而得，何苦毁形灭性，以求济其事乎？"豫让谢曰："吾既臣赵氏，而复行刺，是贰心也。今吾漆身吞炭，为智伯报仇，正欲使人臣怀贰心者，闻吾风而知愧耳！请与子诀，勿复相见。"遂奔晋阳城来，行乞如故，更无人识之者。

赵无恤在晋阳观智伯新渠，已成之业，不可复废，乃使人建桥于渠上，以便来往，名曰赤桥。赤乃火色，火能克水，因晋水之患，故以赤桥厌②之。桥既成，无恤驾车出观。豫让预知无恤观桥，复怀利刃，诈为死人，伏于桥梁之下。无恤之车，将近赤桥，其马忽悲嘶却步，御者连鞭数策，亦不前进。张孟谈进曰："臣闻'良骥不陷其主'。今此马不渡赤桥，必有奸人藏伏，不可不察。"无恤停车，命左右搜简，回报："桥下并无奸细，只有一死人僵卧。"无恤曰："新筑桥梁，安得便有死尸？必豫让也。"命曳出视之，形容虽变，无恤尚能识认，骂曰："吾前已曲法赦子，今又来谋刺，皇天岂佑汝哉！"命牵去斩之。豫让呼天而号，泪与血下。左右曰："子畏死耶？"让曰："某非畏死，痛某死之后，别无报仇之人耳！"无恤召回问曰："子先事范氏，范氏为智伯所灭，子忍耻偷生，反

东周列国志

图文珍藏版

事智伯，不为范氏报仇。今智伯之死，子独报之甚切，何也？"豫让曰：
"夫君臣以义合。君待臣如手足，则臣待君如腹心；君待臣如犬马，则臣
待君如路人。某向事范氏，止以众人相待，吾亦以众人报之。及事智伯，
蒙其解衣推食，以国士[23]相待，吾当以国士报之，岂可一例而观耶？"无
恤曰："子心如铁石不转，吾不复赦子矣！"遂解佩剑，责令自裁。豫让
曰："臣闻'忠臣不忧身之死，明主不掩人之义'。蒙君赦宥，于臣已足。

今日臣岂望再活？但两计不成，愤无所泄。请君脱衣与臣击之，以寓报仇
之意，臣死亦瞑目矣！"无恤怜其志，脱下锦袍，使左右递与豫让。让擎
剑在手，怒目视袍，如对无恤之状，三跃而三砍之，曰："吾今可以报智
伯于地下矣。"遂伏剑而死。至今此桥尚存，后人改名为豫让桥。

　　无恤见豫让自刎，心甚悲之，即命收葬其尸。军士提起锦袍，呈与无

恤。无恤视所砍之处，皆有鲜血点污，此乃精诚之所感也。无恤心中惊骇，自是染病。

不知性命何如，且看下回分解。

【注释】

①卞庄子刺三虎：卞庄子，鲁国大夫，食邑于卞（山东泗水县东），谥庄。《史记·陈轸传》载其刺双虎事。待其一死一伤，然后刺之。此言三虎，实为借题发挥。

②蚋（ruì 瑞）蚁蜂虿（chài 蔡）：指蚊子、蚂蚁、蜜蜂、蝎子一类能伤害人之虫。

③宗英：本族精英。指智国、智果等有识之士。

④蔡、皋狼：鲍彪本《战国策》及《韩非子·十过》均作蔺、皋狼。《史记·赵世家》亦载有"先王取蔺、郭（皋）狼"。故蔡乃蔺之误。蔺、皋狼均晋地名。蔺在今山西离石区西，皋狼在离石区北。

⑤"昔董安于"句：董安于为赵氏守晋阳事，见第七十九回。

⑥尹铎：应为赵鞅家臣。其治晋阳事，此前未曾记载。

⑦霍山：一名太岳山，在今山西霍县西南。

⑧荻蒿：皆野草一类。荻与芦苇同科而异种，叶较阔而韧，枝较坚而直，可作箭秆之用。蒿即青蒿，属艾类。

⑨楛（hù 户）楚：楛，荆类，可作箭秆。楚，木名，即牡荆，枝干坚劲，可作弓。

⑩龙山：即悬瓮山，在今山西太原市西南。晋水即发源于龙山之滴沥泉。

⑪晋水：古水名。分北、中、南三渠。东流入汾河。智伯灌晋阳，即用此水之北渠。

⑫汾水：水名。黄河支流，山西境内主要河流。源于山西宁武县，南

流经太原、临汾，至西津县入黄河。

⑬铁枋（fāng 方）：铁桩。枋，本指大木桩。

⑭阳侯：传说中的波神。《淮南子·冥览》："武王伐纣，渡于孟津，阳侯之波，逆流而击。"高诱注："阳侯，陵阳国侯也。其国近水，溺水而死，其神能为大波……因谓之阳侯之波。"

⑮表里山河：指晋国形势之险要，外有太华、少华诸山，内有黄河环绕。

⑯浍：即今之浍河。源出山西翼城县东，西流经曲沃、侯马入汾水。

⑰绛：即今之绛水。源于山西绛县，经曲沃、安邑、临漪，至蒲关入

黄河。

⑱安邑：古邑名。在今山西夏县西北，濒临绛水。魏绛自霍（今霍县西南）迁于此。魏驹居此。

⑲平阳：古邑名。春秋时初为羊舌氏食邑，后归韩。滨临汾水。韩虎居此。案：此二句有误。应更正为"绛水可以灌安邑，汾水可以灌平阳"。

⑳茹：忍受，引申为隐忍不言。

㉑周贞定王十六年：即公元前453年。

㉒厌（yā压）：镇压，抑制。

㉓国士：指国中才能出众之人。

第八十五回　乐羊子怒啜中山羹　西门豹乔送河伯妇

话说赵无恤被豫让三击其衣，连打三个寒噤，豫让死后，无恤视衣所砍处，皆有血迹，自此患病，逾年不痊。无恤生有五子，因其兄伯鲁为己而废，欲以伯鲁之子周为嗣，而周先死，乃立周之子浣为世子。无恤临终，谓世子赵浣曰："三卿灭智氏，地土宽饶，百州兑服。宜乘此时，约韩、魏三分晋国，各立庙社，传之子孙。若迟疑数载，晋或出英主，揽权勤政，收拾民心，则赵氏之祀不保矣。"言讫而瞑。赵浣治丧已毕，即以遗言告于韩虎。时周考王之四年①，晋哀公薨，子柳立，是为幽公②。韩虎与魏、赵合谋，只以绛州、曲沃③二邑，为幽公俸食，余地皆三分入于三家，号曰三晋。幽公微弱，反往三家朝见，君臣之分倒置矣。

再说齐相国田盘，闻三晋尽分公家之地，亦使其兄弟宗人，尽为齐都邑大夫，遣使致贺于三晋，与之通好。自是列国交际，田、赵、韩、魏四家，自出名往来，齐、晋之君，拱手如木偶而已。时周考王封其弟揭于河南王城，以续周公之官职。揭少子班，别封于巩④。因巩在王城之东，号曰东周公，而称河南曰西周公，此东西二周⑤之始。考王薨，子午立，是为威烈王⑥。威烈王之世，赵浣卒，子赵籍代立。而韩虔嗣韩，魏斯嗣魏，田和嗣田，四家相结益深，约定彼此互相推援，共成大事。

威烈王二十三年，有雷电击周之九鼎，鼎俱摇动。三晋之君，闻此私议曰："九鼎乃三代传国之重器，今忽震动，周运其将终矣。吾等立国已久，未正名号，乘此王室衰微之际，各遣使请命于周王，求为诸侯，彼畏

吾之强，不敢不许。如此，则名正言顺，有富贵之实，而无篡夺之名，岂

不美哉?"于是各遣心腹之使，魏遣田文，赵遣公仲连，韩遣侠累，各赍
金帛及土产之物，贡献于威烈王，乞其册命。威烈王问于使者曰："晋地
皆入于三家乎?"魏使田文对曰："晋失其政，外离内叛，三家自以兵力
征讨叛臣，而有其地，非攘之于公家也。"威烈王又曰："三晋既欲为诸
侯，何不自立，乃复告于朕乎?"赵使公仲连对曰："以三晋累世之强，

自立诚有余，所以必欲禀命者，不敢忘天子之尊耳。王若册封三晋之君，俾世笃忠贞，为周藩屏，于王室何不利焉？"威烈王大悦，即命内史作策命，赐籍为赵侯，虔为韩侯，斯为魏侯，各赐黼冕圭璧全副。田文等回报，于是赵、韩、魏三家，各以王命宣布国中。赵都中牟⑦，韩都平阳，魏都安邑，立宗庙社稷。复遣使遍告列国，列国亦多致贺。惟秦国自弃晋附楚之后，不通中国，中国亦以夷狄待之，故独不遣贺。未几，三家废晋靖公⑧为庶人，迁于纯留⑨，而复分其余地。晋自唐叔传至靖公，凡二十九世，其祀遂绝。髯翁有诗叹云：

六卿归四四归三，南面称侯自不惭。

利器莫教轻授柄，许多昏主导奸贪。

又有诗讥周王不当从三晋之命，导人叛逆。诗云：

王室单微似赘瘤⑩，怎禁三晋不称侯？

若无册命终成窃，只怪三侯不怪周。

却说三晋之中，惟魏文侯斯最贤，能虚心下士。时孔子高弟卜商，字子夏，教授于西河⑪，文侯从之受经。魏成荐田子方之贤，文侯与之为友。成又言："西河人段干木，有德行，隐居不仕。"文侯即命驾车往见。干木闻车驾至门，乃逾后垣而避之。文侯叹曰："高士也！"遂留西河一月，日日造门请见，将近其庐，即凭轼起立，不敢倨坐。干木知其诚，不得已而见之。文侯以安车⑫载归，与田子方同为上宾。四方贤士，闻风来归。又有李克、翟璜、田文、任座一班谋士，济济在朝，当时人才之盛，无出魏右。秦人屡次欲加兵于魏，畏其多贤，为之寝兵。文侯尝与虞人⑬期定午时猎于郊外，其日早朝，值天雨，寒甚，赐群臣酒，君臣各饮，方在浃洽之际，文侯问左右曰："时及午乎？"答曰："时午矣。"文侯遽命撤酒，促舆人速速驾车适野。左右曰："雨，不可猎矣，何必虚此一出乎？"文侯曰："吾与虞人有约，彼必相候于郊，虽不猎，敢不亲往以践约哉？"国人见文侯冒雨而出，咸以为怪，及闻赴虞人之约，皆相顾语曰："我君之不失信于人如此。"于是凡有政教，朝令夕行，无敢违者。

却说晋之东有国名中山⑭，姬姓，子爵，乃白狄⑮之别种，亦号鲜虞。自晋昭公之世，叛服不常，屡次征讨，赵简子率师围之，始请和，奉朝贡。及三晋分国，无所专属。中山子姬窟，好为长夜之饮，以日为夜，以

夜为日，疏远大臣，狎昵群小，黎民失业，灾异屡见。文侯谋欲伐之。魏成进曰："中山西近赵，而南远于魏，若攻而得之，未易守也。"文侯曰："若赵得中山，则北方之势愈重矣。"翟璜奏曰："臣举一人，姓乐名羊，本国穀丘⑯人也。此人文武全才，可充大将之任。"文侯曰："何以见之？"

翟璜对曰："乐羊尝行路，得遗金，取之以归，其妻唾之曰：'志士不饮盗泉[17]之水，廉者不受嗟来之食[18]。此金不知来历，奈何取之，以污素行乎？'乐羊感妻之言，乃抛金于野，别其妻而出，游学于鲁、卫。过一年来归，其妻方织机，问夫：'所学成否？'乐羊曰：'尚未也。'妻取刀断其机丝。乐羊惊问其故。妻曰：'学成而后可行，犹帛成而后可服。今子学尚未成，中道而归，何异于此机之断乎？'乐羊感悟，复往就学，七年不返。今此人见在本国，高自期许，不屑小仕，何不用之？"文侯即命翟璜以辂车[19]召乐羊，左右阻之曰："臣闻乐羊长子乐舒，见仕中山，岂可任哉？"翟璜曰："乐羊，功名之士也。子在中山，曾为其君招乐羊，羊以中山君无道不往。主公若寄以斧钺之任[20]，何患不能成功乎？"文侯从之。

乐羊随翟璜入朝见文侯，文侯曰："寡人欲以中山之事相委，奈卿子在彼国何？"乐羊曰："丈夫建功立业，各为其主，岂以私情废公事哉？臣若不能破灭中山，甘当军令！"文侯大喜曰："子能自信，寡人无不信子。"遂拜为元帅，使西门豹为先锋，率兵五万，往伐中山。姬窟遣大将鼓须屯兵楸山[21]，以拒魏师。乐羊屯兵于文山[22]。相持月余，未分胜负。乐羊谓西门豹曰："吾在主公面前，任军令状而来，今出兵月余，未有寸功，岂不自愧！吾视楸山多楸树，诚得一胆勇之士，潜师而往，纵火焚林，彼兵必乱，乱而乘之，无不胜矣。"西门豹愿往。

其时八月中秋，中山子姬窟遣使赍羊酒到楸山，以劳鼓须。鼓须对月畅饮，乐而忘怀。约至三更，西门豹率兵壮衔枚突至，每人各持长炬一根，俱枯枝扎成，内灌有引火药物，四下将楸木焚烧。鼓须见军中火起，延及营寨，带醉率军士救火，只见哔哔哔哔，遍山皆着，没救一头处。军中大乱。鼓须知前营有魏兵，急往山后奔走。正遇乐羊亲自引兵从山后袭来，中山兵大败，鼓须死战得脱。奔至白羊关[23]，魏兵紧追在后，鼓须弃关而走。乐羊长驱直入，所向皆破。

鼓须引败兵见姬窟，言乐羊勇智难敌。须臾，乐羊引兵围了中山。姬窟大怒，大夫公孙焦进曰："乐羊者，乐舒之父，舒仕于本国。君令舒于城上说退父兵，此为上策。"姬窟依计，谓乐舒曰："尔父为魏将攻城，如说得退兵，当封汝大邑。"乐舒曰："臣父前不肯仕中山，而仕于魏，今各为其主，岂臣说之可行哉?"姬窟强之。乐舒不得已，只得登城大呼，请其父相见。乐羊披挂登于轈车，一见乐舒，不等开口，遽责曰："君子不居危国，不事乱朝。汝贪于富贵，不识去就，吾奉君命吊民伐罪，可劝汝君速降，尚可相见。"乐舒曰："降不降在君，非男所得专也。但求父暂缓其攻，容我君臣从容计议。"乐羊曰："吾且休兵一月，以全父子之情。汝君臣可早早定议，勿误大事。"乐羊果然出令，只教软困[24]，不去攻城。

姬窟恃着乐羊爱子之心，决不急攻，且图延缓，全无主意。过了一月，乐羊使人讨取降信。姬窟又叫乐舒求宽，乐羊又宽一月。如此三次，西门豹进曰："元帅不欲下中山乎？何以久而不攻也?"乐羊曰："中山君不恤百姓，吾故伐之。若攻之太急，伤民益甚。吾之三从其请，不独为父子之情，亦所以收民心也。"

却说魏文侯左右见乐羊新进，骤得大用，俱有不平之意。及闻其三次辍攻，遂谮于文侯曰："乐羊乘屡胜之威，势如破竹，特因乐舒一语，三月不攻，父子情深，亦可知矣。主公若不召回，恐老师费财，无益于事。"文侯不应，问于翟璜。璜曰："此必有计，主公勿疑。"自此群臣纷纷上书，有言中山将分国之半与乐羊者，有言乐羊谋与中山共攻魏国者，文侯俱封置箧内。但时时遣使劳苦，预为治府第于都中，以待其归。

乐羊心甚感激，见中山不降，遂率将士尽力攻击。中山城坚厚，且积粮甚多，鼓须与公孙焦昼夜巡警，拆城中木石，为捍御之备，攻至数月，尚不能破。恼得乐羊性起，与西门豹亲立于矢石之下，督令四门急攻。鼓须方指挥军士，脑门中箭而死。城中房屋墙垣，渐已拆尽。公孙焦言于姬窟曰："事已急矣！今日止有一计，可退魏兵。"窟问："何计?"公孙焦曰："乐舒三次求宽，羊俱听之，足见其爱子之情矣。今攻击至急，可将

乐舒绑缚，置于高竿，若不退师，当杀其子，使乐舒哀呼乞命，乐羊之攻，必然又缓。"姬窟从其言。乐舒在高竿上，大呼："父亲救命！"乐羊见之，大骂曰："不肖子！汝仕于人国，上不能出奇运策，使其主有战胜之功；下不能见危委命，使君决行成之计；尚敢如含乳小儿，以哀号乞怜乎？"言毕，架弓搭矢，欲射乐舒。舒叫苦下城，见姬窟曰："吾父志在为国，不念父子之情。主公自谋战守，臣请死于君前，以明不能退兵之罪。"公孙焦曰："其父攻城，其子不能无罪，合当赐死。"姬窟曰："非乐舒之过也。"公孙焦曰："乐舒死，臣便有退兵之计。"姬窟遂以剑授舒，舒自刭而亡。公孙焦曰："人情莫亲于父子，今将乐舒烹羹以遗乐羊，羊见羹必然不忍，乘其哀泣之际，无心攻战，主公引一军杀出，大战一场，幸而得胜，再作计较。"姬窟不得已而从之。命将乐舒之肉烹羹，并其首送于乐羊曰："寡君以小将军不能退师，已杀而烹之，谨献其羹。小将军尚有妻孥，元帅若再攻城，即当尽行诛戮。"乐羊认得是其子首，大骂曰："不肖子！事无道昏君，固宜取死。"即取羹对使者食之，尽一器。谓使者曰："蒙汝君馈羹，破城日面谢。吾军中亦有鼎镬，以待汝君也。"使者还报。姬窟见乐羊全无痛子之心，攻城愈急，恐城破见辱，遂入后宫自缢。公孙焦开门出降，乐羊数其谗诡败国之罪，斩之。抚慰居民已毕，留兵五千，使西门豹居守，尽收中山府藏宝玉，班师回魏。

魏文侯闻乐羊成功，亲自出城迎劳曰："将军为国丧子，实孤之过也。"乐羊顿首曰："臣义不敢顾私情，以负主公斧钺之寄。"乐羊朝见毕，呈上中山地图，及宝货之数。群臣称贺。文侯设宴于内台之上，亲捧觞以赐乐羊。羊受觞饮之，足高气扬，大有矜功之色。宴毕，文侯命左右掣二箧，封识㉑甚固，送乐羊归第。左右将二箧交割，乐羊想道："箧内必是珍珠金玉之类。主公恐群臣相妒，故封识赠我。"命家人抬进中堂，启箧视之，俱是群臣奏本，本内尽说乐羊反叛之事。乐羊大惊曰："原来朝中如此造谤！若非吾君相信之深，不为所惑，怎得成功？"次日，入朝谢恩，文侯议加上赏。乐羊再拜辞曰："中山之灭，全赖主公力持于内。臣在外稍效犬马，何力之有？"文侯曰："非寡人不能任卿，非卿亦不能副寡人之任也。然将军劳矣，盍就封安食乎？"即以灵寿㉒封羊，称为灵寿君，罢其兵权。翟璜进曰："君既知乐羊之能，奈何不使将兵备边，而纵其安闲乎？"文侯笑而不答。璜出朝以问李克，克曰："乐羊不爱其子，况他人哉？此管仲所以疑易牙也。"翟璜乃悟。

文侯思中山地远，必得亲信之人为守，乃保无虞。乃使其世子击为中山君。击受命而出，遇田子方乘敝车而来。击慌忙下车，拱立道旁致敬。田子方驱车直过，傲然不顾。击心怀不平，乃使人牵其车索，上前曰：

"击有问于子，富贵者骄人乎？贫贱者骄人乎？"子方笑曰："自古以来，只有贫贱骄人，那有富贵骄人之理？国君而骄人，则不保社稷；大夫而骄人，则不保宗庙。楚灵王以骄亡其国，智伯瑶以骄亡其家，富贵之不足恃明矣。若夫贫贱之士，食不过藜藿^㉗，衣不过布褐，无求于人，无欲于世，惟好士之主，自乐而就之，言听计合，勉为之留。不然，则浩然长往，谁能禁焉？武王能诛万乘之纣，而不能屈首阳之二士，盖贫贱之足贵如此。"太子击大惭，谢罪而去。文侯闻子方不屈于世子，益加敬礼。

时邺都㉘缺守，翟璜曰：“邺介于上党㉙、邯郸之间㉚，与韩、赵为邻，必得强明之士以守之，非西门豹不可。”文侯即用西门豹为邺都守。豹至邺城，见闾里萧条，人民稀少，召父老至前，问其所苦。父老皆曰：“苦为河伯娶妇。”豹曰：“怪事，怪事！河伯如何娶妇？汝为我详言之。”父老曰：“漳水㉛自沾岭㉜而来，由沙城㉝而东，经于邺，为漳河。河伯即清漳之神也。其神好美妇，岁纳一夫人。若择妇嫁之，常保年丰岁稔，雨水调均。不然，神怒，致水波泛溢，漂溺人家。”豹曰：“此事谁人倡始？”父老曰：“此邑之巫觋㉞所言也。俗畏水患，不敢不从。每年里豪及廷掾㉟，与巫觋共计，赋民钱数百万，用二三十万，为河伯娶妇之费，其余则共分用之。”豹问曰：“百姓任其瓜分，宁无一言乎？”父老曰：“巫觋主祝祷河伯之事，三老㊱、廷掾有科敛㊲奔走之劳，分用公费，固所甘心。更有至苦，当春初布种，巫觋遍访人家女子，有几分颜色者，即云‘此女当为河伯夫人’。不愿者，多将财帛买免，别觅他女。有贫民不能买免，只得将女与之。巫觋治斋宫于河上，绛帏床席，铺设一新，将此女沐浴更衣，居于斋宫之内。卜一吉日，编苇为舟，使女登之，浮于河，流数十里乃灭。人家苦此烦费，又有爱女者，恐为河伯所娶，携女远窜，所以城中益空。”豹曰：“汝邑曾受漂溺之患否？”父老曰：“赖岁岁娶妇，不曾触河神之怒，但漂溺虽免，奈本邑土高路远，河水难达，每逢岁旱，又有干枯之患。”豹曰：“神既有灵，当嫁女时，吾亦欲往送，当为汝祷之。”

及期，父老果然来禀。西门豹具衣冠亲往河上。凡邑中官属，三老、豪户、里长、父老，莫不毕集，百姓远近皆会，聚观者数千人。三老、里长等，引大巫来见，其貌甚偓。豹观之，乃一老女子也。小巫女弟子二十余人，衣裳楚楚，悉持巾帨炉香之类，随侍其后。豹曰：“劳苦大巫，烦呼河伯妇来，我欲视之。”老巫顾弟子使唤至。豹视女子，鲜衣素袜，颜色中等。豹谓巫姬及三老众人曰：“河伯贵神，女必有殊色，方才相称。此女不佳，烦大巫为我入报河伯，但传太守之语：‘更当别求好女，于后日送之。即使吏卒数人，共抱老巫，投之于河，左右莫不惊骇失色。豹静立侯之，良久曰："妪年老不干事，去河中许久，尚不回话，弟子为我催之。"复使吏卒抱弟子一人，投于河中。少顷，又曰："弟子去何久也？"复使弟子一人催之。又嫌其迟，更投一人。凡投弟子三人，入水即没。豹曰："是皆女子之流，传话不明，烦三老入河，明白言之。"三老方欲辞，豹喝："快去，即取回覆。"吏卒左牵右拽，不由分说，又推河中，逐波而去。旁观者皆为吐舌。豹簪笔鞠躬㊳，向河恭敬以待。约莫又一个时辰，豹曰："三老年高，亦复不济。须得廷掾、豪长者往告。"那廷掾、里豪，吓得面如土色，流汗浃背，一齐皆叩头求哀，流血满面，坚不肯起。西门豹曰："且俟须臾。"众人战战兢兢，又过一刻，西门豹曰："河水滔滔，去而不返，河伯安在？枉杀民间女子，汝曹罪当偿命！"众人复叩头谢曰："从来都被巫妪所欺，非某等之罪也。"豹曰："巫妪已死，今后再有言河伯娶妇者，即令其人为媒，往报河伯。"于是廷掾、里豪、三老干没㊴财赋，悉追出散还民间。又使父老即于百姓中，询其年长无妻者，以女弟子嫁之，巫风遂绝。百姓逃避者，复还乡里。有诗为证：

河伯何曾见娶妻？愚民无识被巫欺。

一从贤令除疑网，女子安眠不受亏。

豹又相度地形，视漳水可通处，发民凿渠，各十二处，引漳水入渠，既杀河势，又腹内田亩得渠水浸灌，无旱干之患，禾稼倍收，百姓乐业。今临漳县有西门渠，即豹所凿也。

文侯谓翟璜曰："寡人听子之言，使乐羊伐中山，使西门豹治邺，皆胜其任，寡人赖之。今西河㊵在魏西鄙，为秦人犯魏之道，卿思何人可以为守？"翟璜沉思半晌，答曰："臣举一人，姓吴名起，此人大有将才，今自鲁奔魏，主公速召而用之，若迟，则又他适矣。"文侯曰："起非杀妻以求为鲁将者乎？闻此人贪财好色，性复残忍，岂可托以重任哉？"翟璜曰："臣所举者，取其能为君成一日之功，若素行不足计也。"文侯曰："试为寡人召之。"

不知吴起如何在魏立功，且看下回分解。

【注释】

①周考王之四年：周考王姬嵬，周定王子。在位十五年（前440—前426）。四年为前437年。

②幽公：晋幽王姬柳，晋哀公子。在位十八年（433—420）。后为盗贼所杀。

③绛州、曲沃：春秋晋邑名。在今山西翼城、闻喜二地。

④巩：东周畿内地，即今河南巩义市。

⑤东西二周：东周末年，周畿内地被分裂为两小国。都于巩者称东周，都于王城者称西周。二周正式形成在周显王二年（前367）。

⑥威烈王：名姬午，在位二十四年（前425—前402）。

⑦中牟：古邑名。在今河南鹤壁市西。赵献侯浣元年，赵自耿（山西河津县南）迁至此。

⑧晋靖公：晋幽公之曾孙，晋烈公姬止孙，晋孝公顷之子，名俱酒。在位二年（前377—前376）。

⑨纯留：古邑名。在今山西屯留县南。

⑩赘（zhuì坠）瘤：皮肤上因病长的肿瘤，比喻为多余无用之物。

⑪西河：此指战国时魏地，在今河南安阳市东。当时黄河流经安阳之东，西河，意即河西。

⑫安车：用一匹马拉的可以乘坐的小车。古代马车多为立乘，而此为坐乘，故称安车。

⑬虞人：古官名。掌管山泽苑囿、田猎等事务。

⑭中山：周代诸侯国名。战国初中山辖境在今河北定县、顺平县、灵寿一带。

⑮白狄：狄族的一支。其据地主要在陕西延安、安塞、宜川一带。

⑯穀丘：战国时魏邑名。在今河南商丘市东南。

⑰盗泉：古泉水名。在今山东泗水县。相传孔子过此，因恶其名，虽渴亦不饮。见《尸子》。

⑱嗟来之食：悯人穷饿，呼使来食。语出《礼记·檀弓下》。后用以比喻带有轻贱性的施舍。

⑲辂车：大车。《文选·东京赋》注："辂，天子之车也。"

⑳斧钺之任：斧钺代指刑罚、杀戮。斧钺之任意谓可专征伐之全权将领。

㉑楸山：古山名。在今河北灵寿县西北。

㉒文山：古山名。在今河北灵寿县北，因山上有周文王庙，故名。

㉓白羊关：古地名。疑在今山西平定县东北之白羊墅。

㉔软困：指围而不攻。

㉕封识：封闭并贴上封条。识，封闭的标志。

㉖灵寿：战国初中山国邑名，在今河北灵寿县西北。

㉗藜藿：藜草和藿菜，均野菜名，乃贫者所食。

㉘邺都：古城邑名，齐桓公始筑城。魏文侯曾都此，故称邺都。在今河北临漳县西南邺镇。

㉙上党：古邑名。战国初韩置，在今山西长治县。

㉚邯郸：古都邑名。战国中曾为赵都，即今河北邯郸市。

㉛漳水：古代河水名。源于山西东南，有清漳水，出黎城县；有浊漳水，出长子县。至涉县二水合流，经安阳、临漳，东北流至大名县入卫河。今河道大多已湮没。

㉜沾岭：山名。在今山西昔阳县南。

㉝沙城：古邑名，即今河北涉县，乃清浊二漳汇合之处。

㉞巫觋（xí 习）：女巫为巫，男巫为觋。

㉟里豪及廷掾：乡里中豪门大户及地方官府中佐吏。

㊱三老：古官名。战国秦汉时，县设三老，以协助县尹推行政令。

㊲科敛：指科捐摊派。

㊳簪笔鞠躬：古代官员上朝，插笔于冠，以备记事。身曲如磬，以示恭敬，称为鞠躬。这里借以表示庄重恭顺。

㊴干没：指侵吞公家或他人的财物。

㊵西河：战国初魏郡名。辖境在今陕西华阴市以北，黄龙以南。洛河以东，黄河以西地区。与上文子夏教授之西河不同。

第八十六回　吴起杀妻求将　驺忌鼓琴取相

话说吴起，卫国人，少居里中，以击剑无赖，为母所责。起自啮其臂出血，与母誓曰："起今辞母，游学他方，不为卿相，拥节旄^①，乘高车，不入卫城与母相见！"母泣而留之，起竟出北门不顾。往鲁国，受业于孔门高弟曾参^②，昼研夜诵，不辞辛苦。有齐国大夫田居至鲁，嘉其好学，与之谈论，渊渊不竭，乃以女妻之。起在曾参之门岁余，参知其家中尚有老母，一日，问曰："子游学六载，不归省觐，人子之心安乎？"起对曰："起曾有誓词在前：'不为卿相，不入卫城。'"参曰："他人可誓，母安可誓也！"由是心恶其人。未几，卫国有信至，言起母已死，起仰天三号，旋即收泪，诵读如故。参怒曰："吴起不奔母丧，忘本之人！夫水无本则竭，木无本则折，人而无本，能令终乎？起非吾徒矣。"命弟子绝之，不许相见。

起遂弃儒学兵法，三年学成，求仕于鲁。鲁相公仪休常与论兵，知其才能，言于穆公^③，任为大夫。起禄入既丰，遂多买姜婢，以自娱乐。时齐相国田和谋篡其国，恐鲁与齐世姻，或讨其罪，乃修艾陵之怨^④，兴师伐鲁，欲以威力胁而服之。鲁相国公仪休进曰："欲却齐兵，非吴起不可。"穆公口虽答应，终不肯用。及闻齐师已拔成邑^⑤，休复请曰："臣言吴起可用，君何不行？"穆公曰："吾固知起有将才，然其所娶乃田宗之女。夫至爱莫如夫妻，能保无观望之意乎？吾是以踌躇而不决也。"公仪休出朝，吴起已先在相府候见，问曰："齐寇已深，主公已得良将否？今日不是某夸口自荐，若用某为将，必使齐兵只轮不返。"公仪休曰："吾言之再三，主公以子婚于田宗，以此持疑未决。"吴起曰："欲释主公之

疑，此特易耳。"乃归家问其妻田氏曰："人之所贵有妻者，何也？"田氏曰："有外有内，家道始立。所贵有妻，以成家耳。"吴起曰："夫位为卿相，食禄万钟，功垂于竹帛，名留于千古，其成家也大矣，岂非妇之所望于夫者乎？"田氏曰："然。"起曰："吾有求于子，子当为我成之。"田氏曰："妾妇人，安得助君成其功名？"起曰："今齐师伐鲁，鲁侯欲用我为将，以我娶于田宗，疑而不用。诚得子之头，以谒见鲁侯，则鲁侯之疑释，而吾之功名可就矣。"田氏大惊，方欲开口答话，起拔剑一挥，田氏

头已落地。史臣有诗云：

一夜夫妻百夜恩，无辜忍使作冤魂？

母丧不顾人伦绝，妻子区区何足论。

于是以帛裹田氏头，往见穆公，奏曰："臣报国有志，而君以妻故见疑，臣今斩妻之头，以明臣之为鲁不为齐也。"穆公惨然不乐，曰："将军休矣！"少顷，公仪休入见，穆公谓曰："吴起杀妻以求将，此残忍之极，其心不可测也。"公仪休曰："起不爱其妻，而爱功名，君若弃之不用，必反而为齐矣。"穆公乃从休言，即拜吴起为大将，使泄柳、申详副之，率兵二万，以拒齐师。起受命之后，在军中与士卒同衣食，卧不设席，行不骑乘，见士卒裹粮负重，分而荷之，有卒病疽，起亲为调药，以口吮其脓血。士卒感起之恩，如同父子，咸摩拳擦掌，愿为一战。

却说田和引大将田忌、段朋，长驱而入，直犯南鄙，闻吴起为鲁将，笑曰："此田氏之婿，好色之徒，安知军旅事耶？鲁国合败，故用此人也。"及两军对垒，不见吴起挑战，阴使人觇其作为，见起方与军士中之最贱者，席地而坐，分羹同食。使者还报，田和笑曰："将尊则士畏，士畏则战力。起举动如此，安能用众？吾无虑矣。"再遣爱将张丑，假称愿与讲和，特至鲁军，探起战守之意。起将精锐之士，藏于后军，悉以老弱见客，谬为恭谨，延入礼待。丑曰："军中传闻将军杀妻求将，果有之乎？"起觳觫而对曰："某虽不肖，曾受学于圣门，安敢为此不情之事？吾妻自因病亡，与军旅之命适会其时，君之所闻，殆非其实。"丑曰："将军若不弃田宗之好，愿与将军结盟通和。"起曰："某书生，岂敢与田氏战乎？若获结成，此乃某之至愿也。"起留张丑于军中，欢饮三日，方才遣归，绝不谈及兵事。临行，再三致意，求其申好。丑辞去，起即暗调兵将，分作三路，尾其后而行。田和得张丑回报，以起兵既弱，又无战志，全不挂意。忽然辕门外鼓声大振，鲁兵突然杀至，田和大惊。马不及甲，车不及驾，军中大乱。田忌引步军出迎，段朋急令军士整顿车乘接应。不提防泄柳、申详二军，分为左右，一齐杀入，乘乱夹攻。齐军大败，杀得僵尸满野，直追过平陆⑥方回。鲁穆公大悦，进起上卿。

　　田和责张丑误事之罪，丑曰："某所见如此，岂知起之诈谋哉？"田和乃叹曰："起之用兵，孙武、穰苴之流也。若终为鲁用，齐必不安。吾欲遣一人至鲁，暗与通和，各无相犯，子能去否？"丑曰："愿舍命一行，将功折罪。"田和乃购求美女二人，加以黄金千镒，令张丑诈为贾客，携至鲁，私馈吴起。起贪财好色，见即受之，谓丑曰："致意齐相国，使齐不侵鲁，鲁何敢加齐哉？"张丑既出鲁城，故意泄其事于行人，遂沸沸扬扬，传说吴起受贿通齐之事。穆公曰："吾固知起心不可测也。"欲削起爵究罪。起闻而惧，弃家逃奔魏国，主于翟璜之家。适文侯与璜谋及守西河之人，璜遂荐吴起可用。文侯召起见之，谓起曰："闻将军为鲁将有功，何以见辱敝邑？"起对曰："鲁侯听信谗言，信任不终，故臣逃死于此。慕君侯折节下士，豪杰归心，愿执鞭马前。倘蒙驱使，虽肝脑涂地，亦无所恨。"文侯乃拜起为西河守。起至西河，修城治池，练兵训武，其爱恤士卒，一如为鲁将之时。筑城以拒秦，名曰吴城⑦。

时秦惠公⑧薨，太子名出子⑨嗣位。惠公乃简公⑩之子，简公乃灵公⑪之季父。方灵公之薨，其子师隰年幼，群臣乃奉简公而立之。至是三传，及于出子，而师隰年长，谓大臣曰："国，吾父之国也。吾何罪而见废？"大臣无辞以对，乃相与杀出子而立师隰，是为献公⑫。吴起乘秦国多事之日，兴兵袭秦，取河西五城，韩、赵皆来称贺。文侯以翟璜荐贤有功，欲拜为相国，谋于李克，克曰："不如魏成。"文侯点头。克出朝，翟璜迎而问曰："闻主公欲卜相，取决于子，今已定乎？何人也？"克曰："已定魏成。"翟璜忿然曰："君欲伐中山，吾进乐羊；君忧邺，吾进西门豹；君忧西河，吾进吴起。吾何以不若魏成哉？"李克曰："成所举卜子夏、田子方、段干木，非师即友；子所进者，君皆臣之。成食禄千钟，什九在外，以待贤士；子禄食皆以自赡。子安得比于魏成哉？"璜再拜曰："鄙人失言，请侍门下为弟子。"自此魏国将相得人，边鄙安集，三晋之中，惟魏最强。

齐相国田和见魏之强，又文侯贤名重于天下，乃深结魏好。遂迁其君康公贷⑬于海上，以一城给其食，余皆自取。使人于魏文侯处，求其转请于周，欲援三晋之例，列于诸侯。周威烈王已崩，子安王⑭名骄立，势愈微弱。时乃安王之十三年，遂从文侯之请，赐田和为齐侯，是为田太公⑮。自陈公子完奔齐⑯，事齐桓公为大夫，凡传十世，至和而代齐有国，姜氏之祀遂绝。不在话下。

时三晋皆以择相得人为尚，于是相国之权最重。赵相公仲连，韩相侠累。就中单说侠累微时，与濮阳人严仲子名遂为八拜之交。累贫而遂富，资其日用，复以千金助其游费，侠累因此得达于韩，位至相国。侠累既执政，颇著威重，门绝私谒。严遂至韩，谒累冀其引进，候月余不得见。遂自以家财赂君左右，得见烈侯，烈侯大喜，欲贵重之。侠累复于烈侯前言严遂之短，阻其进用。严遂闻之大恨，遂去韩，遍游列国，欲求勇士刺杀侠累，以雪其恨。

　　行至齐国，见屠牛肆中，一人举巨斧砍牛，斧下之处，筋骨立解，而全不费力。视其斧，可重三十余斤。严遂异之。细看其人，身长八尺，环眼虬须，颧骨特耸，声音不似齐人。遂邀与相见，问其姓名来历，答曰："某姓聂名政，魏人也，家在轵⑰之深井里。因贱性粗直，得罪乡里，移老母及姊避居此地，屠牛以供朝夕。"亦询严遂姓字，遂告之，匆匆别去。

次早，严遂具衣冠往拜，邀至酒肆，具宾主之礼。酒至三酌，遂出黄金百镒为赠。政怪其厚。遂曰："闻子有老母在堂，故私进不腆，代吾子为一日之养耳。"聂政曰："仲子为老母谋养，必有用政之处，若不言，决不敢受！"严遂将侠累负恩之事，备细说知，今欲杀之报仇。聂政曰："昔专诸有言：'老母在，此身未敢许人。'仲子之事难即行，某不敢虚尊赐。"遂曰："某慕君之高义，愿结兄弟之好，岂敢夺若养母之孝，而求遂其私哉？"聂政被强不过，只得受之。以其半嫁其姊罃，余金日具肥甘奉母。岁余，老母病卒，严遂复往哭吊，代为治丧。丧葬既毕，聂政曰："今日之身，乃足下之身也。惟所用之，不复自惜！"仲子乃问报仇之策，欲为具车骑壮士。政曰："相国至贵，出入兵卫，众盛无比，当以奇取，不可以力胜也。愿得利匕首怀之，伺隙图事。今日别仲子前行，更不相见，仲子亦勿问吾事。"

政至韩，宿于郊外，静息三日。早起入城，值侠累自朝中出，高车驷马，甲士执戈，前后拥卫，其行如飞。政尾至相府，累下车，复坐府决事。自大门至于堂阶，皆有兵仗。政遥望堂上，累重席凭案而坐，左右持牒禀决者甚众。俄顷，事毕将退，政乘其懈，口称："有急事告相国。"从门外攘臂直趋，甲士挡之者，皆纵横颠踬。政抢至公座，抽匕首以刺侠累。累惊起，未及离席，中心而死。堂上大乱，共呼："有贼！"闭门来擒聂政。政击杀数人，度不能自脱，恐人识之，急以匕首自削其面，抉出双眼，还自刺其喉而死。

早有人报知韩烈侯。烈侯问："贼何人？"众莫能识。乃暴其尸于市中，悬千金之赏，购人告首，欲得贼人姓名来历，为相国报仇。如此七日，行人往来如蚁，绝无识者。此事直传至魏国轵邑，聂姊罃闻之，即痛哭曰："必吾弟也！"便以素帛裹头，竟至韩国，见政横尸市上，抚而哭之甚哀。市吏拘而问曰："汝于死者何人也？"妇人曰："死者为吾弟聂政，妾乃其姊罃也。聂政居轵之深井里，以勇闻。彼知刺相国罪重，恐累及贱妾，故抉目破面以自晦其名。妾奈何恤一身之死，忍使吾弟终泯没于人世乎?"市吏曰:"死者既是汝弟,必知作贼之故。何人主使?汝若明言,吾请于主公,贷汝一死。"嫈曰:"妾如爱死,不至此矣。吾弟不惜身躯,诛千乘之国相,代人报仇,妾不言其名,是没吾弟之名也;妾复泄其故,是又没吾弟之义也。"遂触市中井亭石柱而死。市吏报知韩烈侯,烈侯叹息,令收葬之。以韩山坚为相国,代侠累之任。

烈侯传子文侯[18],文侯传哀侯[19]。韩山坚素与哀侯不睦,乘间弑哀侯。

诸大臣共诛杀山坚，而立哀侯子若山，是为懿侯[20]。懿侯子昭侯[21]，用申不害为相。不害精于刑名之学[22]，国以大治。此是后话。

再说周安王十五年，魏文侯斯病笃，召太子击于中山。赵闻魏太子离了中山，乃引兵袭而取之。自此魏与赵有隙。太子击归，魏文侯已薨，乃主丧嗣位，是为武侯[23]。拜田文为相国。吴起自西河入朝，自以功大，满望拜相，及闻已相田文，怏然不悦。朝退，遇田文于门，迎而谓曰："子知起之功乎？今日请与子论之。"田文拱手曰："愿闻。"起曰："将三军之众，使士卒闻鼓而忘死，为国立功，子孰与起？"文曰："不如。"起曰："治百官，亲万民，使府库充实，子孰与起？"文曰："不如。"起又曰："守西河而秦兵不敢东犯，韩、赵宾服，子孰与起？"文又曰："不如。"起曰："此三者，子皆出我之下，而位加吾上，何也？"文曰："某叨窃[24]上位，诚然可愧。然今日新君嗣统，主少国疑，百姓不亲，大臣未附，其特以先世勋旧，承乏肺腑，或者非论功之日也。"吴起俯首沉思，良久曰："子言亦是，然此位终当属我。"有内侍闻二人论功之语，传报武侯。武侯疑吴起有怨望之心，遂留起不遣，欲另择人为西河守。吴超惧见诛于武侯，出奔楚国。

楚悼王熊疑[25]，素闻吴起之才，一见即以相印授之。起感恩无已，慨然以富国强兵自任。乃请于悼王曰："楚国地方数千里，带甲百余万，固宜雄压诸侯，世为盟主；所以不能加于列国者，养兵之道失也。夫养兵之道，先阜其财，后用其力。今不急之官，布满朝署，疏远之族，糜费公廪；而战士仅食升斗之余，欲使捐躯殉国，不亦难乎？大王诚听臣计，汰冗官，斥疏族，尽储廪禄，以待敢战之士，如是而国成不振，则臣请伏妄言之诛！"悼王从其计。群臣多谓起言不可用，悼王不听。于是使吴起详定官制，凡削去冗官数百员，大臣子弟，不得夤缘窃禄。又公族五世以上者，令自食其力，比于编氓，五世以下，酌其远近，以次裁之，所省国赋数万。选国中精锐之士，朝夕训练，阅其材器，以上下其廪食，有加厚至数倍者，士卒莫不竞勤，楚遂以兵强，雄视天下。三晋、齐、秦咸畏之，

终悼王之世，不敢加兵。及悼王薨，未及殡敛，楚贵戚大臣子弟失禄者，乘丧作乱，欲杀吴起。起奔入宫寝，众持弓矢追之。起知力不能敌，抱王尸而伏。众攒箭射起，连王尸也中了数箭。起大叫曰："某死不足惜，诸臣衔恨于王，缪及其尸，大逆不道，岂能逃楚国之法哉！"言毕而绝。众闻吴起之言，惧而散走。太子熊臧嗣位，是为肃王[20]。月余，追理射尸之罪，使其弟熊良夫率兵，收为乱者，次第诛之，凡灭七十余家。髯翁有诗叹云：

满望终身作大臣，杀妻叛母绝人伦。

谁知鲁魏成流水，到底身躯丧楚人。

又有一诗，说吴起伏王尸以求报其仇，死尚有余智也。诗云：

为国忘身死不辞，巧将贼矢集王尸。

虽然王法应诛灭，不报公仇却报私。

话分两头。却说田和自为齐侯，凡二年而薨。和传子午㉗，午传子因齐。当因齐之立，乃周安王之二十三年㉘也。因齐自恃国富兵强，见吴、越俱称王，使命往来，俱用王号，不甘为下，僭称齐王，是为齐威王㉙。魏侯䓨㉚闻齐称王，曰："魏何以不如齐？"于是亦称魏王，即孟子所见梁惠王也。

再说齐威王既立，日事酒色，听音乐，不修国政。九年之间，韩、魏、鲁、赵悉起兵来伐，边将屡败。忽一日，有一士人，叩阍求见，自称："姓驺名忌，本国人，知琴。闻王好音，特来求见。"威王召而见之，赐之坐，使左右置几，进琴于前。忌抚弦而不弹。威王问曰："闻先生善琴，寡人愿闻至音。今抚弦而不弹，岂琴不佳乎？抑有不足于寡人耶？"驺忌舍琴，正容而对曰："臣所知者，琴理也。若夫丝桐之声，乐工之事，臣虽知之，不足以辱王之听也。"威王曰："琴理如何，可得闻乎？"驺忌对曰："琴者，禁也㉛。所以禁止淫邪，使归于正。昔伏羲㉜作琴，长三尺六寸六分，象三百六十六日也；广六寸，象六合㉝也；前广后狭，象尊卑也；上圆下方，法天地也；五弦，象五行㉞也。大弦为君，小弦为臣。其音以缓急为清浊，浊者宽而不弛，君道也；清者廉而不乱，臣道也。一弦为宫，次弦为商，次为角，次为徵，次为羽。文王、武王各加一弦，文弦为少宫㉟，武弦为少商，以合君臣之恩也。君臣相得，政令和谐，治国之道，不过如此。"威王曰："善哉。先生既知琴理，必审琴音，愿先生试一弹之！"驺忌对曰："臣以琴为事，则审于为琴；大王以国为事，岂不审于为国哉？今大王抚国而不治，何异臣之抚琴而不弹乎？臣抚琴而不弹，无以畅大王之意；大王抚国而不治，恐无以畅万民之意也。"威王愕然曰："先生以琴谏寡人，寡人闻命矣！"遂留之右室。明日，沐浴而召之，与之谈论国事。驺忌劝威王节饮远色，核名实，别忠佞，息民教战，经营霸王之业。威王大悦，即拜驺忌为相国。

时有辩士淳于髡，见驺忌唾手取相印，心中不服，率其徒往见驺忌。忌接之甚恭，髡有傲色，直入踞上坐，谓忌曰："髡有愚志，愿陈于相国之前，不识可否？"忌曰："愿闻。"淳于髡曰："子不离母，妇不离夫。"忌曰："谨受教，不敢远于君侧。"髡又曰："棘木⑯为轮，涂以猪脂，至滑也，投于方孔则不能运转。"忌曰："谨受教，不敢不顺人情。"髡又曰："弓干虽胶，有时而解；众流赴海，自然而合。"忌曰："谨受教，不敢不亲附于万民。"髡又曰："狐裘虽敝，不可补以黄狗之皮。"忌曰："谨受教，请选择贤者，毋杂不肖于其间。"髡又曰："辐毂㉚不较分寸，不能成车；琴瑟不较缓急，不能成律。"忌曰："谨受教，请修法令而督奸吏。"淳于髡嘿然，再拜而退。既出门，其徒曰："夫子始见相国，何其倨，今再拜而退，又何屈也？"淳于髡曰："吾示以微言㉘凡五，相国随口而应，悉解吾意。此诚大才，吾所不及！"于是游说之士，闻驺忌之名，无敢人齐者。

驺忌亦用淳于髡之言，尽心图治。常访问："邑守中谁贤谁不肖？"同朝之人，无不极口称阿㉙大夫之贤，而贬即墨㊵大夫者。忌述于威王。威王于不意中，时时问及左右，所对大略相同。乃阴使人往察二邑治状，从实回报，因降旨召阿、即墨二守入朝。即墨大夫先到见朝，威王并无一言发放。左右皆惊讶，不解其故。未几，阿邑大夫亦到。威王大集群臣，欲行赏罚。左右私心揣度，都道："阿大夫今番必有重赏，即墨大夫祸事到矣。"众文武朝见事毕，威王召即墨大夫至前，谓曰："自子之官即墨也，毁言日至。吾使人视即墨，田野开辟，人民富饶，官无留事，东方以宁，繇子专意治邑，不肯媚吾左右，故蒙毁耳。子诚贤令！"乃加封万家之邑。又召阿大夫谓曰："自子守阿，誉言日至。吾使人视阿，田野荒芜，人民冻馁。昔日赵兵近境，子不往救，但以厚币精金，贿吾左右，以求美誉。守之不肖，无过于汝！"阿大夫顿首谢罪，愿改过。威王不听，呼力士使具鼎镬。须臾，火猛汤沸，缚阿大夫投鼎中。复召左右平昔常誉阿大夫毁即墨者，凡数十人，责之曰："汝在寡人左右，寡人以耳目寄汝，乃私受贿赂，颠倒是非，以欺寡人。有臣如此，要他何用？可俱就烹！"众皆泣拜哀求。威王怒犹未息，择其平日尤所亲信者十余人，次第烹之。众皆股栗。有诗为证：

权归左右主人依，毁誉繇来倒是非。

谁似烹阿封即墨，竟将公道颂齐威。

于是选贤才改易郡守，使檀子守南城㊶以拒楚，田朌守高唐㊷以拒赵，黔夫守徐州㊸以拒燕，种首为司寇，田忌为司马，国内大治，诸侯畏服。威王以下邳㊹封驺忌，曰：“成寡人之志者，吾子也。”号曰成侯。

驺忌谢恩毕，复奏曰：“昔齐桓、晋文，五霸中为最盛，所以然者，以尊周为名也。今周室虽衰，九鼎犹在，大王何不如周，行朝觐之礼，因假王宠，以临诸侯，桓文之业，不足道矣。”威王曰：“寡人已僭号为王，今以王朝王可乎？”驺忌对曰：“夫称王者，所以雄长乎诸侯，非所以压天子也。若朝王之际，暂称齐侯，天子必喜大王之谦德，而宠命有加矣。”威王大悦。即命驾往成周，朝见天子。时周烈王之六年㊺。王室微弱，诸侯久不行朝礼，独有齐侯来朝，上下皆鼓舞相庆。烈王大搜宝藏为赠。威王自周返齐，一路颂声载道，皆称其贤。

且说当时天下，大国凡七：齐、楚、魏、赵、韩、燕、秦。那七国地广兵强，大略相等。余国如越，虽则称王，日就衰弱，至于宋、鲁、卫、郑，益不足道矣。自齐威王称霸，楚、魏、韩、赵、燕五国，皆为齐下，会聚之间，推为盟主。惟秦僻在西戎，中国摈弃，不与通好。秦献公之世，上天雨金三日，周太史儋私叹曰："秦之地，周所分也，分五百余岁当复合，有霸王之君出焉，以金德王天下。今雨金于秦，殆其瑞乎？"及献公薨，子孝公⑥代立，以不得列于中国为耻。于是下令招贤，令曰："宾客群臣，有能出奇计强秦者，授以尊官，封之大邑。"

不知有甚贤臣应募而来，且听下回分解。

【注释】

①拥节旄：旌节上缀有旄牛尾饰物者称节旄。古代镇守一方的大将才拥有节旄。

②曾参（前505—前435）：春秋鲁南武城人，字子舆，孔子弟子。为人至孝，后人称为"宗圣"。

③穆公：鲁穆公姬显，鲁元公子，在位三十二年（前407—前376）。

④艾陵之怨：指吴与鲁合兵伐齐，败之于艾陵。见第八十二回。

⑤成邑：古邑名，一名郕。在今山东宁阳县东北九十里。

⑥平陆：战国时齐地名。在今山东汶上县北。

⑦吴城：其地在今山西平陆县北。

⑧秦惠公：秦简公子。在位十三年（前399—前387）。

⑨出子：秦惠公子。在位二年（前386—前385）。

⑩简公：秦怀公庶子。在位十五年（前414—前400）。

⑪灵公：秦怀公孙，名不详，在位十年（前424—前415）。

⑫献公：灵公子，名嬴隰，在位二十三年（前384—前362）。

⑬康公：齐康公吕贷，齐宣公子，姜齐最后一位国君。在位三十六年（前404—前379）。康公十四年（前391），被田和逐至海滨，齐国为田氏占有。

⑭安王：周安王姬骄，威烈王子。在位二十六年（前401—前376）。安王十三年即公元前389年。

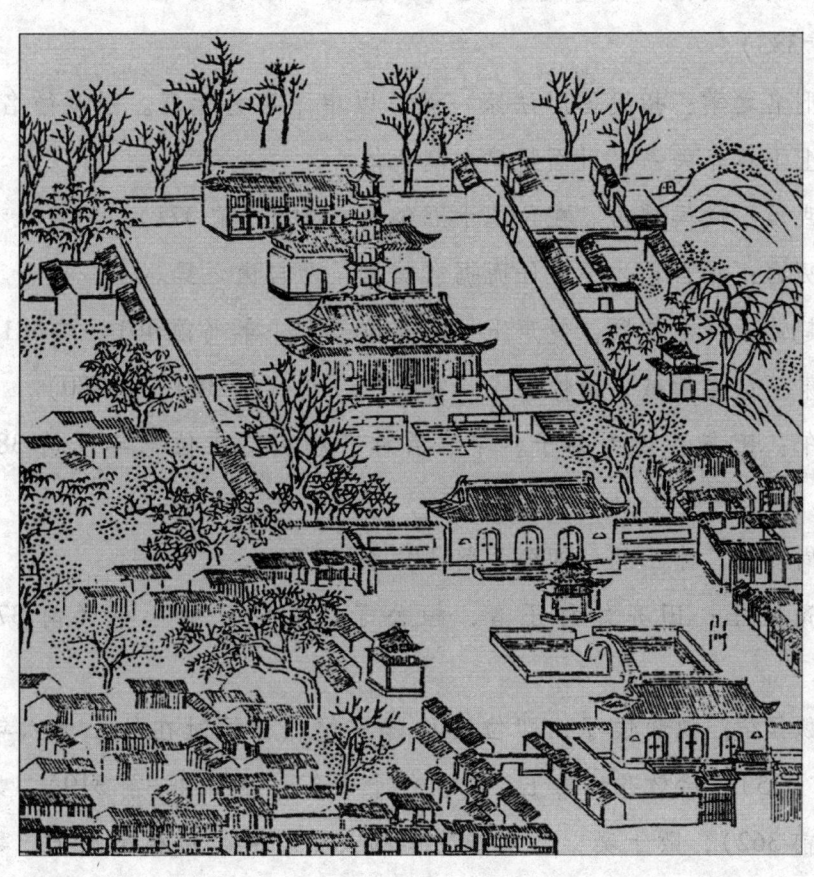

⑮田太公：战国时田齐建立者。元前404年继位为齐相，相齐康公。公元前391年迁康公于海滨，遂夺齐国。五年后（前386），周安王封之为诸侯。一年后病故。

⑯陈公子完奔齐：指陈厉公之子完奔齐，仕齐桓公为工正，弃千乘而为臣之事，见第十九回。

⑰轵（zhǐ 咫）：战国初魏邑名。在今河南济源市南。

⑱文侯：名不详。在位十年（前386—前377）。

⑲哀侯：名不详。在位六年（前376—前371）。

⑳懿侯：此据《史记·韩世家》。《六国年表》作庄侯，名若山。在位十二年（前370—前359）。

㉑昭侯：或作"昭釐侯"，见《战国策·韩策》。在位二十六年（前358—前333）。

㉒刑名之学：指战国时法家一派，以申不害为代表。强调循名责实，以强化上下尊卑关系，巩固封建专制政体。

㉓武侯：武侯魏击。在位二十五年（前395—前371）。

㉔叨窃：指自己才不胜任而据有其位，乃自谦之辞。

㉕楚悼王：名熊疑，楚声王子。在位二十一年（前401—前381）。

㉖肃王：名熊臧，楚悼王子。在位十一年（前380—前370）。

㉗午：田午乃田太公子。即位后称齐桓公。在位七年（前384—前379）。

㉘周安王二十三年：即公元前379年。

㉙齐威王：田齐始称王者，桓公子。在位三十七年（前378—前343）。

㉚魏侯䓨：魏武侯子，即位后称魏惠侯。称侯时在位三十六年（前370—前335）。后效齐称惠王，复在位十六年（前334—前319）。魏惠侯九年（前362），败于秦，乃从安邑迁都大梁。故之后称梁惠王，魏亦称梁。又：明刊叶敬池本有眉批云："齐称王在威王二十五年，实周显王十五年（前354）。魏称王在襄王元年，实周显王三十五年（前334）。梁惠王乃追称也。秦称王在惠文王十年，实周显王四十四年（前325）。韩称王在宣惠王十年，燕称王在易王十年，俱在周显王四十六年（前323），赵武灵王称王最后。"以上所举，皆符史实。唯魏称王非襄王元年（前318），而乃惠王后元元年（前334）。见前注。赵称王在武灵王十一年，

实周慎靓王六年（前315），故最后。

㉛琴者，禁也：此说源于《说文》。其文曰："本作，禁也。"《白虎通》："琴以禁制淫邪，正人心也。"

㉜伏羲：传说中的部落酋长。始画八卦，教民捕鱼畜牧。

㉝六合：古称天地及东南西北四方曰六合。

㉞五行：古代认为构成天地间各种物质的五种元素，即金木水火土。

㉟少宫：据 1978 年湖北随县出土的战国初曾侯乙编钟铭文所载：比正声组低八度时为太声组，记以"大"字，如大宫、大商等。比正声组高八度时，记以少字，如少宫、少商等。

㊱棘木：指酸枣木。

㊲辐毂（gǔ 古）：辐指车轮连接轴心和车圈的直木条。毂指车轮中间

车轴贯入处的圆木。辐毂乃车轮转动的关键部位。

㊳微言：即隐语，指不直述本意而借它辞暗示。亦称"廋词"。

㊴阿：战国时齐邑名。即今东阿县。

㊵即墨：战国齐邑名。故城在今山东平度市东南，在齐国东部。

㊶南城：又称南武城，齐邑。在今山东费县东南。

㊷高唐：战国齐邑。在今山东高唐县东。

㊸徐州：又名平舒，在今河北青县北，为齐、燕交界处。

㊹下邳（pī 匹）：古邳国，后为战国齐邑。在今江苏邳州市东。

㊺周烈王六年：烈王姬喜，周安王子。在位七年（前375—前369）。六年即公元前370年。

㊻孝公：名嬴渠梁。在位二十四年（前361—前338）。

第八十七回　说秦君卫鞅变法
辞鬼谷孙膑下山

话说卫人公孙鞅①原是卫侯之支庶②，素好刑名之学，因见卫国微弱，不足展其才能，乃入魏国，欲求事相国田文。田文已卒，公叔痤代为相国，鞅遂委身于痤之门。痤知鞅之贤，荐为中庶子③，每有大事，必与计议，鞅谋无不中，痤深爱之，欲引居大位，未及，而痤病。惠王亲往问疾，见痤病势已重，奄奄一息，乃垂泪而问曰："公叔恙万一不起，寡人将托国于何人？"痤对曰："中庶子卫鞅，其年虽少，实当世之奇才也。君举国而听之，胜痤十倍矣！"惠王默然。痤又曰："君如不用鞅，必杀之，勿令出境。恐见用于他国，必为魏害。"惠王曰："诺。"既上车，叹曰："甚矣，公叔之病也，乃使我托国于卫鞅，又曰'不用则杀之'。夫鞅何能为？岂非昏愦之语哉？"惠王既去，公叔痤召卫鞅至床头，谓曰："吾适言于君如此。欲君用子，君不许，吾又言，若不用当杀之，君曰'诺'。吾向者先君而后臣，故先以告君，后以告子。子必速行，毋及祸也！"鞅曰："君既不能用相国之言而用臣，又安能用相国之言而杀臣乎？"竟不去。大夫公子卬与鞅善，卬复荐于惠王，惠王竟不能用。

至是，闻秦孝公下令招贤，鞅遂去魏入秦，求见孝公之嬖臣景监。监与论国事，知其才能，言于孝公。公召见，问以治国之道。卫鞅历举羲、农、尧、舜为对，语未及终，孝公已睡去矣。明日，景监入见，孝公责之曰："子之客，妄人耳！其言迂阔无用，子何为荐之？"景监退朝，谓卫鞅曰："吾见先生于君，欲投君之好，庶几重子。奈何以迂阔无用之谈，渎君之听耶？"鞅曰："吾望君行帝道，君不悟也。愿更一见而说之。"景监曰："君意不怿④，非五日之后，不可言也。"

过五日，景监复言于孝公曰："臣之客，语尚未尽，自请复见，愿君许之。"孝公复召鞅，鞅备陈夏禹画土定赋，及汤，武顺天应人之事。孝公曰："客诚博闻强记，然古今事异，所言尚未适于用。"乃麾之使退。景监先候于门，见卫鞅从公宫出，迎而问曰："今日之说何如？"鞅曰："吾说君以王道，犹未当君意也。"景监愠曰："人主得士而用，如弋人治缴⑤，旦暮望获禽耳。岂能舍目前之效，而远法帝王哉？先生休矣！"鞅曰："吾向者未察君意，恐其志高，而吾之言卑，故且探之。今得之矣，若使我更得见君，不忧不入。"景监曰："先生两进言，而两拂吾君，吾尚敢饶舌以干君之怒哉？"明日，景监入朝谢罪，不敢复言卫鞅。景监归舍，鞅问曰："子曾为我复言于君否乎？"监曰："未曾。"鞅曰："惜乎，君徒下求贤之令，而不能用才，鞅将去矣。"监曰："先生何往？"鞅曰：

"六王扰扰，岂无好贤之主胜于秦君者哉？即不然，岂无委曲进贤胜于吾子者哉？鞅将求之。"景监曰："先生且从容，更待五日，吾当复言。"

又过五日，景监入侍孝公，孝公方饮酒，忽见飞鸿过前，停杯而叹。景监进曰："君目视飞鸿而叹何也？"孝公曰："昔齐桓公有言：'吾得仲父，犹飞鸠之有羽翼也。'寡人下令求贤，且数月矣，而无一奇才至者。譬如鸿雁，徒有冲天之志，而无羽翼之资，是以叹耳。"景监答曰："臣客卫鞅，自言有帝、王、伯三术。向者述帝王之事，君以为迂远难用。今更有伯术欲献，愿君省须臾之暇，请毕其词。"孝公闻"伯术"二字，正中其怀，命景监即召卫鞅。

鞅入，孝公问曰："闻子有伯道，何不早赐教于寡人乎？"鞅对曰："臣非不欲言也。但伯者之术，与帝王异。帝王之道，在顺民情，伯者之道，必逆民情。"孝公勃然按剑变色曰："夫伯者之道，安在其必逆人情哉！"鞅对曰："夫琴瑟不调，必改弦而更张⑥之。政不更张，不可为治。小民狃于目前之安，不顾百世之利，可与乐成，难于虑始。如仲父相齐，作内政而寄军令，制国为二十五乡，使四民各守其业，尽改齐国之旧。此岂小民之所乐从哉？及乎政成于内，敌服于外，君享其名，而民亦受其利，然后知仲父为天下才也。"孝公曰："子诚有仲父之术，寡人敢不委国而听子。但不知其术安在？"卫鞅对曰："夫国不富，不可以用兵；兵不强，不可以摧敌。欲富国莫如力田，欲强兵莫如劝战⑦。诱之以重赏，而后民知所趋，胁之以重罚，而后民知所畏。赏罚必信，政令必行，而国不富强者，未之有也。"孝公曰："善哉，此术寡人能行之。"鞅对曰："夫富强之术，不得其人不行；得其人而任之不专，不行；任之专而惑于人言，二三其意，又不行。"孝公又曰："善。"卫鞅请退，孝公曰："寡人正欲悉子之术，奈何遽退？"鞅对曰："愿君熟思三日，以定可否，然后臣敢尽言。"鞅出朝，景监又咎之曰："赖君再三称善，不乘此罄吐其所怀，又欲君熟思三日，无乃为要君耶？"鞅曰："君意未坚，不如此恐中变耳。"

　　至明日，孝公使人来召卫鞅，鞅谢曰："臣与君言之矣，非三日后不敢见也。"景监又劝令勿辞，鞅曰："吾始与君约而遂自失信，异日何以取信于君哉？"景监乃服。至第三日，孝公使人以车来迎。卫鞅复入见，孝公赐坐，请教，其意甚切。鞅乃备述秦政所当更张之事。彼此问答，一连三日三夜，孝公全无倦色。遂拜卫鞅为左庶长，赐第一区，黄金五百镒，谕群臣："今后国政，悉听左庶长施行。有违抗者，与逆旨同！"群臣肃然。

　　卫鞅于是定变法之令，将条款呈上孝公，商议停当。未及张挂，恐民不信，不即奉行，乃取三丈之木，立于咸阳[8]市之南门，使吏守之，令曰：

"有能徙此木于北门者，予以十金。"百姓观者甚众，皆中怀疑怪，莫测其意，无敢徙者。鞅曰："民莫肯徙，岂嫌金少耶？"复改令，添至五十金。众人愈疑。有一人独出曰："秦法素无重赏，今忽有此令，必有计议。纵不能得五十金，岂无薄赏！"遂荷其木，竟至北门立之。百姓从而观者如堵。吏奔告卫鞅，鞅召其人至，奖之曰："尔真良民也，能从吾令！"随取五十金与之，曰："吾终不失信于尔民矣。"市人互相传说，皆言左庶长令出必行，预相诫谕。次日，将新令颁布，市人聚观，无不吐舌。此周显王十年⑨事也。只见新令上云：

一、定都：秦地最胜，无如咸阳，被山带河，金城千里。今当迁都咸阳，永定王业。

一、建县：凡境内村镇，悉并为县。每县设令丞各一人，督行新法；不职者，轻重议罪。

一、辟土：凡郊外旷土，非车马必由之途及田间阡陌⑩，责令附近居民开垦成田。俟成熟之后，计步为亩，照常输租。六尺为一步，二百四十步为一亩。步过六尺为欺，没田入官。

一、定赋：凡赋税悉照亩起科⑪，不用井田什一之制⑫。凡田皆属于官，百姓不得私尺寸。

一、本富：男耕女织，粟帛多者，谓之良民，免其一家之役；惰而贫者，没为官家奴仆。弃灰于道⑬，以惰农论；工商则重征之。民有二男，即令分异，各出丁钱；不分异者，一人出两课⑭。

一、劝战：官爵以军功为叙，能斩一敌首，即赏爵一级⑮。退一步者即斩。功多者受上爵，车服任其华美不禁；无功者虽富室，止许布褐乘犊。宗室以军功多寡为亲疏，战而无功，削其属籍，比于庶民。凡有私下争斗者，不论曲直，并皆处斩。

一、禁奸：五家为保，十家相连，互相觉察。一家有过，九家同举；不举者，十家连坐⑯，俱腰斩。能首奸者，与克敌同赏。告一奸，得爵一级；私匿罪人者，与罪人同。客舍宿人，务取文凭辨验，无验者不许容

留。凡民一人有罪，并其室家没官。

一、重令：政令既出，不问贵贱，一体遵行；有不遵者，戮以狗。

新令既出，百姓议论纷纷，或言不便，或言便。鞅悉令拘至府中，责之曰："汝曹闻令，但当奉而行之。言不便者，梗令之民也；言便者，亦媚令之民也。此皆非良民！"悉籍其姓名，徙于边境为戍卒。大夫甘龙、杜挚私议新法，斥为庶人。于是道路以目相视，不敢有言。

卫鞅乃大发徒卒，筑宫阙于咸阳城中，择日迁都。太子驷不愿迁，且言变法之非。卫鞅怒曰："法之不行，自上犯之。太子君嗣，不可加刑；若赦之，则又非法。"乃言于孝公，坐其罪于师傅。将太傅公子虔劓鼻，太师公孙贾鲸面[17]。百姓相谓曰："太子违令，且不免刑其师傅，况他人乎？"鞅知人心已定，择日迁都。雍州大姓徙居咸阳者，凡数千家。分秦国为三十一县，开垦田亩，增税至百余万。卫鞅常亲至渭水阅囚，一日诛杀七百余人，渭水为之尽赤，哭声遍野，百姓夜卧，梦中皆战。于是道不拾遗，国无盗贼，仓廪充足，勇于公战，而不敢私斗。秦国富强，天下莫比。于是兴师伐楚，取商、於⑱之地，武关⑲之外，拓地六百余里。周显王遣使册命秦为方伯，于是诸侯毕贺。

是时，三晋惟魏称王，有吞并韩、赵之意，闻卫鞅用于秦国，叹曰："悔不听公叔痤之言也！"时卜子夏、田子方、魏成、李克等俱卒，乃捐厚币，招来四方豪杰。邹人孟轲字子舆，乃子思门下高弟。子思姓孔名仅，孔子嫡孙。孟轲得圣贤之传于子思，有济世安民之志。闻魏惠王好士，自邹至魏，惠王郊迎，礼为上宾，问以利国之道。孟轲曰："臣游于圣门，但知有仁义，不知有利。"惠王迂其言，不用，轲遂适齐。潜渊有诗云：

> 仁义非同功利谋，
>
> 纷争谁肯用儒流？
>
> 子舆空挟图王术，
>
> 历尽诸侯话不投。

却说周之阳城⑳，有一处地面，名曰鬼谷㉑。以其山深树密，幽不可测，似非人之所居，故云鬼谷。内中有一隐者，但自号曰鬼谷子㉒，相传姓王名栩，晋平公时人，在云梦山与宋人墨翟一同采药修道。那墨翟不畜妻子，发愿云游天下，专一济人利物，拔其苦厄，救其危难。惟王栩潜居鬼谷，人但称为鬼谷先生。其人通天彻地，有几家学问，人不能及。那几家学问？一曰数学㉓，日星象纬㉔，在其掌中，占往察来，言无不验；二曰兵学，六韬三略㉕，变化无穷，布阵行兵，鬼神不测；三曰游学，广记多闻，明理审势，出词吐辩，万口莫当；四曰出世学，修真养性，服食导引㉖，却病延年，冲举㉗可俟。那先生既知仙家冲举之术，为何屈身世间？只为要度㉘几个聪明弟子，同归仙境，所以借这个鬼谷栖身。初时偶然入市，为人占卜，所言吉凶休咎，应验如神。渐渐有人慕学其术。先生只看来学者资性，近着那一家学问，便以其术授之。一来成就些人才，为七国之用；二来就访求仙骨，共理出世之事。他住鬼谷，也不计年数，弟子就学者不知多少，先生来者不拒，去者不追。就中单说同时几个有名的弟子：齐人孙宾、魏人庞涓、张仪、洛阳人苏秦。宾与涓结为兄弟，同学兵法；秦与仪结为兄弟，同学游说；各为一家之学。

　　单表庞涓学兵法三年有余，自以为能，忽一日，为汲水，偶然行至山下，听见路人传说魏国厚币招贤，访求将相，庞涓心动，欲辞先生下山，往魏国应聘。又恐先生不放，心下踌躇，欲言不言。先生见貌察情，早知其意，笑谓庞涓曰："汝时运已至，何不下山，求取富贵？"庞涓闻先生之言，正中其怀，跪而请曰："弟子正有此意，未审此行可得意否？"先生曰："汝往摘山花一枝，吾为汝占之。"庞涓下山，寻取山花。此时正是六月炎天，百花开过，没有山花。庞涓左盘右转，寻了多时，止觅得草花一茎，连根拔起，欲待呈与师父，忽想道："此花质弱身微，不为大器。"弃掷于地，又去寻觅了一回。可怪绝无他花，只得转身将先前所取草花，藏于袖中，回复先生曰："山中没有花。"先生曰："既没有花，汝袖中何物？"涓不能隐，只得取出呈上。其花离土，又先经日色，已半萎矣。先生曰："汝知此花之名乎？乃马兜铃②也。一开十二朵，为汝荣盛之年数。采于鬼谷，见日而萎；鬼傍着委，汝之出身，必于魏国。"庞涓暗暗称奇。先生又曰："但汝不合见欺，他日必以欺人之事，还被人欺，不可不戒！吾有八字，汝当记取：'遇羊而荣，遇马而瘁。'"一庞涓再拜曰："吾师大教，敢不书绅③！"临行，孙宾送之下山，庞涓曰："某与兄有八拜之交，誓同富贵，此行倘有进身之阶，必当举荐吾兄，同立功业。"孙宾曰："吾弟此言果实否？"涓曰："弟若谬言，当死于万箭之下！"宾曰："多谢厚情，何须重誓！"两下流泪而别。

孙宾还山，先生见其泪容，问曰："汝惜庞生之去乎？"宾曰："同学之情，何能不惜？"先生曰："汝谓庞生之才，堪为大将否？"宾曰："承师教训已久，何为不可？"先生曰："全未，全未！"宾大惊，请问其故。先生不言。至次日，谓弟子曰："我夜间恶闻鼠声，汝等轮流值宿，为我驱鼠。"众弟子如命。其夜，轮孙宾值宿，先生于枕下，取出文书一卷，谓宾曰："此乃汝祖孙武子《兵法》十三篇。昔汝祖献于吴王阖闾，阖闾用其策，大破楚师。后阖闾惜此书，不欲广传于人，乃置以铁柜，藏于姑苏台屋楹之内。自越兵焚台，此书不传。吾向与汝祖有交，求得其书，亲为注解；行兵秘密，尽在其中，未尝轻授一人。今见子心术忠厚，特以付子。"宾曰："弟子少失父母，遭国家多故，宗族离散，虽知祖父有此书，实未传领。吾师既有注解，何不并传之庞涓，而独授于宾也？"先生曰："得此书者，善用之为天下利，不善用之为天下害。涓非佳士，岂可轻付哉！"宾乃携归卧室，昼夜研诵。三日之后，先生遽向孙宾索其原书。宾出诸袖中，缴还先生。先生逐篇盘问，宾对答如流，一字不遗。先生喜曰："子用心如此，汝祖为不死矣！"

再说庞涓别了孙宾，一径入魏国，以兵法干相国王错，错荐于惠王。庞涓入朝之时，正值庖人进蒸羊于惠王之前，惠王方举箸，涓私喜曰："吾师言'遇羊而荣'，斯不谬矣。"惠王见庞涓一表人物，放箸而起，迎而礼之。庞涓再拜，惠王扶住，问其所学。涓对曰："臣学于鬼谷先生之门，用兵之道，颇得其精。"因指画敷陈，倾倒胸中，惟恐不尽。惠王问曰："吾国东有齐，西有秦，南有楚，北有韩、赵、燕，皆势均力敌。而赵人夺我中山，此仇未报，先生何以策之？"庞涓曰："大王不用微臣则已，如用微臣为将，管教战必胜，攻必取，可以兼并天下，何忧六国哉？"惠王曰："先生大言，得无难践乎？"涓对曰："臣自揣所长，实可操六国于掌中，若委任不效，甘当伏罪。"惠王大悦，拜为元帅，兼军师之职。涓子庞英，侄庞葱、庞茅，俱为列将。涓练兵训武，先侵卫、宋诸小国，屡屡得胜。宋、鲁、卫、郑诸君，相约联翩③来朝。适齐兵侵境，涓复御却之，遂自以为不世之功，不胜夸诩。

时墨翟遨游名山，偶过鬼谷探友，一见孙宾，与之谈论，深相契合。遂谓宾曰："子学业已成，何不出就功名，而久淹山泽耶？"宾曰："吾有同学庞涓，出仕于魏，相约得志之日，必相援引，吾是以待之。"墨翟曰："涓见为魏将，吾为子入魏，以察涓之意。"墨翟辞去，径至魏国，闻庞涓自恃其能，大言不惭，知其无援引孙宾之意；乃自以野服求见魏惠王。惠王素闻墨翟之名，降阶迎入，叩以兵法。墨翟指说大略。惠王大喜，欲留任官职。墨翟固辞曰："臣山野之性，不习衣冠。所知有孙武子之孙名宾者，真大将之才，臣万分不及。见今隐于鬼谷，大王何不召之？"惠王曰："孙宾学于鬼谷，乃是庞涓同门，卿谓二人所学孰胜？"墨翟曰："宾与涓，虽则同学，然宾独得乃祖秘传，虽天下无其对手，况庞涓乎？"

墨翟辞去，惠王即召庞涓问曰："闻卿之同学有孙宾者，独得孙武子秘传，其才天下无比，将军何不为寡人召之？"庞涓对曰："臣非不知孙宾之才，但宾是齐人，宗族皆在于齐，今若仕魏，必先齐而后魏，臣是以不敢进言。"惠王曰："'士为知己者死。'岂必本国之人，方可用乎？"庞涓对曰："大王既欲召孙宾，臣即当作书致去。"庞涓口虽不语，心下踌躇："魏国兵权，只在我一人之手，若孙宾到来，必然夺宠；既魏王有命，不敢不依，且待来时，生计害他，阻其进用之路，却不是好？"遂修书一封，呈上惠王。惠王用驷马高车，黄金白璧，遣人带了庞涓之书，一径望鬼谷来聘取孙宾。宾拆书看之，略曰：

涓托兄之庇，一见魏王，即蒙重用。临歧援引之言，铭心不忘。今特荐于魏王，求即驱驰赴召，共图功业。

孙宾将书呈与鬼谷先生。先生知庞涓已得时大用，今番有书取用孙宾，竟无一字问候其师，此乃刻薄忘本之人，不足计较。但庞涓生性骄妒，孙宾若去，岂能两立？欲待不容他去，又见魏王使命郑重，孙宾已自行色匆匆，不好阻当。亦使宾取山花一枝，卜其休咎。此时九月天气，宾见先生几案之上，瓶中供有黄菊一枝，遂拔以呈上，即时复归瓶中。先生

乃断曰："此花见被残折，不为完好，但性耐岁寒，经霜不坏，虽有残害，不为大凶；且喜供养瓶中，为人爱重。瓶乃范金而成[32]，钟鼎之属。终当威行霜雪，名勒鼎钟矣。但此花再经提拔，恐一时未能得意。仍旧归瓶，汝之功名，终在故土。吾为汝增改其名，可图进取。"遂将孙宾"宾"字，左边加月为"膑"。按字书，膑乃刖刑[33]之名，今鬼谷子改孙宾为孙膑，明明知有刖足之事，但天机不肯泄漏耳，岂非异人哉？髯翁有诗云：

　　山花入手知休咎，试比蓍龟倍有灵。

　　却笑当今卖卜者，空将鬼谷画占形。

临行，又授以锦囊一枚，吩咐："必遇至急之地，方可开看。"孙膑拜辞先生，随魏王使者下山，登车而去。

苏秦、张仪在旁，俱有欣羡之色，相与计议来禀，亦欲辞归，求取功名。先生曰："天下最难得者聪明之士，以汝二人之质，若肯灰心学道，可致神仙，何苦要碌碌尘埃，甘为浮名虚利所驱逐也！"秦、仪同声对曰："夫'良材不终朽于岩下，良剑不终秘于匣中'。日月如流，光阴不再。某等受先生之教，亦欲乘时建功，图个名扬后世耳。"先生曰："你两人中肯留一人与我作伴否？"秦、仪执定欲行，无肯留者。先生强之不得，叹曰："仙才之难如此哉！"乃为之各占一课，断曰："秦先吉后凶，仪先凶后吉。秦说先行，仪当晚达。吾观孙、庞二子，势不相容，必有吞噬之事。汝二人异日，宜互相推让，以成名誉，勿伤同学之情！"二人稽首受教。先生又将书二本，分赠二人。秦、仪观之，乃太公《阴符篇》㉞也。秦、仪曰："此书弟子久已熟诵，先生今日见赐，有何用处？"先生曰："汝虽熟诵，未得其精。此去若未能得意，只就此篇探讨，自有进益。我亦从此逍遥海外，不复留于此谷矣。"秦、仪既别去，不数日，鬼谷子亦浮海为蓬岛㉟之游，或云已仙去矣。

不知孙膑应聘下山，后来如何，且看下回分解。

【注释】

①公孙鞅：战国时卫人，故称卫鞅。先仕于魏，后仕于秦，佐秦变法，因功封于商，亦称商鞅。

②支庶：国君本宗旁族支派。

③中庶子：古代官名。《周礼·夏官》称"诸子"，掌诸侯、卿大夫之庶子的教养训诫等事。

④怿（yì 义）：快乐，高兴。

⑤缴（zhuó 着）：射鸟时系在箭上的生丝绳。

⑥改弦而更张：调整乐器之弦，使声音和谐。比喻改革法度。

⑦劝战：指奖励战功。

⑧咸阳：战国时秦都邑，在今陕西咸阳市东北二十里。因位于九嵕山之南，渭水之北，故名。春秋至战国初，秦都雍。后迁泾阳（今陕西泾阳县西北），又迁至栎阳（今陕西富平东南）。秦孝公十二年（前350），始迁至咸阳。此时秦都乃在栎阳。此处有误。亦与下文"今当迁都咸阳"、"雍州大姓徙居咸阳者，凡数千家"相矛盾。

⑨周显王十年：即公元前359年，秦孝公三年。秦于此年正式开始

变法。

⑩阡陌：田间小路。南北向称阡，东西向称陌。

⑪照亩起科：依照田亩数量以确定租税之多寡。这里意味承认土地私有和贫富差别，说明奴隶制向封建制转化。

⑫井田什一之制：井田制为我国奴隶社会时的一种土地制度。以九百亩为一单位，中间百亩为公田，四周八百亩为私田，八家同养公田。因形如井字，故名。什一，即十分之一，此指什一之税。井田制亦接近什一税。《孟子·滕文公上》："夏后氏五十而贡，殷人七十而助，周人百亩而彻，其实皆什一也。"

⑬弃灰于道：把灰烬弃在路上。殷代对弃灰于道者断其手，商君对弃灰于道者处黥刑，用以立威治国。《韩非子·内储说》："殷之法刑弃灰于街者。子贡以为重，问之仲尼，仲尼曰'知治之道也。夫弃灰于街必掩人……虽刑之可也。'"案，孔子的理解，弃灰于道是影响环境卫生，刑弃灰者属环卫法。明代张萱《疑耀·秦法弃灰》："秦法，弃灰于道者弃市，……偶阅《马经》，马性畏灰，更畏新出之灰，马驹遇之辄死，故石矿之灰，往往令马落驹。秦之禁弃灰也，其为畜马计矣。"此又一说。

⑭课：赋役，抽税。

⑮一级：秦制，从公侯至士共分二十级，斩一敌首，提升一级。首级之名始于此。

⑯连坐：指一人犯禁，其他人一同受罚。古代连坐之法，始于商鞅。

⑰鲸面：即黥面，又称墨刑，即以刀刺人面额而后用黑涅之。

⑱商於（wū巫）：古地区名。包括商（今陕西商县东南）至於（今河南西峡县）之间大片地区。

⑲武关：古关隘名。在今陕西丹凤县东南，战国初秦置。

⑳阳城：古邑名。治所在今河南登封市东南告成镇。

㉑鬼谷：据《史记·苏秦列传》司马贞索隐："鬼谷，地名也。扶风池阳、颍川阳成并有鬼谷墟。"本书主颍川阳成（城），即登封市东南之

鬼谷墟。

㉒鬼谷子：战国时隐士。楚人。有弟子孙膑、庞涓、苏秦、张仪等多人。《隋书·经籍志》纵横家有晋皇甫谧注《鬼谷子》三卷。

㉓数学：指术数之学。

㉔象纬：古称日月五星为象纬。

㉕六韬三略：六韬为古代兵书，分文、武、龙、虎、豹、犬六部分。三略亦古代兵书，旧题汉黄石公撰。《武经七书》中收有此书。

㉖服食导引：服食乃服用丹药。导引乃古医家养生术，指呼吸俯仰，

屈伸手足，使血气流通，达到长寿之效。

㉗冲举：指飞升成仙。

㉘度：使人离俗出家或成仙。

㉙马兜铃：俗名天香藤，蔓生，缘木而上。叶落时其实尚垂，状如马项之铃，故名。其藤、实、根皆可入药。

㉚书绅：把要牢记的话写在衣带上，以表示牢记不忘。

㉛联翩：本指群鸟结队而飞之形。此指连续不断，前后相接。

㉜范金而成：按照模子铸成的金属器皿。

㉝刖（yuè 月）刑：古代一种砍掉膝盖骨的酷刑。

㉞太公《阴符篇》：即姜太公所注之《阴符经》。《阴符经》，旧题黄帝撰，有姜太公、范蠡、鬼谷子、张良各家之注。经文一卷，不足四百字。内言虚无之道、修炼之术。

㉟蓬岛：即蓬莱岛。相传为海中仙山，乃仙人所居之所。

第八十八回　孙膑佯狂脱祸　庞涓兵败桂陵

话说孙膑行至魏国，即寓于庞涓府中。膑谢涓举荐之恩，涓有德色。膑又述鬼谷先生改宾为膑之事，涓惊曰："膑非佳语，何以改易？"膑曰："先生之命，不敢违也！"

次日，同入朝中，谒见惠王，惠王降阶迎接，其礼甚恭。膑再拜奏曰："臣欲村野匹夫，过蒙大王聘礼，不胜惭愧！"惠王曰："墨子盛称先生独得孙武秘传，寡人望先生之来，如渴思饮。今蒙降重①，大慰平生！"遂问庞涓曰："寡人乃封孙先生为副军师之职，与卿同掌兵权，卿意如何？"庞涓对曰："臣与孙膑，同窗结义，膑乃臣之兄也，岂可以兄为副？不若权拜客卿②，候有功绩，臣当让爵，甘居其下。"惠王准奏，即拜膑为客卿，赐第一区，亚于庞涓。客卿者，半为宾客，不以臣礼加之，外示优崇，不欲分兵权于膑也。自此孙、庞频相往来。庞涓想道："孙子既有秘授，未见吐露，必须用意探之。"遂设席请酒，酒中因谈及兵机。孙子对答如流。及孙子问及庞涓数节，涓不知所出，乃佯问曰："此非孙武子《兵法》所载乎？"膑全不疑虑，对曰："然也。"涓曰："愚弟昔日亦蒙先生传授，自不用心，遂至遗忘。今日借观，不敢忘报。"膑曰："此书经先生注解详明，与原本不同，先生止付看三日，便即取去，亦无录本。"涓曰："吾兄还记得否？"膑曰："依稀尚存记忆。"涓心中巴不得便求传授，只是一时难以骤逼。

过数日，惠王欲试孙膑之能，乃阅武于教场，使孙、庞二人，各演阵法。庞涓布的阵法，孙膑一见，即能分说此为某阵，用某法破之。孙膑排成一阵，庞涓茫然不识，私问于孙膑。膑曰："此即'颠倒八门阵'也。"

涓曰："有变乎？"膑曰："攻之则变为'长蛇阵'矣。"庞涓探了孙膑说话，先报惠王曰："孙子所布，乃'颠倒八门阵'，可变'长蛇'。"已而，惠王问于孙膑，所对相同。惠王以庞涓之才，不弱于孙膑，心中愈喜。只有庞涓回府，思想："孙子之才，大胜于吾，若不除之，异日必为欺压。"心生一计，于相会中间，私叩孙子曰："吾兄宗族俱在齐邦，今兄已仕魏国，何不遣人迎至此间，同享富贵？"孙膑垂泪言曰："子虽与吾同学，未悉吾家门之事也。吾四岁丧母，九岁丧父，育于叔父孙乔身畔。叔父仕于齐康公为大夫。及田太公迁康公于海上，尽逐其故臣，多所诛戮，吾宗族离散，叔与从兄孙平、孙卓，挈吾避难奔周，因遇荒岁，复将吾佣于周北门之外，父子不知所往。吾后来年长，闻人言鬼谷先生道高，而心慕之，是以单身往学。又复数年，家乡杳无音信，岂有宗族可问哉？"庞涓复问曰："然则兄长亦还忆故乡坟墓否？"膑曰："人非草木，能忘本原？先生于吾临行，亦言'功名终在故土'。今已作魏臣，此话不须提起矣。"庞涓探了口气，佯应曰："兄长之言甚当，大丈夫随地立功，何必故乡也？"

约过半年，孙膑所言，都已忘怀了。一日，朝罢方回，忽有汉子似山东人语音，问人曰："此位是孙客卿否？"膑随唤入府，叩其来历。那人曰："小子姓丁名乙，临淄人氏，在周客贩，令兄有书托某送到鬼谷，闻贵人已得仕魏邦，迂路来此。"说罢，将书呈上。孙膑接书在手，拆而观之，略云：

愚兄平、卓字达贤弟宾亲览：吾自家门不幸，宗族荡散，不觉已三年矣。向在宋国为人耕牧，汝叔一病即世，异乡零落，苦不可言。今幸吾王尽释前嫌，招还故里，正欲奉迎吾弟，重立家门。闻吾弟就学鬼谷，良玉受琢，定成伟器。兹因某客之便，作书报闻。幸早为归计，兄弟复得相见！

孙膑得书，认以为真，不觉大哭。丁乙曰："承贤兄吩咐，劝贵人早早还乡，骨肉相聚。"孙膑曰："吾已仕于此，此事不可造次。"乃款待丁乙酒饭，付以回书。前面亦叙思乡之语，后云："弟已仕魏，未可便归，俟稍有建立，然后徐为首丘之计。"送丁乙黄金一锭为路费。丁乙接了回书，当下辞去。

谁知来人不是什么丁乙，乃是庞涓手下心腹徐甲也。庞涓套出孙膑来历姓名，遂伪作孙平、孙卓手书，教徐甲假称齐商丁乙，投见孙子。孙子兄弟自少分别，连手迹都不分明，遂认以为真了。庞涓诳得回书，遂仿其笔迹，改后数句云："弟今虽身仕魏国，但故土难忘，心殊悬切，不日当图归计，以尽手足之欢。倘齐王不弃微长，自当尽力报效。"于是入朝私见惠王，屏去左右，将伪书呈上，言："孙膑果有背魏向齐之心，近日私通齐使，取有回书，臣遣人邀截于郊外，搜得在此。"惠王看毕曰："孙

膑心悬故土，岂以寡人未能重用，不尽其才耶？"涓对曰："膑祖孙武子为吴王大将，后来仍旧归齐。父母之邦，谁能忘情？大王虽重用膑，膑心已恋齐，必不能为魏尽力。且膑才不下于臣，若齐用为将，必然与魏争雄，此大王异日之患也，不如杀之。"惠王曰："孙膑应召而来，今罪状

未明，遽然杀之，恐天下议寡人之轻士也。"涓对曰："大王之言甚善。臣当劝谕孙膑，倘肯留魏国，大王重加官爵，若其不然，大王发到微臣处议罪，微臣自有区处。"

庞涓辞了惠王，往见孙子，问曰："闻兄已得千金家报，有之乎？"膑是忠直之人，全不疑虑，遂应曰："果然。"因备述书中要他还乡之意。庞涓曰："弟兄久别思归，人之至情，兄长何不于魏王前暂给一二月之假，归省坟墓，然后再来？"膑曰："恐主公见疑，不允所请。"涓曰："兄试请之，弟当从旁力赞。"膑曰："全仗贤弟玉成。"是夜，庞涓又入见惠王，奏曰："臣奉大王之命，往谕孙膑，膑意必不愿留，且有怨望之语。若目下有表章请假，主公便发其私通齐使之罪。"惠王点头。

次日，孙膑果然进上一通表章，乞假月余，还齐省墓。惠王见表大怒，批表尾云："孙膑私通齐使，今又告归，显有背魏之心，有负寡人委任之意。可削其官秩，发军师府问罪。"军政司奉旨，将孙膑拿到军师府来见庞涓，涓一见佯惊曰："兄长何为至此！"军政司宣惠王之命。庞涓领旨讫，问膑曰："吾兄受此奇冤，愚弟当于王前力保。"言罢，命舆人驾车，来见惠王，奏曰："孙膑虽有私通齐使之罪，然罪不至死。以臣愚见，不若刖而黥之，使为废人，终身不能退归故土。既全其命，又无后患，岂不两全？微臣不敢自专，特来请旨！"惠王曰："卿处分最善。"庞涓辞回本府，谓孙膑曰："魏王十分恼怒，欲加兄极刑，愚弟再三保奏，恭喜得全性命。但须刖足黥面，此乃魏国法度，非愚弟不尽力也。"孙膑叹曰："吾师云'虽有残害，不为大凶'。今得保首领，此乃贤弟之力，不敢忘报！"庞涓遂唤刀斧手，将孙膑绑住，剔去双膝盖骨。膑大叫一声，昏绝倒地，半晌方苏。又用针刺面，成"私通外国"四字，以墨涂之。庞涓假意啼哭，以刀疮药敷膑之膝，用帛缠裹，使人抬至书馆，好言抚慰，好食将息。约过月余，孙膑疮口已合，只是膝盖既去，两腿无力，不能行动，只好盘足而坐。髯翁有诗云：

易名膑字祸先知，何待庞涓用计时？

堪笑孙君太忠直，尚因全命感恩私。

　　孙膑已成废人，终日受庞涓三餐供养，甚不过意。庞涓乃求膑传示鬼谷子注解孙武兵书，膑慨然应允。涓给以木简，要他缮写。膑写未及十分之一，有苍头[3]名唤诚儿，庞涓使伏侍孙膑，诚儿见孙子无辜受枉，反有怜悯之意。忽庞涓召诚儿至前，问孙膑缮写日得几何，诚儿曰："孙将军

为两足不便，长眠短坐，每日只写得二三策。"庞涓怒曰："如此迟慢，何日写完？汝可与我上紧催促。"诚儿退问涓近侍曰："军师央孙君缮写，何必如此催迫？"近侍曰："汝有所不知。军师与孙君，外虽相恤，内实

相忌，所以全其性命，单为欲得兵书耳。缮写一完，便当绝其饮食，汝切不可泄漏。"诚儿闻知此信，密告孙子。

孙子大惊："原来庞涓如此无义，岂可传以《兵法》？"又想："若不缮写，他必然发怒，吾命旦夕休矣！"左思右想，欲求自脱之计。忽然想着："鬼谷先生临行时，付我锦囊一个，嘱云：'到至急时，方可开看。'今其时矣。"遂将锦囊启视，乃黄绢一幅，中间写着"诈疯魔"三字。膑曰："原来如此。"当日晚餐方设，膑正欲举箸，忽然昏愦，作呕吐之状，良久发狂，张目大叫曰："汝何以毒药害我？"将瓶瓯悉拉于地，取写过木简，向火焚烧，扑身倒地，口中含糊骂詈不绝。诚儿不知是诈，慌忙奔告庞涓。涓次日亲自来看，膑痰涎满面，伏地呵呵大笑，忽然大哭。庞涓问曰："兄长为何而笑？为何而哭？"膑曰："吾笑者笑魏王欲害我命，吾有十万天兵相助，能奈我何？吾哭者哭魏邦没有孙膑，无人作大将也！'，说罢，复睁目视涓，磕头不已，口中叫："鬼谷先生，乞救我孙膑一命！"庞涓曰："我是庞某，休得错认了！"膑牵住庞涓之袍，不肯放手，乱叫："先生救命！"庞涓命左右扯脱，私问诚儿曰："孙子病症是几时发的？"诚儿曰："是夜来发的。"涓上车而去，心中疑惑不已。恐其佯狂，欲试其真伪，命左右拖入猪圈中，粪秽狼藉，膑被发覆面，倒身而卧。再使人送酒食与之，诈云："吾小人哀怜先生被刖，聊表敬意，元帅不知也。"孙子已知是庞涓之计，怒目狰狞，骂曰："汝又来毒我耶？"将酒食倾翻地下。使者乃拾狗矢及泥块以进，膑取而啖之。于是还报庞涓，涓曰："此真中狂疾，不足为虑矣。"自此纵放孙膑，任其出入。

膑或朝出晚归，仍卧猪圈之内，或出而不返，混宿市井之间。或谈笑自若，或悲号不已。市人认得是孙客卿，怜其病废，多以饮食遗之。膑或食或不食，狂言诞语，不绝于口，无有知其为假疯魔者。庞涓却吩咐地方，每日侵晨，具报孙膑所在，尚不能置之度外也。髯翁有诗叹云：

纷纷七国斗干戈，俊杰乘时归网罗。

堪恨奸臣怀嫉忌，致令良友诈疯魔。

时墨翟云游至齐，客于田忌之家，其弟子禽滑从魏而至，墨翟问："孙膑在魏得意何如？"禽滑亲将孙子被刖之事，述于墨翟。翟叹曰："吾本欲荐膑，反害之矣。"乃将孙膑之才，及庞涓妒忌之事，转述于田忌。田忌言于威王曰："国有贤臣，而令见辱于异国，大不可也！"威王曰："寡人发兵以迎孙子如何？"田忌曰："庞涓不容膑仕于本国，肯容仕于齐国乎？欲迎孙子，须是如此恁般，密载以归，可保万全。"威王用其谋，即令客卿淳于髡，假以进茶为名，至魏欲见孙子。

淳于髡领旨，押了茶车，捧了国书，竟至魏国。禽滑装做从者随行。到魏都见了魏惠王，致齐侯之命。惠王大喜，送淳于髡于馆驿。禽滑见膑发狂，不与交言，半夜私往候之。膑背靠井栏而坐，见禽滑张目不语。滑垂涕曰："孙卿困至此乎？识禽滑否？吾师言孙卿之冤于齐王，齐王甚相倾慕，淳于公此来，非为贡茶，实欲载孙卿入齐，为卿报刖足之仇耳！"孙膑泪流如雨，良久言曰："某已分死于沟渠，不期今日有此机会，但庞涓疑虑太甚，恐不便挈带，如何？"禽滑曰："吾已定下计策，孙卿不须过虑，俟有行期，即当相迎。"约定只在此处相会，万勿移动。

次日，魏王款待淳于髡，知其善辩之士，厚赠金帛。髡辞了魏王欲行，庞涓复置酒长亭饯行。禽滑先于是夜将温车藏了孙膑，却将孙膑衣服，与厮养④王义穿着，披头散发，以泥土涂面，装作孙膑模样。地方已经具报，庞涓以此不疑。淳于髡既出长亭，与庞涓欢饮而别。先使禽滑驱车速行，亲自押后。过数日，王义亦脱身而来。地方但见肮脏衣服，撒做一地，已不见孙膑矣。即时报知庞涓，涓疑其投井而死，使人打捞尸首不得，连连挨访，并无影响。反恐魏王见责，戒左右只将孙膑溺死申报，亦不疑其投齐也。

再说淳于髡载孙膑离了魏境，方与沐浴，既入临淄，田忌亲迎于十里之外。言于威王，使乘蒲车入朝。威王叩以兵法，即欲拜官。孙膑辞曰："臣未有寸功，不敢受爵。庞涓若闻臣用于齐，又起妒嫉之端，不若姑隐其事，俟有用臣之处，然后效力何如？"威王从之，乃使居田忌之家，忌尊为上客。膑欲偕禽滑往谢墨翟，他师弟二人，已不别而行了。膑叹息不已。再使人访孙平、孙卓信息，杳然无闻，方知庞涓之诈。

齐威王暇时，常与宗族诸公子驰射赌胜为乐。田忌马力不及，屡次失金。一日，田忌引孙膑同至射圃观射。膑见马力不甚相远，而田忌三棚皆负，乃私谓忌曰："君明日复射，臣能令君必胜。"田忌曰："先生果能使某必胜，某当请于王，以千金决赌。"膑曰："君但请之。"田忌请于威王曰："臣之驰射屡负矣。来日愿倾家财，一决输赢，每棚以千金为采⑤。"威王笑而从之。是日，诸公子皆盛饰车马，齐至场圃，百姓聚观者数千人。田忌问孙子曰："先生必胜之术安在？千金一棚，不可戏也！"孙膑曰："齐之良马，聚于王厩，而君欲与次第角胜，难矣。然臣能以术得之。夫三棚有上中下之别。诚以君之下驷，当彼上驷，而取君之上驷，与彼中驷角，取君之中驷，与彼下驷角，君虽一败，必有二胜。”田忌曰：“妙哉！”乃以金鞍锦鞯，饰其下等之马，伪为上驷，先与威王赌第一棚。马足相去甚远，田忌复失千金。威王大笑，田忌曰：“尚有二棚，臣若全输，笑臣未晚。”及二棚三棚，田忌之马果皆胜，多得采物千金。田忌奏曰：“今日之胜，非臣马之力，乃孙子所教也。”因述其故。威王叹曰：“即此小事，已见孙先生之智矣！”由是益加敬重，赏赐无算，不在话下。

再说魏惠王既废孙膑，责成庞涓恢复中山之事。庞涓奏曰：“中山远

于魏而近于赵，与其远争，不如近割。臣请为君直捣邯郸，以报中山之恨。"惠王许之。庞涓遂出车五百乘伐赵，围邯郸。邯郸守臣丕选，连战俱败，上表赵成侯。成侯使人以中山赂齐求救。齐威王已知孙子之能，拜为大将。膑辞曰："臣刑余之人，而使主兵，显齐国别无人才，为敌所笑。请以田忌为将。"威王乃用田忌为将，孙膑为军师，常居辎车⑥之中，阴为画策，不显其名。田忌欲引兵救邯郸，膑止之曰："赵将非庞涓之敌，比我至邯郸，其城已下矣。不如驻兵于中道，扬言欲伐襄陵⑦，庞涓必还，还而击之，无不胜也。"忌用其谋。

时邯郸候救不至，丕选以城降涓，涓遣人报捷于魏王。正欲进兵，忽闻齐遣田忌乘虚来袭襄陵。庞涓惊曰："襄陵有失，安邑震动，吾当还救根本。"乃班师。离桂陵⑧二十里，便遇齐兵。原来孙膑早已打听魏兵到来，预作准备，先使牙将袁达引三千人截路搦战。庞涓族子庞葱前队先到，迎住厮杀。约战二十余合，袁达诈败而走。庞葱恐有计策，不敢追赶，却来禀知庞涓。涓叱曰："谅偏将尚不能擒取，安能擒田忌乎？"即引大军追之。将及桂陵，只见前面齐兵排成阵势，庞涓乘车观看，正是孙膑初到魏国时摆的"颠倒八门阵"。庞涓心疑，想道："那田忌如何也晓此阵法？莫非孙膑已归齐国平？"当下亦布队成列。只见齐军中闪出大将田旗号，推出一辆戎车，田忌全装披挂，手执画戟，立于车中。田婴挺戈，立于车右。田忌口呼："魏将能事者，上前打话。"庞涓亲自出车，谓田忌曰："齐魏一向和好，魏赵有怨，何与齐事？将军弃好寻仇，实为失计！"田忌曰："赵以中山之地献于吾主，吾主命吾帅师救之。若魏亦割数郡之地，付于吾手，吾当即退。"庞涓大怒曰："汝有何本事，敢与某对阵？"田忌曰："你既有本事，能识我阵否？"庞涓曰："此乃'颠倒八门阵'，吾受之鬼谷子，汝何处窃取一二，反来问我？我国中三岁孩童，皆能识之！"田忌曰："汝既能识，敢打此阵否？"庞涓心下踌躇，若说不打，丧了志气，遂厉声应曰："既能识，如何不能打！"庞涓吩咐庞英、庞葱、庞茅曰："记得孙膑曾讲此阵，略知攻打之法。但此阵能变长蛇，击首则尾应，击尾则首应，击中则首尾皆应，攻者辄为所困。我今去打此阵，汝三人各领一军，只看此阵一变，三队齐进，使首尾不能相顾，则阵可破矣。"

庞涓吩咐已毕，自帅选锋五千人，上前打阵。才入阵中，只见八方旗色，纷纷转换，认不出那一门是休、生、伤、杜、景、死、惊、开了。东冲西撞，戈甲如林，并无出路。只闻得金鼓乱鸣，四下呐喊，竖的旗上，俱有军师"孙"字。庞涓大骇曰："刖夫果在齐国，吾堕其计矣！"正在危急，却得庞英、庞葱两路兵杀进，单单救出庞涓，那五千选锋，不剩一人。问庞茅时，已被田婴所杀，共损军二万余人。庞涓甚是伤感。原来八卦阵本按八方，连中央戊己，共是九队车马，其形正方。比及庞涓入来打阵，抽去首尾二军为二角，以遏外救，止留七队车马，变为圆阵，以此庞涓迷惑。后来唐朝卫国公李靖⑨因此作六花阵，即从此圆阵布出。有诗为证：

八阵中藏不测机，传来鬼谷少人知。

庞涓只晓长蛇势，那识方圆变化奇。

按今堂邑县⑩东南有地名古战场，乃昔日孙、庞交兵之处也。

却说庞涓知孙膑在军中，心中惧怕，与庞英、庞葱商议，弃营而遁，连夜回魏国去了。田忌与孙膑探知空营，奏凯回齐。此周显王十七年⑪之事。魏惠王以庞涓有取邯郸之功，虽然桂陵丧败，将功准罪。齐威王遂宠任田忌、孙膑，专以兵权委之。驺忌恐其将来代己为相，密与门客公孙阅商量，欲要夺田忌、孙膑之宠。恰好庞涓使人以千金行赂于驺忌之门，要得退去孙膑。驺忌正中其怀，乃使公孙阅假作田忌家人，持十金，于五鼓叩卜者之门，曰："我奉田忌将军之差，欲求占卦。"卦成，卜者问："何用？"阅曰："我将军，田氏之宗也，兵权在握，威震邻国。今欲谋大事，烦为断其吉凶。"卜者大惊曰："此悖逆之事，吾不敢与闻！"公孙阅嘱曰："先生即不肯断，幸勿泄！"公孙阅方才出门，驺忌差人已至，将卜者拿住，说他替叛臣田忌占卦。卜者曰："虽有人来小店，实不曾占。"驺忌遂入朝，以田忌所占之语，告于威王，即引卜者为证。威王果疑，每日使人伺田忌之举动。田忌闻其故，遂托病辞了兵政，以释齐王之疑。孙膑亦谢去军师之职。明年，齐威王薨，子辟疆即位，是为宣王⑫。宣王素知田忌之冤，与孙膑之能，俱召复故位。

再说庞涓初时闻齐国退了田忌、孙膑不用，大喜曰："吾今日乃可横行天下也！"是时韩昭侯⑬灭郑国而都之⑭，赵相国公仲侈如韩称贺，因请同起兵伐魏，约以灭魏之日，同分魏地。昭侯应允，回言："偶值荒馑，

俟来年当从兵进讨。"庞涓访知此信，言于惠王曰："闻韩谋助赵攻魏，今乘其未合，宜先伐韩，以沮其谋。"惠王许之。使太子申为上将军，庞涓为大将，起倾国之兵，向韩国进发。

不知胜负如何，且看下回分解。

【注释】

①降重：屈尊光临的恭敬辞令。

②客卿：战国时官名。他国人在本国做官，其位为卿，但以客礼

待之。

③苍头：指奴仆。古代奴仆多以深青色巾包头，故称。

④厮养：指干粗杂活的仆人。

⑤采：竞赛中所下的赌注。

⑥辎车：有帷盖的大车。

⑦襄陵：古邑名。春秋时宋襄公葬此，故名。战国时属魏。在今河南睢县西。

⑧桂陵：战国时魏地名。在今山东菏泽市西北。

⑨李靖（571—649）：唐初军事家，本名药师，三原（今属陕西）人。协助唐朝平定天下，历官兵部尚书、尚书左仆射等职。封卫国公。著有《李卫公兵法》，今佚。

⑩堂邑县：古县名。隋置·治所在今山东聊城西北堂邑。

⑪周显王十七年：即公元前352年。

⑫宣王：齐宣王田辟疆，威王子，在位十九年（前342—前323）。

⑬韩昭侯：韩懿侯子。或作昭厘侯，名不详。在位二十六年（前358—前333）。

⑭灭郑国而都之：韩灭郑在韩哀侯二年（前375），而非昭侯时事。灭郑后，旋即徙都于新郑，改名郑。

第八十九回　马陵道万弩射庞涓
咸阳市五牛分商鞅

话说庞涓同太子申起兵伐韩，行过外黄^①，有布衣徐生请见太子。太子问曰："先生辱见寡人，有何见谕？"徐生曰："太子此行，将以伐韩也。臣有百战百胜之术于此，太子欲闻之否？"申曰："此寡人所乐闻也。"徐生曰："太子自度富有过于魏，位有过于王者乎？"申曰："无以过矣！"徐生曰："今太子自将而攻韩，幸而胜，富不过于魏，位不过于王也；万一不胜，将若之何？夫无不胜之害，而有称王之荣，此臣所谓百战百胜者也。"申曰："善哉！寡人请从先生之教，即日班师。"徐生曰："太子虽善吾言，必不行也。夫一人烹鼎，众人啜汁。今欲啜太子之汁者甚众，太子即欲还，其谁听之？"徐生辞去。太子出令欲班师。庞涓曰："大王以三军之寄，属于太子，未见胜败，而遽班师，与败北何异？"诸将皆不欲空还。太子申不能自决，遂引兵前进，直造韩都。

韩哀侯遣人告急于齐，求其出兵相救。齐宣王大集群臣，问以救韩与不救，孰是孰非。相国驺忌曰："韩、魏相并，此邻国之幸也，不如勿救。"田忌、田婴皆曰："魏胜韩，则祸必及于齐，救之为是。"孙膑独黯然无语。宣王曰："军师不发一言，岂救与不救，二策皆非乎？"孙膑对曰："然也。夫魏国自恃其强，前年伐赵，今年伐韩，其心亦岂须臾忘齐哉？若不救，是弃韩以肥魏，故言不救者非也。魏方伐韩，韩未敝而吾救之，是我代韩受兵，韩享其安，而我受其危，故言救者亦非也。"宣王曰："然则何如？"孙膑对曰："为大王计，宜许韩必救，以安其心。韩知有齐救，必悉力以拒魏，魏亦必悉力以攻韩。吾俟魏之敝，徐引兵而往，攻敝魏以存危韩，用力少而见功多，岂不胜于前二策耶？"宣王鼓掌称善。遂许韩使，言："齐救旦暮且至。"

韩昭侯大喜，乃悉力拒魏。前后交锋五六次，韩皆不胜，复遣使往齐，催趣救兵。齐复用田忌为大将，田婴副之，孙子为军师，率车五百乘救韩。田忌又欲望韩进发，孙膑曰："不可，不可！吾向者救赵，未尝至赵，今救韩，奈何往韩乎？"田忌曰："军师之意，将欲如何？"孙膑曰："夫解纷之术，在攻其所必救。今日之计，惟有直走魏都耳。"田忌从之。乃命三军齐向魏邦进发。庞涓连败韩师，将逼新都②，忽接本国警报，言："齐兵复寇魏境，望元帅作速班师。"庞涓大惊，即时传令去韩归魏，韩兵亦不追赶。孙膑知庞涓将至，谓田忌曰："三晋兵素悍勇而轻齐，齐号为怯，善战者因其势而利导之。《兵法》③云：'百里而趋利者蹶上将，五十里而趋利者军半至④。'吾军远入魏地，宜诈为弱形以诱之。"田忌曰："诱之如何？"孙膑曰："今日当作十万灶，明后日以渐减去，彼见军灶顿减，必谓吾兵怯战，逃亡过半，将兼程逐利。其气必骄，其力必疲，吾因以计取之。"田忌从其计。

且说庞涓兵望西南而行，心念韩兵屡败，正好征进，却被齐人侵扰，毁其成功，不胜之忿。及至魏境，知齐兵已前去了。遗下安营之迹，地甚宽广，使人数其灶，足有十万，惊曰："齐兵之众如此，不可轻敌也！"明日又至前营，查其灶仅五万有余，又明日，灶仅三万。涓以手加额曰："此魏王之洪福矣！"太子申问曰："军师未见敌形，何喜形于色？"涓答曰："某固知齐人素怯，今入魏地才三日，士卒逃亡已过半了，尚敢操戈相角乎？"太子申曰："齐人多诈，军师须十分在意。"庞涓曰："田忌等今番自来送死，涓虽不才，愿生擒忌等，以雪桂陵之耻。"当下传令：选精锐二万人，与太子申分为二队，倍日并行，步军悉留在后，使庞葱率领徐进。

孙膑时刻使人探听庞涓消息，回报："魏兵已过沙鹿山⑤，不分早夜，兼程而进。"孙膑屈指计程，日暮必至马陵⑥。那马陵道在两山中间，溪谷深隘，堪以伏兵。道旁树木丛密，膑只拣绝大一株留下，余树尽皆砍倒，纵横道上，以塞其行。却将那大树向东树身砍白，用黑煤大书六字云："庞涓死此树下！"上面横书四字云："军师孙示。"令部将袁达、独孤陈，各选弓弩手五千，左右埋伏，吩咐："但看树下火光起时，一齐发弩。"再令田婴引兵一万，离马陵三里埋伏，只待魏兵已过，便从后截杀。

分拨已定，自与田忌引兵远远屯扎，准备接应。

再说庞涓一路打听齐兵过去不远，恨不能一步赶着，只顾催趲。来到马陵道时，恰好日落西山，其时十月下旬，又无月色。前军回报："有断木塞路，难以进前。"庞涓叱曰："此齐兵畏吾蹑其后，故设此计也。"正欲指麾军士搬木开路，忽抬头看见树上砍白处，隐隐有字迹，但昏黑难辨。命小军取火照之。众军士一齐点起火来。庞涓于火光之下，看得分明，大惊曰："吾中刖夫之计矣！"急教军士速退，说犹未绝，那袁达、独孤陈两支伏兵，望见火光，万弩齐发，箭如骤雨，军士大乱。庞涓身带重伤，料不能脱，叹曰："吾恨不杀此刖夫，遂成竖子之名！"即引佩剑自刎其喉而绝。庞英亦中箭身亡。军士射死者，不计其数。史官有诗云：

昔日伪书奸似鬼，今宵伏弩妙如神。

相交须是怀忠信，莫学庞涓自陨身。

昔庞涓下山时，鬼谷曾言："汝必以欺人之事，还被人欺。"庞涓用假书之事，欺孙膑而刖之，今日亦受孙膑之欺，堕其减灶之计。鬼谷又言："遇马而瘁。"果然死于马陵。计庞涓仕魏至身死，刚十二年，应花开十二朵之兆。始见鬼谷之占，纤微必中，神妙不测。

时太子申在后队，闻前军有失，慌忙屯扎住不行。不提防田婴一军，反从后面杀到，魏兵心胆俱裂，无人敢战，各自四散逃生。太子申势孤力寡，被田婴生擒，缚置车中。田忌和孙膑统大军接应，杀得魏军尸横遍野，轻重军器，尽归于齐。田婴将太子申献功，袁达、独孤陈将庞涓父子尸首献功。孙膑手斩庞涓之头，悬于车上。齐军大胜，奏凯而还。其夜太子申惧辱，亦自刎而死。孙膑叹息不已。大军行至沙鹿山，正逢庞葱步军，孙膑使人挑庞涓之头示之，步军不战而溃。庞葱下车叩头乞命，田忌欲并诛之。孙膑曰："为恶者止庞涓一人，其子且无罪，况其侄乎？"乃将太子申及庞英二尸交付庞葱，教他回报魏王："速速上表朝贡，不然，齐兵再至，宗社不保。"庞葱喏喏连声而去。此周显王二十八年⑦事也。

田忌等班师回国，齐宣王大喜，设宴相劳，亲为田忌、田婴、孙膑把盏。相国驺忌自思昔日私受魏赂，欲陷田忌之事，未免于心有愧，遂称病笃，使人缴还相印。齐宣王遂拜田忌为相国，田婴为将军，孙膑军师如故，加封大邑。孙膑固辞不受。手录其祖孙武《兵书》十三篇，献于宣王曰："臣以废人，过蒙擢用，今上报主恩，下酬私怨，于愿足矣。臣之所学，尽在此书，留臣亦无用，愿得闲山一片，为终老之计！"宣王留之不得，乃封以石闾之山⑧。孙膑住山岁余，一夕忽不见，或言鬼谷先生度之出世矣，此是后话。武成王庙⑨有《孙子赞》云：

孙子知兵，翻为盗憎；刖足衔冤，坐筹运能。救韩攻魏，雪耻扬灵；

功成辞赏，遁迹藏名。揆之⑩祖武⑪，何愧典型！

再说齐宣王将庞涓之首，悬示国门，以张国威。使人告捷于诸侯，诸侯无不耸惧。韩、赵二君，尤感救兵之德，亲来朝贺。宣王欲与韩、赵合兵攻魏，魏惠王大恐，亦遣使通和，请朝于齐。齐宣王约会三晋之君，同会于博望城⑫，韩、赵、魏无敢违者。三君同时朝见，天下荣之。宣王遂自恃其强，耽于酒色，筑雪宫于城内，以备宴乐。辟郊外四十里为苑囿，

以备狩猎。又听信文学游说之士，于稷门⑬立左右讲室，聚游客数千人，内如驺衍、田骈、接舆、环渊等七十六人，皆赐列第，为上大夫，日事议论，不修实政。嬖臣王驩等用事，田忌屡谏不听，郁郁而卒。

一日，宣王宴于雪宫，盛陈女乐。忽有一妇人，广额深目，高鼻结

喉，驼背肥项，长指大足，发若秋草，皮肤如漆，身穿破衣，自外而入，声言："愿见齐王。"武士止之曰："丑妇何人，敢见大王！"丑妇曰："吾乃齐之无盐[14]人也，复姓钟离，名春，年四十余，择嫁不得。闻大王游宴离宫，特来求见，愿入后宫，以备洒扫。"左右皆掩口而笑曰："此天下强颜[15]之女子也！"乃奏知宣王，宣王召入。群臣侍宴者，见其丑陋，亦皆含笑。宣王问曰："我宫中妃侍已备，今妇人貌丑，不容于乡里，以布衣欲干千乘之君，得无有奇能乎？"钟离春对曰："妾无奇能，特有隐语[16]之术。"宣王曰："汝试发隐术，为孤度之。若言不中用，即当斩首。"钟离春乃扬目衔齿，举手再四，拊膝[17]而呼曰："殆哉，殆哉！"宣王不解其意问于群臣，群臣莫能对。宣王曰："春来前，为寡人明言之。"春顿首曰："大王赦妾之死，妾乃敢言。"宣王曰："赦尔无罪。"春曰："妾扬目者，代王视烽火之变；衔齿者，代王惩拒谏之口；举手者，代王挥谗佞之臣；拊膝者，代王拆游宴之台。'宣王大怒曰："寡人焉有四失？村妇妄言！"喝令斩之。春曰："乞申明大王之四失，然后就刑。妾闻秦用商鞅，国以富强，不日出兵函关[18]，与齐争胜，必首受其患，大王内无良将，边备渐弛，此妾为王扬目而视之。妾闻'君有诤臣，不亡其国；父有诤子，不亡其家'。大王内耽女色，外荒国政，忠谏之士，拒而不纳，妾所以衔齿为王受谏也。且王驩等阿谀取容，蔽贤窃位；驺衍等迂谈阔论，虚而无实。大王信用此辈，妾恐其有误社稷，所以举手为王挥之。王筑宫筑囿，台榭陂池，殚竭民力，虚耗国赋，所以拊膝为王拆之。大王四失，危如累卵，而偷目前之安，不顾异日之患。妾冒死上言，倘蒙采听，虽死何恨！"宣王叹曰："使无钟离氏之言，寡人不得闻其过也！"即日罢宴，以车载春归宫，立为正后。春辞曰："大王不纳妾言，安用妾身？请以理国为急，用贤为先。"于是宣王招贤下士，疏远嬖佞，散遣稷下游说之徒，以田婴为相国，以邹人孟轲为上宾，齐国大治。即以无盐之邑封春家，号春为无盐君。此是后话。

　　话分两头。却说秦相国卫鞅闻庞涓之死，言于孝公曰："秦、魏比邻之国，秦之有魏，犹人有腹心之疾，非魏并秦，即秦并魏，其势不两存明矣。魏今大破于齐，诸侯叛之，可乘此时伐魏，魏不能支，必然东徙。然后秦据河山之固，东乡以制诸侯，此帝王之业也！”孝公以为然。使卫鞅为大将，公子少官副之，帅兵五万伐魏。师出咸阳，望东进发，警报已至西河。守臣朱仓告急文书，一日三发。惠王大集群臣，问御秦之计。公子卬进曰：“鞅昔日在魏时，与臣相善，臣尝举荐于大王，大王不听。今日臣愿领兵前往，先与讲和。如若不许，然后固守城池，请救韩、赵。”群臣皆赞其策。

惠王即拜公子卬为大将，亦率兵五万，来救西河，进屯吴城。那吴城是吴起守西河时所筑，以拒秦者，坚固可守。公子卬正欲修书，遣人往秦寨通问卫鞅，欲其罢兵。守城将士报道："今有秦相国差人下书，见在城外。"公子卬命缒城而上，发书看之。略曰：

鞅始与公子相得甚欢，不异骨肉。今各事其主，为两国之将，何忍治兵，自相鱼肉？鄙意欲与公子相约，各去兵车，释甲胄，以衣冠之会，相见于玉泉山[19]，乐饮而罢，免使两国肝脑涂地，使千秋而下，称吾两人之交情，同于管、鲍。公子如肯俯从，幸示其期！

公子卬读毕大喜曰："吾意正欲如此。"遂厚待使者，答以书曰：

相国不忘凤昔之好，欲举齐桓故事，以衣裳易兵车，安秦、魏之民，明管、鲍之谊，此卬志也。三日之内，惟相国示期，敢不听命。

卫鞅得了回信，喜曰："吾计成矣。"复使人入城订定日期，言："秦兵前营已撤，打发先回，只等会过元帅，便拔寨都起。"复以旱藕、麝香遗之曰："此二物秦地所产，旱藕益人，麝香辟邪，聊志交情，永以为好。"公子卬谓卫鞅爱己，益信其无他，答书谢之。卫鞅假传军令，使前营尽撤，公子少官率领先行。却暗暗吩咐，一路只说射猎充食，在狐岐山、白雀山等处，四散埋伏，期定是日午末未初，齐到玉泉山下，只听山上放炮为号，便一齐杀入，将来人尽数拿住，不许走漏一人。

至期，侵晨，卫鞅先使人报入城中，言："相国先往玉泉山伺候，随行不满三百人。"公子卬十分相信，亦以轀车[20]载酒食，并乐工一部，乘车赴会，人数与商鞅相当。卫鞅在山下相迎。公子卬见人从既少，且无军器，坦然不疑。相见之间，各叙昔日交情，并及今日通和之意。魏国从人，无不欢喜。两边俱有酒席，公子卬是地主，先替卫鞅把盏。三献三酬，奏乐三次。卫鞅使军吏席上报时，即命撤了魏国筵席，另用本国酒馔。两个侍酒的，都是秦国有名的勇士，一个唤做乌获，力举千钧；一个唤做任鄙，手格虎豹。卫鞅才举初杯相劝，以目视左右，便去山顶上放起一声号炮，山下亦放炮相应，声震陵谷。公子卬大惊曰："此炮何来？相国莫非见欺否？"卫鞅笑曰："暂欺一次，尚容告罪！"公子卬心慌，便欲奔逃，却被乌获紧紧帮住，转动不得。任鄙指挥左右拿人。公子少官率领军士，拘获车仗人等，真个是滴水不漏。卫鞅吩咐将公子卬上了囚车，先递回秦国报捷。却将所获随行人众，解其束缚，赐酒压惊，仍用原来车仗，教他："只说主帅赴会回来。赚开城门，另有重赏；如若不从，即时斩首！"那一行从人，都是小辈，谁不怕死，尽皆依允。却教乌获假作公子卬坐于车中，任鄙作护送使臣，单车随后。城上认得是自家人从，即时开门。那两员勇将，一齐发作，将城门一拳一脚，打个粉碎，关阖不得，军士上前者，都被打倒。背后卫鞅亲率大军，飞也似赶来。城中军民乱窜，卫鞅纵军士乱杀一阵，遂占了吴城。朱仓闻知主帅被虏，度西河难守，弃城而遁。

卫鞅长驱而入，直逼安邑。惠王大惧，使大夫龙贾往秦军行成。卫鞅曰："魏王不能用吾，吾故出仕秦国。蒙秦王尊为卿相，食禄万钟，今以兵权交付，若不灭魏，有负重托。"龙贾曰："吾闻'良鸟恋旧林，良臣怀故主'。魏王虽不能用足下，然父母之邦，足下安得无情？"卫鞅沉思半晌，谓龙贾曰："若要我班师，除非将河西之地，尽割于秦方可。"龙贾只得应诺，回奏惠王。惠王从之，即令龙贾奉河西地图，献于秦军买和。卫鞅按图受地，奏凯而归。公子卬遂降于秦。魏惠王以安邑地近于秦难守，遂迁都大梁去讫。自此称为梁国。

秦孝公嘉卫鞅之功，封为列侯，以前所取魏地商於等十五邑，为鞅食邑，号为商君。后世称为商鞅为此也。鞅谢恩归第，谓家臣曰："吾以卫之支庶，挟策归秦，为秦更治，立致富强。今又得魏地七百里，封邑十五城，大丈夫得志，可谓极矣。"宾客齐声称贺。内有一士厉声而前曰：一千人诺诺[21]，不如一士谔谔[22]。'尔等居商君门下，岂可进谄而陷主乎？"众人视之，乃上客赵良也。鞅曰："先生谓众人之谄，试言吾之治秦，与五羖大夫孰贤？"良曰："五羖大夫之相穆公也，三置晋君，并国二十，使其主为西戎伯主。及其自奉，暑不张盖，劳不坐乘，死之日，百姓悲

哭，如丧考妣^㉓。今君相秦八载，法令虽行，刑戮太惨，民见威而不见德，知利而不知义。太子恨君刑其师傅，怨入骨髓，民间父兄子弟，久含怨心。一旦秦君晏驾，君之危若朝露，尚可贪商於之富贵，而自夸大丈夫乎？君何不荐贤人以自代？辞禄去位，退耕于野，尚可望自全也。"商君默然不乐。

后五月，秦孝公得疾而薨，群臣奉太子驷即位，是为惠文公^㉔。商鞅自负先朝旧臣，出入傲慢。公子虔初被商鞅劓鼻，积恨未报，至是，与公孙贾同奏于惠文公曰："臣闻'大臣太重者国危，左右太重者身危'。商鞅立法治秦，秦邦虽治，然妇人童稚，皆言商君之法，莫言秦国之法。今又封邑十五，位尊权重，后必谋叛。"惠文公曰："吾恨此贼久矣！但以先王之臣，反形未彰，故姑容旦夕。"乃遣使者收商鞅相印，退归商於。鞅辞朝，具驾出城，仪仗队伍，犹比诸侯。百官饯送，朝署为空。公子虔、公孙贾密告惠文公，言："商君不知悔咎，僭拟王者仪制，如归商於，必然谋叛。"甘龙、杜挚证成其事。惠文公大怒，即令公孙贾引武士三千，

追赶商鞅，枭首回报。公孙贾领命出朝。当时百姓连街倒巷，皆怨商君。一闻公孙贾引兵追赶，攘臂相从者，何止数千余人。

　　商鞅车驾出城，已百余里，忽闻后面喊声大振，使人探听，回报：

"朝廷发兵追赶。"商鞅大惊，知是新王见责，恐不免祸，急卸衣冠下车，扮作卒隶逃亡。走至函关，天色将昏，往旅店投宿。店主索照身之帖，鞅辞无有。店主曰："商君之法，不许收留无帖之人，犯者并斩，吾不敢留。"商鞅叹曰："吾设此法，乃自害其身也。"遂乃冒夜前行，混出关门，径奔魏国。魏惠王恨商鞅诱虏公子卬，割其河西之地，于是欲囚商鞅以献秦。鞅复逃回商於，谋起兵攻秦，被公孙贾追至缚归。惠文公历数其罪，吩咐将鞅押出市曹，五牛分尸。百姓争啖其肉，须臾而尽。于是尽灭其族。可怜商鞅变立新法，使秦国富强，今日受车裂之祸，岂非过刻之报乎？此周显王三十一年[25]事也。髯翁有诗云：

商於封邑未经年，五路分尸亦可怜！

惨刻从来凶报至，劝君熟诗《省刑》篇[26]。

自商鞅之死，百姓歌舞于道，如释重负。六国闻之，亦皆相庆。甘龙、杜挚先被革职，今皆复官。拜公孙衍为相国。衍劝惠文公西并巴、蜀，称王以号召天下，要列国悉如魏国割地为贺，如有违者，即发兵伐之。惠文公遂称王，遣使者遍告列国，都要割地为贺。诸侯俱犹豫未决。惟楚威王[27]熊商，任用昭阳，新败越兵，杀越王无疆[28]，尽有越地，地广兵强，与秦为敌。秦使至楚，被楚王叱咤而去。于是洛阳苏秦挟兼并之策，以说秦王。

不知苏秦如何说秦，且看下回分解。

【注释】

①外黄：古邑名。治所在今河南民权县西北。

②新都：指韩都郑（今河南新郑）。韩灭郑后，将原都阳翟（今河南禹县）迁于郑，称新都。

③《兵法》：此指《孙子兵法》。其《军争》云："五十里而争利，则蹶上将军，其军半至。三十里而争利，则三分之二至。"与此小异。

④"百里"二句：百里、五十里，均指每日行军里数。趋利，跑去争利。蹶，跌倒，损伤。军半至，指全军损伤一半。

⑤沙鹿山：古山名。在今河南濮阳县之沙麓。

⑥马陵：古地名。在今河北大名县东南。

⑦周显王二十八年：即公元前 341 年。

⑧石闾之山：古山名。在今山东泰安市南。

⑨武成王庙：唐肃宗上元元年（公元 760），追封姜太公为武成王，在长安及各州设庙祭享。上列范蠡、孙膑等为七十二哲。

⑩揆之：测度，比较。

⑪祖武：先祖的行迹、事迹。亦可作祖父孙武解。

⑫博望城：古邑名。在今山东聊城市北。

⑬稷门：齐都临淄西面南首之城门，因在稷山之下而得名。

⑭无盐：战国齐邑名，秦置县。治所在今山东东平县东。

⑮强颜：厚颜，指不识羞耻。

⑯隐语：指不直述本意而借它词暗示的话。与第八十六回之"微言"意同。

⑰拊膝：拍打膝盖。

⑱函关：即函谷关。在今河南灵宝市南。战国时秦之东关。

⑲玉泉山：古山名。疑在今河南陕县境内。

⑳輶（yóu 由）车：轻车。

㉑诺诺：表示顺从之意的应答之词。

㉒谔谔：直言相告，不苟合取容之态。

㉓考妣：已故之父母称考妣。

㉔惠文公：即惠文王。在位二十七年。前十三年只称公，十四年（前 324）后改称王。

㉕周显王三十一年：即公元前 338 年。

㉖《省刑》篇：先秦古籍无此书名或篇名。疑为作者虚拟。

㉗楚威王：战国时楚国国君。楚宣王熊良夫（前369—前340在位）子。在位十一年（前339—前329）。

㉘越王无疆：越国最后的一个君王。越王之侯子，无颛弟。公元前355年即位，公元前334年为楚所灭，身被杀。

第九十回　苏秦合从相六国　张仪被激往秦邦

　　话说苏秦、张仪，自从辞了鬼谷子下山，张仪自往魏国去了。苏秦回至洛阳家中，老母在堂，一兄二弟，兄已先亡，惟寡嫂在，二弟乃苏代、苏厉也，一别数年，今日重会，举家欢喜，自不必说。过了数日，苏秦欲出游列国，乃请于父母，变卖家财，为资身之费。母嫂及妻俱力阻之，曰："季子不治耕获，力工商，求什一之利，乃思以口舌博富贵，弃见成之业，图未获之利，他日生计无聊，岂可悔乎？"苏代、苏厉亦曰："兄如善于游说之术，何不就说周王，在本乡亦可成名，何必远出？"苏秦被一家阻挡，乃求见周显王，说以自强之术。显王留之馆舍。左右皆素知苏秦出于农贾之家，疑其言空疏无用，不肯在显王前保举。

　　苏秦在馆舍羁留岁余，不能讨个进身。于是发愤回家，尽破其产，得黄金百镒，制黑貂裘为衣，治车马仆从，遨游列国，访求山川地形，人民风土，尽得天下利害之详。如此数年，未有所遇。闻卫鞅封商君，甚得秦孝公之心，乃西至咸阳，而孝公已薨，商君亦死，乃求见惠文王。惠文王宣秦至殿，问曰："先生不远千里而来敝邑，有何教诲？"苏秦奏曰："臣闻大王求诸侯割地，意者欲安坐而并天下乎？"惠文王曰："然。"秦曰："大王东有关河①，西有汉中②，南有巴蜀③，北有胡貉④，此四塞之国也。沃野千里，奋击百万，以大王之贤，士民之众，臣请献谋效力，并诸侯，吞周室，称帝而一天下，易如反掌，岂有安坐而能成事者乎？"惠文王初杀商鞅，心恶游说之士，乃辞曰："孤闻'毛羽不成，不能高飞'。先生所言，孤有志未逮，更俟数年，兵力稍足，然后议之。"苏秦乃退。复将古三王五霸攻战而得天下之术，汇成一书，凡十余万言，次日献上秦王。秦王虽然留览，绝无用苏秦之意。再谒秦相公孙衍，衍忌其才，不为引进。

苏秦留秦复岁余，黄金百镒，俱已用尽，黑貂之裘亦敝坏，计无所出，乃货其车马仆从，以为路资，担囊徒步而归。父母见其狼狈，骂辱之。妻方织布，见秦来，不肯下机相见。秦饿甚，向嫂求一饭，嫂辞以无柴，不肯为炊。有诗为证：

富贵途人成骨肉，贫穷骨肉亦途人。

试看季子貂裘敝，举目虽亲尽不亲。

秦不觉堕泪，叹曰："一身贫贱，妻不以我为夫，嫂不以我为叔，母不以我为子，皆我之罪也！"于是简书箧中，得太公《阴符》一篇，忽悟曰："鬼谷先生曾言：'若游说失意，只须熟玩此书，自有进益。…乃闭户探讨，务穷其趣，昼夜不息。夜倦欲睡，则引锥自刺其股，血流遍足。既于《阴符》有悟，然后将列国形势，细细揣摩，如此一年，天下大势，如在掌中，乃自慰曰："秦有学如此，以说人主，岂不能出其金玉锦绣，取卿相之位者乎？"遂谓其弟代、厉曰："吾学已成，取富贵如寄⑤，弟可助吾行资，出说列国。倘有出身之日，必当相引。"复以《阴符》为弟讲解。代与厉亦有省悟，乃各出黄金，以资其行。

秦辞父母妻嫂，欲再往秦国，思想："当今七国之中，惟秦最强，可以辅成帝业。怎奈秦王不肯收用。吾今再去，倘复如前，何面复归故里？"乃思一摈秦之策，必使列国同心协力，以孤秦势，方可自立。于是东投赵国。时赵肃侯⑥在位，其弟公子成为相国，号奉阳君。苏秦先说奉阳君，奉阳君不喜。秦乃去赵，北游于燕，求见燕文公⑦，左右莫为通达。居岁余，资用已罄，饥饿于旅邸。旅邸之人哀之，贷以百钱，秦赖以济。适值燕文公出游，秦伏谒道左。文公问其姓名，知是苏秦，喜曰："闻先生昔年以十万言献秦王，寡人心慕之，恨未得能读先生之书。今先生幸惠教寡人，燕之幸也。"遂回车入朝，召秦入见，鞠躬请教。苏秦奏曰："大王列在战国，地方二千里，兵甲数十万，车六百乘，骑六千匹，然比于中原，曾未及半。乃耳不闻金戈铁马之声，目不睹覆车斩将之危，安居无事，大王亦知其故乎？"燕文公曰："寡人不知也。"秦又曰："燕所以不被兵者，以赵为之蔽耳。大王不知结好于近赵，而反欲割地以媚远秦，不愚甚耶？"燕文公曰："然则如何？"秦对曰："依臣愚见，不若与赵从亲，因而结连列国，天下为一，相与协力御秦，此百世之安也。"燕文公曰："先生合从⑧以安燕国，寡人所愿，但恐诸侯不肯为从耳。"秦又曰："臣虽不才，愿面见赵侯，与定从约。"

　　燕文公大喜，资以金帛路费，高车驷马，使壮士送秦至赵。适奉阳君赵成已卒，赵肃侯闻燕国送客来至，遂降阶而迎曰："上客远辱，何以教我？"苏秦奏曰："秦闻天下布衣贤士，莫不高贤君之行义，皆愿陈忠于君前，奈奉阳君妒才嫉能，是以游士裹足而不进，卷口而不言。今奉阳君捐馆舍⑨，臣故敢献其愚忠。臣闻'保国莫如安民，安民莫如择交'。当

今山东之国，惟赵为强。赵地方二千余里，带甲数十万，车千乘，骑万匹，粟支数年。秦之所最忌害者，莫如赵。然而不敢举兵伐赵者，畏韩、魏之袭其后也。故为赵南蔽者，韩、魏也。韩、魏无名山大川之险，一旦

秦兵大出，蚕食二国，二国降，则祸次于赵矣。臣尝考地图，列国之地，过秦万里，诸侯之兵，多秦十倍，设使六国合一，并力西向，何难破秦。今为秦谋者，以秦恐吓诸侯，必须割地求和。夫无故而割地，是自破也。破人与破于人，二者孰愈？依臣愚见，莫如约列国君臣会于洹水⑩，交盟定誓，结为兄弟，联为唇齿。秦攻一国，则五国共救之，如有败盟背誓者，诸侯共伐之。秦虽强暴，岂敢以孤国与天下之众争胜负哉？"赵肃侯曰："寡人年少，立国日浅，未闻至计。今上客欲纠诸侯以拒秦，寡人敢不敬从！"乃佩以相印，赐以大第，又以饰车百乘，黄金千镒，白璧百双，锦绣千匹，使为"从约长"。

苏秦乃使人以百金往燕，偿旅邸人之百钱。正欲择日起行，历说韩、魏诸国，忽赵肃侯召苏秦入朝，有急事商议。苏秦慌忙来见肃侯。肃侯曰："适边吏来报，秦相国公孙衍出师攻魏，擒其大将龙贾，斩首四万五千，魏王割河北十城以求和，衍又欲移兵攻赵。将若之何？"苏秦闻言，暗暗吃惊："秦兵若到赵，赵君必然亦效魏求和，'合从'之计不成矣！"正是"人急计生"，且答应过去，另作区处。乃故作安闲之态，拱手对曰："臣度秦兵疲敝，未能即至赵国，万一来到，臣自有计退之。"肃侯曰："先生且暂留敝邑，待秦兵果然不到，方可远离寡人耳。"这句话，正中苏秦之意，应诺而退。苏秦回至府第，唤门下心腹，唤做毕成，至于密室，吩咐曰："吾有同学故人，名曰张仪，字余子，乃大梁人氏。我今予汝千金，汝可扮作商贾，变姓名为贾舍人，前往魏邦，寻访张仪。倘相见时，须如此如此。若到赵之日，又须如此如此。汝可小心在意。"贾舍人领命，连夜望大梁而行。

话分两头。却说张仪自离鬼谷归魏，家贫，求事魏惠王不得。后见魏兵屡败，乃挈其妻去魏游楚，楚相国昭阳留之为门下客。昭阳将兵伐魏，大败魏师，取襄陵等七城。楚威王嘉其功，以"和氏之璧"赐之。何谓"和氏之璧"？当初楚厉王⑪之末年，有楚人卞和，得玉璞于荆山⑫，献于厉王。王使玉工相之，曰："石也。"厉王大怒，以卞和欺君，刖其左足。

及楚武王即位，和复献其璞。玉工又以为石，武王怒，刖其右足。及楚文王[13]即位，卞和又欲往献，奈双足俱刖，不能行动，乃抱璞于怀，痛哭于荆山之下，三日三夜，泣尽继之以血。有晓得卞和的，问曰："汝再献再刖，可以止矣。尚希赏乎？又何哭为？"和曰："吾非为求赏也。所恨者，本良玉而谓之石，本贞士而谓之欺，是非颠倒，不得自明，是以悲耳！"楚文王闻卞和之泣，乃取其璞，使玉人剖之，果得无瑕美玉，因制为璧，名曰"和氏之璧"。今襄阳府南漳县荆山之颠有池，池旁有石室，谓之抱玉岩，即卞和所居泣玉处也。楚王怜其诚，以大夫之禄给卞和终其身。此璧乃无价之宝，只为昭阳灭越败魏，功劳最大，故以重宝赐之。昭阳随身携带，未尝少离。

一日，昭阳出游于赤山[14]，四方宾客从行者百人。那赤山下有深潭，相传姜太公曾钓于此。潭边建有高楼，众人在楼上饮酒作乐，已及半酣。宾客慕"和璧"之美，请于昭阳，求借观之。昭阳命守藏竖于车箱中取出宝椟至前，亲自启钥，解开三重锦袱，玉光烁烁，照人颜面。宾客次第传观，无不极口称赞。正赏玩间，左右言："潭中有大鱼跃起。"昭阳起身凭栏而观，众宾客一齐出看。那大鱼又跃起来，足有丈余，群鱼从之跳跃。俄然云兴东北，大雨将至，昭阳吩咐："收拾转程。"守藏竖欲收"和璧"置椟，已不知传递谁手，竟不见了。乱了一回，昭阳回府，教门下客捱查盗璧之人。门下客曰："张仪赤贫，素无行，要盗璧除非此人。"昭阳亦心疑之，使人执张仪笞掠之，要他招承。张仪实不曾盗，如何肯服。笞至数百，遍体俱伤，奄奄一息。昭阳见张仪垂死，只得释放。旁有可怜张仪的，扶仪归家。其妻见张仪困顿模样，垂泪而言曰："子今日受辱，皆由读书游说所致，若安居务农，宁有此祸耶？"仪张口向妻使视之，问曰："吾舌尚在乎？"妻笑曰："尚在。"仪曰："舌在，便是本钱，不愁终困也。"于是将息半愈，复还魏国。

贾舍人至魏之时，张仪已回魏半年矣。闻苏秦说赵得意，正欲往访，偶然出门，恰遇贾舍人休车于门外，相问间，知从赵来。遂问："苏秦为赵相国，信果真否？"贾舍人曰："先生何人，得无与吾相国有旧耶？何为问之？"仪告以同学兄弟之情。贾舍人曰："若是，何不往游？相国必当荐扬。吾贾事已毕，正欲还赵，若不弃嫌微贱，愿与先生同载。"张仪欣然从之。既至赵郊，贾舍人曰："寒家在郊外，有事只得暂别。城内各门俱有旅店，安歇远客，容卑人过几日相访。"张仪辞贾舍人下车，进城安歇。次日，修刺求谒苏秦。秦预诫门下人，不许为通。候至第五日，方得投进名刺。秦辞以事冗，改日请会。仪复候数日，终不得见，怒欲去。地方店主人拘留之，曰："子已投刺相府，未见发落，万一相国来召，何以应之？虽一年半载，亦不敢放去也。"张仪闷甚，访贾舍人何在，人亦无知者。

又过数日，复书刺往辞相府。苏秦传命："来日相见。"仪向店主人假借衣履停当，次日，侵晨往候。苏秦预先排下威仪，阖其中门，命客从耳门而入。张仪欲登阶，左右止之曰："相国公谒未毕，客宜少待。"仪乃立于庑下，睨视堂前官属拜见者甚众。已而，禀事者又有多人。良久，日将昃，闻堂上呼曰："客今何在？"左右曰："相君召客。"仪整衣升阶，只望苏秦降坐相迎，谁知秦安坐不动。仪忍气进揖；秦起立，微举手答之，曰："余子别来无恙？"仪怒气勃勃，竟不答言。左右禀进午餐。秦复曰："公事匆冗，烦余子久待，恐饥馁，且草率一饭，饭后有言。"命左右设坐于堂下。秦自饭于堂上，珍羞满案。仪前不过一肉一菜，粗粝之餐而已。张仪本待不吃，奈腹中饥甚，况店主人饭钱先已欠下许多，只指望今日见了苏秦，便不肯荐用，也有些金资赍发，不想如此光景。正是："在他矮檐下，谁敢不低头！"出于无奈，只得含羞举箸。遥望见苏秦杯盘狼藉，以其余肴分赏左右，比张仪所食，还盛许多。仪心中且羞且怒。食毕，秦复传言："请客上堂。"张仪举目观看，秦仍旧高坐不起。张仪忍气不过，走上几步，大骂："季子，我道你不忘故旧，远来相投，何意辱我至此！同学之情何在？"苏秦徐徐答曰："以余子之才，只道先我而际遇了，不期穷困如此。吾岂不能荐于赵侯，使子富贵？但恐子志衰才

退，不能有为，贻累于荐举之人。"张仪曰："大丈夫自能取富贵，岂赖汝荐乎？"秦曰："你既能自取富贵，何必来谒？念同学情分，助汝黄金一笏⑮，请自方便！"命左右以金授仪。仪一时性起，将金掷于地下，愤愤而出。苏秦亦不挽留。

仪回至旅店，只见自己铺盖，俱已移出在外。仪问其故。店主人曰："今日足下得见相君，必然赠馆授餐，故移出耳。"张仪摇头，口中只说："可恨，可恨！"一头脱下衣履，交还店主人。店主人曰："莫非不是同学，足下有些妄扳么？"张仪扯住主人，将往日交情，及今日相待光景，备细述了一遍。店主人曰："相君虽然倨傲，但位尊权重，礼之当然。送足下黄金一笏，亦是美情，足下收了此金，也可打发饭钱，剩些作归途之费。何必辞之？"张仪曰："我一时使性，掷之于地，如今手无一钱，如之奈何？"

正说话间，只见前番那贾舍人走入店门，与张仪相见，道："连日少候，得罪！不知先生曾见过苏相国否？"张仪将怒气重复吊起，将手往店案上一拍，骂道："这无情无义的贼！再莫提他！"贾舍人曰："先生出言太重，何故如此发怒？"店主人遂将相见之事，代张仪叙述一遍："今欠帐无还，又不能作归计，好不愁闷！"贾舍人曰："当初原是小人撺掇先生来的，今日遇而不遇，却是小人带累了先生，小人情愿代先生偿了欠帐，备下车马，送先生回魏。先生意下何如？"张仪曰："我亦无颜归魏了。欲往秦邦一游，恨无资斧。"贾舍人曰："先生欲游秦，莫非秦邦还有同学兄弟么？"张仪曰："非也。当今七国中，惟秦最强，秦之力，可以困赵。我往秦，幸得用事，可报苏秦之仇耳！"贾舍人曰："先生若往他国，小人不敢奉承。若欲往秦，小人正欲往彼探亲，依旧与小人同载，彼此得伴，岂不美哉？"张仪大喜曰："世间有此高义，足令苏秦愧死！"遂与贾舍人为八拜之交。贾舍人替张仪算还店钱，见有车马在门，二人同载，望西秦一路而行。路间为张仪制衣装，买仆从，凡仪所须，不惜财费。及至秦国，复大出金帛，赂秦惠文王左右，为张仪延誉。

时惠文王方悔失苏秦，闻左右之荐，即时召见，拜为客卿，与之谋诸侯之事。贾舍人乃辞去。张仪垂泪曰："始吾困阨至甚，赖子之力，得显用秦国，方图报德，何遽言去耶？"贾舍人笑曰："臣非能知君，知君者，乃苏相国也。"张仪愕然良久，问曰："子以资斧给我，何言苏相国耶？"贾舍人曰："相国方倡'合从'之约，虑秦伐赵败其事，思可以得秦之柄者，非君不可。故先遣臣伪为贾人，招君至赵，又恐君安于小就，故意怠慢，激怒君。君果萌游秦之意。相君乃大出金资付臣，吩咐恣君所用，必

得秦柄而后已。今君已用于秦，臣请归报相君。"张仪叹曰："嗟乎！吾在季子术中，而吾不觉，吾不及季子远矣。烦君多谢季子，当季子之身，不敢言'伐赵'二字，以此报季子玉成之德也。"

贾舍人回报苏秦，秦乃奏赵肃侯曰："秦兵果不出矣。"于是拜辞往韩，见韩宣惠公[16]曰："韩地方九百余里，带甲数十万，然天下之强弓劲弩，皆从韩出。今大王事秦，秦必求割地为赘，明年将复求之。夫韩地有限，而秦欲无穷，再三割则韩地尽矣。俗谚云：'宁为鸡口，勿为牛后。'以大王之贤，挟强韩之兵，而有'牛后'之名，臣窃羞之！"宣惠公蹴然曰：“愿以国听于先生，如赵王约。”亦赠苏秦黄金百镒。

苏秦乃过魏，说魏惠王曰：“魏地方千里，然而人民之众，车马之多，无如魏者，于以抗秦有余也。今乃听群臣之言，欲割地而臣事秦，倘秦求无已，将若之何？大王诚能听臣，六国从亲，并力制秦，可使永无秦患。臣今奉赵王之命，来此约从。”魏惠王曰：“寡人愚不肖，自取败辱。今先生以长策下教寡人，敢不从命！”亦赠金帛一车。

苏秦复造齐国，说齐宣王曰：“臣闻临淄之涂，车毂击，人肩摩，富盛天下莫比，乃西面而谋事秦，宁不耻乎？且齐地去秦甚远，秦兵必不能及齐，事秦何为？臣愿大王从赵约，六国和亲，互相救援。”齐宣王曰：“谨受教！”

苏秦乃驱车西南说楚威王曰：“楚地五千余里，天下莫强。秦之所患，莫如楚。楚强则秦弱，秦强则楚弱。今列国之士，非从则衡。夫‘合从’则诸侯将割地以事楚，‘连衡’则楚将割地以事秦，此二策者，相去远矣！”楚威王曰：“先生之言，楚之福也。”

秦乃北行回报赵肃侯，行过洛阳，诸侯各发使送之，仪仗旌旄，前遮后拥，车骑辎重，连接二十里不绝，威仪比于王者。一路官员，望尘下拜。周显王闻苏秦将至，预使人扫除道路，设供帐于郊外以迎之。秦之老母，扶杖旁观，啧啧惊叹；二弟及妻嫂侧目不敢仰视，俯伏郊迎。苏秦在车中谓其嫂曰：“嫂向不为我炊，今又何恭之过也？”嫂曰：“见季子位高而金多，不容不敬畏耳！”苏秦喟然叹曰：“世情看冷暖，人面逐高低。吾今日乃知富贵之不可少也！”于是以车载其亲属，同归故里。起建大宅，聚族而居，散千金以赡宗党。今河南府城内有苏秦宅遗址，相传有人掘之，得金百锭，盖当时所埋也。秦弟代、厉羡其兄之贵盛，亦习《阴符》，学游说之术。

苏秦住家数日，乃发车往赵。赵肃侯封为武安君，遣使约齐、楚、魏、韩、燕五国之君，俱到洹水相会。苏秦同赵肃侯预至洹水，筑坛布位，以待诸侯。燕文公先到，次韩宣惠公到。不数日，魏惠王、齐宣王、

楚威王陆续俱到。苏秦先与各国大夫相见，私议坐次。论来楚、燕是个老国，齐、韩、赵、魏，都是更姓新国，但此时战争之际，以国之大小为叙：楚最大，齐次之，魏次之，次赵，次燕，次韩；内中楚、齐、魏已称王，赵、燕、韩尚称侯，爵位相悬，相叙不便。于是苏秦建议，六国一概称王。赵王为约主，居主位。楚王等以次居客位，先与各国会议停当。至期，各登盟坛，照位排立。苏秦历阶而上，启告六王曰："诸君山东大国，位皆王爵，地广兵多，足以自雄。秦乃牧马贱夫⑰，据咸阳之险，蚕食列国，诸君能以北面之礼事秦乎？"诸侯皆曰："不愿事秦，愿奉先生明教。"苏秦曰："合从摈秦之策，向者已悉陈于诸君之前矣，今日但当刑牲歃血，誓于神明，结为兄弟，务期患难相恤。"六王皆拱手曰："谨受教！"秦遂捧盘，请六王以次歃血，拜告天地，及六国祖宗，一国背盟，五国共击。写下誓书六通，六国各收一通，然后就宴。赵王曰："苏秦以大策奠安六国，宜封高爵，俾其往来六国，坚此从约。"五王皆曰："赵王之言是也！"于是六王合封苏秦为"从约长"，兼佩六国相印，金牌宝剑，总辖六国臣民。又各赐黄金百镒，良马十乘。苏秦谢恩。六王各散归国。苏秦随赵肃侯归赵。此乃周显王三十六年[18]事也。史官有诗云：

相要洹水誓明神，唇齿相依骨肉亲。

假使合从终不解，何难协力灭孤秦？

是年，魏惠王、燕文王俱薨，魏襄王[19]、燕易王[20]嗣立。

不知后事如何，且看下回分解。

【注释】

①关河：指函谷关与黄河，为秦之东界。

②汉中：古邑名。此时属楚，楚怀王时曾置郡。地在今陕西南郑市。

③巴蜀：即巴国和蜀国。巴在今四川东部，蜀在今四川西部。蜀此时已并于秦，巴在惠文王九年（前316）始并于秦。

④胡貊（mò 漠）：泛指北方少数民族。

⑤如寄：犹言易得。此句言取富贵如同取回自己寄存的东西一样容易。《广雅》："寄，客也。"引申为身外之物。

⑥赵肃侯：名赵语，赵成侯种（374—350 在位）子，在位二十四年（前349—前326）。

⑦燕文公：姬姓，名不详。在位二十九年（前361—前333）。

⑧合从（zòng 纵）：从，通"纵"。古代以东西为横，南北为纵。合从，即南北连合，西向抗秦。

⑨捐馆舍：舍弃所居之屋舍，为一般人死亡之婉转说法。

⑩洹（huán 环）水：古水名。源出河南林县隆虑山，东流经安阳市到内黄县北入卫河。今名安阳河。此处似指洹水干流与支流交汇之处，即安阳。

⑪楚厉王：楚国并无厉王。且楚至武王始称王。武王熊通之前的楚君熊眴，并未称王。此处据《韩非子·和氏》篇。而《淮南子·览冥训》则作武王、文王和成王。

⑫荆山：古山名，为楚国之名山。在今湖北南漳县西。

⑬楚文王：武王即位在公元前740年，文王即位在公元前689年，相距已五十二年。再加上武王之前的所谓厉王，则已近六十年。卞和三献，历时不应如此之久。和氏璧来源，系根据传闻之辞。

⑭赤山：古山名。湖北枣阳市东北，有赤鼻山。疑指此。

⑮笏（hù 户）：铸金银为条板，形似笏。一笏一般为五十两，相当于后世之一锭。

⑯韩宣惠公：韩昭侯（前362—前333在位）子。在位二十一年（前332—前312）。即位十年后称王，改称韩宣惠王。

⑰牧马贱夫：指秦之先祖非子，养马于犬丘之事，见第四回。

⑱周显王三十六年：即公元前333年。

⑲魏襄王：魏惠王子。据《史记考证》，名嗣。其嗣位及在位年年月，均有异说。此处据《史记·六国年表》，在位十六年（前334—前319）。但据《国策》等书，这十六年系魏侯瑶称魏惠王之年代（见第八回注㉛）。魏襄王在位二十三年（前318—前296）。襄王之后无哀王。参见下回注⑩。

⑳燕易王：名不详。在位十二年（前332—前321）。

第九十一回　学让国燕哙召兵
伪献地张仪欺楚

　　话说苏秦既合从六国，遂将从约写一通，投于秦关。关吏送与秦惠文王观之，惠文王大惊，谓相国公孙衍曰："若六国为一，寡人之进取无望矣！必须画一计散其从约，方可图大事。"公孙衍曰："首从约者，赵也。大王兴师伐赵，视其先救赵者，即移兵伐之。如是，则诸侯惧而从约可散矣。"时张仪在座，意不欲伐赵，以负苏秦之德，乃进曰："六国新合，其势未可猝离也。秦如伐赵，则韩军宜阳①，楚军武关，魏军河外②，齐涉清河③，燕悉锐师以助战。秦师拒斗不暇，何暇他移哉？夫近秦之国无如魏，而燕在北最远。大王诚遣使以重赂求成于魏，以疑各国之心，而与燕太子结婚，如此，则从约自解矣。"惠文王称善。乃许魏还襄陵等七城以讲和。魏亦使人报秦之聘，复以女许配秦太子。

　　赵王闻之，召苏秦责之曰："子倡为从约，六国和亲，相与摈秦，今未逾年，而魏、燕二国皆与秦通，从约之不足恃明矣。倘秦兵猝然加赵，尚可望二国之救乎？"苏秦惶恐谢曰："臣请为大王出使燕国，必有以报魏也。"秦乃去赵适燕，燕易王以为相国。时易王新即位，齐宣王乘丧伐之，取十城。易王谓苏秦曰："始先君以国听子，六国和亲。今先君之骨未寒，而齐兵压境，取我十城，如洹水之誓何？"苏秦曰："臣请为大王使齐，奉十城以还燕。"燕易王许之。苏秦见齐宣王曰："燕王者，大王之同盟，而秦王之爱婿也。大王利其十城，不惟燕怨齐，秦亦怨齐矣。得十城而结二怨，非计也。大王听臣计，不如归燕之十城，以结燕、秦之

欢。齐得燕、秦，于以号召天下不难矣。"宣王大悦，乃以十城还燕。

易王之母文夫人，素慕苏秦之才，使左右召秦入宫，因与私通。易王知之而不言。秦惧，乃结好于燕相国子之，与联儿女之姻。又使其弟苏代、苏厉与子之结为兄弟，欲以自固。燕夫人屡召苏秦，秦益惧，不敢往，乃说易王曰："燕、齐之势，终当相并。臣愿为大王行反间于齐。"易王曰："反间如何？"秦对曰："臣伪为得罪于燕，而出奔齐国，齐王必重用臣。臣因败齐之政，以为燕地。"易王许之，乃收秦相印，秦遂奔齐。

齐宣王重其名，以为客卿。秦因说宣王以田猎钟鼓之乐。宣王好货，因使厚其赋敛；宣王好色，因使妙选宫女；欲俟齐乱，而使燕乘之。宣王全然不悟，相国田婴、客卿孟轲极谏，皆不听。宣王薨，子湣王④地立。初年颇勤国政，娶秦女为王后，封田婴为薛公⑤，号靖郭君，苏秦客卿，用事如故。

话分两头。再说张仪闻苏秦去赵，知从约将解，不与魏襄陵七邑之地。魏襄王怒，使人索地于秦。秦惠王⑥使公子华为大将，张仪副之，帅师伐魏，攻下蒲阳⑦。仪请于秦王，复以蒲阳还魏。又使公子繇质于魏，与之结好。张仪送之。魏襄王深感秦王之意。张仪因说曰："秦王遇魏甚厚，得城不取，又纳质焉。魏不可无礼于秦，宜谋所以谢之。"襄王曰："何以为谢？"张仪曰："土地之外，非秦所欲也。大王割地以谢秦，秦之爱魏必深。若秦、魏合兵以图诸侯，大王之取偿于他国者，必十倍于今之所献也。"襄王惑其言。乃献少梁⑧之地以谢秦，又不敢受质。秦王大悦。因罢公孙衍，用张仪为相。

时楚威王已薨，子熊槐立，是为怀王⑨。张仪乃遣人致书怀王，迎其妻子，且言昔日盗璧之冤。楚怀王面责昭阳曰："张仪贤士，子何不进于先君，而迫之使为秦用也？"昭阳嘿然甚愧，归家发病死。怀王惧张仪用秦，复申苏秦"合从"之约，结连诸侯。而苏秦已得罪于燕，去燕奔齐。张仪乃见秦王，辞相印，自请往魏。惠文王曰："君舍秦往魏何意？"仪对曰："六国溺于苏秦之说，未能即解。臣若得魏柄，请令魏先事秦，以为诸侯之倡。"惠文王许之。仪遂投魏，魏襄王果用为相国。仪因说曰："大梁南邻楚，北邻赵，东邻齐，西邻韩，而无山川之险可恃，此四分五裂之道也。故非事秦，国不得安。"魏襄王计未定。张仪阴使人招秦伐魏，大败魏师，取曲沃。髯翁有诗云：

仕齐却为燕邦去，相魏翻因秦国来。

虽则从横分两路，一般反覆小人才。

襄王怒，益不肯事秦，谋为"合从"，仍推楚怀王为"从约长"。于是苏秦益重于齐。

　　时齐相国田婴病卒，子田文嗣为薛公，号为孟尝君。田婴有子四十余人，田文乃贱妾之子，以五月五日生。初生时，田婴戒其妾弃之勿育。妾

不忍弃，乃私育之。既长五岁，妾乃引见田婴。婴怒其违命。文顿道曰："父所以见弃者何故？"婴曰："世人相传五月五日为凶日，生子者长与户齐，将不利于父母。"文对曰："人生受命于天，岂受命于户耶？若必受命于户，何不增而高之？"婴不能答，然暗暗称奇。及文长十余岁，便能

接应宾客，宾客皆乐与之游，为之延誉。诸侯使者至齐，皆求见田文。于是田婴以文为贤，立为适子，遂继薛公之爵，号孟尝君。孟尝君既嗣位，大筑馆舍，以招天下之士。凡士来投者，不问贤愚，无不收留。天下亡人有罪者皆归之。孟尝君虽贵，其饮食与诸客同。一日，待客夜食，有人蔽其火光。客疑饭有二等，投箸辞去。田文起坐，自持饭比之，果然无二。客叹曰："以孟尝君之待士如此，而吾过疑之，吾真小人矣！尚何面目立其门下？"乃引刀自刭而死。孟尝君哭临其丧甚哀，众客无不感动。归者益众，食客尝满数千人。诸侯闻孟尝君之贤，且多宾客，皆尊重齐，相戒不敢犯其境。正是：

虎豹踞山禽兽远，蛟龙在水怪鱼藏。

堂中有客三千辈，天下人人畏孟尝。

再说张仪相魏三年，而魏襄王薨，子哀王[⑩]立。楚怀王遣使吊丧，因征兵伐秦，哀王许之。韩宣惠王、赵武灵王[⑪]、燕王哙[⑫]皆乐于从兵。楚使者至齐，齐湣王集群臣问计。左右皆曰："秦甥舅之亲，未有仇隙，不可伐。"苏秦主"合从"之约，坚执以为可伐。孟尝君独曰："言可伐与不可伐，皆非也。伐则结秦之仇，不伐则触五国之怒。以臣愚计，莫如发兵而缓其行，兵发则不与五国为异同，行缓则可观望为进退。"湣王以为然。即使孟尝君帅兵二万以往。孟尝君方出齐郊，遽称病延医疗治，一路耽搁不行。

却说韩、赵、魏、燕四王，与楚怀王相会于函谷关外，刻期进攻。怀王虽为从约长，那四王各将其军，不相统一。秦守将樗里疾大开关门，陈兵索战，五国互相推诿，莫敢先发。相持数日，樗里疾出奇兵，绝楚饷道，楚兵乏食，兵士皆哗。樗里疾乘机袭之，楚兵败走。于是四国皆还。孟尝君未至秦境，而五国之师已撤矣。此乃孟尝君之巧计也。孟尝君回齐，齐湣王叹曰："几误听苏秦之计！"乃赠孟尝君黄金百斤，为食客费，益爱重之。苏秦自愧以为不及。楚怀王恐齐秦交合，乃遣使厚结于孟尝君，与齐申盟结好，两国聘使往来不绝。

　　自齐宣王之世，苏秦专贵宠用，左右贵戚，多有妒者。及湣王时，秦宠未衰。今日湣王不用苏秦之计，却依了孟尝君，果然伐秦失利，孟尝君受多金之赏，左右遂疑湣王已不喜苏秦矣，乃募壮士，怀利匕首，刺苏秦于朝。匕首入秦腹，秦以手按腹而走，诉于湣王。湣王命擒贼，贼已逸去不可得。苏秦曰："臣死之后，愿大王斩臣之头，号令于市曰：'苏秦为燕行反间于齐，今幸诛死，有人知其阴事来告者，赏以千金。'如是，则贼可得也。"言讫，拔去匕首，血流满地而死。湣王依其言，号令苏秦之

头于齐市中。须臾，有人过其头下，见赏格，自夸于人曰："杀秦者，我也！"市吏因执之以见湣王。王令司寇以严刑鞫之，尽得主使之人，诛灭凡数家。史官论苏秦虽身死，犹能用计自报其仇，可为智矣。而身不免见刺，岂非反覆不忠之报乎？苏秦死后，其宾客往往泄苏秦之谋，言："秦为燕而仕齐。"湣王始悟秦之诈，自是与燕有隙，欲使孟尝君将兵伐燕。苏代说燕王，纳质子以和齐。燕王从之，使苏厉引质子来见湣王。湣王恨苏秦不已，欲囚苏厉。苏厉呼曰："燕王欲以国依秦，臣之兄弟陈大王之威德，以为事秦不如事齐，故使臣纳质请平。大王奈何疑死者之心，而加生者之罪乎？"湣王悦，乃厚待苏厉。厉遂委质为齐大夫。苏代留仕燕国。史官有《苏秦赞》曰：

季子周人，师事鬼谷。揣摩既就，《阴符》伏读。合从离横，佩印者六。晚节不终，燕齐反覆。

再说张仪见六国伐秦无成，心中暗喜，及闻苏秦已死，乃大喜曰："今日乃吾吐舌之时矣。"遂乘间说魏哀王曰："以秦之强，御五国而有余，此其不可抗明矣。本倡'合从'之议者苏秦，而秦且不保其身，况能保人国乎？夫亲兄弟共父母者，或因钱财争斗不休，况异国哉？大王犹执苏秦之议，不肯事秦，倘列国有先事秦者，合兵攻魏，魏其危矣。"哀王曰："寡人愿从相国事秦，诚恐秦不见纳，奈何？"张仪曰："臣请为大王谢罪于秦，以结两国之好。"哀王乃饰车从，遣张仪入秦求和。于是秦魏通好。张仪遂留秦，仍为秦相。

再说燕相国子之身长八尺，腰大十围[13]，肌肥肉重，面阔口方，手绰[14]飞禽，走及奔马，自燕易王时，已执国柄。及燕王哙嗣位，荒于酒色，但贪逸乐，不肯临朝听政，子之遂有篡燕之意。苏代、苏厉与子之相厚，每对诸侯使者，扬其贤名。燕王哙使苏代如齐，问候质子，事毕归燕，燕王哙问曰："闻齐有孟尝君，天下之大贤也，齐王有此贤臣，遂可以霸天下乎？"代对曰："不能。"哙问曰："何故不能？"代对曰："知孟尝君之贤，而任之不专，安能成霸？"哙曰："寡人独不得孟尝君为臣耳，何难专任哉!"苏代曰:"今相国子之,明习政事,是即燕之孟尝君也。"哙乃使子之专决国事。

忽一日,哙问于大夫鹿毛寿曰:"古之人君多矣,何以独称尧、舜?"鹿毛寿亦是子之之党,遂对曰:"尧、舜所以称圣者,以尧能让天下于舜,舜能让天下于禹也。"哙曰:"然则禹何为独传于子?"鹿毛寿曰:"禹不能让天下于益⑮,但使代理政事,而未尝废其太子。故禹崩之后,太子启竟夺益之天下。至今论者谓禹德衰,不及尧、舜,以此之故。"燕王曰:"寡人欲以国让于子之,事可行否?"鹿毛寿曰:"王如行之,与尧、舜何以异哉?"哙遂大集群臣,废太子平,而禅国于子之。子之佯为谦逊再三,然后受之。乃郊天祭地,服衮冕,执圭,南面称王,略无惭色。哙反北面列于臣位,出就别宫居住。苏代、鹿毛寿俱拜上卿。

将军市被心中不忿,乃帅本部军士,往攻子之,百姓亦多从之。两下连战十余日,杀伤数万人,市被终不胜,为子之所杀。鹿毛寿言于子之曰:"市被所以作乱者,以故太子平在也。"子之因欲收太子平。太傅郭隗与平微服共逃于无终山⑯避难。平之庶弟公子职,出奔韩国。国人无不怨愤。齐湣王闻燕乱,乃使匡章为大将,率兵十万,从渤海进兵。燕人恨子之入骨,皆箪食壶浆,以迎齐师,无有持寸兵拒战者。匡章出兵,凡五十日,兵不留行,直达燕都,百姓开门纳之。子之之党,见齐兵众盛,长驱而入,亦皆耸惧奔窜。子之自恃其勇,与鹿毛寿率兵拒战于大衢。兵士渐散,鹿毛寿战死,子之身负重伤,犹格杀百余人,力竭被擒。燕王哙自缢于别宫。苏代奔周。匡章因毁燕之宗庙,尽收燕府库中宝货,将子之置囚车中,先解去临淄献功。燕地三千余里,大半俱属于齐。匡章留屯燕都,以徇属邑。此周赧王元年⑰事也。齐湣王亲数子之之罪,凌迟⑱处死,以其肉为醢,遍赐群臣。子之为王才一岁有余,痴心贪位,自取丧灭,岂不愚哉!

燕人虽恨子之,见齐王意在灭燕,众心不服,乃共求故太子平,得之于无终山,奉以为君,是为昭王⑲。郭隗为相国。时赵武灵王不忿齐之并

燕，使大将乐池迎公子职于韩，欲奉立为燕王，闻太子平已立，乃止。郭
隗传檄燕都，告以恢复之义，各邑已降齐者，一时皆叛齐为燕。匡章不能
禁止，遂班师回齐。昭王仍归燕都，修理宗庙，志复齐仇，乃卑身厚币，
欲以招徕贤士，谓相国郭隗曰："先王之耻，孤早夜在心。若得贤士，可
与共图齐事者，孤愿以身事之，惟先生为孤择其人。"郭隗曰："古之人
君，有以千金使涓人[20]求千里之马。途遇死马，旁人皆环而叹息，涓人问

其故，答曰：'此马生时，日行千里，今死，是以惜之。'涓人乃以五百金买其骨，囊负而归。君大怒曰：'此死骨何用，而废弃吾多金耶？'涓人答曰：'所以费五百金者，为千里马之骨故也。此奇事，人将竞传，必曰：死马且得重价，况活马乎？马今至矣。'不期年，得千里之马三匹。今王欲致天下贤士，请以隗为马骨，况贤于隗者，谁不求价而至哉？"于是昭王特为郭隗筑宫，执弟子之礼，北面听教，亲供饮食，极其恭敬。复于易水[21]之旁，筑起高台，积黄金于台上，以奉四方贤士，名曰招贤台，亦曰黄金台[22]。于是燕王好士，传布远近。剧辛自赵往，苏代自周往，邹衍自齐往，屈景自卫往。昭王悉拜为客卿，与谋国事。元刘因[23]有《黄金台》诗云：

燕山不改色，易水无剩声。谁知数尺台，中有万古情！区区后世人，犹爱黄金名。黄金亦何物，能为贤重轻？周道日东渐，二老[24]皆西行。养民以致贤，王业自此成。

话分两头。再说齐湣王既胜燕，杀燕王哙与子之，威震天下，秦惠文王患之。而楚怀王为从约长，与齐深相结纳，置符[25]为信。秦王欲离齐、楚之党，召张仪问计。张仪奏曰："臣凭三寸不烂之舌，南游于楚，伺便进言，必使楚王绝齐而亲于秦。"惠文王曰："寡人听子。"张仪乃辞相印游楚。知怀王有嬖臣，姓靳名尚，在王左右，言无不从。乃先以重贿纳交于尚，然后往见怀王。怀王重张仪之名，迎之于郊，赐坐而问曰："先生辱临敝邑，有何见教？"张仪曰："臣之此来，欲合秦、楚之交耳！"楚怀王曰："寡人岂不愿纳交于秦哉？但秦侵伐不已，是以不敢求亲也。"张仪对曰："今天下之国虽七，然大者无过楚、齐与秦而三耳。秦东合于齐则齐重，南合于楚则楚重。然寡君之意，窃在楚而不在齐。何也？以齐为婚姻之国，而负秦独深也。寡君欲事大王，虽仪亦愿为大王门阑之厮[26]。而大王与齐通好，犯寡君之所忌。大王诚能闭关而绝齐，寡君愿以商君所取楚商於之地六百里，还归于楚，使秦女为大王箕帚妾。秦、楚世为婚姻兄弟，以御诸侯之患。惟大王纳之！"怀王大悦曰："秦肯还楚故地，寡人又何爱于齐？"

群臣皆以楚复得地，合词称贺。独一人挺然出奏曰："不可，不可！以臣观之，此事宜吊不宜贺！"楚怀王视之，乃客卿陈轸也。怀王曰："寡人不费一兵，坐而得地六百里，群臣贺，子独吊，何故？"陈轸曰："王以张仪为可信乎？"怀王笑曰："何为不信？"轸曰："秦所以重楚者，以有齐也。今若绝齐，则楚孤矣。秦何重于孤国．而割六百里之地以奉之耶？此张仪之诡计也。倘绝齐而张仪负王，不与王地，齐又怨王，而反附于秦，齐、秦合而攻楚，楚亡可待矣！臣所谓宜吊者，为此也。王不如先遣一使随张仪往秦受地，地入楚而后绝齐未晚。"大夫屈平㉗进曰："陈轸之言是也。张仪反覆小人，决不可信！"嬖臣靳尚曰："不绝齐，秦肯与我地乎？"怀王点头曰："张仪不负寡人明矣。陈子闭口勿言，请看寡人受地。"遂以相印授张仪，赐黄金百镒，良马十驷，命北关守将勿通齐使。一面使逢侯丑随张仪入秦受地。

张仪一路与逢侯丑饮酒谈心，欢若骨肉。将近咸阳，张仪诈作酒醉，失足坠于车下。左右慌忙扶起，仪曰："吾足胫损伤，急欲就医。"先乘卧车入城，表奏秦王，留逢侯丑于馆驿。仪闭门养病，不入朝。逢侯丑求见秦王不得，往候张仪，只推未愈。如此三月，丑乃上书秦王，述张仪许地之言。惠文王复书曰："仪如有约，寡人必当践之。但闻楚与齐尚未决绝，寡人恐受欺于楚，非得张仪病起，不可信也。"逢侯丑再往张仪之门，仪终不出。乃遣人以秦王之言，还报怀王。怀王曰："秦犹谓楚之绝齐未甚耶？"乃遣勇士宋遗假道于宋，借宋符直造齐界，辱骂湣王。湣王大怒，遂遣使西入秦，愿与秦共攻楚国。张仪闻齐使者至，其计已行，乃称病愈入朝。遇逢侯丑于朝门，故意讶曰："将军胡不受地，乃尚淹吾国耶？"丑曰："秦王专候相国面决，今幸相国玉体无恙，请入言于王，早定地界，回覆寡君。"张仪曰："此事何须关白㉘秦王耶？仪所言者，乃仪之俸邑六里，自愿献于楚王耳。"丑曰："臣受命于寡君，言商於之地六百里，未闻只六里也。"张仪曰："楚王殆误听乎？秦地皆百战所得，岂肯以尺土让人，况六百里哉？"

逢侯丑还报怀王，怀王大怒曰："张仪果是反覆小人，吾得之，必生食其肉！"遂传旨发兵攻秦。客卿陈轸进曰："臣今日可以开口乎？"怀王曰："寡人不听先生之言，为狡贼所欺，先生今日有何妙计？"陈轸曰："大王已失齐助，今复攻秦，未见利也。不如割两城以赂秦，与之合兵而攻齐，虽失地于秦，尚可取偿于齐。"怀王曰："本欺楚者，秦也，齐何罪焉？合兵而攻齐，人将笑我。"即日拜屈匄为大将，逢侯丑副之，兴兵十万，取路天柱山㉙西北而进，径袭蓝田㉚。秦王命魏章为大将，甘茂为副，起兵十万拒之。一面使人征兵于齐。齐将匡章亦率师助战。屈匄虽勇，怎当二国夹攻，连战俱北。秦、齐之兵，追至丹阳㉛，屈匄聚残兵复战，被甘茂斩之。前后获首级八万有余，名将逢侯丑等死者七十余人，尽取汉中㉜之地六百里，楚国震动。韩、魏闻楚败，亦谋袭楚。楚怀王大惧，乃使屈平如齐谢罪。使陈轸如秦军，献二城以求和。魏章遣人请命于秦王，惠文王曰："寡人欲得黔中㉝之地，请以商於地易之，如允，便可罢兵。"魏章奉秦王之命，使人言于怀王。怀王曰："寡人不愿得地，愿得张仪而甘心焉！如上国肯以张仪畀楚，寡人情愿献黔中之地为谢。"

不知秦王肯放张仪入楚否，且看下回分解。

【注释】

①宜阳：战国时韩地，在今河南宜阳县。

②河外：即河东。《通鉴》胡注："秦盖以河东为河外。"这里主要指郑（今郑州）、滑（今河南滑县东）诸州。战国时属魏。

③清河：古水名。战国时齐与宋之界河，齐之西界。今已湮没。

④湣王：齐湣王田地。在位四十年（前323—前284）。

⑤薛：本古国名。其治所在今山东滕州南。春秋后期薛国迁于下邳，其故都薛邑遂为齐所并。

⑥秦惠王：即秦惠文王之单称。

⑦蒲阳：战国时魏邑名。在今山西隰县。

⑧少梁：古邑名。在今陕西韩城市南。西周时为梁国，春秋时为秦所灭，称少梁。后属晋。战国初属魏，魏文侯筑城于此。

⑨怀王：楚怀王熊槐。在位三十年（前328—前299）。

⑩哀王：此据《史记》中《魏世家》及《六国年表》，哀王名不详。在位二十三年（前318—前296）。但据《世本》《国策》等，魏国无哀王。这段时期为魏襄王在位期。

⑪赵武灵王：名赵雍，赵肃侯子。在位二十七年（前325—前299）。

⑫燕王哙：燕易王子。在位九年（前320—前312）。因将王位让与其相国子之，燕大乱，自缢而死，故无谥号。

⑬十围：围乃长度单位，或以两手合抱为围，或以一尺（两手手指长度）为围，此处似为后者。十围，约为一丈左右。

⑭绰（chāo 超）：抓取。

⑮益：或称伯益、伯翳。古代嬴姓各族祖先。为夏禹所提拔，佐禹治水有功。禹去世时传位给他，他推让不就。一说被禹子启所杀。

⑯无终山：古山名。在今天津市蓟州区北。战国燕地。

⑰周赧（nǎn 蝻）王：名姬延，东周最后一位国王。周慎靓王姬定（前320—前315在位）子。在位五十九年（前314—前256）。最后降秦被贬，不久即死。

⑱凌迟：最残酷的死刑，又名剐刑，指分割人的肉体致死。

⑲昭王：燕昭王姬平，燕王哙子。在位三十三年（前311—前279）。

⑳涓人：亦名中涓。宫中主洒扫清洁之人，也泛指亲信内侍。

㉑易水：古水名，源出河北易县，东南流入涞水。今大部已干涸。

㉒黄金台：古地名，又称金台、燕台。故址在今河北易县东南易水南岸。

㉓刘因（1249—1293）：字梦吉，号静修，河北容城人。元代著名理学家和诗人。曾任赞善大夫。著有《静修集》二十二卷。

㉔二老：指伯夷、吕望。《孟子·离娄上》："伯夷辟纣，居北海之滨。闻文王作，兴曰：'盍归乎来！吾闻西伯善养老者。'太公辟纣，居东海之滨，闻文王作，兴曰：'盍归乎来！吾闻西伯善养老者。'二老者，天下之大老也，而归之，是天下之父归之也。"扬雄《解嘲》："昔三仁去而殷墟，二老归而周炽。"

㉕符：古代各国用以传达命令、调兵遣将的凭证。以竹木或金玉为之。上书文字，剖而为二，用时相合以为征信。

㉖门阑之厮：门下的奴仆，谦辞。

㉗屈平：即古代著名大诗人屈原。名平，字原。楚国公族，曾官左徒、三闾大夫等职，后终以政见不容于时，楚国日受秦之侵削，愤而投汨罗江自杀。著有《离骚》等作品二十五篇。

㉘关白：禀报，通知。

㉙天柱山：古山名。在今陕西山阳县东南八十里，一名牛山。

㉚蓝田：古邑名，战国秦地。即今陕西蓝田县。

㉑丹阳：古地区名。今陕西、河南两省间丹江以北一带。

㉜汉中：郡名。战国楚怀王置。治所在今陕西南郑县。辖境在今陕西秦岭以南汉中平原一带。

㉝黔中：古郡名。战国楚置。辖境约今贵州大部、湖南西部及四川南部。

第九十二回　赛举鼎秦武王绝脰　莽赴会楚怀王陷秦

话说楚怀王恨张仪欺诈，愿自献黔中之地，只要换张仪一人。左右忌嫉张仪者皆曰："以一人而易数百里之地，利莫大焉！"秦惠文王曰："张仪吾股肱之臣，寡人宁不得地，何忍弃之？"张仪自请曰："微臣愿往。"惠文王曰："楚王含盛怒以待先生，往必见杀，故寡人不忍遣也。"张仪奏曰："杀臣一人，而为秦得黔中之地，臣死有余荣矣，况未必死乎？"惠文王曰："先生何计自脱？试为寡人言之。"张仪曰："楚夫人郑袖，美而有智，得王之宠。臣昔在楚时，闻楚王新幸一美人，郑袖谓美人曰：'大王恶人以鼻气触之，子见王必掩其鼻。'美人信其言。楚王问于郑袖曰：'美人见寡人辄掩鼻，何也？'郑袖曰：'嫌大王体臭，故恶闻之。'楚王大怒，命劓美人之鼻。袖遂专宠。又有嬖臣靳尚，媚事郑袖，内外用事。而臣与靳尚相善，臣自料能借其庇，可以不死。大王但诏魏章等留兵汉中，遥为进取之势，楚必然不敢杀臣矣。"秦王乃遣仪行。

仪既至楚国，怀王即命使者执而囚之，将择日告于太庙，然后行诛。张仪别遣人打靳尚关节。靳尚入言于郑袖曰："夫人之宠不终矣，奈何！"郑袖曰："何故？"靳尚曰："秦不知楚王之怒张仪，故遣使楚。今闻楚王欲杀仪，秦将还楚侵地，使亲女下嫁于楚，以美人善歌者为媵，以赎张仪之罪。秦女至，楚王必尊而礼之，夫人虽欲擅宠，得乎？"郑袖大惊曰："子有何计，可止其事？"靳尚曰："夫人若为不知者，而以利害言于大王，使出张仪还秦，事宜可已。"郑袖乃中夜涕泣，言于怀王曰："大王

欲以地易张仪，地未入秦，而张仪先至，是秦之有礼于大王也。秦兵一举

而席卷汉中，有吞楚之势，若杀张仪以怒之，必将益兵攻楚。我夫妇不能相保，妾中心如刺，饮食不甘者累日矣。且人臣各为其主，张仪天下智士，其相秦国久，与秦偏厚，何怪其然？大王若厚待仪，仪之事楚，亦犹秦也。"怀王曰："卿勿忧，容寡人从长计议。"靳尚复乘间言曰："杀一张仪，何损于秦？而又失黔中数百里之地。不如留仪，以为和秦之地。"怀王意亦惜黔中之地，不肯与秦，于是出张仪，因厚礼之。张仪遂说怀王以事秦之利。怀王即遣张仪归秦，通两国之好。

　　屈平出使齐国而归，闻张仪已去，乃谏曰："前大王见欺于张仪，仪至，臣以为大王必烹食其肉。今赦之不诛，又欲听其邪说，率先事秦。夫匹夫犹不忘仇雠，况君乎？未得秦欢，而先触天下之公愤，臣窃以为非计也。"怀王悔，使人驾轺车追之，张仪已星驰出郊二日矣。张仪既还秦，魏章亦班师而归。史臣有诗云：

　　张仪反覆为嬴秦，朝作俘囚暮上宾。

堪笑怀王如木偶，不从忠计听谗人。

张仪谓秦王曰："仪万死一生，得复见大王之面。楚王诚畏秦甚，虽然，不可使臣失信于楚。大王诚割汉中之半，以为楚德，与为婚姻，臣请借楚为端，说六国连袂以事秦。"秦王许之。遂割汉中五县，遣人往楚修好。因求怀王之女为太子荡妃，复以秦女许妻怀王之少子兰。怀王大喜，以为张仪果不欺楚也。秦王念张仪之劳，封以五邑，号武信君。因具黄金白璧，高车驷马，使以连衡①之术，往说列国。

张仪东见齐湣王，曰："大王自料土地孰与秦广？甲兵孰与秦强？从人为齐计者，皆谓齐去秦远，可以无患。此但狃目前，不顾后患。今秦、楚嫁女娶妇，结昆弟之好，三晋莫不悚惧，争献地以事秦。大王独与秦为仇，秦驱韩、魏攻齐之南境，悉赵兵渡黄河，以乘临淄、即墨之敝，大王虽欲事秦，尚可得乎？今日之计，事秦者安，背秦者危！"齐湣王曰："寡人愿以国听于先生。"乃厚赠张仪。仪复西说赵王曰："敝邑秦王，有敝甲凋兵，愿与君会于邯郸之下，使微臣先闻于左右。大王所恃者，苏秦之约耳。秦背燕逃齐，又以反诛，一身不保，而人犹信之，误矣！今秦、楚结婚，齐献鱼盐之地②，韩、魏称东藩之臣，是五国为一也。大王欲以孤赵抗五国之锋，万无一幸！故臣为大王计，莫如事秦。"赵王许诺。

仪复北往燕国，说燕昭王曰："大王所最亲者，莫如赵。昔赵襄子尝以其姊为代王③夫人，襄子欲并代国，约与代王为好会。令工人制为长柄金斗，方宴，厨人进羹，反斗柄以击代王，破胸而死，遂袭据代国。其姊闻之，泣而呼天，因摩笄以自刺。后人因号其山曰摩笄山④。夫亲姊犹欺之以取利，况他人哉？今赵王已割地谢过于秦，将入朝秦王于渑池⑤。一旦驱赵而攻燕，则易水、长城，非大王之有也！"燕昭王恐惧，愿献恒山⑥之东五城以和秦。

张仪连衡之说既行，将归报秦。未至咸阳，秦惠文王已病薨，太子荡即位，是为武王⑦。齐湣王初听张仪之说，以为三晋皆已献地事秦，故不敢自异。及闻仪说齐之后，方往说赵，以仪为欺，大怒。又闻秦惠文王之

薨，乃使孟尝君致书列国，约共背秦复为合从。疑楚已结婚于秦，恐其不
从，先欲伐之。楚怀王遣其太子横为质于齐，齐兵乃止。湣王自为从约
长，连结诸侯，约能得张仪者，赏以十城。秦武王生性粗直，自为太子
时，素恶张仪之多诈。群臣先忌仪宠者，至是皆谗谮之。仪惧祸，乃入见
武王曰："仪有愚计，愿效于左右。"武王曰："君计安出？"张仪曰："闻
齐王甚憎仪，仪之所在，必兴师伐之。仪愿辞大王，东往大梁，齐之伐
梁，必矣。梁、齐兵连而不解，大王乃乘间伐韩，通三川⑧以窥周室，此
王业也。"武王以为然。乃具革车三十乘，送张仪入大梁。魏哀王用为相
国，以代公孙衍之位。衍乃去魏入秦。

齐湣王知仪相魏，果然大怒，兴师伐魏。魏哀王大惧，谋于张仪。仪
乃使其舍人冯喜，伪为楚客，往见湣王曰："闻大王甚憎张仪，信乎？"
湣王曰："然。"冯喜曰："大王如憎仪，愿无伐魏也。臣适从咸阳来，闻
仪去秦时，与秦王有约，言'齐王恶仪，仪所在，必兴师伐之'。故秦王

具车乘，送仪于魏，欲以挑齐、魏之斗。齐、魏兵连而不解，秦乃得乘间而图事于北方。王今伐魏，中仪计。王不如无伐，使秦不信张仪，仪虽在魏，亦无能为矣。"湣王遂罢兵不伐魏。魏哀王益厚张仪。逾年，张仪病卒于魏。是岁，齐无盐后死。

却说秦武王长大多力，好与勇士角力为戏。乌获、任鄙自先世已为秦将，武王复宠任之，益其禄秩。有齐人孟贲字说，以力闻，水行不避蛟龙，陆行不避虎狼，发怒吐气，声响动天。尝于野外见两牛相斗，孟贲从中以手分之，一牛伏地，一牛犹触不止。贲怒，左手按牛头，以右手拔其角，角出牛死。人畏其勇，莫敢与抗。闻秦王招致天下勇力之士，乃西渡黄河。岸上人待渡者甚众，常日，以次上船。贲最后至，强欲登船先渡。船人怒其不逊，以楫击其头曰："汝用强如此，岂孟说耶？"贲瞋目而视，发植目裂，举声一喝，波涛顿作。舟中之人，惶惧颠倒，尽扬播入于河。贲振桡顿足，一去数丈，须臾过岸，竟入咸阳，来见武王。武王试知其勇，亦拜大官，与乌获、任鄙，并见宠任。时周赧王六年^⑨，秦武王之二年也。

秦以六国皆有相国之名，不屑与同，乃特置丞相^⑩，左右各一人，以甘茂为左丞相，樗里疾为右丞相。魏章忿其不得相位，奔梁国去了。武王思张仪之言，谓樗里疾曰："寡人生于西戎，未睹中原之盛。若得通三川，一游巩、洛之间，虽死无恨。二卿谁能为寡人伐韩平？"樗里疾曰："王之伐韩，欲取宜阳以通三川之道也。宜阳路险而远，劳师费财，梁、赵之救将至，臣窃以为不可。"武王复问于甘茂，茂曰："臣请为王使梁，约其伐韩。"武王大喜，使甘茂往说梁王，梁王许秦助兵。甘茂初与樗里疾相左，恐从中阻挠其事，先遣副使向寿回报秦王，言："魏已听命矣。然虽如此，劝王勿伐韩为便。"秦武王疑其言，乃亲往迎甘茂，至息壤^⑪，与甘茂相遇。武王曰："相国许为寡人约魏攻韩，今魏人听命，相国又曰'勿伐韩为便'，何也？"甘茂曰："夫越千里之险，以攻劲韩之大邑，此不可以岁月计也。昔曾参居费，鲁人有与曾参同姓名者杀人，人奔告其母曰：'曾参杀人！'其母方织，应曰：'吾子不杀人。'织如故。未几，又一人奔告曰：'曾参杀人！'其母停梭而思，曰：'吾子必无此事。'复织如故。少顷，又一人奔告曰：'杀人者，果曾参也！'其母投杼下机[12]，逾

墙走匿。夫以曾参之贤，其母信之，然而三人言杀人，而慈母亦疑矣。今臣之贤，不及曾参，王之信臣，未必如曾参之母，而谤臣杀人者，恐不止三人，臣恐大王之投杼也。"武王曰："寡人不听人言也，请与子盟！"于是君臣歃血为誓，藏誓书于息壤。遂发兵五万，使甘茂为大将，向寿副之。

兵至宜阳，围其城五月，宜阳守臣固守不能拔。右相樗里疾言于武王曰："秦师老矣，不撤回，恐有变。"武王召甘茂班师。甘茂乃为书一函，以谢武王。武王启函视之，书中惟"息壤"二字。武王悟曰："甘茂固尝言之，是寡人之过也。"更益兵五万，使乌获往助甘茂。韩王亦使大将公叔婴率师救宜阳，大战于城下。乌获持铁戟一双，重一百八十斤，独入韩

军，军士皆披靡，莫敢御者。甘茂与向寿各率一军，乘势并进。韩军大败，斩首七万有余。乌获一跃登城，手攀城堞，堞毁，获堕于石上，折肋而死。秦兵乘之，遂拔宜阳。韩王恐惧，乃使相国公仲侈，持宝器入秦乞和。武王大喜，许之。诏甘茂班师，留向寿安戢宜阳地方。使右丞相樗里疾先往三川开路。随后引任鄙、孟贲一班勇士起程，直入雒阳。

周赧王遣使郊迎，亲具宾主之礼。秦武王谢弗敢见。知九鼎在太庙之傍室，遂往观之。见九位宝鼎一字排列，果然整齐。那九鼎是禹王收取九州的贡金，各铸成一鼎，载其本州山川人物，及贡赋田土之数，足耳俱有龙文，又谓之"九龙神鼎"。夏传于商，为镇国之重器。及周武王克商，迁之于雒邑。迁时，用卒徒牵挽，舟车负载，分明是九座小铁山相似，正不知重多少斤两。武王周览了一回，赞叹不已。鼎腹有荆、梁、雍、豫、徐、扬、青、兖、冀等九字分别，武王指雍字一鼎叹曰："此雍州，乃秦鼎也，寡人当携归咸阳耳。"因问守鼎吏曰："此鼎曾有人能举之否？"吏叩首对曰："自有鼎以来，未曾移动。闻人传说每位有千钧之重，谁人能举？"武王遂问任鄙、孟贲曰："二卿多力，能举此鼎否？"任鄙知武王恃力好胜，辞曰："臣力止可胜百钧，此鼎十倍之重，臣不能胜。"孟贲攘臂而前曰："臣请试之，若不能举，休得见罪。"即命左右取青丝为巨索，宽宽的系于鼎耳之上，孟贲将腰带束紧，揎起双袖，用两枝铁臂，套入丝络，狠狠的喝一声："起！"那鼎离起约有半尺，仍还于地。用力过猛，眼珠迸出，目眦流血。武王笑曰："卿大费力。既然卿能举起此鼎，寡人难道不如！"任鄙谏曰："大王万乘之躯，不可轻试！"武王不听，即时卸下锦袍玉带，束缚腰身，更用大带扎缚其袖。任鄙拖袖固谏。武王曰："汝自不能，乃妒寡人耶？"鄙遂不敢复言。武王大踏步向前，亦将双臂套入丝络，想道："孟贲止能举起，我偏要行动数步，方可夸胜。"乃尽生平神力，屏一口气，喝声："起！"那鼎亦离地半尺。方欲转步，不觉力尽失手，鼎坠于地，正压在武王右足上，跁札一声，将胫骨压个平断[13]。武王大叫："痛哉！"登时闷绝。左右慌忙扶归公馆。血流床席，痛极难忍，捱至夜半而薨。武王自言："得游巩、雒，虽死无恨。"今日果然死于雒阳，前言岂非谶乎？

周赧王闻变大惊，急备美棺，亲往视殓，哭吊尽礼。樗里疾奉其丧以归。武王无子，迎其异母弟稷嗣位，是为昭襄王⑭。樗里疾讨举鼎之罪，磔孟贲，族灭其家；以任鄙能谏，用为汉中太守。疾复宣言于朝曰："通三川者，甘茂之谋也！"甘茂惧为疾所害，遂奔魏国，后死于魏。

再说秦昭襄王闻楚送质子于齐。疑其背秦而向齐，乃使樗里疾为大将，兴兵伐楚。楚使大将景快迎战，兵败被杀。楚怀王恐惧。昭襄王乃遣使遗怀王书，略云：

始寡人与王约为兄弟，结为婚姻，相亲久矣。王弃寡人而纳质于齐，寡人诚不胜其愤！是以侵王之边境，然非寡人之情也。今天下大国，惟楚与秦，吾两君不睦，何以令于诸侯？寡人愿与王会于武关，面相订约，结盟而散。还王之侵地，复遂前好，惟王许之。王如不从，是明绝寡人也，寡人不能以兵退矣。

怀王览书，即召群臣计议曰："寡人欲勿往，恐激秦之怒；欲往，恐被秦之欺。二者孰善？"屈原进曰："秦，虎狼之国也。楚之见欺于秦，非一二次矣，王往必不归。"相国昭雎曰："灵均乃忠言也！王其勿行，速发兵自守，以防秦兵之至。"靳尚曰："不然。楚惟不能敌秦，故兵败将死，舆地⑮日削。今欢然结好，而复拒之，倘秦王震怒，益兵伐楚，奈何？"怀王之少子兰，娶秦女为妇，以为婚姻可恃，力劝王行，曰："秦楚之女，互相嫁娶，亲莫过于此。彼以兵来，尚欲请和，况欢然求为好会乎？上官大夫⑯所言最当，王不可不听。"怀王因楚兵新败，心本畏秦，又被靳尚、子兰二人撺掇不过，遂许秦王赴会。择日起程，只有靳尚相随。

秦昭王使其弟泾阳君悝，乘王车羽旄，侍卫毕具，诈为秦王，居武关；使将军白起引兵一万，伏于关内，以劫楚王；使将军蒙骜引兵一万，伏于关外，以备非常。一面遣使者为好语前迎楚王，往来不绝。楚怀王信之不疑，遂至武关之下。只见关门大开，秦使者复出迎曰："寡君候大王于关内三日矣。不敢辱车从于草野，请至敝馆，成宾主之礼。"怀王已至秦国，势不容辞，遂随使者入关。怀王刚刚进了关门，一声炮响，关门已紧闭矣。怀王心疑，问使者曰："闭关何太急也？"使者曰："此秦法也。战争之世，不得不然。"怀王问："尔王何在？"对曰："先在公馆伺候车驾。"即叱御者速驰。约行二里许，望见秦王侍卫，排列公馆之前，使者吩咐停车。馆中一人出迎，怀王视之，虽然锦袍玉带，举动却不像秦王。怀王心下踌躇，未肯下车。那人鞠躬致词曰："大王勿疑，臣实非秦王，乃王弟泾阳君也。请大王至馆，自有话讲。"怀王只得就馆。泾阳君与怀王相见。方欲就坐，只听得外面一片声喊起，秦兵万余，围住公馆。怀王曰："寡人赴秦王之约，奈何以兵见困耶？"泾阳君曰："无伤也。寡君适有微恙，不能出门，又恐失信于君王，故使微臣悝奉迎君王，屈至咸阳，与寡君一会。以些少军卒，为君侍卫，万勿推辞。"那时不由楚王做主，拥之登车。留蒙骜一军于关上。泾阳君陪乘，白起领兵四下拥卫，西望咸

阳而去。靳尚逃归楚国。怀王叹曰："悔不听昭睢、屈平之言，乃为靳尚所误！"流泪不已。

怀王既至咸阳，昭襄王大集群臣及诸侯使者于章台[①]之上。秦王南面上坐，使怀王北面参谒，如藩臣礼。怀王大怒，抗声大言曰："寡人信婚姻之好，轻身赴会。今君王假称有疾，诱寡人至于咸阳，复不以礼相接，此何意也？"昭襄王曰："向者蒙君许我黔中之地，已而不果。今日相屈，欲遂前约耳！倘君王朝许割地，暮即送王归楚矣。"怀王曰："秦纵欲得地，亦当善言，何必诡计如此！"昭襄王曰："不如此，君必不从。"怀王曰："寡人愿割黔中矣！请与君王为盟，以一将军随寡人至楚受地，何如？"昭襄王曰："盟不可信也。必须先遣使回楚，将地界交割分明，方与王饯行耳。"秦之群臣，皆前劝怀王。怀王益怒曰："汝诈诱我至此，复强要我以割地，寡人死即死耳，不受汝胁也！"昭襄王乃留怀王于咸阳城中，不放回国。

再说靳尚逃回，报与昭睢，如此恁般："秦王欲得楚黔中之地，拘留在彼。"昭睢曰："吾王在秦不得还，而太子又质于齐，倘齐人与秦合谋，复留太子，则楚国无君矣！"靳尚曰："公子兰见在，何不立之？"昭睢曰："太子之立已久，今王犹在秦，遽弃其命，舍嫡立庶，异日王幸归国，何以自解？吾今诈讣于齐，以请太子，齐必信从。"靳尚曰："吾不能为君御难，此行当效微劳耳！"昭睢即遣靳尚使齐，诈称楚王已薨，迎太子奔丧嗣位。齐湣王谓其相国孟尝君田文曰："楚国无君，吾欲留太子以求淮北之地，何如？"孟尝君曰："不可。楚王固非一子，吾留太子，而彼以地来赎，可也；倘彼别立一人为王，我无尺寸之利，而徒抱不义之名，将安用之？"湣王以为然。乃以礼归太子横于楚。横即楚王位，是为顷襄王[18]。子兰、靳尚用事如故。遣使告于秦曰："赖社稷神灵，国已有王矣！"秦王空留怀王，不可得地，乃大惭怒，使白起为将，蒙骜副之，帅师十万攻楚，取十五城而归。

楚怀王留秦岁余，秦守者久而懈怠，怀王变服，逃出咸阳，欲东归楚国。秦王发兵追之，怀王不敢东行，遂转北路，间道走赵。

不知赵国肯纳怀王否，且看下回分解。

【注释】

①连衡：即连横，东西为横。指山东六国分别事秦，乃张仪所倡导，与"合纵"相对抗。秦国借此蚕食六国，统一天下。

②鱼盐之地：指齐地，因齐国滨海，有鱼盐之利。

③代：周时国名。在今河北蔚县一带。

④摩笄山：古山名。在今河北涞源县东北一百五十里。笄，即簪。此事见《史记》《国策》。本书未载。

⑤渑池：古邑名。此时属秦。即今河南渑池县。

⑥恒山：山名。为五岳中北岳。主峰在今山西浑源县东南。

⑦武王：秦武王嬴荡，在位四年（前310—前307）。

⑧三川：指伊河、洛河、黄河一带为三川之地。属东周畿内。

⑨周赧王六年：即公元前309年。

⑩丞相：古代中央政权最高行政长官，协助皇帝处理国家政务。其地位与相国及后来之宰相相当。而相国之名始于赵武灵王，此时六国并未普遍采用。

⑪息壤：古地名。地址不详，或曰在今河南宜阳县以西。后代常以息壤之盟作为信誓盟约的代表。

⑫杼（zhù 著）：织布的梭子。

⑬平断：即今所谓粉碎性骨折。

⑭昭襄王：名嬴稷，一名则。其母乃楚人，后尊为宣太后。昭襄王在位五十六年（前306—前251）。

⑮舆地：土地。《史记·三王世家》索隐："谓地为舆者，天地有覆载之德，故谓天为盖，谓地为舆。"

⑯上官大夫：战国时楚之官名。亦有认为上官乃姓者。上官大夫与靳尚并非一人。

⑰章台：秦宫名。战国时建，以宫内有章台而名。在陕西西安市长安区故城西南隅。

⑱顷襄王：名熊横，怀王子，在位三十六年（前298—前263）。

第九十三回 赵主父饿死沙丘宫
孟尝君偷过函谷关

　　话说赵武灵王身长八尺八寸，龙颜鸟噣①，广鬓虬髯，面黑有光，胸开三尺，气雄万夫，志吞四海。即位五年，娶韩女为夫人，生子曰章，立为太子。至十六年，因梦美人鼓琴，心慕其貌，次日，向群臣言之。大夫胡广自言其女孟姚，善于琴。武灵王召见于大陵之台，容貌宛如梦中所见，因使鼓琴，大悦之，纳于宫中，谓之吴娃，生子曰何。及韩后薨，竟立吴娃为后，废太子章，而立何为太子。武灵王自念赵国北边于燕，东边于胡，西边于林胡②、楼烦③，与赵为邻，而秦止一河之隔，居四战之地，恐日就微弱，乃身自胡服，革带皮靴，使民皆效胡俗，窄袖左衽④，以便骑射。国中无贵贱，莫不胡服者。废车乘马，日逐射猎，兵以益强。武灵王亲自帅师略地，至于常山⑤，西极云中⑥，北尽雁门⑦，拓地数百里。遂有吞秦之志，欲取路云中，自九原⑧而南，竟袭咸阳。以诸将不可专任，不若使其子治国事，而出其身经略四方。乃使群臣大朝于东宫，传位于太子何，是为惠王⑨。武灵王自号曰主父。主父者，犹后世称太上皇也。使肥义为相国，李兑为太傅，公子成为司马。封长子章以安阳⑩之地，号安阳君，使田不礼为之相。此周赧王十七年⑪事也。

　　主父欲窥秦之山川形势，及观秦王之为人，乃诈称赵国使者赵招，赍国书来告立君于秦国。携工数人，一路图其地形；竟入咸阳，来谒秦王。昭襄王问曰："汝王年齿几何？"对曰："尚壮。"又问曰："既在壮年，何以传位于子？"对曰："寡君以嗣位之人，多不谙事，欲及其身，使娴习之。寡君虽为主父，然国事未尝不主裁也。"昭襄王曰："汝国亦畏秦乎？"对曰："寡君不畏秦，不胡服习骑射矣。今驰马控弦之士，十倍昔

年，以此待秦，或者可终皦盟好。"昭襄王见其应对凿凿，甚相敬重。使者辞出就馆。昭襄王睡至中夜，忽思赵使者形貌魁梧轩伟，不似人臣之相，事有可疑，展转不寐。天明，传旨宣赵招相见。其从人答曰："使人患病，不能入朝，请缓之。"过三日，使者尚不出。昭襄王怒，遣吏迫之。吏直入舍中，不见使者，止获从人，自称真赵招，乃解到昭襄王面前。王问："汝既是真赵招，使者的系何人？"对曰："实吾王主父也。主父欲睹大王威容，故诈称使者而来，今已出咸阳三日矣，特命臣招待罪于此。"昭襄王大惊，顿足曰："主父大欺吾也！"即使泾阳君同白起领精兵三千，星夜追之。至函谷关，守关将士言："赵国使者于三日前已出关矣。"泾阳君等回复秦王，秦王心跳不宁者数日，乃以礼遣赵招还国。髯翁有诗云：

　　分明猛虎踞咸阳，谁敢潜窥函谷关？

不道龙颜赵主父，竟从堂上认秦王。

次年，主父复出巡云中，自代而西，收兵于楼烦。筑城于灵寿⑫，以镇中山，名赵王城。吴娃亦于肥乡⑬筑城，号夫人城。是时赵之强，甲于三晋。其年，楚怀王自秦来奔，惠王与群臣计议，恐触秦怒，且主父远在代地，不敢自专，遂闭关不纳。怀王计穷，欲南奔大梁。秦兵追及之，复与泾阳君俱至咸阳。怀王愤甚。呕血斗余，遂发病，未几而薨。秦乃归其丧于楚。楚人怜怀王为秦所欺，客死于外，百姓往迎丧者，无不痛哭，如悲亲戚。诸侯咸恶秦之无道，复为合从以摈秦。

楚大夫屈原痛怀王之死，繇子兰、靳尚误之，今日二人，仍旧用事，君臣贪于苟安，绝无报秦之志，乃屡屡进谏，劝顷襄王进贤远佞，选将练兵，以图雪怀王之耻。子兰悟其意，使靳尚言于顷襄王曰："原自以同姓⑭不得重用，心怀怨望，且每向人言大王忘秦仇不孝，子兰等不主张伐秦为不忠。"顷襄王大怒，削屈原之职，放归田里。原有姊名婪，已远嫁，闻原被放，乃归家，访原于婪⑮之故宅。见原被发垢面，形容枯槁，行吟于江畔，乃喻之曰："楚王不听子言，子之心已尽矣！忧思何益？幸有田亩，何不力耕自食，以终余年乎？"原重违姊意，乃秉耒而耕，里人哀原之忠者，皆为助力。月余，姊去，原叹曰："楚事至此，吾不忍见宗室之亡灭！"忽一日，晨起，抱石自投汨罗江⑯而死。其日乃五月五日。里人闻原自溺，争棹小舟，出江拯救，已无及矣。乃为角黍投于江中以祭之，系以彩线，恐为蛟龙所攫食也。又龙舟竞渡之戏，亦因拯救屈原而起，至今自楚至吴，相沿成俗。屈原所耕之田，获米如白玉，因号曰玉米田。里人私为原立祠，名其乡曰姊归乡。今荆州府有归州，亦因姊归得名也。至宋元丰⑰中，封原为清烈公，兼为其姊立庙，号姊归庙，后复加封原为忠烈王。髯翁有《过忠烈王庙》诗云：

峨峨庙貌立江旁，香火争趋忠烈王。

佞骨不知何处朽，龙舟岁岁吊沧浪。

再说赵主父出巡云中，回至邯郸，论功行赏，赐通国百姓酒铺五日。

国学经典文库

是日，群臣毕集称贺。主父使惠王听朝，自己设便坐于旁，观其行礼。见何年幼，服衮冕南面为王，长子章魁然丈夫，反北面拜舞于下，兄屈于弟，意甚怜之。朝既散，主父见公子胜在侧，私谓曰："汝见安阳君乎？虽随班拜舞，似有不甘之色。吾分赵地为二，使章为代王，与赵相并，汝以为如何？"赵胜对曰："王昔日已误矣，今君臣之分已定，复生事端，恐有争变！"主父曰："事权在我，又何虑哉？"

主父回宫，夫人吴娃见其色变，问曰："今日朝中有何事？"主父曰："吾见故太子章，以兄朝弟，于理不合，欲立为代王，胜又言其不便，吾是以踌躇而未决也。"吴娃曰："昔晋穆侯生二子，长曰仇，弟曰成师，穆侯薨，子仇嗣立，都于翼，封其弟成师于曲沃，其后曲沃益强，遂尽灭仇之子孙，并吞翼国。此主父所知也。成师为弟，尚能戕兄，况以兄而临弟，以长而临少乎？吾母子且为鱼肉矣！"主父惑其言，遂止。

有侍人旧曾伏事故太子章于东宫者，闻知主父商议之事，乃私告于章。章与田不礼计之。不礼曰："主父分王二子，出自公心，特为妇人之言所阻耳。王年幼，不谙事，诚乘间以计图之，主父亦无如何也。"章曰："此事惟君留意，富贵共之！"太傅李兑与肥义相善，密告曰："安阳君强壮而骄，其党甚众，且有怨望之心。田不礼刚狠自用，知进而不知退。二人为党，行险侥幸，其事不远。子任重而势尊，祸必先及，何不弥病，传政于公子成，可以自免。"肥义曰："主父以王属义，尊为相国，谓义可托安危也。今未见祸形，而先自避，不为苟息所笑乎？"李兑叹曰："子今为忠臣，不得复为智士矣。"因泣下，久之，别去。肥义思李兑之言，夜不能寐，食不下咽，展转踌躇，未得良策。乃谓近侍高信曰："今后若有召吾王者，必先告我。"高信曰："诺。"

忽一日，主父与王同游于沙丘[⑱]，安阳君章亦从行。那沙丘有台，乃商纣王所筑。有离宫二所，主父与王各居一宫，相去五六里，安阳君之馆适当其中。田不礼谓安阳君曰："王出游在外，其兵众不甚集。若假以主父之命召王，王必至。吾伏兵于途中，要而杀之，因奉主父以抚其众，谁

敢违者？"章曰："此计甚妙！"即遣心腹内侍，伪为主父使者，夜召惠王曰："主父卒然病发，欲见王面，幸速往？"高信即走告相国肥义，义曰："王素无病，事可疑也。"乃入谓王曰："义当以身先之，俟无他故，王乃可行。"又谓高信曰："紧闭宫门，慎勿轻启。"

肥义与数骑随使者先行，至中途，伏兵误以为王，群起尽杀之。田不礼举火验视，乃肥义也。田不礼大惊曰："事已变矣！及其机未露，宜悉众乘夜袭王，幸或可胜。"于是奉安阳君以攻王。高信因肥义吩咐，已预作准备。田不礼攻王宫不能人。至天明，高信使从军乘屋发矢，贼多伤死者。矢尽，乃飞瓦下掷之。田不礼命取巨石系干木，以撞宫门，哗声如雷。惠王正在危急，只听得宫外喊声大举，两队军马杀来，贼兵大败，纷纷而散。原来是公子成、李兑在国中商议，恐安阳君乘机为乱，各率一枝军前来接应，正遇着贼围王宫，解救了此难。

安阳君兵败，谓田不礼曰："今当如何？"不礼曰："急走主父处涕泣哀求，主父必然相庇，吾当力拒追兵。"章从其言，乃单骑奔主父宫中，主父果然开门匿之，殊无难色。田不礼驱残兵再与成、兑交战，众寡不敌，不礼被李兑斩之。兑度安阳君无处托身，必然往投主父，乃引兵前围主父之宫。打开宫门，李兑仗剑当先开路，公子成在后，入见主父，叩头曰："安阳君反叛，法所不宥，愿主父出之。"主父曰："彼未尝至吾宫中，二卿可他觅也。"兑、成再四告禀，主父并不统口[19]。李兑曰："事已至此，当搜简一番，即不得贼，谢罪未晚。"公子成曰："君言是也。"乃呼集亲兵数百人，遍搜宫中，于复壁中得安阳君，牵之以出。李兑遽拔剑击断其头。公子成曰："何急也？"兑曰："若遇主父，万一见夺，抗之则非臣礼，从之则为失贼，不如杀之。"公子成乃服。李兑提安阳君之首，自宫内出，闻主父泣声，复谓公子成曰："主父开宫纳章，心已怜之矣！吾等以章故，围主父之宫，搜章而杀之，无乃伤主父之心？事平之后，主父以围宫加罪，吾辈族灭矣！王年幼不足与计，吾等当自决也。"乃吩咐军士："不许解围。"使人诈传惠王之令曰："在宫人等，先出者免罪；后出者即系贼党，夷其族！"从官及内侍等，闻王令，争先出宫，单单剩得主父一人。主父呼人，无一应者，欲出，则门已下钥矣。一连围了数日，主父在宫中饿甚，无从取食。庭中树有雀巢，乃探其卵生啖之，月余饿死。髯仙有诗叹曰：

胡服行边靖虏尘，雄心直欲并西秦。

吴娃一脉能贻祸，梦里琴声解误人。

主父既死，外人未知。李兑等尚不敢入，直待三月有余，方才启钥入视，主父尸身已枯瘪矣。公子成奉惠王往沙丘宫，视殓发丧，葬于代地。今灵丘县[20]，以葬武灵王得名也。惠王回国，以公子成为相国，李兑为司寇。未几，公子成卒，惠王以公子胜曾阻主父分王之谋，乃用为相国，封以平原，号为平原君。

平原君亦好士，有孟尝君之风。既贵，益招致宾客，坐食者常数千人。平原君之府第，有画楼，置美人于上。其楼俯临民家，民家之主人有躄疾㉑，晓起蹒跚而出汲，美人于楼上望见，大笑。少顷，躄者造平原君之门请见。公子胜揖而进之。躄者曰："闻君之喜士，士所以不远千里集于君之门者，以君贵士而贱色也。臣不幸有罢癃㉒之病，不良于行，君之后宫，乃临而笑臣。臣不甘受妇人之辱，愿得笑臣者之头。"胜笑应曰："诺。"躄者去。平原君笑曰："愚哉此竖也！以一笑之故，遂欲杀吾美人

乎？"平原君门下有个常规：主客㉓者，每月一进客籍，稽客之多少，料算钱谷出入之数。前此客有增无减，至是日渐引去，岁余客减半。公子胜怪之，乃鸣钟大会诸客，问曰："胜所以待诸君者，未尝敢失礼，乃纷纷引去，何也？"客中一人前对曰："君不杀笑躄之美人，众皆咈然㉔，以君爱色而贱士，所以去耳。臣等不日亦将辞矣！"平原君大惊，引罪曰："此胜之过也！"即解佩剑，令左右斩楼上美人之头，自造躄者之门，长跽㉕请罪。躄者乃喜。于是门下皆称颂平原君之贤，宾客复聚如初。时人为三字语云：

食我饱，衣我温，息其馆，游其门。齐孟尝，赵平原，佳公子，贤主人。

时秦昭襄王闻平原君斩美人谢躄之事，一日，与向寿述之，嗟叹其贤。向寿曰："尚不及齐孟尝君之甚也。"秦王曰："孟尝君如何？"向寿曰："孟尝君自其父田婴存日，即使主家政，接待宾客。宾客归之如云，诸侯咸敬慕之，请于田婴以为世子。及嗣为薛公，宾客益盛，衣食与己无二，供给繁费，为之破产。士从齐来者，人人以为孟尝君亲己，无有间言。今平原容美人笑躄而不诛，直待宾客离心，乃斩头以谢，不亦晚乎？"秦王曰："寡人安得一见孟尝君，与之同事哉？"向寿曰："王如欲见孟尝君，何不召之？"秦王曰："彼齐相国也，召之安肯来乎？"向寿曰："王诚以亲子弟为质于齐，以请孟尝君，齐信秦，不敢不遣。王得孟尝君，即以为相，齐亦必相王之亲子弟。秦、齐互相，其交必合，然后共谋诸侯不难矣。"秦王曰："善！"乃以泾阳君悝为质于齐："愿易孟尝君来秦，使寡人一见其面，以慰饥渴之想。"

宾客闻秦召，皆劝孟尝君必行。时苏代适为燕使于齐，谓孟尝君曰："今代从外来，见土偶人与木偶人相与语，木偶人谓土偶人曰：'天方雨，子必败矣，奈何！'土偶人笑曰：'我生于土，败则仍还于土耳。子遭雨漂流，吾不知其所底也！'秦，虎狼之国，楚怀王犹不返，况君乎？若留君不遣，臣不知君之所终矣。"孟尝君乃辞秦不欲行。匡章言于湣王曰："秦之效质而求见孟尝君，欲亲齐也。孟尝君不往，失秦欢矣。虽然，留秦之质，犹为不信秦也。王不如以礼归泾阳君于秦，而使孟尝君聘秦，以答秦之礼。如是，则秦王必听信孟尝君，而厚于齐。"湣王以为然，谓泾阳君曰："寡人行将遣相国文，行聘于上国，以候秦王之颜色，岂敢烦贵人为质？"即备车乘送泾阳君还秦，而使孟尝君行聘于秦。

孟尝君同宾客千余人，车骑百余乘，西入咸阳，谒见秦王。秦王降阶迎之，握手为欢，道平生相慕之意。孟尝君有白狐裘，毛深二寸，其白如雪，价值千金，天下无双，以此为私礼，献于秦王。秦王服此裘入宫，夸于所幸燕姬。燕姬曰："此裘亦常有，何以足贵？"秦王曰："狐非数千岁色不白。今之白裘，所取狐腋下一片，补缀而成。此乃纯白之皮，所以贵重，真无价之珍也。齐乃山东大国，故有此珍服耳。"时天气尚暖，秦王

解裘付主藏吏，吩咐珍藏，以俟进御。择日将立孟尝君为丞相。樗里疾忌孟尝君见用，恐夺其相权，乃使其客公孙爽说秦王曰："田文，齐族也，今相秦，必先齐而后秦。夫以孟尝君之贤，其筹事无不中，又加以宾客之众，而借秦权以阴为齐谋，秦其危矣。"秦王以其言问于樗里疾。疾对曰："爽言是也。"秦王曰："然则遣之乎？"疾对曰："孟尝君居秦月余，其宾客千人，尽已得秦巨细之事，若遣之归齐，终为秦害，不如杀之。"秦王惑其言，命幽孟尝君于馆舍。

泾阳君在齐时，孟尝君待之甚厚，日具饮食，临行，复馈以宝器数事，泾阳君甚德之。至是，闻秦王之谋，私见孟尝君言其事。孟尝君惧而问计。泾阳君曰："王计尚未决也。宫中有燕姬者，最得王心，所言必从。

君携有重器，吾为君进于燕姬，求其一言，放君还国，则祸可免矣。"孟尝君以白璧二双，托泾阳君献于燕姬求解。燕姬曰："妾甚爱白狐裘，闻山东大国有之，若有此裘，妾不惜一言，不愿得璧也。"泾阳君回报孟尝君。孟尝君曰："只有一裘，已献秦王，何可复得？"遍问宾客："有能复得白狐裘者否？"众皆束手莫对。最下坐有一客，自言："臣能得之。"孟尝君曰："子有何计得裘？"客曰："臣能为狗盗。"孟尝君笑而遣之。客是夜装束如狗，从窦中潜入秦宫库藏，为狗吠声。主藏吏以为守狗，不疑。客伺吏睡熟，取身边所藏钥匙，逗开藏柜，果得白狐裘，遂盗之以出，献于孟尝君。孟尝君使泾阳君转献燕姬，燕姬大悦。值与王夜饮方欢，遂进言曰："妾闻齐有孟尝君，天下之大贤也！孟尝君方为齐相，不欲来秦，秦请而致之，不用则已矣，乃欲加诛？夫请人国之相，而无故诛之，又有戮贤之名，妾恐天下贤士，将裹足而避秦也！"秦王曰："善。"明日御殿，即命具车马，给驿券㉘，放孟尝君还齐。

孟尝君曰："吾侥幸燕姬之一言，得脱虎口，万一秦王中悔，吾命休矣。"客有善为伪券者，为孟尝君易券中名姓，星驰而去。至函谷关，夜方半，关门下钥已久。孟尝君虑追者或至，急欲出关。关开闭俱有常期，人定即闭，鸡鸣始开。孟尝君与宾客咸拥聚关内，心甚惶迫。忽闻鸡鸣声自客队中出。孟尝君怪而视之，乃下客一人，能效鸡声者。于是群鸡尽鸣。关吏以为天且晓，即起验券开关。孟尝君之众，复星驰而去，谓二客曰："吾之得脱虎口，乃狗盗鸡鸣之力也！"众宾客自愧无功，从此不敢怠慢下坐之客。髯翁有赞曰：

明珠弹雀，不如泥丸。白璧疗饥，不如壶餐。狗吠裘得，鸡鸣关启。虽为圣贤，不如彼鄙。细流纳海，累尘成冈。用人惟器，勿陋孟尝。

樗里疾闻孟尝君得放归国，即趋入朝，见昭襄王曰："王即不杀田文，亦宜留以为质，奈何遣之？"秦王大悔，即使人驰急传追孟尝君，至函谷关，索出客籍阅之，无齐使田文姓名。使者曰："得无从间道尚未至乎？"候半日，杳无影响，乃言孟尝君状貌及宾客车马之数。关吏曰："若然，

则今早出关者是矣。"使者曰："还可追否？"关吏曰："其驰如飞，今已去百里之远，不可追也。"使者乃还报秦王。王叹曰："孟尝君有鬼神不测之机，果天下贤士也！"后秦王索狐白裘于主藏吏不得，及见燕姬服之，因叩其故，知其为孟尝君之客所盗，复叹曰："孟尝君门下，如通都之市，无物不有。吾秦国未有其比。"竟以裘赐燕姬，不罪主藏吏。

　　不知孟尝君归国如何，且看下回分解。

【注释】

①龙颜鸟噣（zhòu 宙）：眉骨圆起，口吻突出。噣，通咮，鸟喙。古代称眉骨突起呈弧形曰龙颜。

②林胡：古部族名，又称澹林。分布于今山西朔县北至内蒙古达拉特旗一带。

③楼烦：古部族名。精骑射。分布于山西宁武、苛岚等地。后活动于

今陕北及内蒙古南部。与林胡、东胡并称为北边三胡。

④窄袖左衽：即少数民族服装。与古代中原地区宽袍长袖右衽不同。衽，衣襟。衣襟向左，袖窄而短，有利骑射。

⑤常山：即恒山。因避汉文帝刘恒讳改。

⑥云中：古郡名。赵武灵王置。在今内蒙古卓资县以西、土默特右旗以东大片地区。

⑦雁门：古郡名。赵武灵王置。在今山西大同市以西大片地区。

⑧九原：古邑名。战国时属赵。在今内蒙古包头市西。

⑨惠王：亦称赵惠文王，在位三十三年（前298—前266）。

⑩安阳：战国时赵邑名。在今河北阳原县东南。

⑪周赧王十七年：即公元前298年。

⑫灵寿：战国时赵邑名。在今河北灵寿县西。

⑬肥乡：战国时赵邑名。故城在今河北肥乡区西二十里。

⑭同姓：楚国之屈、景、昭三姓，均为王族，故称同姓。

⑮夔：春秋时国名。今湖北省秭归东有夔子城，即其故址。

⑯汨罗江：水名。源于湖南平江，西流至汨罗市入湘江。

⑰元丰：北宋神宗年号，共八年（1078—1085）。

⑱沙丘：古地名。在今河北广宗县西北太平台。相传殷纣王曾在此筑台，畜养禽兽。赵王曾在此修离宫，即沙丘宫。

⑲统口：改口。

⑳灵丘：古县名。今属山西。在山西东北。

㉑躄（bì 避）疾：腿病而跛行。

㉒罢癃（pí lóng 皮龙）：本指驼背，此言有残疾。

㉓主客：春秋战国时家臣官名，掌接待宾客诸事。

㉔咈（fú 服）然：反对的样子。

㉕跽（jì 计）：与跪相近。古人席地而坐，两膝着地，两股贴于足跟上。股不着脚跟上为跪，跪而耸身直腰曰跽。

㉖驿券：通过关塞、征发驿马的凭证。

第九十四回　冯驩弹铗客孟尝　齐王纠兵伐桀宋

话说孟尝君自秦逃归，道经于赵，平原君赵胜出迎于三十里外，极其恭敬。赵人素闻人传说孟尝之名，未见其貌，至是，争出观之。孟尝君身材短小，不逾中人。观者或笑曰："始吾慕孟尝君，以为天人，必魁然有异。今观之，但渺小丈夫耳！"和而笑者复数人。是夜，凡笑孟尝君者皆失头。平原君心知孟尝门客所为，不敢问也。

再说齐湣王既遣孟尝君往秦，如失左右手，恐其遂为秦用，深以为忧。及闻其逃归，大喜，仍用为相国，宾客归者益众。乃置为客舍三等：上等曰"代舍"，中等曰"幸舍"，下等曰"传舍"。代舍者，言其人可以自代也，上客居之，食肉乘舆。幸舍者，言其人可任用也，中客居之，但食肉不乘舆。传舍者，脱粟之饭，免其饥馁，出入听其自便，下客居之。前番鸡鸣狗盗及伪券有功之人，皆列于代舍。所收薛邑俸入，不足以给宾客，乃出钱行债于薛，岁收利息，以助日用。

一日，有一汉子，状貌修伟，衣敝褐，蹑草屦，自言姓冯，名驩，齐人，求见孟尝君。孟尝君揖之与坐，问曰："先生下辱，有以教文乎？"驩曰："无也。窃闻君好士，不择贵贱，故不揣以贫身自归耳。"孟尝君命置传舍。十余日，孟尝君问于传舍长曰："新来客何所事？"传舍长答曰："冯先生贫甚，身无别物，止存一剑；又无剑囊，以蒯缑①系之于腰间。食毕，辄弹其剑而歌曰：'长铗②归来兮，食无鱼！'"孟尝君笑曰："是嫌吾食俭也。"乃迁之于幸舍，食鱼肉。仍使幸舍长候其举动："五日后，来告我。"居五日，幸舍长报曰："冯先生弹剑而歌如故，但其辞不同矣。曰：'长铗归来兮，出无车！'"孟尝君惊曰："彼欲为我上客乎？其人必有异也。"又迁之代舍。复使代舍长伺其歌否。驩乘车日出夜归，

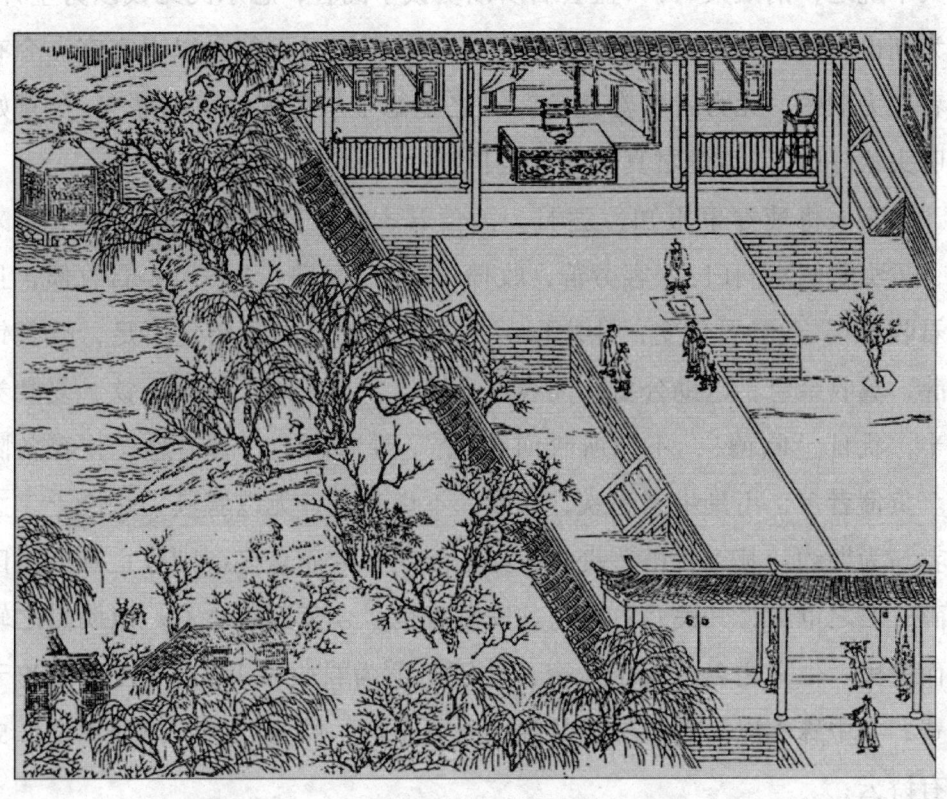

又歌曰："长铗归来兮，无以为家！"代舍长诣孟尝君言之。孟尝君蹙额曰："客何无餍之甚乎？"更使伺之，驩不复歌矣。

居一年有余，主家者来告孟尝君："钱谷只勾一月之需。"孟尝君查贷券，民间所负甚多，乃问左右曰："客中谁能为我收债于薛者！"代舍长进曰："冯先生不闻他长，然其人似忠实可任。向者自请为上客，君其试之。"孟尝君请冯驩与言收债之事。冯驩一诺无辞，遂乘车至薛，坐于公府。薛民万户，多有贷者，闻薛公使上客来征息，时输纳甚众，计之得息钱十万。冯驩将钱多市牛酒，预出示："凡负孟尝君息钱者，勿论能偿不能偿，来日悉会府中验券。"百姓闻有牛酒之犒，皆如期而来。冯驩一

一劳以酒食，劝使酣饱。因而旁观，审其中贫富之状，尽得其实。食毕，乃出券与合之，度其力饶，虽一时不能，后可相偿者，与为要约，载于券上；其贫不能偿者，皆罗拜哀乞宽期。冯驩命左右取火，将贫券一箧，悉投火中烧之，谓众人曰："孟尝君所以贷钱于民者，恐尔民无钱以为生计，非为利也。然君之食客数千，俸食不足，故不得已而征息以奉宾客。今有力者更为期约，无力者焚券蠲免。君之施德于尔薛人，可谓厚矣。"百姓皆叩头欢呼曰："孟尝君真吾父母也！"

早有人将焚券事报知孟尝君。孟尝君大怒，使人催召驩，驩空手来见，孟尝君假意问曰："客劳苦，收债毕乎？"驩曰："不但为君收债，且为君收德！"孟尝君色变，让之曰："文食客三千人，俸食不足，故贷钱于薛，冀收余息，以助公费。闻客得息钱，多具牛酒，与众乐饮，复焚券之半，犹曰'收德'，不知所收何德也？"驩对曰："君请息怒，容备陈之。负债者多，不具牛酒为欢，众疑，不肯齐赴，无以验其力之饶乏。力饶者与为期约。其乏者虽严责之，亦不能偿；久而息多，则逃亡耳。区区之薛，君之世封，其民乃君所与共安危者也。今焚无用之券，以明君之轻财而爱民。仁义之名，流于无穷，此臣所谓为君收德者矣。"孟尝君迫于客费，心中殊不以为然，然已焚券，无可奈何，勉为放颜，揖而谢之。史臣有诗云：

逢迎言利号佳宾，焚券矢虞触主嗔。

空手但收仁义返，方知弹铗有高人。

却说秦昭襄王悔失孟尝君，又见其作用可骇，想道："此人用于齐国，终为秦害！"乃广布谣言，流于齐国，言："孟尝君名高天下，天下知有孟尝君，不知有齐王，不日孟尝君且代齐矣！"又使人说楚顷襄王曰："向者六国伐秦，齐兵独后，因楚王自为从约长，孟尝君不服，故不肯同兵。及怀王在秦，寡君欲归之，孟尝君使人劝寡君勿归怀王，以太子见质于齐，欲秦杀怀王，彼得留太子以要地于齐③，故太子几不得归，而怀王竟死于秦。寡君之得罪于楚，皆孟尝君之故也。寡君以楚之故，欲得孟尝君而杀之，会逃归不获。今复为齐相专权，旦暮篡齐，秦、楚自此多事矣。寡君愿悔前之祸，与楚结好，以女为楚王妇，共备孟尝君之变，幸大王裁听！"楚王惑其言，竟通和于秦，迎秦王之女为夫人，亦使人布流言于齐。齐湣王疑之，遂收孟尝君相印，黜归于薛。

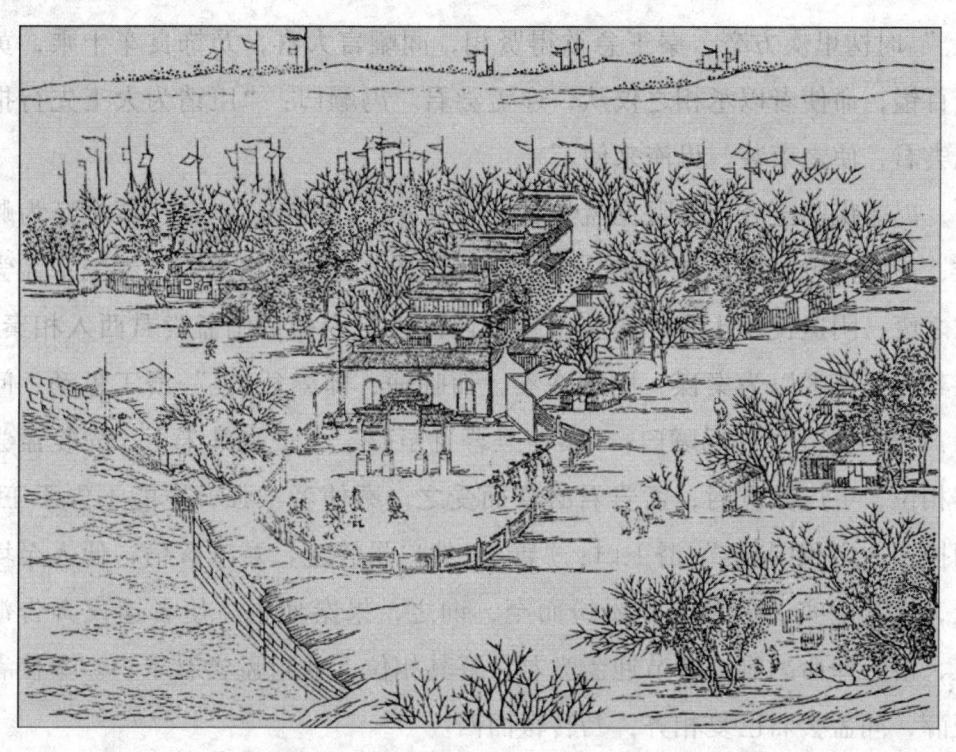

宾客闻孟尝君罢相，纷纷散去；惟冯谖在侧，为孟尝君御车。未至薛，薛百姓扶老携幼相迎，争献酒食，问起居。孟尝君谓谖曰："此先生所谓为文收德者也！"冯谖曰："臣意不止于此。倘借臣以一乘之车，必令君益重于国，而俸邑益广。"孟尝君曰："惟先生命！"

过数日，孟尝君具车马及金币，谓冯谖曰："听先生所往。"冯谖驾车，西入咸阳，求见昭襄王，说曰："士之游秦者，皆欲强秦而弱齐；其游齐者，皆欲强齐而弱秦。秦与齐势不两雄，其雄者，乃得天下。"秦王曰："先生何策可使秦为雄而不为雌乎？"冯谖曰："大王知齐之废孟尝君否?"秦王曰:"寡人曾闻之,而未信也。"冯驩曰:"齐之所以重于天下者,以有孟尝君之贤也。今齐王惑于谗毁,一旦收其相印,以功为罪,孟尝君怨齐必深,乘其怀怨之时,而秦收之以为用,则齐国之阴事,必将尽输于秦,用以谋齐,齐可得也,岂特为雄而已哉?大王急遣使载重币,阴迎孟尝君于薛,时不可失!万一齐王悔悟而复用之,则两国之雌雄未可定矣。"时樗里疾方卒,秦王急欲得贤相,闻驩言大喜,乃饰良车十乘,黄金百镒,命使者以丞相之仪从,迎孟尝君。冯驩曰:"臣请为大王先行报孟尝君,使之束装,毋淹来使。"

冯驩疾驱至齐,未暇见孟尝君,先见齐王,说曰:"齐、秦之互为雌雄,王所知也。得人者为雄,失人者为雌。今臣闻道路之言,秦王幸孟尝君之废,阴遣良车十乘,黄金百镒,迎孟尝君为相,倘孟尝君西入相秦,反其为齐谋者以为秦谋,则雄在秦,而临淄、即墨危矣!"湣王色动,问曰:"然则如何?"冯驩曰:"秦使旦暮且至薛,大王乘其未至,先复孟尝君相位,更广其邑封,孟尝君必喜而受之。秦使者虽强,岂能不告于王,而擅迎人之相国哉?"湣王曰:"善。"然口虽答应,意未深信,使人至境上,探其虚实,只见车骑纷纷而至,询之,果秦使也。使者连夜奔告湣王,湣王即命冯驩,持节迎孟尝君,复其相位,益封孟尝君千户。秦使者至薛,闻孟尝君已复相齐,乃转辕而西。

孟尝君既复相位,前宾客去者复归。孟尝君谓冯驩曰:"文好客无敢失礼,一日罢相,客皆弃文而去;今赖先生之力,得复其位,诸客有何面目复见文乎?"冯驩答曰:"夫荣辱盛衰,物之常理。君不见大都之市乎?旦则侧肩争门而入,日暮为虚矣,为所求不在焉。夫富贵多士,贫贱寡交,事之常也,君又何怪乎?"孟尝君再拜曰:"敬闻命矣。"乃待客如初。

是时,魏昭王[④]与韩釐王[⑤]奉周王之命,合从伐秦。秦使白起将兵迎之,大战于伊阙[⑥],斩首二十四万,虏韩将公孙喜,取武遂[⑦]地二百里;遂伐魏,取河东地四百里。昭襄王大喜,以七国皆称王,不足为异,欲别立帝号，以示贵重，而嫌于独尊，乃使人言于齐湣王曰："今天下相王，莫知所归。寡人意欲称西帝以主西方，尊齐为东帝以主东方，平分天下。大王以为何如？"湣王意未决，问于孟尝君。孟尝君曰："秦以强横见恶于诸侯，王勿效之。"

逾一月，秦复遣使至齐，约共伐赵。适苏代自燕复至，湣王先以并帝之事，请教于代。代对曰："秦不致帝于他国，而独致于齐，所以尊齐也。却之则拂秦之意，直受之则取恶于诸侯。愿王受之而勿称，使秦称之，而西方之诸侯奉之，王乃称帝，以王东方，未晚也；使秦称之，而诸侯恶之，王因以为秦罪。"湣王曰："敬受教。"又问："秦约伐赵，其事如何？"苏代曰："兵出无名，事故不成。赵无罪而伐之，得地则为秦利，齐无与焉。今宋方无道，天下号为桀宋⑧。王与其伐赵，不如伐宋，得其地可守，得其民可臣，而又有诛暴之名，此汤、武之举也。"湣王大悦，乃受帝号而不称。厚待秦使，而辞其伐赵之请。秦昭襄王称帝才二月，闻齐仍称王，亦去帝号，不敢称。

话分两头。却说宋康王⑨乃宋辟公辟兵之子，剔成之弟，其母梦徐偃王⑩来托生，因名曰偃。生有异相，身长九尺四寸，面阔一尺三寸，目如巨星，面有神光，力能屈伸铁钩。于周显王四十一年⑪，逐其兄剔成而自立。立十一年，国人探雀巢，得蜕卵⑫，中有小鹯⑬，以为异事，献于君偃。偃召太史占之。太史布卦奏曰："小而生大，此反弱为强，崛起霸王之象。"偃喜曰："宋弱甚矣，寡人不兴之，更望何人。"乃多检壮丁，亲自训练，得劲兵十余万。东伐齐，取五城；南败楚，拓地三百余里；西又败魏军，取二城；灭滕⑭，有其地。因遣使通好于秦，秦亦遣使报之。自是宋号强国，与齐、楚、三晋相并。偃遂称为宋王，自谓天下英雄，无与为比，欲速就霸王之业，每临朝，辄令群臣齐呼万岁。堂上一呼，堂下应之，门外侍卫亦俱应之，声闻数里。又以革囊盛牛血，悬于高竿，挽弓射之。弓强矢劲，射透革囊，血雨从空乱洒，使人传言于市曰："我王射天得胜。"欲以恐吓远人。又为长夜之饮，以酒强灌群臣，而阴使左右以热水代酒自饮。群臣量素洪者，皆潦倒大醉，不能成礼，惟康王惺然^⑮。左右献谀者皆曰："君王酒量如海，饮千石不醉也。"又多取妇人为淫乐，一夜御数十女，使人传言："宋王精神兼数百人，从不倦怠。"以此自炫。

一日，游封父之墟^⑯，遇见采桑妇甚美，筑青陵之台以望之。访其家，乃舍人韩凭之妻息氏也。王使人喻凭以意，使献其妻。凭与妻言之，问其愿否。息氏作诗以对曰：

南山有鸟，北山张罗。鸟自高飞，罗当奈何？

宋王慕息氏不已，使人即其家夺之。韩凭见息氏升车而去，心中不忍，遂自杀。宋王召息氏共登青陵之台，谓之曰："我宋王也，能富贵人，亦能生杀人。况汝夫已死，汝何所归？若从寡人，当立为王后。"息反复作诗以对曰：

乌有雌雄，不逐凤凰。妾是庶人，不乐宋王。

宋王曰："卿今已至此，虽欲不从寡人，不可得也！"息氏曰："容妾

沐浴更衣，拜辞故夫之魂，然后侍大王巾栉耳。"宋王许之。息氏沐浴更衣讫，望空再拜，遂从台上自投于地。宋王急使人揽其衣，不及，视之，气已绝矣。简其身畔，于裙带得书一幅，书云："死后，乞赐遗骨与韩凭合葬于一冢，黄泉感德！"宋王大怒，故为二冢，隔绝埋之，使其东西相望，而不相亲。埋后三日，宋王还国。忽一夜，有文梓木[17]生于二冢之旁，旬日间，木长三丈许，其枝自相附结成连理[18]。有鸳鸯一对，飞集于枝上，交颈悲鸣。里人哀之曰："此韩凭夫妇之魂所化也。"遂名其树曰相思树。髯仙有诗叹云：

> 相思树上两鸳鸯，千古情魂事可伤。

> 莫道威强能夺志，妇人执性抗君王。

群臣见宋王暴虐，多有谏者。宋王不胜其怒，乃置弓矢于座侧，凡进谏者，辄引弓射之。尝一日间射杀景成、戴乌、公子勃等三人。自是举朝莫敢开口。诸侯号曰桀宋。

时齐湣王用苏代之说，遣使于楚、魏，约共攻宋，三分其地。兵既发，秦昭王闻之，怒曰："宋新与秦欢，而齐伐之，寡人必救宋，无再计。"齐湣王恐秦兵救宋，求于苏代。代曰："臣请西止秦兵，以遂王伐宋之功。"乃西见秦王曰："齐今伐宋矣，臣敢为大王贺。"秦王曰："齐伐宋，先生何以贺寡人乎？"苏代曰："齐王之强暴，无异于宋。今约楚、魏而攻宋，其势必欺楚、魏。楚、魏受其欺，必向西而事秦。是秦损一宋以饵齐，而坐收楚、魏之二国也，王何不利焉？敢不贺乎？"秦王曰："寡人欲救宋何如？"代答曰："桀宋犯天下之公怒，天下皆幸其亡，而秦独救之，众怒且移于秦矣。"秦王乃罢兵不救宋。

齐师先至宋郊，楚、魏之兵亦陆续来会。齐将韩聂、楚将唐昧、魏将芒卯三人做一处商议。唐昧曰："宋王志大气骄，宜示弱以诱之。"芒卯曰："宋王淫虐，人心离怨，我三国皆有丧师失地之耻，宣传檄文，布其罪恶，以招故地之民，必有反戈而向宋者。"韩聂曰："二君之言皆是也。"乃为檄数桀宋十大罪：一、逐兄篡位，得国不正；二、灭滕兼地，恃强凌弱；三、好攻乐战，侵犯大国；四、革囊射天，得罪上帝；五、长夜酣饮，不恤国政；六、夺人妻女，淫荡无耻；七、射杀谏臣，忠良结舌；八、僭拟王号，妄自尊大；九、独媚强秦，结怨邻国；十、慢神虐民，全无君道。檄文到处，人心耸惧，三国所失之地，其民不乐附宋，皆逐其官吏，登城自守，以待来兵。于是所向皆捷，直逼睢阳。

宋王偃大阅车徒，亲领中军，离城十里结营，以防攻突。韩聂先遣部下将闾丘俭，以五千人挑战。宋兵不出。闾丘俭使军士声洪者数人，登辌车朗诵檄宋十罪。宋王偃大怒，命将军卢曼出敌。略战数合，闾丘俭败走，卢曼追之，俭尽弃其车马器械，狼狈而奔。宋王偃登垒，望见齐师已败，喜曰："败齐一军，则楚、魏俱丧气矣！"乃悉师出战，直逼齐营。韩聂又让一阵，退二十里下寨，却教唐眜、芒卯二军，左右取路，抄出宋王大营之后。

次日，宋王偃只道齐兵已不能战，拔寨都起，直攻齐营。闾丘俭打着韩聂旗号，列阵相持。自辰至午，合战三十余次。宋王果然英勇，手斩齐将二十余员，兵士死者百余人。宋将卢曼亦死于阵。闾丘俭复大败而奔，委弃车仗器械无数。宋兵争先掠取。忽有探子报道："敌兵袭攻睢阳城甚急，探是楚、魏二国军马。"宋王大怒，忙教整队回军。行不上五里，刺斜里一军突出，大叫："齐国上将韩聂在此！无道昏君，还不速降！"宋王左右将戴直、屈志高双车齐出，韩聂大展神威，先将屈志高斩于车下。戴直不敢交锋，保护宋王，且战且走。回到睢阳城下，守将公孙拔认得自家军马，开门放入。三国合兵攻打，昼夜不息。

忽见尘头起处，又有大军到来，乃是齐湣王恐韩聂不能成功，亲帅大将王蠋、太史敫等，引生军三万前来，军势益壮。宋军知齐王亲自领兵，人人丧胆，个个灰心。又兼宋王不恤士卒，昼夜驱率男女守瞭，绝无恩赏，怨声籍籍。戴直言于王偃曰："敌势猖狂，人心已变，大王不如弃城，权避河南，更图恢复。"宋王此时一片图王定霸之心，化为秋水，叹息了一回，与戴直半夜弃城而遁。公孙拔遂竖起降旗，迎湣王入城。湣王安抚百姓，一面令诸军追逐宋王。宋王走至温邑[19]，为追兵所及，先擒戴直斩之。宋王自投于神农涧[20]中，不死，被军士牵出，斩首，传送睢阳。齐、楚、魏遂共灭宋国，三分其地。

楚、魏之兵既散，湣王曰："伐宋之役，齐力为多，楚、魏安得受地？"遂引兵衔枚尾唐昧之后，袭败楚师于重丘[21]。乘胜逐北，尽收取淮北之地。又西侵三晋，屡败其军。楚、魏恨湣王之负约，果皆遣使附秦，秦反以为苏代之功矣。

湣王既兼有宋地，气益骄恣，使嬖臣夷维往合卫、鲁、邹三国之君，要他称臣入朝。三国惧其侵伐，不敢不从。湣王曰："寡人残燕灭宋，辟地千里；败梁割楚，威加诸侯。鲁、卫尽已称臣，泗上无不恐惧。旦晚提一旅兼并二周，迁九鼎于临淄，正号天子，以令天下，谁敢违者！"孟尝君田文谏曰："宋王偃惟骄，故齐得而乘之，愿大王以宋为戒。夫周虽微弱，然号为共主。七国攻战，不敢及周，畏其名也。大王前去帝号不称，天下以此多齐之让。今忽萌代周之志，恐非齐福。"湣王曰："汤放桀，武王伐纣，桀、纣非其主乎？寡人何不如汤武？惜子非伊尹、太公耳！"于是复收孟尝君相印。

孟尝君惧诛，乃与其宾客走大梁，依公子无忌以居。那公子无忌，乃是魏昭王之少子，为人谦恭好士，接人惟恐不及。尝朝膳，有一鸠为鹞所逐，急投案下，无忌蔽之，视鹞去，乃纵鸠。谁知鹞隐于屋脊，见鸠飞出，逐而食之。无忌自咎曰："此鸠避患而投我，乃竟为鹞所杀，是我负此鸠也！"竟日不进膳。令左右捕鹞，共得百余头，各置一笼以献。无忌曰："杀鸠者止一鹞，吾何可累及他禽！"乃按剑于笼上，祝曰："不食鸠者，向我悲鸣，我则放汝。"群鹞皆悲鸣。独至一笼，其鹞低头不敢仰视，乃取而杀之，遂开笼放其余鹞。闻者叹曰："魏公子不忍负一鸠，忍负人乎？"由是士无贤愚，归之如市。食客亦三千余人，与孟尝君、平原君相亚。

魏有隐士，姓侯名嬴，年七十余，家贫，为大梁夷门监者②，无忌闻其素行修洁，且好奇计，里中尊敬之，号为侯生。于是驾车往拜，以黄金二十镒为贽。侯生谢曰："嬴安贫自守，不妄受人一钱，今且老矣，宁为公子而改节乎？"无忌不能强，欲尊礼之，以示宾客，乃置酒大会。

是日，魏宗室将相诸贵客毕集堂中，坐定，独虚左㉓第一席。无忌命驾亲往夷门，迎侯生赴会。侯生登车，无忌揖之上坐，生略不谦逊。无忌执辔在傍，意甚恭敬。侯生又谓无忌曰："臣有客朱亥，在市屠中，欲往看之，公子能枉驾同一往否？"无忌曰："愿与先生偕往。"即命引车枉道入市。及屠门，侯生曰："公子暂止车中，老汉将下看吾客。"侯生下车，入亥家，与亥对坐肉案前，絮语移时，侯生时时睨视公子，公子颜色愈和，略无倦怠。时从骑数十余，见侯生絮语不休，厌之，多有窃骂者。侯生亦闻之，独视公子色终不变。乃与朱亥别，复登车，上坐如故。无忌以午牌出门，比回府，已申未矣。

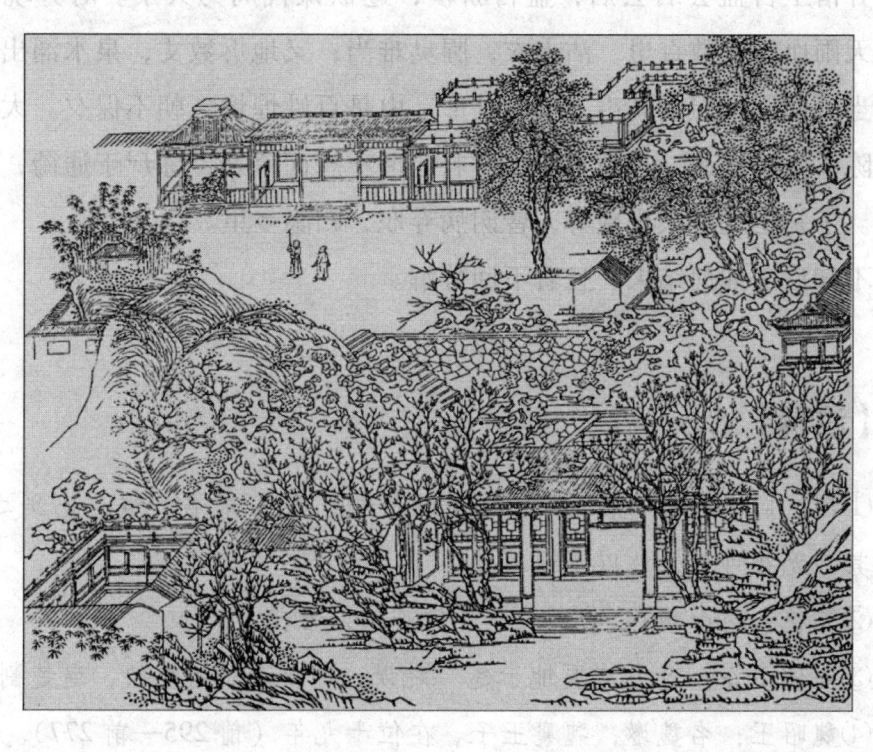

　　诸贵客见公子亲往迎客，虚左以待，正不知甚处有名的游士，何方大国的使臣，俱办下一片敬心伺候。及久不见到，各各心烦意懒。忽闻报说："公子迎客已至。"众贵客敬心复萌，俱起坐出迎，睁眼相看。及客到，乃一白须老者，衣冠敝陋，无不骇然。无忌引侯生遍告宾客。诸贵客闻是夷门监者，意殊不以为然。无忌揖侯生就首席，侯生亦不谦让。酒至半酣，无忌手捧金卮为寿于侯生之前。侯生接卮在手，谓无忌曰："臣乃夷门抱关吏也。公子枉驾下辱，久立市中，毫无怠色。又尊臣于诸客之上，于臣似为过分。然所以为此，欲成公子下士之名耳！"诸贵客皆窃笑。席散，侯生遂为公子上客。侯生因荐朱亥之贤，无忌数往候见，朱亥绝不答拜。无忌亦不以为怪，其折节下士如此。今日孟尝君至魏，独依无忌，正合着古语"同声相应，同气相求"八个字，自然情投意合。孟尝君原与赵平原君公子胜交厚，因使无忌结交于赵胜。无忌将亲姊嫁于平原君为夫人。于是魏、赵通好，而孟尝君居间为重。

　　齐湣王自孟尝君去后，益自骄横，遂欲谋代周为天子。时齐境多怪异：天雨血，方数百里，沾人衣，腥臭难当；又地坼数丈，泉水涌出；又有人当关而哭，但闻其声，不见其形。由是百姓惶惶，朝不保夕。大夫狐咺、陈举先后进谏，且请召还孟尝君。湣王怒而杀之，陈尸于通衢，以杜谏者。于是王蠋、太史敫等，皆谢病弃职，归隐乡里。

　　不知湣王如何结果，且看下回分解。

【注释】

①蒯（kuǎi 扩）缑：以草绳缠绕剑把。蒯，草名。缑，把剑之处。此言其剑无物可装，故以草绳缠之。

②长铗：(jiá 颊)：长剑。此处借长剑以自代。

③要地于齐：应为"要地于楚"之误。即借太子为要挟，逼楚割地。

④魏昭王：名魏遫，魏襄王子。在位十九年（前295—前277）。

⑤韩釐王：名韩咎。韩襄王（前311—前296）子。在位二十三年（前295—前273）。

⑥伊阙：古山名。又名阙塞山、龙门山。因两山相对如阙门，伊水流经其间，故名。在今洛阳市南。属东周畿内地。

⑦武遂：战国时韩地。在今山西垣曲县东南。

⑧桀宋：指宋康王。桀，凶暴。《谥法》："贼人多杀曰桀。"

⑨宋康王：名子偃。在位四十三年（前328—前286），一说四十七年（前331—前286）。原称公，即位十一年后始称王。为宋最后一位国君。

⑩徐偃王：西周穆王时徐国国君，子爵，仁义著称，得朱弓矢，以为天瑞，故自称徐偃王，江淮诸侯从者三十六国。穆王令楚伐之，偃王爱民不斗，遂为楚败。

⑪周显王四十一年：即公元前328年。

⑫蜺卵：指即将孵化之卵。

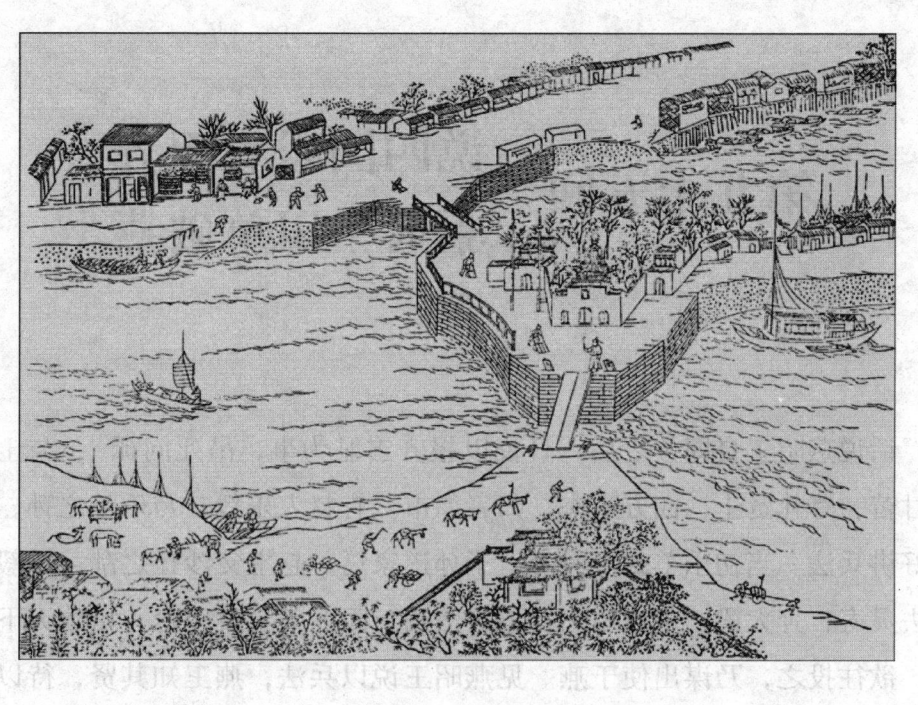

⑬鹯（zhān 毡）：一种猛禽，似鹞鹰。

⑭滕：春秋战国时诸侯国名。周文王子错叔绣始封。地在今山东滕州西南四十里古滕城。

⑮惺然：清醒的样子。

⑯封父之墟：封父乃夏代国名，至周时已亡。故址在河南封丘县封父亭。

⑰文梓木：梓木为一种优质木料，纹理清晰。文，同纹。

⑱连理：指异根草木，枝干连生。

⑲温邑：战国宋邑。在今河南温县西南。

⑳神农涧：水渠名。在今河南温县境内。

㉑重丘：古邑名。在今河南泌阳县东北。

㉒夷门监者：夷门乃大梁城东门。监者，看守城门的役吏。

㉓虚左：古时乘车以左位为尊，此处借指酒席中上位。

第九十五回　说四国乐毅灭齐
驱火牛田单破燕

话说燕昭王自即位之后，日夜以报齐雪耻为事，吊死问孤①，与士卒同甘苦，尊礼贤士，四方豪杰，归者如市。有赵人乐毅，乃乐羊之孙，自幼好讲兵法。当初乐羊封于灵寿，子孙遂家焉。赵主父沙丘之乱，乐毅挈家去灵寿，奔大梁，事魏昭王，不甚信用。闻燕王筑黄金台，招致天下贤士，欲往投之，乃谋出使于燕。见燕昭王说以兵法，燕王知其贤，待以客礼，乐毅谦让不敢当。燕王曰："先生生于赵，仕于魏，在燕固当为客。"乐毅曰："臣之仕魏，以避乱也。大王若不弃微末，请委质为燕臣。"燕王大喜，即拜毅为亚卿，位在剧辛诸人之上。乐毅悉召其宗族居燕，为燕人。

其时齐国强盛，侵伐诸侯。昭王深自韬晦②，养兵恤民，待时而动。及湣王逐孟尝君，恣行狂暴，百姓弗堪，而燕国休养多年，国富民稠，士卒乐战。于是昭王进乐毅而问曰："寡人衔先人之隙，二十八年于兹矣。常恐一旦溘先朝露③，不及刿刃④于齐王之腹，以报国耻，终夜痛心。今齐王骄暴自恃，中外离心，此天亡之时。寡人欲起倾国之兵，与齐争一旦之命，先生何以教之？"乐毅对曰："齐国地大人众，士卒习战，未可独攻也。王必欲伐之，必与天下共图之。今燕之比邻，莫密于赵，王宜首与赵合，则韩必从。而孟尝君在魏，方恨齐，宜无不听。如是，而齐可攻也。"燕王曰："善。"乃具符节，使乐毅往说赵国。

平原君赵胜为言于惠文王，王许之。适秦国使者在赵，乐毅并说秦使者以伐齐之利。使者还报秦王。秦王忌齐之盛，惧诸侯背秦而事齐，于是复遣使者报赵，愿共伐齐之役。剧辛往说魏王，见孟尝君，孟尝君果主发

兵，复为约韩与共事。俱与订期。于是燕王悉起国中精锐，使乐毅将之。秦将白起、赵将廉颇、韩将暴鸢、魏将晋鄙，各率一军，如期而至。于是燕王命乐毅并护五国之兵，号为乐上将军，浩浩荡荡，杀奔齐国。

　　齐湣王自将中军，与大将韩聂迎战于济水之西。乐毅身先士卒，四国兵将，无不贾勇争奋，杀得齐兵尸横原野，流血成渠。韩聂被乐毅之弟乐乘所杀。诸军乘胜逐北，湣王大败，奔回临淄，连夜使人求救于楚，许尽割淮北之地为赂；一面检点军民，登城设守。秦、魏、韩、赵乘胜，各自分路收取边城，独乐毅自引燕军，长驱深入，所过宣谕威德，齐城皆望风而溃，势如破竹，大军直逼临淄。湣王大惧，遂与文武数十人，潜开北门而遁。

行至卫国，卫君郊迎称臣。既入城，让正殿以居之，供具甚敬。滑王骄傲，待卫君不以礼，卫诸臣意不能平，夜往掠其辎重。滑王怒，欲俟卫君来见，责以捕盗。卫君是日竟不朝见，亦不复给廪饩。滑王甚愧，候至日昃饿甚，恐卫君图己，与夷维数人，连夜逃去。从臣失主，一时皆四散奔走。滑王不一日，逃至鲁关，关吏报知鲁君。鲁君遣使者出迎，夷维谓曰："鲁何以待吾君？"对曰："将以十太牢⑤待子之君。"夷维曰："吾君，天子也。天子巡狩，诸侯辟宫⑥，朝夕亲视膳于堂下，天子食已，乃退而听朝，岂止十牢之奉而已！"使者回复鲁君，鲁君大怒，闭关不纳。复至邹，值邹君方死，滑王欲入行吊。夷维谓邹人曰："天子下吊，主人必背其殡棺，立西阶，北面而哭，天子乃于阼阶⑦上，南面而吊之。"邹人曰："吾国小，不敢烦天子下吊。"亦拒之不受。滑王计穷。夷维曰："闻莒州⑧尚完，何不往？"乃奔莒州，金兵城守，以拒燕军。乐毅遂破临淄，尽收取齐之财物祭器，并查旧日燕国重器前被齐掠者，大车装载，俱归燕国。燕昭王大悦，亲至济上，大犒三军，封乐毅于昌国⑨，号昌国君。燕昭王返国，独留乐毅于齐，以收齐之余城。

齐之宗人有田单者，有智术，知兵，滑王不能用，仅为临淄市掾⑩。燕王入临淄，城中之人纷纷逃窜。田单与同宗逃难于安平⑪，尽截去其车轴之头，略其毂平，而以铁叶裹轴，务令坚固。人皆笑之。未几，燕兵来攻安平，城破，安平人复争窜，乘车者挜挤，多因轴头相触，不能疾驱，或轴折车覆，皆为燕兵所获。惟田氏一宗，以铁笼坚固，且不碍，竟得脱，奔即墨去讫。

乐毅分兵略地，至于画邑⑫，闻故太傅王蠋家在画邑，传令军中，环画邑三十里，不许入犯。使人以金币聘蠋，欲荐于燕王。蠋辞老病，不肯往。使者曰："上将军有令：'太傅来，即用为将，封以万家之邑；不行，且引兵屠邑！'"蠋仰天叹曰："'忠臣不事二君，烈女不更二夫。'齐王疏斥忠谏，故吾退而耕于野。今国破君亡，吾不能存，而又劫吾以兵，吾与其不义而存，不若全义而亡！"遂自悬其头于树上，举身一奋，颈绝而死。乐毅闻之叹息，命厚葬之，表其墓曰："齐忠臣王蠋之墓。"乐毅出兵六个月，所攻下齐地共七十余城，皆编为燕之郡县，惟莒州与即墨坚守不下。毅乃休兵享士，除其暴令，宽其赋役，又为齐桓公、管夷吾立祠设祭，访求逸民，齐民大悦。乐毅之意，以为齐止二城，在掌握之中，终不能成大事，欲以恩结之，使其自降，故不极其兵力。此周赧王三十一年事也[13]。

　　却说楚顷襄王见齐使者来请救兵，许尽割淮北之地，乃命大将淖齿，率兵二十万，以救齐为名，往齐受地。谓淖齿曰："齐王急而求我，卿往彼可相机而行，惟有利于楚，可以便宜从事。"淖齿谢恩而出，率兵从齐潜王于莒州。潜王德淖齿，立以为相国，大权皆归于齿。齿见燕兵势盛，恐救齐无功，获罪二国，乃密遣使私通乐毅，欲弑齐王，与燕中分齐国，使燕人立己为王。乐毅回报曰："将军诛无道，以自立功名，桓、文之业，不足道也。所请惟命！"淖齿大悦，乃大陈兵于鼓里，请潜王阅兵。潜王既至，遂执而数其罪曰："齐有亡征三：雨血者，天以告也；地坼者，地以告也；有人当阙而哭，人以告也。王不知省戒，戮忠废贤，希望非分。今全齐尽失，而偷生于一城，尚欲何为？"湣王俯首不能答。夷维拥王而哭，淖齿先杀夷维，乃生擢王筋，悬于屋梁之上，三日而后气绝。湣王之得祸，亦惨矣哉！淖齿回莒州，欲觅王世子杀之，不得。齿乃为表奏燕王，自陈其功，使人送于乐毅，求其转达。是时莒州与临淄，阴自相通，往来无禁。

却说齐大夫王孙贾，年十二岁，丧父，止有老母，湣王怜而官之。湣王出奔，贾亦从行，在卫相失，不知湣王去处，遂潜自归家。其老母见之，问曰："齐王何在？"贾对曰："儿从王于卫，王中夜逃出，已不知所之矣。"老母怒曰："汝朝去而晚回，则吾倚门而望。汝暮出而不还，则吾倚闾而望。君之望臣，何异母之望子？汝为齐王之臣，王昏夜出走，汝不知其处，尚何归乎？"贾大愧，复辞老母，踪迹齐王，闻其在莒州，趋往从之。比至莒州，知齐王已为淖齿所杀。贾乃袒其左肩，呼于市中曰："淖齿相齐而弑其君，为臣不忠，有愿与吾诛讨其罪者，依吾左袒！"市人相顾曰："此人年幼，尚有忠义之心，吾等好义者，皆当从之。"一时左袒者四百余人。时楚兵虽众，皆分屯于城外。淖齿居齐王之宫，方酣饮，使妇人奏乐为欢。兵士数百人，列于宫外。王孙贾率领四百人，夺兵士器仗，杀入宫中，擒淖齿剁为肉酱，因闭城坚守。楚兵无主，一半逃散，一半投降于燕国。

再说齐世子法章，闻齐王遇变，急更衣为穷汉，自称临淄人王立，逃难无归，投太史敫家为佣工，与之灌园，力作辛苦，无人知其为贵介者。太史敫有女，年及笄，偶游园中，见法章之貌，大惊曰："此非常人，何以屈辱于此？"使侍女叩其来历。法章惧祸，坚不肯吐。太史女曰："白龙鱼服[14]，畏而自隐，异日富贵，不可言也。"时时使侍女给其衣食，久益亲近。法章因私露其迹于太史女。女遂与订夫妇之约，因而私通，举家俱不知也。

时即墨守臣病死，军中无主，欲择知兵者推戴为将，而难其人。有人知田单铁笼得全之事，言其才可将，乃共拥立为将军。田单身操版锸[15]，与士卒同操作；宗族妻妾，皆编于行伍之间。城中人畏而爱之。

再说齐诸臣四散奔逃，闻王蠋死节之事，叹曰："彼已告[16]者，尚怀忠义之心，我辈见立齐朝，坐视君亡国破，不图恢复，岂得为人！"乃共走莒州，投王孙贾，相与访求世子。岁余，法章知其诚，乃出自言曰："我实世子法章也。"太史敫报知王孙贾，乃具法驾迎之，即位，是为襄王[17]。告于即墨，相约为犄角，以拒燕兵。乐毅围之，三年不克。乃解围退九里，建立军垒，令曰："城中民有出樵采者，听之，不许擒拿。其有困乏饥饿者食之，寒者衣之。"欲使感恩悦附。不在话下。

且说燕大夫骑劫，颇有勇力，亦喜谈兵，与太子乐资相善，觊得兵权，谓太子曰："齐王已死，城之不拔者，惟莒与即墨耳。乐毅能于六月间下齐七十余城，何难于二邑？所以不肯即拔者，以齐人未附，欲徐以恩威结齐，不久当自立为齐王矣。"太子乐资述其言于昭王。昭王怒曰："吾先王之仇，非昌国君不能报，即使真欲王齐，于功岂不当耶？"乃答乐资二十，遣使持节至临淄，即拜乐毅为齐王。毅感激，以死自誓，不受命。昭王曰："吾固知毅之本心，决不负寡人也。"昭王好神仙之术，使方士[18]炼金石为神丹，服之，久而内热发病，遂薨。太子乐资嗣位，是为惠王[19]。

田单每使细作入燕窥觇事隋，闻骑劫谋代乐毅，及燕太子被笞之事，叹曰："齐之恢复，其在燕后王乎！"及燕惠王立，田单使人宣言于燕国曰："乐毅久欲王齐，以受燕先王厚恩，不忍背，故缓攻二城，以待其事。今新王即位，且与即墨连和，齐人所惧，惟恐他将来，则即墨残矣。"燕惠王久疑乐毅，及闻流言与骑劫之言相合，因信为然，乃使骑劫往代乐毅，而召毅归国。毅恐见诛，曰："我赵人也。"遂弃其家，西奔赵国。赵王封乐毅于观津[20]，号望诸[21]君。

骑劫既代将，尽改乐毅之令，燕军俱愤怨不服。骑劫住垒三日，即率师往攻即墨，围其城数匝，城中设守愈坚。田单晨起谓城中人曰："吾夜来梦见上帝告我云：齐当复兴，燕当即败。不日当有神人为我军师，战无不克。"有一小卒悟其意，趋近单前，低语曰："臣可以为师否？"言毕，即疾走。田单急起持之，谓人曰："吾梦中所见神人，即此是也！"乃为小卒易衣冠，置之幕中上坐，北面而师事之。小卒曰："臣实无能。"田单曰："子勿言。"因号为"神师"。每出一约束，必禀命于神师而行。谓城中人曰："神师有令：'凡食者必先祭其先祖于庭，当得祖宗阴力相助。'"城中人从其教。飞鸟见庭中祭品，悉翔舞下食。如此早暮二次，燕军望见，以为怪异。闻有神君下教，因相与传说，谓齐得天助，不可敌，敌之违天，皆无战心。单复使人扬乐毅之短曰："昌国君太慈，得齐人不杀，故城中不怕。若劓其鼻而置之前行，即墨人苦死矣！"骑劫信之，将降卒尽劓其鼻。城中人见降者割鼻，大惧，相戒坚守，惟恐为燕人所得。田单又扬言："城中人家，坟墓皆在城外，倘被燕人发掘，奈何？"骑劫又使兵卒尽掘城外坟墓，烧死人，暴骇骨。即墨人从城上望见，皆涕泣，欲食燕人之肉。相率来军门，请出一战，以报祖宗之仇。

田单知士卒可用，乃精选强壮者五千人，藏匿于民间，其余老弱，同妇女轮流守城。遣使送款于燕军，言："城中食尽，将以某日出降。"骑劫谓诸将曰："我比乐毅何如？"诸将皆曰："胜毅多倍！"军中悉踊跃呼："万岁！"田单又收民间金得千镒，使富家私遗燕将，嘱以城下之日，求保全家小。燕将大喜，受其金，各付小旗，使插于门上，以为记认，全不准备，呆呆的只等田单出降。单乃使人收取城中牛共千余头，制为绛缯㉒之衣，画以五色龙文，披于牛体，将利刃束于牛角，又将麻苇灌下膏油，束于牛尾，拖后如巨帚，于约降前一日，安排停当。众人皆不解其意。田单椎牛具酒，候至日落黄昏，召五千壮卒饱食，以五色涂面，各执利器，跟随牛后。使百姓凿城为穴，凡数十处，驱牛从穴中出，用火烧其尾帚。火渐渐迫牛尾，牛怒，直奔燕营。五千壮卒，衔枚随之。燕军信为来日受降入城，方夜，皆安寝。忽闻驰骤之声，从梦中惊起，那寻炬千余，光明照耀，如同白日，望之皆龙文五采，突奔前来，角刃所触，无不死伤，军中扰乱。那一伙壮卒，不言不语，大刀阔斧，逢人便砍，虽只五千个人，慌乱之中，恰像几万一般。况且向来听说神师下教，今日神头鬼脸，不知何物，田单又亲率城中人鼓噪而来，老弱妇女，皆击铜器为声，震天动地，一发胆都吓破了，脚都吓软了，那个还敢相持！真个人人逃窜，个个奔忙，自相蹂踏，死者不计其数。骑劫乘车落荒而走，正遇田单，一戟刺死，燕军大败。此周赧王三十六年㉓事也。史官有诗云：

火牛奇计古今无，毕竟机乘骑劫愚。

假使金台不易将，燕齐胜负竟何如？

田单整顿队伍，乘势追逐，战无不克。所过城邑，闻齐兵得胜，燕将已死，尽皆叛燕而归齐。田单兵势日盛，掠地直逼河上，抵齐北界，燕所下七十余城，复归于齐。众军将以田单功大，欲奉为王。田单曰："太子

法章自在莒州，吾疏族，安敢自立？"于是迎法章于莒。王孙贾为法章御车，至于临淄，收葬湣王，择日告庙临朝。襄王谓田单曰："齐国危而复安，亡而复存，皆叔父之功也！叔父知名始于安平，今封叔父安平君，食邑万户。"王孙贾拜爵亚卿。迎太史女为后，是为君王后。那时太史敫方知其女先以身许法章，怒曰："汝不取媒而自嫁，非吾种也！"终身誓不复相见。齐襄王使人益其官禄，皆不受。惟君王后岁时遣人候省，未尝缺礼，此是后话。

时孟尝君在魏，让相印于公子无忌。魏封无忌为信陵君。孟尝君退居于薛，比于诸侯，与平原君、信陵君相善。齐襄王畏之，复遣使迎为相国。孟尝君不就。于是与之连和通好，孟尝君往来于齐、魏之间。其后，孟尝君死，无子，诸公子争立。齐、魏共灭薛，分其地。

再说燕惠王自骑劫兵败，方知乐毅之贤，悔之无及，使人遗毅书谢过，欲招毅还国。毅答书不肯归。燕王恐赵用乐毅以图燕，乃复以毅子乐闲，袭封昌国君，毅从弟乐乘为将军，并贵重之。毅遂合燕、赵之好，往来其间。二国皆以毅为客卿。毅终于赵。时廉颇为赵大将，有勇，善用兵，诸侯皆惮之。秦兵屡侵赵境，赖廉颇力拒，不能深入。秦乃与赵通好。

不知后事何如，且看下回分解。

【注释】

①吊死问孤：吊问死者，慰问无父的孤儿。指关心人民疾苦。

②韬晦：隐匿真实意图，不做显露。

③溘（kè 刻）先朝露：突然死亡。朝露，比喻人生短促。先朝露，短命死亡的宛转说法。

④剸（tuán 团）刃：用刀割断。

⑤太牢：宴会或祭祀时并用牛、羊、猪三牲各一，称为一太牢。

⑥辟宫：避开正宫，寝于他处，以示不敢宁居。

⑦阼（zuò 坐）阶：东面台阶。古代宫殿两阶，无中间道。一般宾主相见，主人立东阶，宾客自西阶升降。但天子下吊诸侯，则只能走东阶。

⑧莒（jǔ 举）州：即莒邑。原为莒国都城，后为楚灭。战国时，莒复归于齐，在今山东莒县。

⑨昌国：战国齐邑名。在今山东淄博市东南。

⑩市掾：管理市场的佐吏。

⑪安平：古邑名。本为纪国之酅邑，后为齐并，改名安平。故址在今山东益都西北。

⑫画邑：齐邑名。春秋时称棘邑。在今临淄县西北。

⑬周赧王三十一年：即公元前 284 年。

⑭白龙鱼服：指白龙变化为鱼之外形，比喻贵人失势，身陷贫困之境。典出刘向《说苑·正谏》："昔白龙下清泠之渊，化为鱼，渔者豫且射中其目。"

⑮版锸（chā 插）：筑墙用的木板和铁锹，指亲身参与筑墙以加固城防。

⑯告：告老引退。

⑰襄王：齐襄王田法章，在位十九年（前283—前265）。

⑱方士：方术之士。古代炼丹求仙，以求长生不老之人。

⑲惠王：燕惠王，姬姓。在位七年（前278—前272）。

⑳观津：古邑名。战国时赵地。在今河北武邑县东。

㉑望诸：古泽名。在今河北武邑县境内。

㉒绛缯：深红色的丝织品。

㉓周赧王三十六年：即公元前279年。

第九十六回 蔺相如两屈秦王
马服君单解韩围

却说赵惠文王宠用一个内侍，姓缪名贤，官拜宦者令，颇干预政事。忽一日，有外客以白璧来求售，缪贤爱其玉色光润无瑕，以五百金得之，以示玉工。玉工大惊曰："此真和氏之璧也！楚相昭阳因宴会偶失此璧，疑张仪偷盗，捶之几死，张仪以此入秦。后昭阳悬千金之赏，购求此璧，盗者不敢出献，竟不可得。今日无意中落于君手，此乃无价之宝，须什袭①珍藏，不可轻示于人也。"缪贤曰："虽然，良玉何以遂为无价？"玉工曰："此玉置暗处，自然有光，能却尘埃，辟邪魅，名曰夜光之璧。若置之座间，冬月则暖，可以代炉，夏月则凉，百步之内，蝇蚋不入。有此数般奇异，他玉不及，所以为至宝。"缪贤试之，果然。乃制为宝椟，藏于内笥。

早有人报知赵王，言："缪中侍得和氏璧。"赵王问缪贤取之，贤爱璧不即献。赵王怒，因出猎之便，突入贤家，搜其室，得宝椟，收之以去。缪贤恐赵王治罪诛之，欲出走。其舍人蔺相如牵衣问曰："君今何往？"贤曰："吾将奔燕。"相如曰："君何以受知于燕王，而轻身往投也？"缪贤曰："吾昔年尝从大王与燕王相会于境上，燕王私握吾手曰：'愿与君结交。'以此相知，故欲往。"相如谏曰："君误矣！夫赵强而燕弱，而君得宠于赵王，故燕王欲与君结交。非厚君也，因君以厚于赵王也。今君得罪于王，亡命走燕，燕畏赵王之讨，必将束缚君以媚于赵王，君其危矣。"缪贤曰："然则如何？"相如曰："君无他大罪，惟不早献璧耳。若肉袒负斧锧，叩首请罪，王必赦君。"缪贤从其计，赵王果赦贤不诛。贤重相如之智，以为上客。

再说玉工偶至秦国，秦昭襄王使之治玉，玉工因言及和氏之璧，今归于赵。秦王问："此璧有甚好处？"玉工如前夸奖。秦王想慕之甚，思欲一见其璧。时昭襄王之母舅魏冉为丞相，进曰："王欲见和璧，何不以酉阳②十五城易之？"秦王讶曰："十五城，寡人所惜也，奈何易一璧哉？"魏冉曰："赵之畏秦久矣！大王若以城易璧，赵不敢不以璧来，来则留之。是易城者名也，得璧者实也。王何患失城乎？"秦王大喜，即为书致赵王，命客卿胡阳为使。书略曰：

寡人慕和氏璧有日矣，未得一见。闻君王得之，寡人不敢轻请，愿以酉阳十五城奉酬。惟君王许之。

赵王得书，召大臣廉颇等商议。欲予秦，恐其见欺，璧去城不可得；欲勿予，又恐触秦之怒。诸大臣或言不宜与，或言宜与，纷纷不决。李克曰："遣一智勇之士，怀璧以往，得城则授璧于秦，不得城仍以璧归赵，方为两全。"赵王目视廉颇，颇俯首不语。宦者令缪贤进曰："臣有舍人姓蔺名相如，此人勇士，且有智谋。若求使秦，无过此人。"赵王即命缪贤召蔺相如至，相如拜谒已毕，赵王问曰："秦王请以十五城易寡人之璧，先生以为可许否？"相如曰："秦强赵弱，不可不许。"赵王曰："倘璧去城不可得，如何？"相如对曰："秦以十五城易璧，价厚矣。如是赵不许璧，其曲在赵。赵不待入城而即献璧，礼恭矣。如是而秦不予城，其曲在秦。"赵王曰："寡人欲求一人使秦，保护此璧。先生能为寡人一行乎？"相如曰："大王必无其人，臣愿奉璧以往。若城入于赵，臣当以璧留秦；不然，臣请完璧归赵。"赵王大喜，即拜相如为大夫，以璧授之。相如奉璧西入咸阳。

秦昭襄王闻璧至，大喜，坐章台③之上，大集群臣，宣相如入见。相如留下宝椟，只用锦袱包裹，两手捧定，再拜奉上秦王。秦王展开锦袱观看，但见纯白无瑕，宝光闪烁，雕镂之处，天成无迹，真希世之珍矣。秦王饱看了一回，啧啧叹息。因付左右群臣递相传示，群臣看毕，皆罗拜称："万岁！"秦壬命内侍重将锦袱包裹，传与后宫美人玩之，良久送出，仍归秦王案上。

蔺相如从旁伺候，良久，并不见说起偿城之话。相如心生一计，乃前奏曰："此璧有微瑕，臣请为大王指之。"秦王命左右以璧传与相如。相如得璧在手，连退数步，靠在殿柱之上，睁开双目，怒气勃不可遏，谓秦王曰："和氏之璧，天下之至宝也。大王欲得璧，发书至赵，寡君悉召群臣计议，群臣皆曰：'秦自负其强，以空言求璧，恐璧往，城不可得，不如勿许。'臣以为布衣之交,尚不相欺,况万乘之君乎?奈何以不肖之心待人,而得罪于大王?于是寡君乃斋戒五日,然后使臣奉璧拜送于庭,敬

之至也。今大王见臣,礼节甚倨,坐而受璧,左右传观,复使后宫美人玩弄,亵渎殊甚。以此知大王无偿城之意矣,臣所以复取璧也。大王必欲迫臣,臣头今与璧俱碎于柱,宁死不使秦得璧!"于是持其璧睨柱,欲以击柱。秦王惜璧,恐其碎之,乃谢曰:"大夫无然!寡人岂敢失信于赵?"即召有司取地图来,秦王指示,从某处至某处,共十五城予赵。相如心中暗想:"此乃秦王欲诳取璧,非真情。"乃谓秦王曰:"寡君不敢爱希世之宝,以得罪于大王,故临遣臣时,斋戒五日,遍召群臣,拜而遣之。今大王亦宜斋戒五日,陈设车辂文物④,具左右威仪⑤,臣乃敢上璧。"秦王曰:"诺。"乃命斋戒五日,送相如于公馆安歇。

相如抱璧至馆，又想道："我曾在赵王面前夸口：'秦若不偿城，愿完璧归赵。'今秦王虽然斋戒，倘得璧之后，仍不偿城，何面目回见赵王？"乃命从者穿粗褐衣，装作贫人模样，将布袋缠璧于腰，从径路窃走。附奏于赵王曰："臣恐秦欺赵，无意偿城，谨遣从者归璧大王。臣待罪于秦，死不辱命！"赵王曰："相如果不负所言矣。"

再说秦王假说斋戒，实未必然，过五日。升殿陈谢礼物，令诸侯使者皆会，共观受璧，欲以夸示列国。使赞礼引赵国使臣上殿。蔺相如从容徐步而入。谒见已毕，秦王见相如手中无璧，问曰："寡人已斋戒五日，敬受和璧，今使者不持璧来，何故？"相如奏曰："秦自穆公以来，共二十余君，皆以诈术用事。远则杞子欺郑⑥，孟明欺晋⑦，近则商鞅欺魏⑧，张仪欺楚⑨，往事历历，从无信义。臣今者惟恐见欺于王，以负寡君，已令从者怀璧从间道还赵矣。臣当死罪！"秦王怒曰："使者谓寡人不敬，故寡人斋戒受璧。使者以璧归赵，是明欺寡人也！"叱左右前缚相如。相如面不改色，奏曰："大王请息怒，臣有一言。今日之势，秦强赵弱，但有秦负赵之事，决无赵负秦之理。大王真欲得璧，先割十五城予赵，随一介之使，同臣往赵取璧，赵岂敢得城而留璧，负不信之名，以得罪于大王哉？臣自知欺大王之罪，罪当万死，臣已寄奏寡君，不望生还矣。请就鼎镬之烹，令诸侯皆知秦以欲璧之故，而诛赵使，曲直有所在矣。"秦王与群臣面面相觑，不能吐一语。诸侯使者旁观，皆为相如危惧。左右欲牵相如去，秦王喝住，谓群臣曰："即杀相如，璧未可得，徒负不义之名，绝秦、赵之好。"乃厚待相如，礼而归之。髯翁读史至此，论秦人攻城取邑，列国无可奈何，一璧何足为重？相如之意，只恐被秦王欺赵得璧，便小觑了赵国，将来难以立国，倘索地索贡，不可复拒，故于此显个力量，使秦王知赵国之有人也。

蔺相如既归，赵王以为贤，拜上大夫。其后秦竟不予赵城，赵亦不与秦璧。秦王心中终不释然于赵，复遣使约赵王于西河外渑池⑩之地，共为好会。赵王曰："秦以会欺楚怀王，锢之咸阳，至今楚人伤心未已。今又来约寡人为会，得无以怀王相待乎？"廉颇与蔺相如计议曰："王若不行，示秦以弱。"乃共奏曰："臣相如愿保驾前往。臣颇愿辅太子居守。"赵王喜曰："相如且能完璧，况寡人乎？"平原君赵胜奏曰："昔宋襄公以乘车赴会，为楚所劫。鲁君与齐会于夹谷，具左右司马以从。今保驾虽有相如，请精选锐卒五千扈从，以防不虞。再用大军，离三十里屯扎，方保万全。"赵王曰："五千锐卒，何人为将？"赵胜对曰："臣所知田部吏⑪李牧者，真将才也。"赵王曰："何以见之？"赵胜对曰："李牧为田部吏，取租税，臣家过期不纳，牧以法治之，杀臣司事者九人。臣怒责之，牧谓臣曰：'国之所恃者，法也。今纵君家而不奉公，则法削，法削则国弱，而诸侯加兵，赵且不保其国，君安得保其家乎？以君之贵，奉公如法，法立而国强，长保富贵，岂不善耶？'此其识虑非常，臣是以知其可将也。"赵王即用李牧为中军大夫，使率精兵五千扈从同行。平原君以大军继之。廉颇送至境上，谓赵王曰："王入虎狼之秦，其事诚不测！今与王约：度往来道路，与夫会遇之礼毕，为期不过三十日耳。若过期不归，臣请如楚国故事，立太子为王，以绝秦人之望。"赵王许诺。遂至渑池，秦王亦到，各归馆驿。

至期，两王以礼相见，置酒为欢。饮至半酣，秦王曰："寡人窃闻赵王善于音乐，寡人有宝瑟在此，请赵王奏之。"赵王面赤，然不敢辞。秦侍者将宝瑟进于赵王之前，赵王为奏《湘灵》一曲，秦王称善不已。鼓毕，秦王曰："寡人闻赵之始祖烈侯⑫好音，君王真得家传矣。"乃顾左右召御史⑬，使载其事。秦御史秉笔取简，书曰："某年月日，秦王与赵王会于渑池，令赵王鼓瑟。"蔺相如前进曰："赵王闻秦王善于秦声，臣谨奉盆缶，请秦王击之，以相娱乐。"秦王怒，色变不应。相如即取盛酒瓦器，跪请于秦王之前，秦王不肯击。相如曰："大王恃秦之强乎？今五步之内，相如得以颈血溅大王矣！"左右曰："相如无礼！"欲前执之。相如张目叱之，须发皆张，左右大骇，不觉倒退数步。秦王意不悦，然心惮相如，勉强击缶一声。相如方起，召赵御史亦书于简曰："某年月日，赵王与秦王会于渑池，令秦王击缶。"秦诸臣意不平，当筵而立，请于赵王曰：
"今日赵王惠顾，请王割十五城为秦王寿！"相如亦请于秦王曰："礼尚往
来，赵既进十五城于秦，秦不可不报。亦愿以秦之咸阳为赵王寿！"秦王
曰："吾两君为好，诸君不必多言。"乃命左右，更进酒献酬，假意尽欢
而罢。

秦客卿胡阳等密劝拘留赵王及蔺相如，秦王曰："谍者言赵设备甚密。
万一其事不济，为天下笑。"乃益敬重赵王，约为兄弟，永不侵伐。使太
子安国君之子名异人者，为质于赵。群臣皆曰："约好足矣，何必送质？"
秦王笑曰："赵方强，未可图也。不送质，则赵不相信。赵信我，其好方
坚，我乃得专事于韩矣。"群臣乃服。

赵王辞秦王而归，恰三十日。赵王曰："寡人得蔺相如，身安于泰山，
国重于九鼎。相如功最大，群臣莫及。"乃拜为上相，班在廉颇之右⑭。
廉颇怒曰："吾有攻城野战之大功，相如徒以口舌微劳，位居吾上。且彼
乃宦者舍人，出身微贱，吾岂甘为之下乎？今见相如，必击杀之！"相如
闻廉颇之言，每遇公朝，托病不往，不肯与颇相会。舍人俱以相如为怯，
窃议之。偶一日，蔺相如出外，廉颇亦出，相如望见廉颇前导，忙使御者
引车避匿旁巷中去，俟廉颇车过方出。舍人等益忿，相约同见相如，谏
曰："臣等抛井里，弃亲戚，来君之门下者，以君为一时之丈夫，故相慕
悦而从之。今君与廉将军同列，班况在右，廉君口出恶言，君不能报，避
之于朝，又避之于市，何畏之甚也？臣等窃为君羞之，请辞去！"相如固
止之曰："吾所以避廉将军者有故，诸君自不察耳！"舍人等曰："臣等浅
近无知，乞君明言其故。"相如曰："诸君视廉将军孰若秦王？"诸舍人皆
曰："不若也。"相如曰："夫以秦王之威，天下莫敢抗，而相如廷叱之，
辱其群臣。相如虽驽，独畏一廉将军哉？顾吾念之，强秦所以不敢加兵于
赵者，徒以吾两人在也。今两虎共斗，势不俱生，秦人闻之，必乘间而侵
赵。吾所以强颜引避者，国计为重，而私仇为轻也。"舍人等乃叹服。未
几，蔺氏之舍人与廉氏之客，一日在酒肆中，不期而遇，两下争坐。蔺氏

舍人曰："吾主君以国家之故，让廉将军；吾等亦宜体主君之意，让廉氏客。"于是廉氏益骄。

　　河东人虞卿游赵，闻蔺氏舍人述相如之语，乃说赵王曰："王今日之重臣，非蔺相如、廉颇乎？"王曰："然。"虞卿曰："臣闻前代之臣，师师济济⑮，同寅协恭⑯，以治其国。今大王所恃重臣二人，而使自相水火，非社稷之福也。夫蔺氏愈益让，而廉氏不能谅其情。廉氏愈益骄，而蔺氏不敢折其气。在朝则有事不共议，为将则有急不相恤，臣窃为大王忧之。臣请合廉、蔺之交，以为大王辅。"赵王曰："善。"

　　虞卿往见廉颇，先颂其功，廉颇大喜。虞卿曰："论功则无如将军矣，论量则还推蔺君。"廉颇勃然曰:"彼懦夫以口舌取功名,何量之有哉?"虞卿曰:"蔺君非懦士也,其所见者大。"因述相如对舍人之言,且曰:"将军不欲托身于赵则已,若欲托身于赵,而两大臣一让一争,恐盛名之归,不在将军也。"廉颇大惭曰:"微先生之言,吾不闻过,吾不及蔺君远矣。"因使虞卿先道意于相如,颇肉袒负荆⑰,自造于蔺氏之门,谢曰:"鄙人志量浅狭,不知相国能宽容至此,死不足赎罪矣!"因长跪庭中。相如趋出引起曰:"吾二人比肩事主,为社稷臣,将军能见谅,已幸甚,何烦谢为。"廉颇曰:"鄙性粗暴,蒙君见容,惭愧无地。"因相持泣下。相如亦泣。廉颇曰:"从今愿结为生死之交,虽刎颈不变!"颇先下拜,相如答拜。因置酒筵款待,极欢而罢。后世称刎颈之交,正谓此也。无名子有诗云:

引车趋避量诚洪,肉袒将军志亦雄。

今日纷纷竞门户,谁将国计置胸中!

赵王赐虞卿黄金百镒,拜为上卿。

是时,秦大将军白起击破楚军,拔郢都。置南郡。楚顷襄王败走,东保于陈。大将魏冉⑱复攻取黔中,置黔中郡,楚益衰削。乃使太傅黄歇侍太子熊完,入质于秦以求和。白起等复攻魏,至于大梁。梁遣大将暴鸢迎战,败绩,斩首四万,魏献三城以和。秦封白起为武安君⑲。未几,客卿胡阳复攻魏,败魏将芒卯,取南阳,置南阳郡。秦王以赐魏冉,号为穰侯⑳。复遣胡阳帅师二十万伐韩,围阏与㉑。韩釐王㉒遣使求救于赵。赵惠文王聚集群臣商议:"韩可救与否?"蔺相如、廉颇、乐乘皆言:"阏与道险且狭,救之不便。"平原君赵胜曰:"韩、魏唇齿相蔽,不救则还戈即向赵矣!"赵奢嘿然无言。赵王独问之,奢对曰:"道险且狭,譬如两鼠斗于穴中,将勇者胜。"

赵王乃选军五万,使奢帅之救韩。出邯郸东门三十里,传令立壁垒下寨。安插已定,又出令曰:"有言及军事者斩!"闭营高卧,军中寂然。秦军鼓噪勒兵,声如震霆,阏与城中,屋瓦皆为振动。军吏一人来报,秦兵如此恁般。赵奢以为犯令，立斩之以徇。留二十八日不行，日使人增垒浚沟，为自固计。

秦将胡阳，闻有赵兵来救，不见其来，再使谍人探听，报云："赵果有救兵，乃大将赵奢也。出邯郸城三十里，即立垒下寨不进。"胡阳未信，更使亲近左右，直入赵军，谓赵奢曰："秦攻阏与，旦暮且下矣，将军能战，即速来！"赵奢曰："寡君以邻邦告急，遣某为备，某何敢与秦战乎？"因具酒食厚款之，使周视壁垒。秦使者还报胡阳，胡阳大喜曰："赵兵去国才三十里，而坚壁不进，乃增垒白固，已无战情，阏与必为吾有矣。"遂不为御赵之备，一意攻韩。

赵奢既遣秦使，约三日，度其可至秦军，遂出令选骑兵善射惯战者万人为前锋，大军在后，衔枚卷甲，昼夜兼行。二日一夜及韩境，去阏与城十五里，复立军垒。胡阳大怒，留兵一半围城，悉起老营之众，前来迎敌。赵营军士许历书一简，上为"请谏"二字，跪于营前。赵奢异之，命刊去前令，召入曰："汝欲何言？"许历曰："秦人不意赵师卒至，此其来气盛。元帅必厚集其阵，以防冲突，不然必败。"赵奢曰："诺。"即传令列阵以待。许历又曰："兵法：'得地利者胜。'阏与形势，惟北山最高，而秦将不知据守，此留以待元帅也，宜速据之。"赵奢又曰："诺。"即命许历引军万人，屯据北山岭上，凡秦兵行动，一望而知。

胡阳兵到，便来争山。山势崎岖，秦兵胆大的，有几个上前，都被赵军飞石击伤。胡阳咆哮大怒，指挥军将四下寻路。忽闻鼓声大振，赵奢引军杀到，胡阳命分军拒敌。赵奢将射手万人，分为二队，左右各五千人，向秦军乱射。许历驱万人，从山顶上趁势杀下，喊声如雷，前后夹攻。杀得秦军如天崩地裂，没处躲闪，大败而奔。胡阳马蹶坠下，几为赵兵所获，却遇兵尉斯离引军刚到，抵死救出。赵奢追至五十里，秦军屯扎不住，只得望西逃奔，遂解阏与之围。韩釐王亲自劳军，致书称谢赵王。赵王封奢为马服君㉓，位与蔺相如、廉颇相并。赵奢荐许历之才，以为国尉㉔。

赵奢子赵括，自少喜谈兵法，家传《六韬》《三略》之书，一览而尽；尝与父奢论兵，指天画地，目中无人，虽奢亦不能难也。其母喜曰："有子如此，可谓将门出将矣！"奢蹴然不悦曰："括不可为将。赵不用括，乃社稷之福耳！"母曰："括尽读父书，其谈兵自以为天下莫及，君曰不可为将，何故？"奢曰："括自谓天下莫及，此其所以不可为将也。夫兵者，死地，战战兢兢，博咨于众，犹惧有遗虑，而括易言之。若得兵权，必果于自用，忠谋善策，无繇而入，其败必矣。"母以奢之语告括，括曰："父年老而怯，宜有是言也。"后二岁，赵奢病笃，谓括曰："兵凶战危，古人所戒。汝父为将数年，今日方免败衄之辱，死亦瞑目。汝非将才，切不可妄居其位，自坏家门。"又嘱括母曰："异日若赵王召括为将，汝必述吾遗言辞之。丧师辱国，非细事也。"言讫而终。赵王念奢之功，以括嗣马服君之职。

未知后事何如，且看下回分解。

【注释】

①什袭：把物品重重叠叠包裹起来加以珍藏。

②西阳：古邑名。在今河南光山县西南。清本多作酉阳，即今四川酉阳县，距赵国极远。此据叶本改。但西阳在战国时属楚。与赵不相邻。疑仍有误。

③章台：秦宫台观。在今咸阳市故城西南角渭水南岸。章台并非正式接见外臣之处，秦王于此召见相如，乃是对赵国使臣的轻视。

④车辂文物：指车辆及各种文物，借以表示接见场地的隆重。

⑤威仪：泛指各种仪仗。

⑥杞子欺郑：参见第四十四回。

⑦孟明欺晋：参见第四十五回。

⑧商鞅欺魏：参见第八十九回。

⑨张仪欺楚：参见第九十一回。

⑩西河外渑池：西河本指潼关以上一段黄河，此处泛指黄河。渑池在黄河之南。战国初属韩，此时属秦。赵国地处黄河之北，故称为"外"。

⑪田部吏：古代征收田赋的官吏。《通鉴·周赧王四十四年》注："田部吏，部收田之租税者也。"

⑫烈侯：名赵籍，献侯赵浣子。韩、赵、魏三家分晋后，由周封为诸侯。《史记·赵世家》记有"烈侯好音"之事。

⑬御史：古官名。战国时掌文书及记事。

⑭班在廉颇之右：指排班在廉颇之上。时廉颇已拜上卿，而相如朝会

时位次在廉之右边。古人以右为尊。

⑮师师济济：师师，端正的样子。济济，众多的样子。

⑯同寅协恭：语出《尚书·皋陶谟》："同寅协恭，和衷哉。"传："使同敬合恭而和善。"寅，敬也。意即同具敬畏之心。但后来多称同僚为同寅，协恭意指友好合作。

⑰肉袒负荆：脱掉上衣，背上荆杖。表示愿意接受鞭挞。荆，木名，一名楚。可制为打人的鞭子。

⑱魏冉：秦昭王母宣太后之异父弟，因昭王初立，年幼，宣太后乃授冉为政。

⑲武安：战国邑名。在今山西陵川县。白起攻赵曾屯兵于此。

⑳穰：地名。本为韩邑，后为秦攻占，乃置县，即今河南邓州市，属南阳郡。上句将南阳郡赐魏冉，并非指全郡。

㉑阏（yù 愈）与：战国韩邑。在今山西和顺县。

㉒韩釐王：名咎。韩襄王仓（前 311—前 296 在位）子。在位二十三年（前 295—前 273）。

㉓马服君：马服，山名。在今河北邯郸市西北，赵王封赵奢于此。一说：马，兵之首。马服，言其能服马。

㉔国尉：古官名。职位仅次于将军。

第九十七回　死范雎计逃秦国
　　　　　　假张禄廷辱魏使

　　话说大梁人范雎字叔，有谈天说地之能，安邦定国之志，欲求事魏王，因家贫，不能自通。乃先投于中大夫须贾门下，用为舍人。当初，齐湣王无道，乐毅纠合四国，一同伐齐，魏亦遣兵助燕。及田单破燕复齐，齐襄王法章即位，魏王恐其报复，同相国魏齐计议，使须贾至齐修好。贾使范雎从行。齐襄王问于须贾曰："昔我先王，与魏同兵伐宋，声气相投。及燕人残灭齐国，魏实与焉。寡人念先王之仇，切齿腐心。今又以虚言来诱寡人，魏反覆无常，使寡人何以为信？"须贾不能对。范雎从旁代答曰："大王之言差矣！先寡君之从于伐宋，以奉命也。本约三分宋国，上国背约，尽收其地，反加侵虐，是齐之失信于敝邑也。诸侯畏齐之骄暴无厌，于是昵就燕人，济西之战①，五国同仇，岂独敝邑？然敝邑不为已甚，不敢从燕于临淄，是敝邑之有礼于齐也。今大王英武盖世，报仇雪耻，光启前人之绪。寡君以为桓、威之烈，必当再振，可以上盖湣王之愆，垂休无穷，故遣下臣贾来修旧好。大王但知责人，不知自反，恐湣王之覆辙，又见于今矣。"齐襄王愕然起谢曰："是寡人之过也！"即问须贾："此位何人？"须贾曰："臣之舍人范雎也。"齐王顾盼良久，乃送须贾于公馆，厚其廪饩。使人阴说范雎曰："寡君慕先生大才，欲留先生于齐，当以客卿相处，万望勿弃。"范雎辞曰："臣与使者同出，而不与同入，不信无义，何以为人？"齐王益爱重之，复使人赐范雎黄金十斤及牛酒。雎固辞不受。使者再四致齐王之命，坚不肯去。雎不得已，乃受牛酒而还其金。使者叹

　　早有人报知须贾，须贾召范雎问曰："齐使者为何而来？"范雎曰："齐王以黄金十斤及牛酒赐臣，臣不敢受。再四相强，臣止留其牛酒。"须贾曰："所以赐子者何故？"范雎曰："臣不知。或者以臣在大夫之左右，故敬大夫以及臣耳。"须贾曰："赐不及使者而独及子，必子与齐有私也。"范雎曰："齐王先曾遣使，欲留臣为客卿，臣峻拒之。臣以信义自矢，岂敢有私哉？"须贾疑心益甚。

　　使事既毕，须贾同范雎还魏，贾遂言于魏齐曰："齐王欲留舍人范雎为客卿，又赐以黄金牛酒，疑以国中阴事告齐，故有此赐也。"魏齐大怒，乃会宾客，使人擒范雎，即席讯之。雎至，伏于阶下。魏齐厉声问曰："汝以阴事告齐乎？"范雎曰："怎敢？"魏齐曰："汝若无私于齐，齐王安用留汝？"雎曰："留果有之，雎不从也。"魏齐曰："然则黄金牛酒之赐，子何受之？"雎曰："使者十分相强，雎恐拂齐王之意，勉受牛酒。其黄金十斤，实不曾收。"魏齐咆哮大喝曰："卖国贼还要多言！即牛酒之赐，亦岂无因？"呼狱卒缚之，决脊②一百，使招承通齐之语。范雎曰："臣实无私，有何可招！"魏齐益怒曰："为我笞杀此奴，勿留祸种！"狱卒鞭笞乱下，将牙齿打折。雎血流被面，痛极难忍，号呼称冤。宾客见相国盛怒之下，莫敢劝止。魏齐教左右一面用巨觥行酒，一面教狱卒加力，自辰至未，打得范雎遍体皆伤，血肉委地，咭喇一响，胁骨亦断，雎大叫失声，闷绝而死。

可怜信义忠良士，翻作沟渠枉死人！

传语上官须仔细，莫将屈棒打平民。

潜渊居士又有诗云：

张仪何曾盗楚璧？范叔何曾卖齐国？

疑心盛气总难平，多少英雄受冤屈！

左右报曰："范雎气绝矣。"魏齐亲自下视，见范雎断胁折齿，身无完肤，直挺挺在血泊中不动。齐指骂曰："卖国贼死得好！好教后人看样！"命狱卒以苇薄卷其尸，置之坑厕间，使宾客便溺其上，勿容他为干净之鬼。

看看天晚，范雎命不该绝，死而复苏，从苇薄中张目偷看，只有一卒在旁看守。范雎微叹一声。守卒闻之，慌忙来看。范雎谓曰："吾伤重至此，虽暂醒，决无生理。汝能使我死于家中，以便殡殓，家有黄金数两，尽以相谢。"守卒贪其利，谓曰："汝仍作死状，吾当入禀。"时魏齐与宾客皆大醉，守卒禀曰："厕间死人腥臭甚，合当发出。"宾客皆曰："范雎虽然有罪，相国处之亦已足矣。"魏齐曰："可出之于郊外，使野鸢饱其余肉也。"言罢，宾客皆散，魏齐亦回内宅。守卒捱至黄昏人静，乃私负范雎至其家。雎妻小相见，痛苦自不必说。范雎命取黄金相谢，又卸下苇薄，付与守卒，使弃野外，以掩人之目。守卒去后，妻小将血肉收拾干净，缚裹伤处，以酒食进之。范雎徐谓其妻曰："魏齐恨我甚，虽知吾死，尚有疑心。我之出厕，乘其醉耳。明日复求吾尸不得，必及吾家，吾不得生矣。吾有八拜兄弟郑安平，在西门之陋巷，汝可乘夜送我至彼，不可泄漏。俟月余，吾创愈当逃命于四方也。我去后，家中可发哀，如吾死一般，以绝其疑。"其妻依言，使仆人先往报知郑安平。郑安平即时至雎家看视，与其家人同携负以去。

次日，魏齐果然疑心范雎，恐其复苏，使人视其尸所在。守卒回报："弃野外无人之处，今惟苇薄在，想为犬豕衔去矣。"魏齐复使人瞷其家，举哀带孝，方始坦然。

再说范雎在郑安平家，敷药将息，渐渐平复。安平乃与雎共匿于具茨山③。范雎更姓名曰张禄，山中人无知其为范雎者。过半岁，秦谒者④王稽奉昭襄王之命，出使魏国，居于公馆。郑安平诈为驿卒，伏侍王稽，应对敏捷，王稽爱之。因私问曰："汝知国有贤人，未出仕者乎?"安平曰："贤人何容易言也! 向有一范雎者，其人智谋之士，相国箠之至死。"言未毕，王稽叹曰："惜哉! 此人不到我秦国，不得展其大才!"安平曰："今臣里中有张禄先生，其才智不亚于范雎，君欲见其人否?"王稽曰："既有此人，何不请来相会?"安平曰："其人有仇家在国中，不敢昼行。若无此仇，久已仕魏，不待今日矣。"王稽曰："夜至不妨，吾当候之。"

郑安平乃使张禄亦扮做驿卒模样，以深夜至公馆来谒。王稽略叩以天下大势。范雎指陈了了，如在目前。王稽喜曰："吾知先生非常人，能与我西游于秦否?"范雎曰："臣禄有仇于魏，不能安居，若能挈行，实乃至愿。"王稽屈指曰："度吾使事毕，更须五日。先生至期，可待我于三亭冈⑤无人之处，当相载也。"过五日，王稽辞别魏王，群臣俱饯送于郊外，事毕俱别。王稽驱车至三亭冈上，忽见林中二人趋出，乃张禄、郑安平也。王稽大喜，如获奇珍，与张禄同车共载。一路饮食安息，必与相共，谈论投机，甚相亲爱。

不一日，已入秦界。至湖关⑥，望见对面尘头起处，一群车骑自西而来。范雎问曰"来者谁人？"王稽认得前驱，曰："此丞相穰侯，东行郡邑耳。"原来穰侯名魏冉，乃是宣太后之弟。宣太后芈氏，楚女，乃昭襄王之母。昭襄王即位时，年幼未冠，宣太后临朝决政，用其弟魏冉为丞相，封穰侯。次弟芈戎，亦封华阳君⑦，并专国用事。后昭襄王年长，心畏太后，乃封其弟公子悝为泾阳君⑧，公子市为高陵君⑨，欲以分芈氏之权。国中谓之"四贵"，然总不及丞相之尊也。丞相每岁时，代其王周行郡国，巡察官吏，省视城池，较阅车马，抚循百姓，此是旧规。今日穰侯东巡，前导威仪，王稽如何不认得。范雎曰："吾闻穰侯专秦权，妒贤嫉能，恶纳诸侯宾客。恐其见辱，我且匿车箱中以避之。"

须臾，穰侯至，王稽下车迎谒。穰侯亦下车相见，劳之曰："谒君国事劳苦？”遂共立于车前，各叙寒温。穰侯曰：“关东近有何事？”王稽鞠躬对曰：“无有。”穰侯目视车中曰：“谒君得无与诸侯宾客俱来乎？此辈仗口舌游说人国，取富贵，全无实用。”王稽又对曰：“不敢。”穰侯既另怯，范雎从车箱中出，便欲下车趋走。王稽曰：“丞相已去，先生可同载矣。”范雎曰：“臣潜窥穰侯之貌，眼多白而视邪，其人性疑而见事迟。向者目视车中，固已疑之。一时未即搜索，不久必悔，悔必复来，不若避之为安耳。”遂呼郑安平同走。王稽车仗在后，约行十里之程，背后马铃声响，果有二十骑从东如飞而来，赶着王稽车仗，言：“吾等奉丞相之命，恐大夫带有游客，故遣复行查看，大夫勿怪。”因遍索车中，并无外国之人，方才转身。王稽叹曰：“张先生真智士，吾不及也！”乃命催车前进，再行五六里，遇着了张禄、郑安平二人，邀使登车，一同竟入咸阳。髯翁有诗咏范雎去魏之事云：

料事前知妙若神，一时智术少俦伦。

信陵空养三千客，欲放高贤遁入秦！

王稽朝见秦昭襄王，复命已毕，因进曰：“魏有张禄先生，智谋出众，天下奇才也。与臣言秦国之势，危于累卵，彼有策能安之，然非面对不可。臣故载与俱来。”秦王曰：“诸侯客好为大言，往往如此，姑使就客舍。”乃馆于下舍，以需召问。逾年不召。忽一日，范雎出行市上，见穰侯方征兵出征，范雎私问曰：“丞相征兵出征，将伐何国？”有一老者对曰：“欲伐齐纲寿⑩也。”范雎曰：“齐兵曾犯境乎？”老者曰：“未曾。”范雎曰：“秦与齐东西悬绝，中间隔有韩、魏，且齐不犯秦，秦奈何涉远而伐之？”老者引范雎至僻处，言曰：“伐齐非秦王之意。因陶山⑪在丞相封邑中，而纲寿近于陶，故丞相欲使武安君为将，伐而取之，以自广其封耳。”

范雎回舍，遂上书于秦王。略曰：

羁旅臣张禄，死罪，死罪！秦闻秦王殿下：臣闻“明主立政，有功者赏，有能者官，劳大者禄厚，才高者爵尊”。故无能者不敢滥职，而有能者亦不得遗弃。今臣待命于下舍，一年于兹矣。如以臣为有用，愿借寸阴之暇，悉臣之说。如以臣为无用，留臣何为？夫言之在臣，听之在君，臣言而不当，请伏斧锧之诛未晚。毋以轻臣故，并轻举臣之人也。

秦王已忘张禄，及见其书，即使人以传车⑫召至离宫相见。秦王犹未至，范雎先到，望见秦王车骑方来，佯为不知，故意趋入永巷⑬。宦者前行逐之，曰："王来。"范雎谬言曰："秦独有太后、穰侯耳，安得有王！"前行不顾。正争嚷间，秦王随后至，问宦者："何为与客争论？"宦者述范雎之语。秦王亦不怒，遂迎之入于内宫，待以上客之礼。范雎逊让。秦王屏去左右，长跪而请曰："先生何以幸教寡人？"范雎曰："唯唯。"少顷，秦王又跪请如前。范雎又曰："唯唯。"如此三次。秦王曰："先生卒不幸教寡人，岂以寡人为不足语耶？”范雎对曰：“非敢然也。昔者吕尚钓于渭滨，及遇文王，一言而拜为尚父，卒用其谋，灭商而有天下。箕子⑭、比干，身为贵戚，尽言极谏，商纣不听，或奴或诛，商遂以亡。此无他，信与不信之异也。吕尚虽疏，而见信于文王，故王业归于周，而尚亦享有侯封，传之世世。箕子、比干虽亲，而不见信于纣，故身不免死辱，而无救于国。今臣羁旅之臣，居至疏之地，而所欲言者，皆兴亡大计，或关系人骨肉之间。不深言，则无救于秦；欲深言，则箕子、比干之祸随于后，所以王三问而不敢答者，未卜王心之信不信何如耳？”秦王复跪请曰：“先生是何言也！寡人慕先生大才，故屏去左右，专意听教。事凡可言者，上及太后，下及大臣，愿先生尽言无隐。”

秦王这句话，因是进永巷时，闻宦者述范雎之言，“秦止有太后、穰侯，不闻有王”之语，心下疑惑，实落的要请教一番。这边范雎犹恐初见之时，万一语不投机，便绝了后来进言之路，况且左右窃听者多，恐其传说，祸且不测，故且将外边事情，略说一番，以为引火之煤。乃对曰：“大王以尽言命臣，臣之愿也！”遂下拜，秦王亦答拜。然后就坐开言曰：“秦地之险，天下莫及，其甲兵之强，天下亦莫敌。然兼并之谋不就，伯王之业不成，岂非秦之大臣，计有所失乎？”秦王侧席⑮问曰：“请言失计何在？”范雎曰：“臣闻穰侯将越韩、魏而攻齐，其计左矣。齐去秦甚远，有韩、魏以间之。王少出师，则不足以害齐；若多出师，则先为秦害。昔魏越赵而伐中山，即克其地，旋为赵有。何者，以中山近赵而远魏也。今伐齐而不克，为秦大辱；即伐齐而克，徒以资韩、魏，于秦何利焉？为大王计，莫如远交而近攻。远交以离人之欢，近攻以广我之地。自近而远，如蚕食叶，天下不难尽矣。”秦王又曰：“远交近攻之道何如？”范雎曰：“远交莫如齐、楚，近攻莫如韩、魏。既得韩、魏，齐、楚能独存乎？”秦王鼓掌称善，即拜范雎为客卿，号为张卿。用其计东伐韩、魏，止白起伐齐之师不行。魏冉与白起一相一将，用事日久，见张禄骤然得宠，俱有不悦之意。惟秦王深信之，宠遇日隆，每每中夜独召计事，无说不行。

　　范雎知秦王之心已固，请间，尽屏左右，进说曰："臣蒙大王过听，引与共事，臣虽粉骨碎身，无以为酬。虽然，臣有安秦之计，尚未敢尽效于王也。"秦王跪问曰："寡人以国托于先生，先生有安秦之计，不以此时辱教，尚何待乎？"范雎曰："臣前居山东时，闻齐但有孟尝君，不闻有齐王；闻秦但有太后、穰侯、华阳君、高陵君、泾阳君，不闻有秦王。

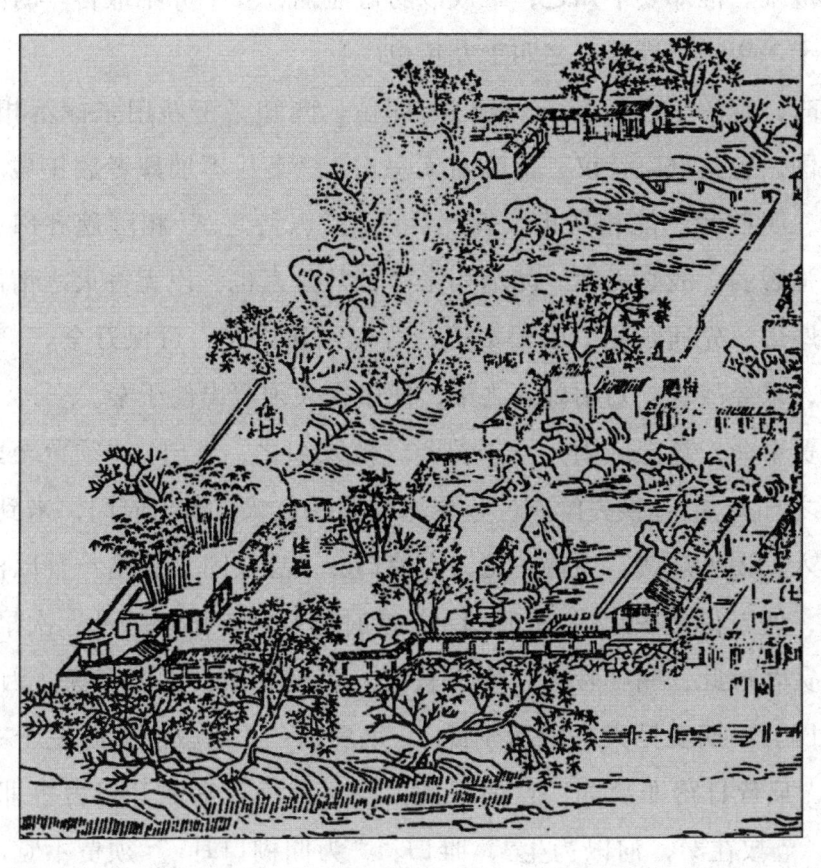

夫制国之谓王，生杀予夺，他人不敢擅专。今太后恃国母之尊，擅行不顾者四十余年。穰侯独相秦国，华阳辅之，泾阳、高陵，各立门户，生杀自由，私家之富，十倍于公。大王拱手而享其空名，不亦危乎？昔崔杼擅齐，卒弑庄公；李兑擅赵，终戕主父。今穰侯内仗太后之势，外窃大王之威，用兵则诸侯震恐，解甲则列国感恩，广置耳目，布王左右，臣见王之独立于朝，非一日矣。恐千秋万岁而后，有秦国者，非王之子孙也！"秦王闻之，不觉毛骨悚然，再拜谢曰："先生所教，乃肺腑至言，寡人深恨闻之不早。"遂于次日，收穰侯魏冉相印，即使就国。穰侯取牛车于有司，徙其家财，千有余乘，奇珍异宝，不计其数，皆秦内库所未有者。明日，秦王复逐华阳、高陵、泾阳三君于关外，安置太后于深宫，不许与闻政事。遂以范雎为丞相，封以应城⑯，号为应侯。秦人皆谓张禄为丞相，无人知为范雎。惟郑安平知之，雎戒以勿得泄漏，安平亦不敢言。时秦昭襄王之四十一年，乃周赧王之四十九年也。

是时，魏昭王已薨，子安釐王⑰即位，闻知秦王新用张禄丞相之谋，欲伐魏国，急集群臣计议。信陵君无忌曰："秦兵不加魏者数年矣。今无故兴师，明欺我不能相持也。宜严兵固圉⑱以待之。"相国魏齐曰："不然。秦强魏弱，战必无幸。闻丞相张禄，乃魏人也，岂无香火之情哉？倘遣使赍厚币，先通张相，后谒秦王，许以纳质讲和，可保万全。"安釐王初即位，未经战伐，乃用魏齐之策，使中大夫须贾出使于秦。

须贾奉命，竟至咸阳，下于馆驿。范雎知之，喜曰："须贾至此，乃吾报仇之日矣。"遂换去鲜衣，妆作寒酸落魄之状，潜出府门，来到馆驿，徐步而入，谒见须贾。须贾一见，大惊曰："范叔固无恙乎？吾以汝被魏相打死，何以得命在此？"范雎曰："彼时将吾尸首掷于郊外，次早方苏，适遇有贾客过此，闻呻吟声，怜而救之。苟延一命，不敢回家，因间关⑲来至秦国。不期复见大夫之面于此。"须贾曰："范叔岂欲游说于秦乎？"雎曰："某昔日得罪魏国，亡命来此，得生为幸，尚敢开口言事耶？"须贾曰："范叔在秦，何以为生？"雎曰："为佣糊口耳。"须贾不觉动了哀怜之意，留之同坐，索酒食赐之。时值冬天，范雎衣敝，有战栗之状。须贾叹曰："范叔一寒如此哉！"命取一绨袍⑳与穿。范雎曰："大夫之衣，某何敢当？"须贾曰："故人何必过谦！"范雎穿袍，再四称谢。因问："大夫来此何事？"须贾曰："今秦相张君方用事，吾欲通之，恨无其人。孺子在秦久，岂有相识，能为我先容于张君者哉？"范雎曰："某之主人翁与丞相善，臣尝随主人翁至于相府。丞相好谈论，反覆之间，主人不给，某每助之一言。丞相以某有口辩，时赐酒食，得亲近。君若欲谒张君，某当同往。"须贾曰："既如此，烦为订期。"范雎曰："丞相事忙，今日适暇，何不即去？"须贾曰："吾乘大车驾驷马而来，今马损足，车轴折，未能即行。"范雎曰："吾主人翁有之，可假也。"

范雎归府，取大车驷马至馆驿前，报须贾曰："车马已备，某请为君御。"须贾欣然登车，范雎执辔。街市之人，望见丞相御车而来，咸拱立两旁，亦或走避。须贾以为敬己，殊不知其为范雎也。既至府前，范雎曰："大夫少待于此。某当先入，为大夫通之。若丞相见许，便可入谒。"

范雎径进府门去了。须贾下车，立于门外，候之良久，只闻府中鸣鼓之声，门上喧传："丞相升堂。"属吏舍人，奔走不绝，并不见范雎消息。须贾因问守门者曰："向有吾故人范叔，入通相君，久而不出，子能为我召之乎？"守门者曰："君所言范叔，何时进府？"须贾曰："适间为我御车者是也。"门下人曰："御车者乃丞相张君，彼私到驿中访友，故微服而出，何得言范叔乎？"须贾闻言，如梦中忽闻霹雳，心坎中突突乱跳，曰："吾为范雎所欺，死期至矣！"常言道："丑媳妇少不得见公婆。"只得脱袍解带，免冠徒跣，跪于门外，托门下人入报，但言："魏国罪人须贾在外领死！"

良久，闻内传丞相召入。须贾愈加惶悚，俯首膝行，从耳门㉑而进，直至阶前，连连叩首，口称："死罪！"范雎威风凛凛，坐于堂上，问曰："汝知罪么？"须贾俯伏应曰："知罪。"范雎曰："汝罪有几？"须贾曰："擢贾之发，以数贾之罪，尚犹未足！"范雎曰："汝罪有三：吾先人丘墓在魏，吾所以不愿仕齐，汝乃以吾有私于齐，妄言于魏齐之前，致触其怒，汝罪一也；当魏齐发怒，加以笞辱，至于折齿断胁，汝略不谏止，汝罪二也；及我昏愦，已弃厕中，汝复率宾客而溺我，昔仲尼不为已甚，汝何太忍乎？汝罪三也。今日至此，本该断头沥血，以酬前恨。汝所以得不死者，以绨袍恋恋，尚有故人之情，故苟全汝命，汝宜知感。"须贾叩头称谢不已。范雎麾之使去，须贾匍匐而出。于是秦人始知张禄丞相乃魏人范雎假托来秦。

次日，范雎入见秦王，言："魏国恐惧，遣使乞和，不须用兵，此皆大王威德所致。"秦王大喜。范雎又奏曰："臣有欺君之罪，求大王怜恕，方才敢言。"秦王曰："卿有何欺？寡人不罪。"范雎奏曰："臣实非张禄，乃魏人范雎也。自少孤贫，事魏中大夫须贾为舍人。从贾使齐，齐王私馈臣金，臣坚却不受，须贾谤于相国魏齐，将臣捶击至死。幸而复苏，改名张禄，逃奔入秦，蒙大王拔之上位。今须贾奉使而来，臣真姓名已露，便当仍旧，伏望吾王怜恕！"秦王曰："寡人不知卿之受冤如此。今须贾既到，便可斩首，以快卿之愤。”范雎奏曰：“须贾为公事而来，自古两国交兵，不斩来使，况求和平？臣岂敢以私怨而伤公义。且忍心杀臣者魏齐，不全关须贾之事。”秦王曰：“卿先公后私，可谓大忠矣。魏齐之仇，寡人当为卿报之。来使从卿发落。”范雎谢恩而退。秦王准了魏国之和。

须贾入辞范雎，雎曰：“故人至此，不可无一饭之敬。”使舍人留须贾于门中，吩咐大排筵席。须贾暗暗谢天道：“惭愧，惭愧！难得丞相宽洪大量，如此相待，忒过礼了！”范雎退堂。须贾独坐门房中，有军牢守着，不敢转动。自辰至午，渐渐腹中空虚，须贾想道：“我前日在馆驿中，见成饮食相待。今番答席，故人之情，何必过礼？”少顷，堂上陈设已完。只见府中发出一单，遍邀各国使臣，及本府有名宾客。须贾心中想道：“此是请来陪我的了。但不知何国何人？少停坐次亦要斟酌，不好一概僭妄。”须贾方在踌躇间，只见各国使人及宾客纷纷而到，径上堂阶。管席者传板报道：“客齐！”范雎出堂相见，叙礼已毕，送盏定位；两庑下鼓乐交作，竟不呼召须贾。须贾那时又饥又渴，又苦又愁，又羞又恼，胸中烦懑，不可形容。三杯之后，范雎开言：“还有一个故人在此，适才倒忘了。”众客齐起身道：“丞相既有贵相知，某等礼合伺候。”范雎曰：“虽则故人，不敢与诸公同席。”乃命设一小坐于堂下，唤魏客到，使两黥徒②夹之以坐。席上不设酒食，但置炒熟料豆②，两黥徒③手捧而喂之，如喂马一般。众客甚不过意，问曰：“丞相何恨之深也？”范雎将旧事诉说一遍。众客曰：“如此亦难怪丞相发怒。”须贾虽然受辱，不敢违抗，只得将料豆充饥，食毕，还要叩谢。范雎嗔目数之曰：“秦王虽然许和，但魏齐之仇，不可不报。留汝蚁命，归告魏王，速斩魏齐头送来，将我家眷，送入秦邦，两国通好；不然，我亲自引兵来屠大梁，那时悔之晚矣。”吓得须贾魂不附体，喏喏连声而出。

不知魏国可曾斩魏齐头来献，且看下回分解。

【注释】

①济西之战：指乐毅率五国之兵，与齐将韩聂迎战于济水之西。见第九十五回。

②决脊：古时一种鞭打背部的刑罚。决，鞭打。

③具茨（cí 慈）山：又名大騩（guī 归）山。战国时魏地。《水经注》："黄帝登具茨之山。"即指此。地在今河南禹县北。

④谒者：古官名，秦始置。掌朝觐宾客及奉诏出使诸事。

⑤三亭冈：古地名。在今河南尉氏县西南。

⑥湖关：古关塞名。在今河南灵宝市西。乃入函谷关后第一座隘口。

⑦华阳：战国时秦县名。在今陕西洋县北华阳镇。

⑧泾阳：战国时秦县名。在今陕西泾阳县西北。

⑨高陵：战国时秦县名。在今陕西高陵区西南。

⑩纲、寿：均齐邑名。纲在今山东宁阳县东北，寿在今山东东平县西南。

⑪陶山：古山名，战国齐地。在今山东省肥城市西北。

⑫传车：即驿车。

⑬永巷：本指皇后妃嫔的住地，即后宫。此指入内宫之道。

⑭箕子：商纣王叔父，封国于箕，故称箕子。因累谏纣王不听，乃佯狂为奴，为纣所囚。

⑮侧席：倾身而坐。《后汉书·章帝纪》注："侧席，谓不正坐，所以待贤良也。"

⑯应城：应，本国名，姬姓，故城在今河南宝丰县西南。

⑰安釐王：名魏圉。在位三十四年（前276—前243）。

⑱固圉（yǔ语）：固守边防。圉，边陲。

⑲间关：指道路崎岖难行。《汉书·王莽传》师古注："间关，犹言崎岖展转也。"

⑳绨（tí提）袍：厚绸袍。后人常以绨袍比喻故旧之情。

㉑耳门：正院的侧门。

㉒料豆：喂牲口的黑豆。

㉓黥徒：脸上刺字的罪犯。

第九十八回　质平原秦王索魏齐　败长平白起坑赵卒

话说须贾得命，连夜奔回大梁，来见魏王，述范雎吩咐之语。那送家眷是小事，要斩相国之头，干碍体面，难于启齿。魏王踌躇未决。魏齐闻知此信，弃了相印，连夜逃往赵国，依平原君赵胜去了。魏王乃大饰车马，将黄金百镒，采帛千端，送范雎家眷至咸阳。又告明："魏齐闻风先遁，今在平原君府中，不干魏国之事。"范雎乃奏闻秦王。秦王曰："赵与秦一向结好，渑池会上，结为兄弟，又将王孙异人为质于赵，欲以固其好也。前秦兵伐韩，围阏与，赵遣李牧救韩，大败秦兵①，寡人尚未问罪。今又擅纳丞相之仇人，丞相之仇，即寡人之仇，寡人决意伐赵，一则报阏与之恨，二者索取魏齐。"乃亲帅师二十万，命王翦为大将，伐赵，拔三城。

是时赵惠文王方薨，太子丹立，是为孝成王②。孝成王年少，惠文太后用事，闻秦兵深入，甚惧。时蔺相如病笃告老，虞卿代为相国。使大将廉颇帅师御敌，相持不决。虞卿言于惠文太后曰："事急矣！臣请奉长安君③为质于齐以求救。"太后许之。原来惠文王之太后，乃齐湣王之女。其年齐襄王新薨，太子建④即位，年亦少，君王后⑤太史氏用事。两太后姑嫂之亲，亲情和睦，长安君又是惠文太后最爱之少子，往质于齐，君王后如何不动心？于是即命田单为大将，发兵十万，前来救赵。秦将王翦言于秦王曰："赵多良将，又有平原君之贤，未易攻也。况齐救将至，不如全师而归。"秦王曰："不得魏齐，寡人何面见应侯乎？"乃遣使谓平原君曰："秦之伐赵，为取魏齐耳！若能献出魏齐，即当退兵。"平原君对曰："魏齐不在臣家，大王无听人言也。"使者三往，平原君终不肯认。

秦王心中闷闷不悦。欲待进兵，又恐齐、赵合兵，胜负难料；欲待班师，魏齐如何可得？再四踌躇，生出一个计策来。乃为书谢赵王，略曰：

寡人与君，兄弟也。寡人误闻道路之言，魏齐在平原君所，是以兴兵索之。不然，岂敢轻涉赵境？所取三城，谨还归于赵。寡人愿复前好，往来无间。

赵王亦遣使答书，谢其退兵还城之意。田单闻秦师已退，亦归齐去讫。秦王回至函谷关，复遣人以一缄致平原君赵胜。胜拆书看之，略曰：

寡人闻君之高义，愿与君为布衣之交。君幸过寡人，寡人愿与君为十日之饮。

平原君将书来见赵王。赵王集群臣计议，相国虞卿进曰："秦，虎狼之国也。昔孟尝君入秦，几乎不返。况彼方疑魏齐在赵，平原君不可往！"廉颇曰："昔蔺相如怀和氏璧单身入秦，尚能完归赵国，秦不欺赵。若不往，反起其疑。"赵王曰："寡人亦以此为秦王美意，不可违也。"遂命赵胜同秦使西入咸阳。

秦王一见，欢若平生，日日设宴相待。盘桓数日，秦王因极欢之际，举卮向赵胜曰："寡人有请于君，君若见诺，乞饮此酌。"胜曰："大王命胜，何敢不从！"因引卮尽之。秦王曰："昔周文王得吕尚以为太公，齐桓公得管夷吾以为仲父。今范君亦寡人之太公仲父也！范君之仇魏齐，托在君家，君可使人归取其头，以毕范君之恨，即寡人受君之赐！"赵胜曰："臣闻之：'贵而为友者，为贱时也；富而为友者，为贫时也。'夫魏齐，臣之友也。即使真在臣所，臣亦不忍出之，况不在乎？"秦王变色曰："君必不出魏齐，寡人不放君出关！"赵胜曰："关之出与不出，事在大王。且王以饮相召，而以威劫之，天下知曲直之所在矣。"

秦王知平原君不肯负魏齐，遂与之俱至咸阳，留于馆舍。使人遗赵王书，略曰：

王之弟平原君在秦。范君之仇魏齐在平原君之家，魏齐头旦至，平原君夕返。不然，寡人且举兵临赵，亲讨魏齐，又不出平原君于关，惟王谅之！

赵王得书大恐，谓群臣曰："寡人岂为他国亡臣易吾国之镇公子⑥？"乃发兵围平原君家，索取魏齐。平原君宾客多与魏齐有交，乘夜纵之逃出，往投相国虞卿。虞卿曰："赵王畏秦，甚于豺虎，此不可以言语争也。不如仍走大梁，信陵君招贤纳士，天下亡命者皆归之，又且平原君之厚交，必然相庇。虽然，君罪人不可独行，吾当与君同往！"即解相印，为书以谢赵王，与魏齐共变服为贱者，逃出赵国。

　　既至大梁，虞卿乃伏魏齐于郊外，慰之曰："信陵君慷慨丈夫，我往投之，必立刻相迎，不令君久待也。"虞卿徒步至信陵君之门，以刺通。主客者入报，信陵君方解发就沐，见刺，大惊曰："此赵之相国，安得无故至此？"使主客者辞以主人方沐，暂请入坐，因叩其来魏之意。虞卿情急，只得将魏齐得罪于秦始末，及自家捐弃相印，相随投奔之意，大略告诉一番。主客者复入言之。信陵君心中畏秦，不欲纳魏齐，又念虞卿千里

相投一段意思，不好直拒，事在两难，犹豫不决。虞卿闻信陵君有难色，不即出见，大怒而去。信陵君问于宾客曰："虞卿之为人何如？"时侯生在旁，大笑曰："何公子之暗于事也？虞卿以三寸舌取赵王相印，封万户

侯，及魏齐穷困而投虞卿，虞卿不爱爵禄之重，解绶相随，天下如此人有几？公子犹未定其贤否耶？"信陵君大惭，急挽发加冠，使舆人驾车疾驱郊外追之。

再说魏齐悬悬而望，待之良久，不见消息，想曰："虞卿言信陵君慷慨丈夫，一闻必立刻相迎。今久而不至，事不成矣。"少顷，只见虞卿含泪而至曰："信陵君非丈夫也，乃畏秦而却我。吾当与君间道入楚。"魏齐曰："吾以一时不察，得罪于范叔，一累平原君，再累吾子，又欲子间关跋涉，乞残喘于不可知之楚，我安用生为？"即引佩剑自刎。虞卿急前夺之，喉已断矣。虞卿正在悲伤，信陵君车骑随到。虞卿望见，遂趋避他所，不与相见。信陵君见魏齐尸首，抚而哭之曰："无忌之过也！"时赵王不得魏齐，又走了相国虞卿，知两人相随而去，非韩即魏，遣飞骑四出追捕。使者至魏郊，方知魏齐自刎。即奏知魏王，欲请其头，以赎平原君归国。信陵君方命殡殓魏齐尸首，意犹不忍。使者曰："平原君与君一体也。平原之爱魏齐，与君又一心也。魏齐若在，臣何敢言？今惜已死，无知之骨，而使平原君长为秦虏，君其安乎？"信陵君不得已，乃取其首，用匣盛之，交封赵使，而葬其尸于郊外。髯翁有诗咏魏齐云：

无端辱士听须贾，只合捐生谢范雎。

残喘累人还自累，咸阳函首恨教迟！

虞卿既弃相印，感慨世情，遂不复游宦，隐于白云山中，著书自娱，讥刺时事，名曰《虞氏春秋》。髯翁亦有诗云：

不是穷愁肯著书，千秋高尚说虞兮。

可怜有用文章手，相印轻抛徇魏齐！

赵王将魏齐之首，星夜送至咸阳，秦王以赐范雎。范雎命漆其头为溺器，曰："汝使宾客醉而溺我，今令汝九泉之下，常含我溺也。"秦王以礼送平原君还赵，赵用为相国，以代虞卿之位。范雎又言于秦王曰："臣布衣下贱，幸受知于大王，备位卿相，又为臣报切齿之仇，此莫大之恩也。但臣非郑安平，不能延命于魏，非王稽，不能获进于秦，愿大王贬臣爵秩，加此二臣，以毕臣报德之心，臣死无所恨！"秦王曰："丞相不言，寡人几忘之！"即用王稽为河东守，郑安平为偏将军。于是专用范雎之谋，先攻韩、魏，遣使约好于齐、楚。范雎谓秦王曰："吾闻齐之君王后贤而有智，当往试之。"乃命使者以玉连环献于君王后曰："齐国有人能解此环者，寡人愿拜下风。"君王后命取金锤在手，即时击断其环，谓使者曰："传语秦王，老妇已解此环讫矣。"使者还报。范雎曰："君王后果女中之杰，不可犯也。"于是与齐结盟，各无侵害，齐国赖以安息。

单说楚太子熊完为质于秦，秦留之十六年不遣。适秦使者约好于楚，楚使者朱英，与俱至咸阳报聘。朱英因述楚王病势已成，恐遂不起。太傅黄歇言于熊完曰："王病笃而太子留于秦，万一不讳⑦，太子不在榻前，诸公子必有代立者，楚国非太子有矣。臣请为太子谒应侯而请之。"太子曰："善。"黄歇遂造相府说范雎曰："相君知楚王之病乎？"范雎曰："使者曾言之。"黄歇曰："楚太子久于秦，其与秦将相无不交亲者，倘楚王薨而太子得立，其事秦必谨。相君诚以此时归之于楚，太子之感相君无穷也。若留之不遣，楚更立他公子，则太子在秦，不过咸阳一布衣耳。况楚人惩于太子之不返，异日必不复委质事秦。夫留一布衣，而绝万乘之好，臣窃以为非计也。"范卿首肯曰："君言是也。"即以黄歇之言，告于秦王，秦王曰："可令太子傅黄歇先归问疾，病果笃，然后来迎太子。"

黄歇闻太子不得同归，私与太子计议曰："秦王留太子不遣，欲如怀王故事，乘急以求割地也。楚幸而来迎，则中秦之计；不迎，则太子终为秦虏矣。"太子跪请曰："太傅计将若何？"黄歇曰："以臣愚见，不如微服而逃。今楚使者报聘将归，此机不可失也。臣请独留，以死当之。"太子泣曰："事若成，楚国当与太傅共之。"黄歇私见朱英，与之通谋，朱英许之。太子熊完乃微服为御者，与楚使者朱英执辔，竟出函谷关，无人知觉。黄歇守旅舍，秦王遣归问疾。黄歇曰："太子适患病，无人守视，俟病稍愈，臣即当辞朝矣。"过半月，度太子已出关久，乃求见秦王，叩首谢罪曰："臣歇恐楚王一旦不讳，太子不得立，无以事君，已擅遣之，今出关矣。歇本欺君之罪，请伏斧锧！"秦王大怒曰："楚人乃多诈如此！"叱左右囚黄歇，将杀之。丞相范雎谏曰："杀黄歇不能复还太子，而徒绝楚欢，不如嘉其忠而归之。楚王死，太子必嗣位，太子嗣位，歇必为相，楚君臣俱感秦德，其事秦必矣。"秦王以为然，乃厚赐黄歇，遣之归楚。史臣有诗云：

更衣执辔去如飞，险作咸阳一布衣。

不是春申有先见，怀王余涕又重挥。

歇归三月，而楚顷襄王薨，太子熊完立，是为考烈王⑧。进太傅黄歇为相国，以淮北地十二县封春申君⑨。黄歇曰："淮北地边齐，请置为郡，以便城守，臣愿远封江东。"考烈王乃改封黄歇于故吴之地。歇修阖闾故城，以为都邑；濬河于城内，四纵五横，以通太湖之水；改破楚门为昌门。时孟尝君虽死，而赵有平原君，魏有信陵君，方以养士相尚，黄歇慕之，亦招致宾客，食客常数千人。平原君赵胜常遣使至春申君家，春申君馆之于上舍。赵使者欲夸示楚人，用玳瑁[10]为簪，以珠玉饰刀剑之室。及见春申君客三千余人，其上客皆以明珠为履，赵使大惭。春申君用宾客之谋，北兼邹、鲁之地，用贤士荀卿为兰陵[11]令，修举政法，练习兵士，楚国复强。

话分两头。再说秦昭襄王已结齐、楚，乃使大将王龁帅师伐韩，从渭水运粮，东入河洛，以给军饷。拔野王城[12]，上党往来路绝[13]。上党守臣冯亭与其吏民议曰："秦据野王，则上党非韩有矣。与其降秦，不如降赵。秦怒赵得地，必移兵于赵，赵受兵，必亲韩，韩、赵同患，可以御秦。"乃遣使持书并上党地图，献于赵孝成王。时孝成王之四年，周赧王之五十三年[14]也。赵王夜卧得一梦，梦衣偏裻[15]之衣，有龙自天而下，王乘之，龙即飞去，未至于天而坠，见两旁有金山、玉山二座，光辉夺目。王觉，召大夫赵禹，以梦告之。赵禹对曰："偏衣者，合也；乘龙上天，升腾之象；坠地者，得地也；金玉成山者，货财充溢也。大王目下必有广地增财之庆，此梦大吉。"赵王喜，复召筮史敢占之。敢对曰："偏衣者，残也，乘龙上天，不至而坠者，事多中变，有名无实也；金玉成山，可观而不可用也。此梦不吉，王其慎之！"赵王心惑赵禹之言，不以筮史为然。

后三日，上党太守冯亭使者至赵。赵王发书观之，略曰：

秦攻韩急，上党将入于秦矣。其吏民不愿附秦，而愿附赵，臣不敢违吏民之欲，谨将所辖十七城，再拜献之于大王。惟大王辱收之。

赵王大喜曰："禹所言广地增财之庆，今日验矣！"平阳君赵豹[16]谏曰："臣闻无故之利，谓之祸殃，王勿受也。"赵王曰："人畏秦而怀赵，是以来归，何谓无故？"赵豹对曰："秦蚕食韩地，拔野王，绝上党之道，不令相通，自以为掌握中物，坐而得之，一旦为赵所有，秦岂能甘心哉？秦力其耕，而赵收其获，此臣所谓'无故之利'也。且冯亭所以不入地于秦，而入之于赵者，将嫁祸于赵，以舒韩之困也。王何不察耶？"赵王不以为然，再召平原君赵胜决之。胜对曰："发百万之众，而攻人国，逾年历岁，未得一城。今不费寸兵斗粮，得十七城，此莫大之利，不可失也。"赵王曰："君此言，正合寡人之意。"乃使平原君率兵五万，往上党受地，封冯亭以三万户，号华陵君，仍为守。其县令十七人，各封以三千户，皆世袭称侯。冯亭闭门而泣，不与平原君相见。平原君固请之，亭曰："吾有三不义，不可以见使者。为主守地不能死，一不义也；不由主命，擅以地入赵，二不义也；卖主地以得富贵，三不义也。"平原君叹曰：
"此忠臣也！"候其门，三日不去。冯亭感其意，乃出见，犹垂涕不止；
愿交割地面，别选良守。平原君再三抚慰曰："君之心事，胜已知之，君
不为守，无以慰吏民之望。"冯亭乃领守如故，竟不受封。平原君将别，
冯亭谓曰："上党所以归赵者，以力不能独抗秦也。望公子奏闻赵王，大
发士卒，急遣名将，为御秦计。"

平原君回报赵王。赵王置酒贺得地，徐议发兵，未决，秦大将王齕进

兵围上党。冯亭坚守两月，赵援兵犹未至，乃率其吏民奔赵。时赵王拜廉颇为上将，率兵二十万来援上党。行至长平关[17]，遇冯亭，方知上党已失，秦兵日近。乃就金门山下，列营筑垒，东西各数十，如列星之状，别分兵一万，使冯亭守光狼城[18]，又分兵二万，使都尉盖负、盖同分领之，守东西二鄣城[19]，又使裨将赵茄远探秦兵。

却说赵茄领军五千，哨探出长平关外，约二十里，正遇秦将司马梗，亦行探来到。赵茄欺司马梗兵少，直前搏战。正在交锋，秦第二哨张唐兵又到。赵茄心慌手慢，被司马梗一刀斩之，乱杀赵兵。廉颇闻前哨有失，传谕各垒用心把守，勿与秦战；且使军士掘地深数丈以注水，军中都不解其意。王龁大军已到，距金门山[20]十里下寨。先分军攻二鄣城，盖负、盖同出战皆败没。王龁乘胜攻光狼城，司马梗奋勇先登，大军继之。冯亭复败走，奔金门山大营，廉颇纳之。秦兵又来攻垒，廉颇传令："出战者，虽胜亦斩！"王龁攻之不入，乃移营逼之，去赵营仅五里，挑战几次，赵兵终不出。王龁曰："廉颇老将，其行军持重，未可动也。"偏将王陵献计曰："金门山下有流涧，名曰杨谷[21]，秦、赵之军，共取汲于此涧。赵垒在涧水之南，而秦垒踞其西，水势自西而流于东南，若绝断此涧，使水不东流，赵人无汲，不过数日军必乱，乱而击之，无不胜矣。"王龁以为然，使军士将涧水筑断。至今杨谷名为绝水，为此也。谁知廉颇预掘深坎，注水有余，日用不乏。

秦、赵相持四个月，王龁不得一战，无可奈何，遣使入告于秦王。秦王召应侯范雎计议，范雎曰："廉颇更事久，知秦军强，不轻战，彼以秦兵道远，不能持久，欲以老我而乘其隙。若此人不去，赵终未可入也。"秦王曰："卿有何计，可以去廉颇乎？"范雎屏左右言曰："要去廉颇，须用反间之计，如此恁般，非费千金不可。"秦王大喜，即以千金付范雎，乃使其心腹门客，从间道入邯郸，用千金贿赂赵王左右，布散流言曰："赵将惟马服君最良，闻其子赵括勇过其父，若使为将，诚不可当！廉颇老而怯，屡战俱败，失亡赵卒三四万，今为秦兵所逼，不日将出降矣。"

赵王先闻赵茄等被杀，连失三城，使人往长平催颇出战。廉颇主"坚壁"之谋，不肯出战，赵王已疑其怯，及闻左右反间之言，信以为实，遂召赵括问曰："卿能为我击秦军乎？"括对曰："秦若使武安君为将，尚费臣筹画，如王龁不足道矣。"赵王曰："何以言之？"赵括曰："武安君数将秦军，先败韩、魏于伊阙，斩首二十四万；再攻魏，取大小六十一城；又南攻楚，拔鄢㉒、郢，定巫、黔㉓；又复攻魏，走芒卯，斩首十三万；又攻韩，拔五城，斩首五万；又斩赵将贾偃，沉其卒二万人于河；战必胜，攻必取，其威名素著，军士望风而慄，臣若与对垒，胜负居半，故尚费筹画。如王龁新为秦将，乘廉颇之怯，故敢于深入；若遇臣，如秋叶之遇风，不足当迅扫也。"赵王大悦，即拜赵括为上将，赐黄金彩帛，使持节往代廉颇，复益劲军二十万。

括阅军毕，车载金帛，归见其母。母曰："汝父临终遗命，戒汝勿为赵将，汝今日何不辞之？"括曰："非不欲辞，奈朝中无如括者。"母乃上书谏曰："括徒读父书，不知通变，非将才，愿王勿遣。"赵王召其母至，亲叩其说。母对曰："括父奢为将，所得赏赐，尽以与军吏；受命之日，即宿于军中，不问及家事，与士卒同甘苦；每事必博谘于众，不敢自专。今括一旦为将，东乡而朝，军吏无敢仰视；所赐金帛，悉归私家。为将岂宜如此？括父临终，尝戒妾曰：'括若为将，必败赵兵。'妾谨识其言，愿王别选良将，切不可用括！"赵王曰："寡人意决，汝勿复言。"母曰："王即不听妾言，倘兵败，妾一家请无连坐。"赵王许之。赵括遂引军出邯郸，望长平进发。

再说范雎所遣门客，犹在邯郸，备细打听，尽知赵括向赵王所说之语，赵王已拜为大将，择日起程，遂连夜奔回咸阳报信。秦王与范雎计议曰："非武安君不能了此事也！"乃更遣白起为上将，王龁副之，传令军中秘密其事："有人泄漏武安君为将者斩！"

再说赵括至长平关，廉颇验过符节，即将军籍交付赵括，独引亲军百余人，回邯郸去讫。赵括将廉颇约束，尽行更改，军垒合并成大营。时冯

亭在军中，固谏不听。括又以自己所带将士，易去旧将，严谕："秦兵若来，各要奋勇争先。如遇得胜，便行追逐，务使秦军一骑不返！"白起既入秦军，闻赵括更易廉颇之令，先使卒三千人出营挑战。赵括辄出万人来迎，秦军大败奔回。白起登壁上望赵军，谓王龁曰："吾知所以胜之矣！"赵括胜了一阵，不禁手舞足蹈，使人至秦营下战书。白起使王龁批："来日决战。"因退军十里，复营于王龁旧屯之处。赵括喜曰："秦兵畏我矣！"乃椎牛飨士，传令："来日大战，定要生擒王龁，与诸侯做个笑话！"白起安营已定，大集诸将听令。使将军王贲、王陵率万人列阵，与赵括更迭交战，只要输不要赢，引得赵兵来攻秦壁，便算一功。再唤大将司马错、司马梗二人，各引兵一万五千，从间道绕出赵军之后，绝其粮道。又遣大将胡阳引兵二万，屯于左近，只等赵人开壁出逐秦军，即便杀出，要将赵军截为二段。又遣大将蒙骜、王翦各率轻骑五千，俟候接应。白起与王龁坚守老营。正是："安排地网天罗计，待捉龙争虎斗人。"

再说赵括吩咐军中，四鼓造饭，五鼓结束，平明列阵前进。行不五里，遇见秦兵，两阵对圆，赵括使先锋傅豹出马。秦将王贲接战，约三十余合，王贲败走，傅豹追之。赵括复遣王容率军帮助。又遇秦将王陵，略战数合，王陵又败走。赵括见赵兵连胜，自率大军来追。冯亭又谏曰："秦人多诈，其败不可信也，元帅勿追！"赵括不听，追奔十余里，及于秦壁。王贲、王陵绕营而走，秦壁不开。赵括传令一齐攻打，连打数日，秦军坚守不可入。赵括使人催取后军，移营齐进。只见赵将苏射飞骑而来，报曰："后营被秦将胡阳引兵冲出遏住，不得前来。"赵括大怒曰："胡阳如此无礼，吾当亲往！"使人探听秦军行动，回报道："西路军马不绝，东路无人。"赵括麾军从东路而转。行不上二三里，大将蒙骜一军从刺斜里杀出，大叫："赵括，你中了我武安君之计，还不投降！"赵括大怒，挺戟欲战蒙骜，偏将王容出曰："不劳元帅，容某建功。"王容便接住蒙骜交锋。王翦一军又至，赵兵折伤颇众。

赵括料难取胜，鸣金收军，就便择水草处安营。冯亭又谏曰："军气用锐，今我兵虽失利，苟能力战，尚可脱归本营，并力拒敌。若在此安营，腹背受困，将来不可复出！"赵括又不听，使军士筑成长垒，坚壁自守；一面飞奏赵王求援，一面催取后队粮饷。谁知运粮之路，又被司马梗引兵塞断。白起大军遮其前，胡阳、蒙骜等大军截其后，秦军每日传武安君将令，招赵括投降。赵括此时方知白起真在军中，唬得心胆俱裂。

再说秦王得武安君报，知赵括兵困长平，亲命驾来至河内，尽发民家壮丁，凡年十五以上，皆令从军，分路掠取赵人粮草，遏绝救兵。赵括被秦军围困，凡四十六日，军中无粮，士卒自相杀食，赵括不能禁止。乃将

军将分为四队：傅豹一队向东，苏射一队向西，冯亭一队向南，王容一队向北。吩咐四队，一齐鸣鼓，夺路杀出，如一路打通，赵括便招引三路齐走。谁知武安君白起又预选射手，环赵垒埋伏，凡遇赵垒中出来者，不拘兵将便射。四队军马，冲突三四次，俱被射回。又过一月，赵括不胜其愤，精选上等锐卒五千人，俱穿重铠，乘坐骏马；赵括握戟当先，傅豹、王容紧帮在后，冒围突出。王翦、蒙骜二将齐上，赵括大战数合，不能透围。复身欲归长垒，马蹶坠地，中箭而亡。赵军大乱，傅豹、王容俱死。苏射引冯亭共走，冯亭曰："吾三谏不从，今至于此，天也！又何逃乎？"乃自刎而亡。苏射奔脱，往胡地去讫。

白起竖起招降旗，赵军皆弃兵解甲投拜，呼万岁。白起使人揭赵括之首，往赵营招抚。营中军士尚二十余万，闻主帅被杀，无人敢出拒战，亦皆愿降。甲胄器械，堆积如山，营中辎重，悉为秦有。白起与王龁计议曰："前秦已拔野王，上党在掌握中，其吏民不乐为秦，而愿归赵。今赵卒先后降者，总合来将近四十万之众，倘一旦有变，何以防之？"乃将降卒分为十营，使十将以统之，配以秦军二十万，各赐以牛酒，声言："明日武安君将汰选赵军，凡上等精锐能战者，给以器械，带回秦国，随征听用；其老弱不堪，或力怯者，俱发回赵。"赵军大喜。

是夜，武安君密传一令于十将："起更时分，但是秦兵，都要用白布一片裹首。凡首无白布者，即系赵人，当尽杀之。"秦兵奉令，一齐发作。降卒不曾准备，又无器械，束手受戮。其逃出营门者，又有蒙骜、王翦等引军巡逻，获住便砍。四十万军，一夜俱尽。血流淙淙有声，杨谷之水，皆变为丹，至今号为丹水㉔。武安君收赵卒头颅，聚于秦垒之间，谓之头颅山。因以为台，其台崔嵬杰起，亦号白起台。台下即杨谷也。后来大唐玄宗皇帝㉕巡幸至此，凄然长叹，命三藏高僧㉗，设水陆㉘七昼夜，超度坑卒亡魂，因名其谷曰省冤谷。此是后话。史臣有诗云：

> 高台百尺尽头颅，何止区区万骨枯！
>
> 矢石无情缘斗胜，可怜降卒有何辜？

通计长平之战，前后斩首虏共四十五万人，连王龁先前投下降卒，并皆诛戮，止存年少者二百四十人未杀，放归邯郸，使宣扬秦国之威。

不知赵国存亡如何，且看下回分解。

【注释】

① "赵遣李牧救韩"二句：见第九十六回。"李牧"应为赵奢之误。

②孝成王：名赵丹。在位二十一年（前265—前245）。

③长安君：惠文太后最小的儿子。封于长安。《史记索隐》："赵亦有长安，今其地阙。"

④太子建：即齐王建，乃田齐最后一个国君。在位四十四年（前464—前221）。在位期间，不修战备，不助五国御秦。后被迫投降，国灭，故无谥号。

⑤君王后：即太史敫女，齐襄王后专称。

⑥镇公子：可作国家栋梁的公子。

⑦不讳：死亡的宛转说法。

⑧考烈王：名熊完，一名熊元。在位二十五年（前262—前238）。

⑨春申君：即黄歇。先封淮北十二县，后封于江东。以春申江（即今之黄浦江）而得名。

⑩玳瑁：海中龟类动物，其角质板可制装饰品。

⑪兰陵：战国时楚邑名。在今山东兰陵县西南。

⑫野王城：战国时韩邑名。在今河南沁阳市。

⑬"上党"句：上党为韩郡，治所在壶关（今山西长治北）。当时韩都郑（今河南新郑），野王城正处上党与郑之中间，故上党至韩都之道被截断。

⑭周赧王五十三年：即公元前262年。

⑮偏裻（dū督）：左右颜色不同之衣叫偏，衣缝在背称裻。

⑯平阳君赵豹：豹，赵王之宗室。封于平阳。平阳在今山西临汾市西南。

⑰长平关：赵关塞名。在今山西高平市北。

⑱光狼城：战国赵地名。在今山西高平市西。

⑲东西二鄣城：据《史记正义》引《括地志》："赵鄣故城，一名都尉城，今名赵东城，在高平市西二十五里。又有故穀城。此二城即二鄣也。"高平，今属山西省。

⑳金门山：古山名。疑即山西高平市北丹朱岭。

㉑杨谷：古水名。即丹水，又名绝水。

㉒鄢：战国楚邑名。在今湖北宜城市东南。

㉓巫、黔：均为战国时楚邑或郡名。巫邑在今四川巫山县北。黔指黔中郡。

㉔丹水：古水名。源于山西高平市北丹朱岭，东南流经晋城，至河南沁阳南入沁河。

㉕崔嵬：高耸的样子。

㉖大唐玄宗皇帝：名李隆基。在位四十五年（712—756）。

㉗三藏高僧：此指某一高僧。佛教以经、律、论为三藏，凡通晓三藏的僧人均可称为三藏法师。如唐玄奘即是。但玄奘死于唐高宗麟德元年（664），未能活到玄宗时代。

㉘水陆：水陆道场简称。指设斋供奉，以超度水陆众鬼的法会。亦称水陆斋。

第九十九回　武安君含冤死杜邮
吕不韦巧计归异人

　　话说赵孝成王初时接得赵括捷报，心中大喜；已后闻赵军困于长平，正欲商量遣兵救援，忽报赵括已死，赵军四十余万，尽降于秦，被武安君一夜坑杀，止放二百四十人还赵。赵王大惊，群臣无不悚惧。国中子哭其父，父哭其子，兄哭其弟，弟哭其兄，祖哭其孙，妻哭其夫，沿街满市，号痛之声不绝。惟赵括之母不哭，曰："自括为将时，老妾已不看作生人矣。"赵王以赵母有前言，不加诛，反赐粟帛以慰之。又使人谢廉颇。赵国正在惊惶之际，边吏又报道："秦兵攻下上党，十七城皆已降秦。今武安君亲率大军前进，声言欲围邯郸。"赵王问群臣："谁能止秦兵者？"群臣莫应。平原君归家，遍问宾客，宾客亦无应者。适苏代客于平原君之所，自言："代若至咸阳，必能止秦兵不攻赵。"平原君言于赵王，赵王大出金币，资之入秦。

　　苏代往见应侯范雎，雎揖之上坐，问曰："先生何为而来？"苏代曰："为君而来。"范雎曰："何以教我？"苏代曰："武安君已杀马服子乎？"雎应曰："然。"代曰："今且围邯郸乎？"雎又应曰："然。"代曰："武安君用兵如神，身为秦将，攻夺七十余城，斩首近百万，虽伊尹、吕望之功，不加于此。今又举兵而围邯郸，赵必亡矣！赵亡，则秦成帝业，秦成帝业，则武安君为佐命之元臣，如伊尹之于商，吕望之于周，君虽素贵，不能不居其下也！"范雎愕然前席曰："然则如何？"苏代曰："君不如许韩、赵割地以和于秦。夫割地以为君功，而又解武安君之兵柄，君之位，则安于泰山矣！"范雎大喜。明日即言于秦王曰："秦兵在外日久，已劳苦，宜休息。不如使人谕韩、赵，使割地以求和。"秦王曰："惟相国自

裁。"于是范雎复大出金帛，以赠苏代之行，使之往说韩、赵。韩、赵二王惧秦，皆听代计。韩许割垣雍①一城，赵许割六城，各遣使求和于秦。秦王初嫌韩止一城太少，使者曰："上党十七县，皆韩物也。"秦王乃笑而受之。召武安君班师。

白起连战皆胜，正欲进围邯郸，忽闻班师之诏，知出于应侯之谋，乃大恨。自此白起与范雎有隙，白起宣言于众曰："自长平之败，邯郸城中，一夜十惊，若乘胜往攻，不过一月可拔矣。惜乎应侯不知时势，主张班

师，失此机会！"秦王闻之，大悔曰："起既知邯郸可拔，何不早奏？"乃复使起为将，欲使伐赵。白起适有病不能行，乃改命大将王陵。陵率军十万伐赵，围邯郸城。赵王使廉颇御之。颇设守甚严，复以家财募死士，时时夜缒城往砍秦营。王陵兵屡败。时武安君病已愈，秦王欲使代王陵。武安君奏曰："邯郸实未易攻也。前者大败之后，百姓震恐不宁，因而乘之，彼守则不固，攻则无力，可克期而下。今二岁余矣，其痛已定，又廉颇老将，非赵括比。诸侯见秦之方和于赵，而复攻之，皆以秦为不可信，必将合从而来救，臣未见秦之胜也！"秦王强之行，白起固辞。秦王复使应侯往请。武安君怒应侯前阻其功，遂称病。秦王问应侯曰："武安君真病乎？"应侯曰："病之真否未可知，然不肯为将，其志已坚。"秦王怒曰："起以秦别无他将，必须彼耶？昔长平之胜，初用兵者王龁也，龁何遽不如起？"乃益兵十万，命王龁往代王陵。王陵归国，免其官。

王龁围邯郸，五月不能拔。武安君闻之，谓其客曰："吾固言邯郸未易攻，王不听吾言，今竟如何？"客有与应侯相善者，泄其语。应侯言于秦王，必欲使武安君为将。武安君遂伪称病笃。秦王大怒，削武安君爵士，贬为士伍，迁于阴密②，立刻出咸阳城中，不许暂停。武安君叹曰："范蠡有言：'狡兔死，走狗烹。'吾为秦攻下诸侯七十余城，故当烹矣！"于是出咸阳西门，至于杜邮③，暂歇，以待行李。应侯复言于秦王曰："白起之行，其心怏怏不服，大有怨言，其托病非真，恐适他国为秦害。"秦王乃遣使赐以利剑，令自裁。使者至杜邮，致秦王之命。武安君持剑在手，叹曰："我何罪于天，而至此！"良久曰："我固当死！长平之役，赵卒四十余万来降，我挟诈一夜尽坑之，彼诚何罪？我死固其宜矣！"乃自刎而死。时秦昭襄王之五十年十一月，周赧王之五十八年④也。秦人以白起死非其罪，无不怜之，往往为之立祠。后至大唐末年，有天雷震死牛一只，牛腹有白起二字。论者谓白起杀人太多，故数百年后，尚受畜生雷震之报。杀业之重如此，为将者可不戒哉！

秦王既杀白起，复发精兵五万，令郑安平将之，往助王龁，必攻下邯郸方已。赵王闻秦益兵来攻，大惧，遣使分路求救于诸侯。平原君赵胜曰："魏，吾姻家，且素善，其救必至；楚大而远，非以合从说之不可，吾当亲往。"于是约其门下食客，欲得文武备具者二十人同往。三千余人内，文者不武，武者不文，选来选去，止得一十九人，不足二十之数。平原君叹曰："胜养士数十年于兹矣，得士之难如此哉？"有下坐客一人，出言曰："如臣者，不识可以备数乎？"平原君问其姓名，对曰："臣姓毛

名遂，大梁人，客君门下三年矣。"平原君笑曰："夫贤士处世，譬如锥之处于囊中，其颖立露。今先生处胜门下三年，胜未有所闻，是先生于文武一无所长也。"毛遂曰："臣今日方请处囊中耳！使早处囊中，将突然尽脱而出，岂特露颖而已哉？"平原君异其言，乃使凑二十人之数，即日

既至，先通春申君黄歇。歇素与平原君有交，乃为之转通于楚考烈王。平原君黎明入朝，相见礼毕，楚王与平原君坐于殿上，毛遂与十九人俱叙立于阶下。平原君从容言及合从却秦之事。楚王曰："合从之约，始事者赵，后听张仪游说，其约不坚。先怀王为从约长，伐秦不克。齐湣王复为从约长，诸侯背之。至今列国以从为讳，此事如团沙，未易言也。"平原君曰："自苏秦倡合从之议，六国约为兄弟，盟于洹水，秦兵不敢出函谷关者十五年。其后，齐、魏受犀首⑤之欺，欲共伐赵，怀王受张仪之欺，欲共伐齐，所以从约渐解。使三国坚守洹水之誓，不受秦欺，秦其奈之何哉？齐湣王名为合从，实欲兼并，是以诸侯背之，岂合从之不善哉？"楚王曰："今日之势，秦强而列国俱弱，但可各图自保，安能相为？"平原君曰："秦虽强，分制六国则不足；六国虽弱，合制秦则有余。若各图自保，不思相救，一强一弱，胜负已分，恐秦师之日进也。"楚王又曰："秦兵一出而拔上党十七城，坑赵卒四十余万，合韩、赵二国之力，不能敌一武安君。今又进逼邯郸，楚国僻远，能及于事乎？"平原君曰："寡君任将非人，致有长平之失。今王陵、王龁二十余万之众，顿于邯郸之下，先后年余，不能损赵之分毫。若救兵一集，可以大挫其锋，此数年之安也。"楚王曰："秦新通好于楚，君欲寡人合从救赵，秦必迁怒于楚，是代赵而受怨矣。"平原君曰："秦之通好于楚者，欲专事于三晋。三晋既亡，楚其能独立哉？"楚王终有畏秦之心，迟疑不决。

毛遂在阶下顾视日晷⑥，已当午矣，乃按剑历阶而上，谓平原君曰："从之利害，两言可决。今自日出入朝，日中而议犹未定，何也？"楚王怒问曰："彼何人？"平原君曰："此臣之客毛遂。"楚王曰："寡人与汝君议事，客何得多言？"叱之使去。毛遂走上几步，按剑而言曰："合从乃天下大事，天下人皆得议之！吾君在前，叱者何也？"楚王色稍舒，问曰："客有何言？"毛遂曰："楚地五千余里，自武、文称王，至今雄视天下，号为盟主。一旦秦人崛起，数败楚兵，怀王囚死。白起小竖子，一战再战，鄢、郢尽没，被逼迁都。此百世之怨，三尺童子，犹以为羞，大王独不念乎？今日合从之议，为楚，非为赵也！”楚王曰：“唯唯。”遂曰：“大王之意已决乎？”楚王曰：“寡人意已决矣！”毛遂呼左右，取歃血盘至，跪进于楚王之前曰：“大王为从约长，当先歃，次则吾君，次则臣毛遂。”于是从约遂定。毛遂歃血毕，左手持盘，右手招十九人曰：“公等宜共歃于堂下！公等所谓‘因人成事⑦’者也。”楚王既许合从，即命春申君将八万人救赵。平原君归国，叹曰：“毛先生三寸之舌，强于百万之师！胜阅人多矣，乃今于毛先生而失之，胜自今不敢复相天下士矣。”自是以遂为上客。正是：

橹樯空大随人转，秤锤虽小压千斤。

利锥不与囊中处，文武纷纷十九人。

时魏安釐王遣大将晋鄙帅兵十万救赵。秦王闻诸侯救至，亲至邯郸督战，使人谓魏王曰：“秦攻邯郸，且暮且下矣。诸侯有敢救者，必移兵先击之！”魏王大惧，遣使者追及晋鄙军，戒以勿进。晋鄙乃屯于邺下⑧。春申君亦即屯兵于武关，观望不进。此段事权且放过。

话分两头。却说秦王孙异人，自秦、赵会渑池之后，为质于赵。那异人乃安国君之次子。安国君名柱，字子傒，昭襄王之太子也。安国君有子二十余人，皆诸姬所出，非适子。所宠楚妃，号为华阳夫人，未有子。异人之母，曰夏姬，无宠，又早死，故异人质赵，久不通信。当王翦伐赵，赵王迁怒于质子，欲杀异人。平原君谏曰：“异人无宠，杀之何益？徒令秦人藉口，绝他日通和之路。”赵王怒犹未息，乃安置异人于丛台⑨，命大夫公孙乾为馆伴，使出入监守，又削其廪禄。异人出无兼车⑩，用无余财，终日郁郁而已。

时有阳翟人姓吕，名不韦，父子为贾，平日往来各国，贩贱卖贵，家累千金。其时适在邯郸，偶于途中望见异人，生得面如傅粉，唇若涂朱，虽在落寞之中，不失贵介之气。不韦暗暗称奇，指问旁人曰：“此何人也？”答曰：“此乃秦王太子安国君之子，质于赵国，因秦兵屡次犯境，我王几欲杀之。今虽免死，拘留丛台，资用不给，无异穷人。"不韦私叹曰："此奇货可居也！"乃归问其父曰："耕田之利几倍？"父曰："十倍。"又问："贩卖珠玉之利几倍？"父曰："百倍。"又问："若扶立一人为王，

掌握山河，其利几倍？"父笑曰："安得王而立之？其利千万倍，不可计矣。"不韦乃以百金结交公孙乾。往来渐熟，因得见异人，佯为不知，问其来历，公孙乾以实告。

一日，公孙乾置酒请吕不韦，不韦曰："座间别无他客，既是秦国王

孙在此，何不请来同坐？"公孙乾从其命，即请异人与不韦相见，同席饮酒。至半酣，公孙乾起身如厕，不韦低声而问异人曰："秦王今老矣。太子所爱者华阳夫人，而夫人无子。殿下兄弟二十余人，未有专宠，殿下何不以此时求归秦国，事华阳夫人，求为之子，他日有立储之望。"异人含泪对曰："某岂望及此！但言及故国，心如刀刺，恨未有脱身之计耳。"不韦曰："某家虽贫，请以千金为殿下西游，往说太子及夫人，救殿下还朝，如何？"异人曰："若如君言，倘得富贵，与君共之！"言甫毕，公孙乾到，问曰："吕君何言？"不韦曰："某问王孙以秦中之玉价，王孙辞我以不知也。"公孙乾更不疑惑，命酒更酌，尽欢而散。

自此不韦与异人时常相会，遂以五百金密付异人，使之买嘱左右，结交宾客。公孙乾上下俱受异人金帛，串做一家，不复疑忌。不韦复以五百金市买奇珍玩好，别了公孙乾，竟至咸阳。探得华阳夫人有姊，亦嫁于秦，先买嘱其家左右，通话于夫人之姊，言："王孙异人在赵，思念太子夫人，有孝顺之礼，托某转送。这些小之仪，亦是王孙奉候姨娘者。"遂将金珠一函献上。姊大喜，自出堂，于帘内见客，谓不韦曰："此虽王孙美意，有劳尊客远涉。今王孙在赵，未审还想故土否？"不韦答曰："某与王孙公馆对居，有事罄与某说，某尽知其心事，日夜思念太子夫人，言自幼失母，夫人便是他嫡母，欲得回国奉养，以尽孝道。"姊曰："王孙向来安否？"不韦曰："因秦兵屡次伐赵，赵王每每欲将王孙来斩，喜得臣民尽皆保奏，幸存一命，所以思归愈切。"姊曰："臣民何故保他？"不韦曰："王孙贤孝无比，每遇秦王太子及夫人寿诞，及元旦朔望之辰，必清斋沐浴，焚香西望拜祝，赵人无不知之。又且好学重贤，交结诸侯宾客，遍于天下，天下皆称其贤孝。以此臣民，尽行保奏。"不韦言毕，又将金玉宝玩，约值五百金，献上曰："王孙不得归侍太子夫人，有薄礼权表孝顺，相求王亲转达！"姊命门下客管待不韦酒食，遂自入告华阳夫人，夫人见珍玩，以为"王孙真念我"，心中甚喜。夫人姊回复吕不韦，不韦因问姊曰："夫人有子几人？"姊曰："无有。"不韦曰："吾闻'以色事人者，色衰而爱弛'。今夫人事太子甚爱而无子，及此时宜择诸子中贤孝者为子，百岁[⑪]之后，所立子为王，终不失势。不然，他日一旦色衰爱弛，悔无及矣！今异人贤孝，又自附于夫人，自知中男不得立，夫人诚拔以为適子，夫人不世世有宠于秦乎？"姊复述其言于华阳夫人。夫人曰："客言是也。"

一夜，与安国君饮正欢，忽然涕泣，太子怪而问之。夫人曰："妾幸得充后宫，不幸无子，君诸子中惟异人最贤，诸侯宾客来往，俱称誉之不容口。若得此子为嗣，妾身有托。"太子许之。夫人曰："君今日许妾，明日听他姬之言，又忘之矣。"太子曰："夫人倘不相信，愿刻符为誓！"乃取玉符，刻"適嗣异人"四字，而中剖之，各留其半，以此为信。夫人曰："异人在赵，何以归之？"太子曰："当乘间请于王也。"

时秦昭襄王方怒赵，太子言于王，王不听。不韦知王后之弟杨泉君方贵幸，复贿其门下，求见杨泉君，说曰："君之罪至死，君知之乎？"杨泉君大惊曰："吾何罪？"不韦曰："君之门下，无不居高官，享厚禄，骏马盈于外厩，美女充于后庭；而太子门下，无富贵得势者。王之春秋高矣，一旦山陵崩[⑫]，太子嗣位，其门下怨君必甚，君之危亡可待也！"杨泉君曰："为今之计当如何？"不韦曰："鄙人有计，可以使君寿百岁，安于泰山，君欲闻否？"杨泉君跪请其说。不韦曰："王年高矣，而子傒又无適男，今王孙异人贤孝闻于诸侯，而弃在于赵，日夜引领思归，君诚请王后言于秦王，而归异人，使太子立为適子，是异人无国而有国，太子之夫人无子而有子，太子与王孙之德王后者，世世无穷，君之爵位可长保也。"杨泉君下拜曰："谨谢教！"即日以不韦之言告于王后，王后因为秦王言之。秦王曰："俟赵人请和，吾当迎此子归国耳。"太子召吕不韦问曰："吾欲迎异人归秦为嗣，父王未准，先生有何妙策。"不韦叩首曰："太子果立王孙为嗣，小人不惜千金家业，赂赵当权，必能救回。"太子与夫人俱大喜，将黄金三百镒付吕不韦，转付王孙异人为结客之费。王后亦出黄金二百镒，总付不韦。夫人又为异人制衣服一箱，亦赠不韦黄金共百镒。预拜不韦为异人太傅，使传语异人："只在旦晚，可望相见，不必忧虑。"

不韦辞归，回至邯郸，先见父亲，说了一遍，父亲大喜。次日，即备礼谒见公孙乾。然后见王孙异人，将王后及太子夫人一段说话，细细详述。又将黄金五百镒及衣服献上。异人大喜。谓不韦曰："衣服我留下，黄金烦先生收去，倘有用处，但凭先生使费，只要救得我归国，感恩不浅。"

再说不韦向取下邯郸美女，号为赵姬，善于歌舞，知其怀娠两月，心生一计，想道："王孙异人回国，必有继立之分。若以此姬献之，倘然生得一男，是我嫡血，此男承嗣为王，嬴氏的天下，便是吕氏接代，也不枉了我破家做下这番生意。"因请异人和公孙乾来家饮酒，席上珍羞百味，笙歌两行，自不必说。酒至半酣，不韦开言："卑人新纳一小姬，颇能歌舞，欲令奉劝一杯，勿嫌唐突。"即命二青衣丫鬟，唤赵姬出来。不韦曰："汝可拜见二位贵人。"赵姬轻移莲步，在氍毹[13]上叩了两个头。异人与公孙乾慌忙作揖还礼。不韦令赵姬手捧金卮，向前为寿。杯到异人，异人抬头看时，果然标致。怎见得？

云鬟轻挑蝉翠，蛾眉淡扫春山，朱唇点一颗樱桃，皓齿排两行白玉。微开笑靥，似褒姒欲媚幽王；缓动金莲，拟西施堪迷吴主。万种娇容看不尽，一团妖冶画难工。

赵姬敬酒已毕，舒开长袖，即在氍毹上舞一个《大垂手》《小垂手》[14]。体若游龙，袖如素蜺，宛转似羽毛之从风，轻盈与尘雾相乱。喜得公孙乾和异人目乱心迷，神摇魂荡，口中赞叹不已。赵姬舞毕，不韦命再斟大觥奉劝，二人一饮而尽。赵姬劝酒完了，入内去讫。宾主复互相酬劝，尽量极欢。公孙乾不觉大醉，卧于坐席之上。

异人心念赵姬，借酒装面，请于不韦曰："念某孤身质此，客馆寂寥，欲与公求得此姬为妻，足满平生之愿。未知身价几何？容当奉纳。"不韦佯怒曰："我好意相请，出妻献妾，以表敬意，殿下遂欲夺吾所爱，是何

道理？"异人蹋蹐无地，即下跪曰："某以客中孤苦，妄想要先生割爱，实乃醉后狂言，幸勿见罪！"不韦慌忙扶起曰："吾为殿下谋归，千金家产尚且破尽，全无吝惜，今何惜一女子。但此女年幼害羞，恐其不从，彼若情愿，即当奉送，备铺床拂席之役。"异人再拜稽首，候公孙乾酒醒，一同登车而去。

　　其夜，不韦向赵姬言曰："秦王孙十分爱你，求你为妻，你意若何？"

赵姬曰：“妾既以身事君，且有娠矣，奈何弃之，使事他姓乎？”不韦密告曰：“汝随我终身，不过一贾人妇耳。王孙将来有秦王之分，汝得其宠，必为王后。天幸腹中生男，即为太子，我与你便是秦王之父母，富贵俱无穷矣。汝可念夫妇之情，曲从吾计，不可泄漏！”赵姬曰：“君之所谋者大，妾敢不奉命！但夫妻恩爱，何忍割绝？”言讫泪下。不韦抚之曰：“汝若不忘此情，异日得了秦家天下，仍为夫妇，永不相离，岂不美哉？”二人遂对天设誓。当夜同寝，恩情倍常，不必细述。

次日，不韦到公孙乾处，谢夜来简慢之罪。公孙乾曰：“正欲与王孙一同造府，拜谢高情，何反劳枉驾？”少顷，异人亦到，彼此交谢。不韦曰：“蒙殿下不嫌小妾丑陋，取侍巾栉，某与小妾再三言之，已勉从尊命矣。今日良辰，即当送至寓所陪伴。”异人曰：“先生高义，粉骨难报！”公孙乾曰：“既有此良姻，某当为媒。”遂命左右备下喜筵。不韦辞去，至晚，以温车载赵姬与异人成亲。髯翁有诗云：

新欢旧爱一朝移，花烛穷途得意时。

尽道王孙能夺国，谁知暗赠吕家儿！

异人得了赵姬，如鱼似水，爱眷非常。约过一月有余，赵姬遂向异人曰：“妾获侍殿下，天幸已怀胎矣。”异人不知来历，只道自己下种，愈加欢喜。那赵姬先有了两月身孕，方嫁与异人，嫁过八个月，便是十月满足，当产之期，腹中全然不动。因怀着一个混一天下的真命帝王，所以比常不同，直到十二个月周年，方才产下一儿。产时红光满室，百鸟飞翔。看那婴儿，生得丰准[15]长目，方额重瞳，口中含有数齿，背项有龙鳞一搭，啼声洪大，街市皆闻。其时乃秦昭襄王四十八年[16]正月朔旦。异人大喜曰：“吾闻应运之主，必有异征，是儿骨相非凡，又且生于正月，异日必为政于天下。”遂用赵姬之姓，名曰赵政。后来政嗣为秦王，兼并六国，即秦始皇也。当时吕不韦闻得赵姬生男，暗暗自喜。

至秦昭襄王五十年，赵政已长成三岁矣。时秦兵围邯郸甚急，不韦谓异人曰：“赵王倘复迁怒于殿下，奈何？不如逃奔秦国，可以自脱。”异人曰："此事全仗先生筹画。"不韦乃尽出黄金共六百斤，以三百斤遍赂南门守城军将，托言曰："某举家从阳翟来，行贾于此，不幸秦寇生发，围城日久，某思乡甚切，今将所存资本，尽数分散各位，只要做个方便人情，放我一家出城回阳翟去，感恩不浅！"守将许之，复以百斤献于公孙乾，述己欲回阳翟之意，反央公孙乾与南门守将说个方便。守将和军卒都

受了贿赂，落得做个顺水人情。不韦预教异人将赵氏母子，密寄于母家。是日，置酒请公孙乾说道："某只在三日内出城，特具一杯话别。"席间将公孙乾灌得烂醉。左右军卒，俱大酒大肉，恣其饮啖，各自醉饱安眠。至夜半，异人微服混在仆人之中，跟随不韦父子行至南门，守将不知真

假，私自开钥，放他出城而去。论来王龁大营，在于西门，因南门是走阳翟的大路，不韦原说还乡，所以只讨南门。三人共仆从结队连夜奔走，打大湾转欲投秦军。至天明，被秦国游兵获住。不韦指异人曰："此秦国王孙，向质于赵，今逃出邯郸，来奔本国，汝辈可速速引路！"游兵让马匹与三人骑坐，引至王龁大营。王龁问明来历，请入相见，即将衣冠与异人更换，设宴管待。王龁曰："大王亲在此督战，行宫去此不过十里。"乃备车马，转送入行宫。秦昭襄王见了异人，不胜之喜，曰："太子日夜想汝，今天遣吾孙脱于虎口也。便可先回咸阳，以慰父母之念。"异人辞了秦王，与不韦父子登车，竟至咸阳。

不知父子相见如何，且看下回分解。

【注释】

①垣雍：战国时韩邑名。在今河南原阳县西。

②阴密：战国时秦邑名。在今甘肃灵台县西南。

③杜邮：秦地名。在秦都咸阳西，即今陕西咸阳市东北孝里亭。

④周赧王五十八年：即公元前 257 年。

⑤犀首：本魏官名，为将军之名号。因公孙衍曾为犀首将军，故此处借指衍。齐、魏受公孙衍欺而伐赵一事，本书未载。

⑥日晷（guǐ 轨）：古代仪器名。通过测量日影以定时刻。

⑦因人成事：依赖他人之力而成就事业。暗讽这些人无用。

⑧邺下：即魏邑邺城。今河北临漳县西南。称邺下亦犹吴之称吴下。下，有处所之意。

⑨丛台：战国时赵台观名，相传为赵武灵王所筑。故址在今河北邯郸市东北。

⑩兼车：两辆车。即主车与副车。

⑪百岁：讳言死，宛称百岁。

⑫山陵崩：暗帝王死亡。因古称帝王死曰崩，而山陵高且固，故借以代指帝王。

⑬氍毹（qú yú 渠余）：毛或毛麻混纺之地毯。

⑭大垂手、小垂手：舞蹈名。《乐府解题》："大垂手、小垂手，皆言舞而垂其手也。"

⑮丰准：高大的鼻子。

⑯秦昭襄王四十八年：即周赧王五十六年，公元前259年。

第一百回　鲁仲连不肯帝秦
　　　　　　信陵君窃符救赵

　　话说吕不韦同着王孙异人，辞了秦王，竟至咸阳。先有人报知太子安国君。安国君谓华阳夫人曰："吾儿至矣！"夫人并坐中堂以待之。不韦谓异人曰："华阳夫人乃楚女，殿下既为之子，须用楚服入见，以表依恋之意。"异人从之，当下改换衣装，来至东宫，先拜安国君，次拜夫人。泣涕而言曰："不肖男久隔亲颜，不能侍养，望二亲恕儿不孝之罪！"夫人见异人头顶南冠，足穿豹舄①，短袍革带，骇而问曰："儿在邯郸，安得效楚人装束？"异人拜禀曰："不孝男日夜思想慈母，故特制楚服，以表忆念。"夫人大喜曰："妾，楚人也，当自子之②！"安国君曰："吾儿可改名曰子楚。"异人拜谢。安国君问子楚："何以得归？"子楚将赵王先欲加害，及赖得吕不韦破家行贿之事，细述一遍。安国君即召不韦劳之曰："非先生，险失我贤孝之儿矣。今将东宫俸田二百顷，及第宅一所，黄金五十镒，权作安歇之资。待父王回国，加官赠秩。"不韦谢恩而出。子楚就在华阳夫人宫中居住。不在话下。

　　再说公孙乾直至天明酒醒，左右来报："秦王孙一家不知去向。"使人去问吕不韦，回报："不韦亦不在矣。"公孙乾大惊曰："不韦言三日内起身，安得夜半即行乎？"随往南门诘问。守将答曰："不韦家属出城已久，此乃奉大夫之命也。"公孙乾曰："可有王孙异人否？"守将曰："但见吕氏父子，及仆从数人，并无王孙在内。"公孙乾跌足叹曰："仆从之内，必有王孙，吾乃堕贾人之计矣！"乃上表赵王，言："臣乾监押不谨，致质子异人逃去，臣罪无所辞！"遂伏剑自刎而亡。髯翁有诗叹曰：

监守晨昏要万全，只贪酒食与金钱。

醉乡回后王孙去，伏剑须知悔九泉。

秦王自王孙逃回秦国，攻赵益急。赵君再遣使求魏进兵。客将军新垣衍献策曰："秦所以急围赵者有故。前此与齐湣王争强为帝，已而复归帝不称，今湣王已死，齐益弱，惟秦独雄，而未正帝号，其心不慊，今日用兵侵伐不休，其意欲求为帝耳。诚令赵发使尊秦为帝，秦必喜而罢兵，是以虚名而免实祸也。"魏王本心惮于救赵，深以其谋为然，即遣新垣衍随使者至邯郸，以此言奏知赵王。赵王与群臣议其可否。众议纷纷未决，平原君方寸已乱，亦漫无主裁。

时有齐人鲁仲连者，年十二岁时，曾屈辩士田巴③，时人号为"千里驹"。田巴曰："此飞兔也，岂止千里驹而已！"及年长，不屑仕宦，专好远游，为人排难解纷。其时适在赵国围城之中，闻魏使请尊秦为帝，勃然不悦，乃求见平原君曰："路人言君将谋帝秦，有之乎。"平原君曰："胜乃伤弓之鸟，魄已夺矣，何敢言事。此魏王使将军新垣衍来赵言之耳！"鲁仲连曰："君乃天下贤公子，乃委命于梁客耶？今新垣衍将军何在？吾当为君责而归之！"平原君因言于新垣衍。衍虽素闻鲁仲连先生之名，然知其舌辩，恐乱其议，辞不愿见。平原君强之，遂邀鲁仲连俱至公馆，与衍相见。衍举眼观看仲连，神清骨爽，飘飘乎有神仙之度，不觉肃然起敬，谓曰："吾观先生之玉貌，非有求于平原君者也，奈何久居此围城之中，而不去耶？"鲁仲连曰："连无求于平原君，窃有请于将军也。"衍曰："先生何请乎？"仲连曰："请助赵而勿帝秦。"衍曰："先生何以助赵？"仲连曰："吾将使魏与燕助之，若齐、楚固已助之矣。"衍笑曰："燕则吾不知，若魏，则吾乃大梁人也，先生又乌能使吾助赵乎？"仲连曰："魏未睹秦称帝之害也。若睹其害，则助赵必矣！"衍曰："秦称帝，其害如何？"仲连曰："秦乃弃礼义而上首功④之国也。恃强挟诈，屠戮生灵，彼并为诸侯，而犹若此，倘肆然称帝，益济其虐。连宁蹈东海而死，不忍为之民也！而魏乃甘为之下乎？"衍曰："魏岂甘为之下哉？譬如仆者，十人而从一人，宁智力不若主人哉？诚畏之耳！"仲连曰："魏自视若仆耶？吾将使秦王烹醢魏王矣！"衍咈然曰："先生又恶能使秦王烹醢魏王乎？"仲连曰："昔者九侯⑤、鄂侯⑥、文王，纣之三公也。九侯有女而美，献之于纣。女不好淫，触怒纣，纣杀女而醢九侯。鄂侯谏之，并烹鄂侯。文王闻之窃叹，纣复拘之于羑里，几不免于死。岂三公之智力不如纣耶？天子之行于诸侯，固如是也。秦肆然称帝，必责魏入朝。一旦行九侯、鄂侯之诛，谁能禁之？"新垣衍沉思未答，仲连又曰："不特如此。

秦肆然称帝，又必将变易诸侯之大臣，夺其所憎，而树其所爱。又将使其

子女谗妾⑦为诸侯之室，魏王安能晏然而已乎？即将军又何以保其爵禄平？"新垣衍乃蹶然而起，再拜谢曰："先生真天下士也！衍请出复吾君，不敢再言帝秦矣。"秦王闻魏使者来议帝秦事，甚喜，缓其攻以待之。及闻帝议不成，魏使已去，叹曰："此围城中有人，不可轻视！"乃退屯于汾水，戒王龁用心准备。

再说新垣衍去后，平原君又使人至邯下求救于晋鄙，鄙以王命为辞。平原君乃为书让⑧信陵君无忌曰："胜所以自附为婚姻者，以公子高义，

能急人之困耳！今邯郸旦暮降秦，而魏救不前，岂胜平生所以相托之意乎？令姊忧城破，日夜悲泣。公子纵不念胜，独不念姊耶？"信陵君得书，数请魏王求救晋鄙进兵。魏王曰："赵自不肯帝秦，乃仗他人力却秦耶？"终不许。信陵君又使宾客辩士，百般巧说，魏王只是不从。信陵君曰："吾义不可以负平原君。吾宁独赴赵，与之俱死！"乃具车骑百余乘，遍约宾客，欲直犯秦军，以徇平原君之难，宾客愿从者千余人。行过夷门，与侯生辞别。侯生曰："公子勉之！臣年老不能从行，勿怪，勿怪！"信陵君屡目侯生，侯生并无他语。信陵君怏怏而去。约行十余里，心中自念："吾所以待侯生者，自谓尽礼。今吾往奔秦军，行就死地，而侯生无一言半辞为我谋，又不阻我之行，甚可怪也！"乃约住宾客，独引车还见侯生。宾客皆曰："此半死之人，明知无用，公子何必往见！"信陵君不听。

却说侯生立在门外，望见信陵君车骑，笑曰："嬴固策公子之必返矣。"信陵君曰："何故？"侯生曰："公子遇嬴厚，公子入不测之地，而臣不送，必恨臣，是以知公子必返。"信陵君乃再拜曰："始无忌自疑有所失于先生，致蒙见弃，是以还请其故耳。"侯生曰："公子养客数十年，不闻客出一奇计，而徒与公子犯强秦之锋，如以肉投饿虎，何益之有？"信陵君曰："无忌亦知无益，但与平原君交厚，义不独生。先生何以策之？"侯生曰："公子且入坐，容老臣徐计。"乃屏去从人，私叩曰："闻如姬得幸于王，信乎？"信陵君曰："然"。侯生曰："嬴又闻如姬之父，昔年为人所杀，如姬言于王，欲报父仇，求其人，三年不得，公子使客斩其仇头，以献如姬。此事果否？"信陵君曰："果有此事。"侯生曰："如姬感公子之德，愿为公子死，非一日矣。今晋鄙之兵符，在王卧内，惟如姬力能窃之。公子诚一开口，请于如姬，如姬必从。公子得此符，夺晋鄙军，以救赵而却秦，此五霸之功也。"

信陵君如梦初觉，再拜称谢。乃使宾客先待于郊外，而独身回车至家，使所善内侍颜恩，以窃符之事，私乞于如姬。如姬曰："公子有命，

虽使妾蹈汤火，亦何辞乎？”是夜，魏王饮酒酣卧，如姬即盗虎符授颜恩，转致信陵君之手。信陵君既得符，复往辞侯生。侯生曰：“'将在外，君命有所不受。'公子即合符，而晋鄙不信，或从便宜，复请于魏王，事不谐矣。臣之客朱亥，此天下力士，公子可与俱行。晋鄙见从甚善，若不听，即令朱亥击杀之。”信陵君不觉泣下。侯生曰：“公子有畏耶？”信陵君曰：“晋鄙老将无罪，倘不从，便当击杀，吾是以悲，无他畏也。”于是与侯生同诣朱亥家，言其故。朱亥笑曰："臣乃市屠小人，蒙公子数下顾，所以不报者，谓小礼无所用。今公子有急，正亥效命之日也。"侯生曰："臣义当从行，以年老不能远涉，请以魂送公子！"即自刭于车前。信陵君十分悲悼，乃厚给其家，使为殡殓，自己不敢留滞，遂同朱亥登车望北而去。髯仙有诗云：

魏王畏敌诚非勇，公子捐生亦可嗤。

食客三千无一用，侯生奇计仗如姬。

却说魏王于卧室中失了兵符，过了三日之后，方才知觉，心中好不惊怪。盘问如姬，只推不知。乃遍搜宫内，全无下落。却教颜恩将宫娥内侍，凡直内寝者，逐一拷打。颜恩心中了了，只得假意推问，又乱了一日。魏王忽然想着公子无忌，屡次苦苦劝我救晋鄙进兵，他手下宾客，鸡鸣狗盗者甚多，必然是他所为，使人召信陵君，回报："四五日前，已与宾客千余，车百乘出城，传闻救赵去矣。"魏王大怒，使将军卫庆，率军三千，星夜往追信陵去讫。

再说邯郸城中盼望救兵，无一至者，百姓力竭，纷纷有出降之议，赵王患之，有传舍吏子李同，说平原君曰："百姓日乘城为守，而君安享富贵，谁肯为君尽力乎？君诚能令夫人以下，编于行伍之间，分功而作，家中所有财帛，尽散以给将士，将士在危苦之乡，易于感恩，拒秦必甚力。"平原君从其计，募得敢死之士三千人，使李同领之，缒城而出，乘夜斫营，杀秦兵千余人。王龁大惊，亦退三十里下寨。城中人心稍定。李同身带重伤，回城而死。平原君哭之恸，命厚葬之。

再说信陵君无忌行至邺下，见晋鄙曰："大王以将军久暴露于外，遣无忌特来代劳。"因使朱亥捧虎符与晋鄙验之。晋鄙接符在手，心下踌躇，想道："魏王以十万之众托我，我虽固陋，未有败衄之罪，今魏王无尺寸之书，而公子徒手捧符，前来代将，此事岂可轻信？"乃谓信陵君曰："公子暂请消停几日，待某把军伍造成册籍，明白交付何如！"信陵君曰："邯郸势在垂危，当星夜赴救，岂得复停时刻？"晋鄙曰："实不相瞒，此军机大事，某还要再行奏请，方敢交军。"说犹未毕，朱亥厉声喝曰：

"元帅不奉王命，便是反叛了！"晋鄙方问得一句："汝是何人？"只见朱亥袖中出铁锤，重四十斤，向晋鄙当头一击，脑浆迸裂，登时气绝。信陵君握符谓诸将曰："魏王有命，使某代晋鄙将军救赵，晋鄙不奉命，今已诛死。三军安心听令，不得妄动！"营中肃然。比及卫庆追至邺下，信陵君已杀晋鄙，将其军矣。卫庆料信陵君救赵之志已决，便欲辞去。信陵君曰："君已至此，看我破秦之后，可还报吾王也。"卫庆只得先打密报，回复魏王，遂留军中。

信陵君大犒三军，复下令曰："父子俱在军中者，父归；兄弟俱在军中者，兄归；独子无兄弟者，归养；有疾病者，留就医药。"是时告归者约十分之二，得精兵八万人，整齐步伍，申明军法。信陵君率宾客，身为士卒先，进击秦营。王龁不意魏兵卒至，仓卒拒战。魏兵贾勇而前，平原君亦开城接应，大战一场。王龁折兵一半，奔汾水大营。秦王传令解围而去。郑安平以二万人别营于东门，为魏兵所遏，不能归，叹曰："吾原是魏人。"乃投降于魏。春申君闻秦师已解，亦班师而归。韩王乘机复取上党。此秦昭襄王之五十年，周赧王五十八年⑩之事也。

赵王亲携牛酒劳军，向信陵君再拜曰："赵国亡而复存，皆公子之力，自古贤人，未有如公子者也。"平原君负弩矢，为信陵君前驱。信陵君颇有自功之色。朱亥进曰："人有德于公子，公子不可忘；公子有德于人，公子不可不忘也。公子矫王命，夺晋鄙军以救赵，于赵虽有功，而于魏未为无罪，公子乃自以为功乎？"信陵君大惭曰："无忌谨受教！"比入邯郸城，赵王亲扫除宫室，以迎信陵君，执主人之礼甚恭。揖信陵君就西阶⑪，信陵君谦让不敢当客，踧踖然⑫细步循东阶而上。赵王献觞为寿，诵公子存赵之功。信陵君踧踖逊谢曰："无忌有罪于魏，无功于赵。"宴毕归馆，赵王谓平原君曰："寡人欲以五城封魏公子，见公子谦让之至，寡人自愧，遂不能出诸口。请以鄗⑬为公子汤沐之邑⑭，烦为致之。"平原君致赵王之命，信陵君辞之再四，方才敢受。信陵君自以得罪魏王，不敢归国，将兵符交付将军卫庆，督兵回魏，而身留赵国。其宾客之留魏者，亦弃魏奔赵，依信陵君。

赵王又欲封鲁仲连以大邑，仲连固辞，赠以千金，亦不受，曰："与其富贵而诎于人，宁贫贱而得自由也。"信陵君与平原君共留之。仲连不从，飘然而去，真高士矣！史臣有赞云：

卓哉鲁连，品高千载！不帝强秦，宁蹈东海。排难辞荣，逍遥自在；视彼仪秦，相去十倍！

时赵有处士毛公者，隐于博徒；有薛公者，隐于卖浆之家⑮。信陵君素闻其贤名，使朱亥传命访之，二人匿不肯见。忽一日，信陵君踪迹二人，知毛公在薛公之家，不用车马，单使朱亥一人跟随，微服徒步，假作买浆之人，直造其所，与二人相见。二人方据罏共饮，信陵君遂直入，自

通姓名，叙向来倾慕之意。二人走避不及，只得相见，四人同席而饮，尽欢方散。自此以后，信陵君时时与毛、薛二公同游。平原君闻之，谓其夫人曰："向者吾闻令弟天下豪杰，公子中无与为比。今乃日逐从博徒卖浆者同游，交非其类，恐损名誉。"夫人见信陵君，述平原君之言。信陵君曰："吾向以为平原君贤者，故宁负魏王，夺兵来救。今平原所与宾客，

徒尚豪举，不求贤士也。无忌在国时，常闻赵有毛公、薛公，恨不得与之同游。今日为之执鞭，尚恐其不屑于我，平原君乃以为羞，何云好士乎？平原君非贤者，吾不可留。”即日命宾客束装，欲适他国。

平原君闻信陵君束装，大惊，谓夫人曰：“胜未敢失礼于令弟，为何陡然弃我而去？夫人知其故乎？”夫人曰：“吾弟以君非贤，故不愿留耳。”因述信陵君之语。平原君掩面叹曰：“赵有二贤人，信陵君且知之，而吾不知，吾不及信陵君远矣！以彼形此，胜乃不得比于人类。”乃躬造馆舍，免冠顿首，谢其失言之罪。信陵君然后复留于赵。平原君门下士闻知其事，去而投信陵君者大半。四方宾客来游赵者，咸归信陵，不复闻平原君矣。髯翁有诗云：

卖浆纵博岂嫌贫，公子豪华肯辱身。

可笑平原无远识，却将富贵压贤人！

再说魏王接得卫庆密报，言：“公子无忌果窃兵符，击杀晋鄙，代领其众，前行救赵，并留臣于军中，不遣归国。”魏王怒甚，便欲收信陵君家属，又欲尽诛其宾客之在国者，如姬乃跪而请曰：“此非公子之罪，乃贱妾之罪，妾当万死！”魏王咆哮大怒，问曰：“窃符者乃汝乎？”如姬曰：“妾父为人所杀，大王为一国之主，不能为妾报仇，而公子能报之。妾感公子深恩，恨无地自效！今见公子以念姊之故，日夜哀泣，贱妾不忍，故擅窃虎符，使发晋鄙之军，以成其志。妾闻：‘同室相斗者，被发缨冠而往救之⑯。’赵与魏犹同室也。大王忘昔日之义，而公子赴同室之急，倘幸而却秦全赵，大王威名扬于远近，义声腾于四海，妾虽碎尸万段，亦何所恨乎？若收信陵君家属，诛其宾客，信陵兵败，甘服其罪，倘其得胜，将何以处之？”魏王沉吟半晌，怒气稍定，问曰：“汝虽窃符，必有传送之人。”如姬曰：“递送者，颜恩也。”魏王命左右缚颜恩至，问曰：“汝何敢送兵符于信陵？”恩曰：“奴婢不曾晓得什么兵符。”如姬目视颜恩曰：“向日我着你送花胜⑰与信陵夫人，这盒内就是兵符了。”颜恩会意，乃大哭曰：“夫人吩咐，奴婢焉敢有违？那时只说送花胜去，盒子重重封固，奴婢岂知就里？今日屈死奴婢也！"如姬亦泣曰："妾有罪自当，勿累他人。"魏王喝教将颜恩放绑，下于狱中，如姬贬入冷宫，一面使人探听信陵君胜负消息，再行定夺。

约过了二月有余，卫庆班师回朝，将兵符缴上，奏道："信陵君大败秦军，不敢还国，已留身赵都，多多拜上大王：'改日领罪！'"魏王问交兵之状，卫庆备细述了一遍，群臣皆罗拜称贺，呼："万岁！"魏王大喜，即使左右召如姬于冷宫，出颜恩于狱，俱恕其罪。如姬参见谢恩毕，奏曰："救赵成功，使秦国畏大王之威，赵王怀大王之德，皆信陵君之功也。信陵君乃国之长城，家之宗器⑱，岂可弃之于外邦？乞大王遣使召回本国，一以全'亲亲'之情，一以表'贤贤'之义。"魏王曰："彼免罪足矣，何得云功乎？"但吩咐："信陵君名下应得邑俸，仍旧送去本府家眷支用，不准迎归。"自是魏、赵俱太平无话。

再说秦昭襄王兵败归国，太子安国君率王孙子楚出迎于郊，齐奏吕不韦之贤。秦王封为客卿，食邑千户。秦王闻郑安平降魏，大怒，族灭其家。郑安平乃是丞相应侯范雎所荐，秦法凡荐人不效者，与所荐之人同罪，郑安平降敌，既已族诛，范雎亦该连坐了，于是范雎席藁⑲待罪。

不知性命如何，且看下回分解。

【注释】

①豹舄（xì细）：豹皮之鞋。单底为履，复底而着木者为舄。

②当自子之：我自然会把你当作儿子。

③田巴：齐之辩士。《战国策·齐策》称他尝辩于徂丘，毁五帝，罪三王，一旦而服千人。

④上首功：崇尚斩战杀人数量多少之功劳。首，指首级。

⑤九侯：商纣时诸侯名。《国策》作"鬼侯"，此据《史记》。其封地在今河北临漳县境。

⑥鄂侯：商纣时诸侯名。其封地在今山西乡宁县境。

⑦谗妾：泛指巧言善佞，专门嫉贤妒能的妾妇。

⑧让：责备。

⑨策：计算。

⑩周赧王五十八年：即公元前257年。

⑪西阶：堂的西阶，乃尊礼之位。《礼记·曲礼》："主人就东阶，客就西阶。客若降等，则就主人之阶。"故信陵君辞西阶，就东阶。

⑫踽踽（jǔ 举）然：踽，同"伛"。躬腰貌，表示谦虚，恭敬。

⑬鄗（hào 浩）：春秋晋邑，战国属赵。在今河北柏乡县北。

⑭汤沐之邑：古代君王赐给功臣的封邑，邑内收入供其本人奉养之用。汤沐，洗澡清洁。

⑮卖浆之家：即卖酒人家。

⑯"同室"二句：语出《孟子·离娄下》，原文为："今有同室之人斗者，救之，虽被发冠缨而救之可也。"同室之人，代指家人亲属。被发，指未梳未簪。冠缨，指冠和缨并加于头，皆形容急迫匆忙。

⑰花胜：古代妇女花形首饰，剪彩为之。

⑱宗器：宗庙礼乐之器，如祭器、乐器之类。借喻其对宗族关系极为重要。

⑲席藁（gǎo 稿）：用禾秆编成的席叫藁。坐卧于藁上自视为罪人，乃是古人表示请罪的一种方式。

第一百一回　秦王灭周迁九鼎　廉颇败燕杀二将

话说郑安平以兵降魏，应侯范雎是个荐主，法当从坐，于是席藁待罪。秦王曰："任安平者，本出寡人之意，与丞相无干。"再三抚慰，仍令复职。群臣纷纷议论，秦王恐范雎心上不安，乃下令国中曰："郑安平有罪，族灭勿论。如有再言其事者，即时斩首！"国人乃不敢复言。秦王赐范雎食物，比常有加。应侯甚不过意，欲说秦王灭周称帝，以此媚之。于是使张唐为大将，伐韩，欲先取阳城①，以通三川之路。

再说楚考烈王闻信陵君大破秦军，春申君黄歇无功，班师而还，叹曰："平原合从之谋，非妄言也！寡人恨不得信陵君为将，岂忧秦人哉！"春申君有惭色，进曰："向者合从之议，大王为长。今秦兵新挫，其气已夺，大王诚发使约会列国，并力攻秦，更说周王，奉以为主，挟天子以声诛讨，五伯之功，不足道矣。"楚王大喜，即遣使如周，以伐秦之谋，告赧王。赧王已闻秦王欲通三川，意在伐周，今日伐秦，正合着兵法"先发制人"之语，如何不从？楚王乃与五国定从约，刻期大举。

时周赧王一向微弱，虽居天子之位，徒守空名，不能号令。韩、赵分周地为二，以雒邑之河南王城②为西周，以巩附成周为东周，使两周公治之。赧王自成周迁于王城，依西周公以居，拱手而已。至是，欲发兵攻秦，命西周公签丁为伍，仅得五六千人，尚不能给车马之费。于是访国中有钱富民，借贷以为军资，与之立券，约以班师之日，将所得卤获，出息偿还。西周公自将其众，屯于伊阙，以待诸侯之兵。时韩方被兵，自顾不

暇；赵初解围，余畏未息；齐与秦和好，不愿同事；惟燕将乐闲、楚将景

阳，二支兵先到，俱列营观望。秦王闻各国人心不一，无进取之意，益发
兵助张唐攻下阳城；别遣将军嬴樛，耀兵十万于函谷关之外。燕、楚之
兵，约屯三月有余，见他兵不集，军心懈怠，遂各班师。西周公亦引兵
归。赧王出兵一番，徒费无益。富民俱执券索偿，日攒聚宫门，哗声直达
内寝。赧王惭愧，无以应之，乃避于高台之上。后人因名其台曰"避债
台"。

却说秦王闻燕、楚兵散，即命嬴樛与张唐合兵，取路阳城，以攻西
周。赧王兵粮两缺，不能守御，欲奔三晋。西周公进曰："昔太史儋言：
'周、秦五百岁而合，有伯王者出。'今其时矣！秦有混一之势，三晋不
日亦为秦有，王不可以再辱。不如捧土自归，犹不失宋、杞之封也。"赧

王无计可施，乃率群臣子姓，哭于文、武之庙，三日，捧其所存舆图，亲诣秦军投献，愿束身归咸阳。嬴樛受其献，共三十六城，户三万。西周所属地已尽，惟东周仅存。嬴樛先使张唐护送赧王君臣子孙入秦奏捷，自引军入雒阳城，经略地界。赧王谒见秦王，顿首谢罪。秦王意怜之，以梁城③封赧王，降为周公，比于附庸。原日西周公降为家臣。东周公贬爵为君，是为东周君。赧王年老，往来周、秦，不胜劳苦。既至梁城，不逾月病死。秦王命除其国。又命嬴樛发雒阳丁壮，毁周宗庙，运其祭器，并要搬运九鼎，安放咸阳。周民不愿役秦者，皆逃奔巩城，依东周公以居。亦见人心之不肯忘周矣！

将迁鼎之前一日，居民闻鼎中有哭泣之声。及运至泗水，一鼎忽从舟中飞沉于水底，嬴樛使人没水求之，不见有鼎，但见苍龙一条，鳞鬣怒张，顷刻波涛顿作，舟人恐惧，不敢触之。嬴樛是夜梦周武王坐于太庙，召樛至，责之曰："汝何得迁吾重器，毁吾宗庙？"命左右鞭其背三百。嬴樛梦觉，即患背疽，扶病归秦，将八鼎献上秦王，并奏明其状，秦王查阅所失之鼎，正豫州之鼎也。秦王叹曰："地皆入秦，鼎独不附寡人平？"欲多发卒徒，更往取之。嬴樛谏曰："此神物有灵，不可复取。"秦王乃止。嬴樛竟以疽死。

秦王以八鼎及祭器，陈列于秦太庙之中，郊祀上帝于雍州，布告列国，俱要朝贡称贺，不来宾者伐之。韩桓惠王首先入朝，稽首称臣。齐、楚、燕、赵皆遣国相入贺。独魏国使者，尚未见到。秦王命河东守王稽，引兵袭魏。王稽素与魏通，私受金钱，遂泄其事。魏王惧，遣使谢罪，亦使太子增为质于秦，委国听令。自此六国，俱宾服于秦。时秦昭襄王之五十二年④也。秦王究通魏之事，召王稽诛之。范雎益不自安。

一日，秦王临朝叹息。范雎进曰："臣闻'主忧则臣辱，主辱则臣死'。今大王临朝而叹，由臣等不职之故，不能为大王分忧，臣敢请罪！"秦王曰："夫物不素具，不可以应卒⑤。今武安君诛死，而郑安平背畔，外多强敌，而内无良将，寡人是以忧也。"范雎且惭且惧，不敢对而出。

　　时有燕人蔡泽者，博学善辩，自负甚高，乘敝车游说诸侯，无所遇。至大梁，遇善相者唐举，问曰："吾闻先生曾相赵国李兑，言：'百日之内，持国秉政。'果有之乎？"唐举曰："然。"蔡泽曰："如仆者，先生以为何如？"唐举熟视而笑，谓曰："先生鼻如蝎虫，肩高于项，魋颜⑥蹙眉，两膝挛曲，吾闻'圣人不相⑦'，殆先生乎？"蔡泽知唐举戏之，乃曰："富贵吾所自有，吾所不知者寿耳！"唐举曰："先生之寿，从今以往者四十三年！"蔡泽笑曰："吾饭粱啗肥，乘车跃马，怀黄金之印，结紫绶于腰，揖让人主之前者，四十三年足矣！尚何求乎？"及再游韩、赵不得意，返魏，于郊外遇盗，釜甑皆为夺去，无以为炊，息于树下，复遇唐举。举戏曰："先生尚未富贵耶？"蔡泽曰："方且觅之。"唐举曰："先生金水之骨⑧，当发于西。今秦丞相应侯，用郑安平、王稽皆得重罪，应侯惭惧之甚，必急于卸担。先生何不一往，而困守于此？"蔡泽曰："道远难至，奈何？"唐举解囊中，出数金赠之。

蔡泽得其资助，遂西入咸阳。谓旅邸主人曰："汝饭必白粱，肉必甘肥，俟吾为丞相时，当厚酬汝。"主人曰："客何人，乃望作丞相耶？"泽曰："吾姓蔡名泽，乃天下雄辩有智之士，特来求见秦王。秦王若一见我，必然悦我之说，逐应侯而以吾代之，相印立可悬于腰下也。"主人笑其狂，为人述之。应侯门客闻其语，述于范雎。范雎曰："五帝三代之事，百家之说，吾莫不闻，众口之辩，遇我而屈。彼蔡泽者，恶能说秦王而夺吾相印乎？"乃使人往旅邸召蔡泽。主人谓泽曰："客祸至矣！客宣言欲代应侯为相，今应府相召，先生若往，必遭大辱。"蔡泽笑曰："吾见应侯，彼必以相印让我，不须见秦王也。"主人曰："客太狂，勿累我。"

蔡泽布衣蹑屩⑨，往见范雎。雎踞坐以待之。蔡泽长揖不拜。范雎亦不命坐，厉声诘之曰："外边宣言，欲代我为丞相者是汝耶？"蔡泽端立于旁曰："正是。"范雎曰："汝有何辞说，可以夺我爵位？"蔡泽曰："吁！君何见之晚也。夫四时之序，成功者退，将来者进。君今日可以退矣！"范雎曰："吾不自退，谁能退之？"蔡泽曰："夫人生百体坚强，手足便利，聪明圣智，行道施德于天下，岂非世所敬慕为贤豪者与？"范雎应曰："然。"蔡泽又曰："既已得志于天下，而安乐寿考，终其天年，簪缨世禄，传之子孙，世世不替，与天地相终始，岂非世所谓吉祥善事者与？"范雎曰："然。"蔡泽曰："若夫秦有商君，楚有吴起，越有大夫种，功成而身不得其死，君亦以为可愿否？"范雎心中暗想："此人谈及利害，渐渐相逼，若说不愿，就堕其说术中了。"乃佯应之曰："有何不可愿也。夫公孙鞅事孝公，尽公无私，定法以治国中，为秦将拓地千里；吴起事楚悼王，废贵戚以养战士，南平吴、越，北却三晋；大夫种事越王，能转弱为强，并吞劲吴，为其君报会稽之怨；虽不得其死，然大丈夫杀身成仁，视死如归，功在当时，名垂后世，何不可愿之有哉？"此时范雎虽然嘴硬，却也不安于坐，起立而听之。蔡泽对曰："主圣臣贤，国之福也。父慈子孝，家之福也。为孝子者，谁不愿得慈父？为贤臣者，谁不愿得明君？比干忠而殷亡，申生孝而国乱，身虽恶死，而无济于君父，何也？其君父非明且慈也。商君、吴起、大夫种亦不幸而死耳，岂求死以成后世之名哉？夫比干剖而微子⑩去，召忽戮而管仲生，微子、管仲之名，何至出比干、召忽之下乎？故大丈夫处世，身名俱全者，上也；名可传而身死者，其次也；惟名辱而身全，斯为下耳。"

　　这段话说得范雎胸中爽快，不觉离席，移步下堂，口中称善。蔡泽又曰："君以商君、吴起、大夫种杀身成仁为可愿也，然孰与闳夭⑪之事文王，周公之辅成王乎？"范雎曰："商君等弗如也。"蔡泽曰："然则今王之信任忠良，惇厚故旧，视秦孝公、楚悼王奚若？"范雎沉吟少顷，曰："未知何如。"蔡泽曰："君自量功在国家，算无失策，孰与商君、吴起、大夫种？"范雎又曰："吾弗如。"蔡泽曰："今王之亲信功臣，既不能有过于秦孝公、楚悼王、越王勾践，而君之功绩，又不若商君、吴起、大夫种，然而君之禄位过盛，私家之富，倍于三子，如是而不思急流勇退，为自全计，彼三子者，且不能免祸，而况于君乎？夫翠鹄⑫犀象⑬，其处势非不远于死，而竟以死者，惑于饵也。苏秦、智伯之智，非不足以自庇，而竟以死者，惑于贪利不止也。君以匹夫，徒步知遇秦王，位为上相，富贵已极，怨已雠⑭而德已报矣。犹然贪恋势利，进而不退，窃恐苏秦、智伯之祸，在所不免。语云：'日中必移，月满必亏。'君何不以此时归相印，择贤者而荐之？所荐者贤，而荐贤之人益重，君名为辞荣，实则卸担。于是乎寻川岩之乐，享乔松之寿，子孙世世，长为应侯，孰与据轻重之势，而蹈不可知之祸哉？"范雎曰："先生自谓雄辩有智，今果然也。雎敢不受命！"于是乃延之上坐，待以客礼，遂留于宾馆，设酒食款待。

　　次日入朝，奏秦王曰："客新有从山东来者，曰蔡泽，其人有王伯之才，通时达变，足以寄秦国之政。臣所见之人甚众，更无其匹，臣万不及也。臣不敢蔽贤，谨荐之于大王。"秦王召蔡泽见于便殿，问以兼并六国之计。蔡泽从容条对，深合秦王之意，即日拜为客卿。范雎因谢病，请归

相印。秦王不准。雎遂称病笃不起。秦王乃拜蔡泽为丞相，以代范雎，封刚成君。雎老于应。

话分两头。却说燕自昭王复国，在位三十三年，传位于惠王。惠王在位七年，传于武成王。武成王在位十四年，传于孝王。孝王在位三年，传

于燕王喜⑮。喜即位，立其子丹为太子。燕王喜之四年，秦昭襄王之五十六年也。是岁，赵平原君赵胜卒，以廉颇为相国，封信平君。燕王喜以赵国接壤，使其相国栗腹往吊平原君之丧，因以五百金为赵王酒资，约为兄弟。栗腹冀赵王厚贿，赵王如常礼相待，栗腹意不怿，归报燕王曰："赵自长平之败，壮者皆死，其孤尚幼。且相国新丧，廉颇已老，若出其不意，分兵伐之，赵可灭也。"燕王惑其言，召昌国君乐闲问之。闲对曰："赵东邻燕，西接秦境，南错韩、魏，北连胡貊，四野之地，其民习兵，不可轻伐。"燕王曰："吾以三倍之众而伐一，何如？"乐闲曰："未可。"燕王曰："以五倍伐一，何如？"乐闲不应。燕王怒曰："汝以父坟墓在赵，不欲攻耶？"乐闲曰："王如不信，臣请试之。"群臣阿燕王之意，皆曰："天下焉有五而不能胜一者？"大夫将渠独切谏曰："王且勿言众寡，而先言曲直。王方与赵交欢，以五百金为赵王寿，使者还报，而即攻之，不信不义，师必无功。"燕王不以为然。使栗腹为大将，乐乘佐之，率兵十万攻鄗⑯。使庆秦为副将，乐闲佐之，率兵十万攻代。燕王亲率兵十万为中军，在后接应。方欲升车，将渠手揽王绶，垂泪言曰："即伐赵，愿大王勿亲往，恐震惊左右。"燕王怒，以足蹴将渠。渠即抱王足而泣曰："臣之留大王者，忠心也。王若不听，燕祸至矣！"燕王愈怒，命囚将渠于狱，俟凯旋日杀之。三军分路而进，旌旗蔽野，杀气腾空，满望踏平赵土，大拓燕疆。

赵王闻燕兵将至，集群臣问计。相国廉颇进曰："燕谓我丧败之余，士伍不充，若大赍国中，使民十五岁以上者，悉持兵助战，军声一振，燕气自夺。栗腹喜功，原无将略，庆秦无名小子，乐闲、乐乘以昌国君之故，往来燕、赵，不为尽力，燕军可立破也。"乃荐雁门李牧，其才可将。赵王用廉颇为大将，引兵五万，迎栗腹于鄗，用李牧为副将，引兵五万，迎庆秦于代。

却说廉颇兵至房子城⑰，知栗腹在鄗，乃尽匿其丁壮于铁山，但以老弱列营。栗腹探知，喜曰："吾固知赵卒不堪战也！"乃率众急攻鄗城。

鄗城人知救兵已至，坚守十五日不下。廉颇率大军赴之，先出疲卒数千人挑战。栗腹留乐乘攻城，亲自出阵，只一合，赵军不能抵当，大败而走。栗腹指麾将士，追逐赵军。约六七里，伏兵齐起，当先一员大将，驰车而

出，大叫："廉颇在此！来将早早受缚！"栗腹大怒，挥刀迎敌。廉颇手段高强，所领俱是选的精卒，一可当百。不数合，燕军大败，廉颇生擒栗腹。乐乘闻主将被擒，解围欲走。廉颇使人招之，乐乘遂奔赵军。恰好李牧救代得胜，斩了庆秦，遣人报捷；乐闲率余众保于清凉山，廉颇使乐乘为书招闲，闲亦降赵。

燕王喜知两路兵俱败没，遂连夜奔回中都。廉颇长驱直入，筑长围以困之。燕王遣使乞和。乐闲谓廉颇曰："本倡伐赵之谋者，栗腹也。大夫将渠有先幾之明，苦谏不听，被羁在狱。若欲许和，必须要燕王以将渠为相国，使他送款，方可。"廉颇从其说。燕王出于无奈，即召将渠于狱中，授相印。将渠辞曰："臣不幸言而中，岂可幸国之败以为利哉！"燕王曰："寡人不听卿言，自取败辱，今将求成于赵，非卿不可。"将渠乃受相印，谓燕王曰："乐乘、乐闲虽身投于赵，然其先世有大功于燕，大王宜归其妻子，使其不忘燕德，则和议可速成矣。"燕王从之。将渠乃如赵军，为燕王谢罪，并送还乐闲、乐乘家属。廉颇许和，因斩栗腹之首，并庆秦之尸，归之于燕，即日班师还赵。赵王封乐乘为武襄君，乐闲仍称昌国君如故。以李牧为代郡守。时剧辛为燕守蓟州，燕王以剧辛素与乐毅同事昭王，使为书以招二乐。乐乘、乐闲以燕王不听忠言，竟留于赵。将渠虽为燕相，不出燕王之意，未及半载，托病辞印。燕王遂用剧辛代之。此段话且搁过一边。

再说秦昭襄王在位五十六年，年近七十，至秋得病而薨。太子安国君柱立，是为孝文王。立赵女为王后，子楚为太子。韩王闻秦王之丧，首先服衰绖入吊，视丧事，如臣子之礼。诸侯皆遣将相大臣来会葬。孝文王除丧⑱之三日，大宴群臣，席散回宫而死。国人皆疑客卿吕不韦欲子楚速立为王，乃重贿左右，置毒药于酒中，秦王中毒而死，然心惮不韦，无敢言者。于是不韦同群臣奉子楚嗣位，是为庄襄王。奉华阳夫人为太后。立赵姬为王后。子赵政为太子，去赵字单名政。蔡泽知庄襄王深德吕不韦，欲以为相，乃托病以相印让之。不韦遂为丞相，封文信侯，食河南雒阳十万户。不韦慕孟尝、信陵、平原、春申之名，耻其不如，亦设馆招致宾客，凡三千余人。

再说东周君闻秦连丧二王，国中多事，乃遣宾客往说诸国，欲合从以伐秦。丞相吕不韦言于庄襄王曰："西周已灭，而东周一线犹存，自谓文武之子孙，欲以鼓动天下，不如尽灭之，以绝人望。"秦王即用不韦为大

将，率兵十万伐东周，执其君以归，尽收巩城等七邑。周自武王己酉受命，终于东周君壬子，历三十七王，共八百七十三年，而祀绝于秦。有歌诀为证：

周武成康昭穆共，懿孝夷厉宣幽终。以上盛周十二主，二百五十二年逢。东迁平桓庄釐惠，襄顷匡定简灵继，景悼敬元贞定哀，思考威烈安烈序。显子慎靓赧王亡，东周廿六凑成双。系出喾子后稷弃，太王王季文王昌。首尾三十有八主，八百七十年零四。卜年卜世数过之，宗社灵长古无二。

秦王乘灭周之盛，复遣蒙骜袭韩，拔成皋⑲、荥阳，置三川郡⑳，地界直逼大梁矣。秦王曰："寡人昔质于赵，几为赵王所杀，此仇不可不报！"乃再遣蒙骜攻赵，取榆次㉑等三十七城，置太原郡㉒。遂南定上党，因攻魏高都㉓，不拔，秦王复遣王龁将兵五万助战。魏兵屡败，如姬言于魏王曰："秦所以急攻魏者，欺魏也。所以欺魏者，以信陵君不在也。信陵君贤名闻于天下，能得诸侯之力。大王若使人卑辞厚币，召之于赵，使其合从列国，并力御秦，虽有蒙骜等百辈，何敢正眼视魏哉！"魏王势在危急，不得已从其计，遣颜恩为使，持相印，益以黄金彩币，往赵迎信陵君。遗以书，略曰：

公子昔不忍赵国之危，今乃忍魏国之危乎？魏急矣！寡人举国引领以待公子之归也。公子幸勿计寡人之过！

信陵君虽居赵国，宾客探信，往来不绝。闻魏将遣使迎己，恨曰："魏王弃我于赵，十年于兹矣。今事急而召我，非本心念我也！"乃悬书于门下："有敢为魏王通使者死！"宾客皆相戒，莫敢劝其归者。颜恩至赵半月，不得见公子。魏王复遣使者催促，音信不绝。颜恩欲求门下客为言，俱辞不敢通。恩欲候信陵君出外，于路上邀之。信陵君为回避魏使，竟不出门。颜恩无可奈何。

毕竟信陵君肯归魏否，且看下回分解。

【注释】

①阳城：春秋时郑邑，战国属韩。在今河南登封市东南告成镇。

②雒邑之河南王城：雒邑包括王城、成周二城。王城在瀍水西南，成周在瀍水之东。二城相距十八里。河南指瀍水之南。

③梁城：古邑名。在今山西新绛县境内。

④秦昭襄王五十二年：即公元前255年。

⑤应卒（cù 促）：指应付仓促之变。

⑥魋（cuī 崔）颜：指额角突出。

⑦圣人不相：指圣人相貌奇特不同一般。

⑧金水之骨：古代相士五行生克之说。西方属金，金生水。故下句言"当发于西"。

⑨蹻屩（juē 撅）：穿着草鞋。

⑩微子：商纣王之庶兄，名启。因数谏纣王不听，去国。后周公诛武庚，乃以微子统率殷族，封于宋，为宋国始祖。

⑪闳（hóng 宏）夭：周文王时贤臣。文王被囚，闳夭以物赎归，后又助武王伐纣。

⑫翠鹄（hú 胡）：翠色水鸟。

⑬犀象：即犀牛，其形似象，故有此称。

⑭雠：同"仇"，用作动词，报复。

⑮燕王喜：燕国最后一位国君。在位三十三年（前254—前222）。后被秦虏杀，燕亡。故无谥号。

⑯鄗（hào 浩）：古邑名，战国属赵。在今河北柏乡县北。

⑰房子城：战国时赵地。在今河北高邑县西南。

⑱除丧：这里指期年之丧。昭襄王死于公元前251年秋。第二年（即前250年）十月，孝文王除服改元，三日后病故。

⑲成皋：战国韩邑名。在今河南荥阳西。

⑳三川郡：本韩宣王时置。以境内有河、洛、伊三水而得名。秦攻占后治所在雒阳。辖境为灵宝以西、黄河以南，伊、洛二水流域一带。

㉑榆次：战国时赵邑名。今属山西。

㉒太原郡：秦郡名。庄襄王三年（前246）置。治所在晋阳。辖境当今五台山、管涔山以南，霍山以北地区。

㉓高都：战国魏邑名。在今山西晋城市。

第一百二回 华阴道信陵败蒙骜
胡卢河庞煖斩剧辛

话说颜恩欲见信陵君不得，宾客不肯为通，正无奈何，适博徒毛公和卖浆薛公来访公子，颜恩知为信陵君上客，泣诉其事。二公曰："君第戒车，我二人当力劝之。"颜恩曰："全仗，全仗！"二公入见信陵君曰："闻公子车驾将返宗邦，吾二人特来奉送。"信陵君曰："那有此事？"二公曰："秦兵围魏甚急，公子不闻乎？"信陵君曰："闻之。但无忌辞魏十年，今已为赵人，不敢与闻魏事矣。"二公齐声曰："公子是何言也！公子所以重于赵，名闻于诸侯者，徒以有魏也。即公子之能养士，致天下宾客者，亦借魏力也。今秦攻魏日急，而公子不恤，设使秦一旦破大梁，夷先王之宗庙，公子纵不念其家，独不念祖宗之血食乎？公子复何面目寄食于赵也？"言未毕，信陵君蹴然起立，面发汗，谢曰："先生责无忌甚正，无忌几为天下罪人矣。"即日命宾客束装，自入朝往辞赵王。赵王不舍信陵君归去，持其臂而泣曰："寡人自失平原，倚公子如长城，一朝弃寡人而去，寡人谁与共社稷耶？"信陵君曰："无忌不忍先王宗庙见夷于秦，不得不归。倘邀君之福，社稷不泯，尚有相见之日。"赵王曰："公子向以魏师存赵，今公子归赴国难，寡人敢不悉赋以从！"乃以上将军印授公子，使将军庞煖为副，起赵军十万助之。

信陵君既将赵军，先使颜恩归魏报信，然后分遣宾客，致书于各国求救。燕、韩、楚三国，俱素重信陵之人品，闻其为将，莫不喜欢，悉遣大将引兵至魏，听其节制。燕将将渠，韩将公孙婴，楚将景阳，惟齐国不肯发兵。

　　却说魏王正在危急，得颜恩报说："信陵君兼将燕、赵、韩、楚之师，前来救魏。"魏王如渴时得浆，火中得水，喜不可言。使卫庆悉起国中之

师，出应公子。时蒙骜围郏州①，王龁围华州②，信陵君曰："秦闻吾为将，必急攻。郏、华东西相距五百余里，吾以兵缀蒙骜之兵于郏，而率奇兵赴华。若王龁兵败，则蒙骜亦不能自固矣。"众将皆曰然。乃使卫庆以魏师合楚师，筑为连垒，以拒蒙骜。虚插信陵君旗号，坚壁勿战。而身帅赵师十万，与燕、韩之兵，星驰华州。信陵君集诸将计议曰："少华山③东连太华，西临渭河，秦以舟师运粮，俱泊渭水，而少华木多荆杞，可以伏兵。若以一军往渭劫粮，王龁必悉兵来救，吾伏兵于少华，邀而击

之，无不胜矣。"即命赵将庞煖，引一支军往渭河，劫其粮艘。使韩将公孙婴、燕将将渠，各引一支军，声言接应劫粮之兵，只在少华山左右伺候，共击秦军。信陵君亲率精兵三万，伏于少华山下。

庞煖引军先发，早有伏路秦兵报入王龁营中，言："魏信陵君为将，遣兵径往渭口。"王龁大惊曰："信陵善于用兵，今救华，不接战，而劫渭口之粮，是欲绝我根本也。吾当亲往救之。"遂传令："留兵一半围城，余者悉随吾救渭。"将近少华山，山中闪出一队大军，打着"燕相国将渠"旗号。王龁传令列成阵势，便接住将渠交锋。战不数合，又是一队大军到来，打着"韩大将公孙婴"旗号，王龁急分兵迎敌。军士报道："渭河粮船，被赵将庞煖所劫。"王龁道："事已如此，且只顾厮杀，若杀退燕、赵二军，又作计较。"三国之兵，搅做一团，自午至酉，尚未鸣金。信陵君度秦兵已疲，引伏兵一齐杀出，大叫："信陵君亲自领兵在此！秦将早早来降，免污刀斧！"王龁虽是个惯战之将，到此没有三头六臂，如何支持得来？况秦兵素闻信陵君威名，到此心胆俱裂，人人惜命，个个奔逃。王龁大败，折兵五万有余，又尽丧其粮船，只得引残兵败将，向南路而遁，进临潼关④去讫。信陵君引得胜之兵，仍分三队，来救郏州。

却说蒙骜谍探信陵君兵往华州，乃将老弱立营，虚建"大将蒙"旗帜，与魏、楚二军相持；尽驱精锐，衔枚疾走，望华州一路迎来，指望与王龁合兵。谁知信陵君已破走了王龁，恰好在华阴界上相遇。信陵君亲冒矢石，当先冲敌。左有公孙婴，右有将渠，两下大杀一阵。蒙骜折兵万余，鸣金收军。当下扎住大寨，整顿军马，打点再决死敌。这边魏将卫庆、楚将景阳，探知蒙骜不在军中，攻破秦营老弱，解了郏州之围，也望华阴一路追袭而来。正遇蒙骜列阵将战，两下夹攻，蒙骜虽勇，怎当得五路军马，腹背受敌，又大折一阵，急急望西退走。信陵君率诸军，直追至函谷关下，五国扎下五个大营，在关前扬威耀武。如此月余，秦兵紧闭关门，不敢出应，信陵君方才班师。各国之兵，亦皆散回本国。史臣论此事，以为信陵君之功，皆毛公、薛公之功也。有诗云：

兵马临城孰解围？合从全仗信陵归。

当时劝驾谁人力？却是埋名两布衣。

　　魏安釐王闻信陵君大破秦军，奏凯而回，不胜之喜，出城三十里迎接。兄弟别了十年，今日相逢，悲喜交集，乃并驾回朝。论功行赏，拜为上相，益封五城，国中大小政事，皆决于信陵君。赦朱亥擅杀晋鄙之罪，用为偏将。此时信陵君之威名，震动天下，各国皆具厚币，求信陵君兵法。信陵君将宾客平日所进之书，纂括为二十一篇，阵图七卷，名曰《魏公子兵法》。

　　却说蒙骜与王龁领着败兵，合做一处，来见秦庄襄王，奏曰："魏公子无忌合从五国，兵多将广，所以臣等不能取胜。损兵折将，罪该万死！"秦王曰："卿等屡立战功，开疆拓土，今日之败，乃是众寡不敌，非卿等之罪也。"刚成君蔡泽进曰："诸国所以合从者，徒以公子无忌之故。今王遣一使修好于魏，且请无忌至秦面会，俟其入关，即执而杀之，永绝后患，岂不美哉！"秦王用其谋，遣使至魏修好，并请信陵君。冯骓曰："孟尝、平原，皆为秦所羁，幸而得免，公子不可复蹈其辙。"信陵君亦不愿行，言于魏王，使朱亥为使，奉璧一双以谢秦。秦王见信陵君不至，其计不行，心中大怒。蒙骜密奏秦王曰："魏使者朱亥，即锤击晋鄙之人也。此魏之勇士，宜留为秦用。"秦王欲封朱亥官职，朱亥坚辞不受。秦王益怒。令左右引朱亥置虎圈中。圈有斑斓大虎，见人来即欲前攫。朱亥大喝一声："畜生何敢无礼！"迸开双睛，如两个血盏，目眦尽裂，迸血溅虎。虎蹲伏股栗，良久不敢动。左右乃复引出。秦王叹曰："乌获、任鄙，不是过矣！若放之归魏，是与信陵君添翼也。"愈欲迫降之。亥不从。命拘于驿舍，绝其饮食。朱亥曰："吾受信陵君知遇，当以死报之！"乃以头触屋柱，柱折而头不破。于是以手自探其喉，绝咽而死，真义士哉！

秦王既杀朱亥，复谋于群臣曰："朱亥虽死，信陵君用事如故，寡人意欲离间其君臣，诸卿有何良策？"刚成君蔡泽进曰："昔信陵君窃符救赵，得罪魏王，魏王弃之于赵，不许相见。后因秦兵围急，不得已而召之。虽然纠连四国，得成大功，然信陵君有震主之嫌，魏王岂无疑忌之意？信陵君锤杀晋鄙，鄙之宗族宾客，怀恨必深。大王若捐金万斤，密遣细作至魏，访求晋鄙之党，奉以多金，使之布散流言，言：'诸侯畏信陵君之威，皆欲奉之为魏王，信陵君不日将行篡夺之事。'如此，则魏王必疏无忌而夺其权。信陵君不用事，天下诸侯，亦皆解体。吾因而用兵，无足为吾难矣。"秦王曰："卿计甚善！然魏既败吾军，其太子增犹质吾国，寡人欲因而杀之，以泄吾恨，何如？"蔡泽对曰："杀一太子，彼复立一太子，何损于魏？不若借太子使为反间于魏。"

秦王大悟，待太子增加厚。一面遣细作持万金往魏国行事；一面使其宾客皆与太子增往来相善，因而密告太子曰："信陵君在外十年，交结诸侯，诸侯之将相，莫不敬且惮之。今为魏大将，诸侯兵皆属焉，天下但知有信陵君，不知有魏王也。虽吾秦国，亦畏信陵君之威，欲立为王，与之连和。信陵君若立，必使秦杀太子，以绝民望。即不然，太子亦将终老于秦矣，奈何！"太子增涕泣求计。客曰："秦方欲与魏通和，太子何不致一书于魏王，使其请太子归国？"太子增曰："虽请之，秦安肯释我而归耶？"客曰："秦王之欲奉信陵，非其本意，特畏之耳。若太子愿以国事秦，固秦之愿也，何患请而不从哉？"太子增乃为密书，书中备言诸侯归心信陵，秦亦欲拥立为王等语，后乃叙己求归之意，将书付客，托以密致魏王。于是秦王乃修书二封，一封致魏王，归朱亥之丧，托言病死；一封奉贺信陵君，另有金币等物。

却说魏王因晋鄙宾客布散流言，固已心疑。及秦使捧国书来，欲与魏息兵修好，叩其来意，都是敬慕信陵之语，又接得太子增家信，心中愈加疑惑。使者再将书币，送信陵府中，故意泄漏其语，使魏王闻之。

却说信陵君闻秦使讲和，谓宾客曰："秦非有兵戎之事，何求于魏？此必有计！"言未毕，阍人报秦使者在门，言："秦王亦有书奉贺。"信陵君曰："人臣义无私交，秦王之书币，无忌不敢受。"使者再三致秦王之意，信陵君亦再三却之。恰好魏王遣使来到，要取秦王书来看。信陵君曰："魏王既知有书，若说吾不受，必不肯信。"遂命驾车将秦王书币，原封不动，送上魏王，言："臣已再三辞之，不敢启封。今蒙王取览，只得呈上，但凭裁处。"魏王曰："书中必有情节，不启不明。"乃发书观之，略曰：

公子威名，播于天下，天下侯王，莫不倾心于公子者。指日当正位南面，为诸侯领袖，但不知魏王让位当在何日？引领望之！不腆之赋，预布贺忱，惟公子勿罪！

魏王览毕，付与信陵君观看。信陵君奏曰："秦人多诈，此书乃离间我君臣，臣所以不受者，正虑书中不知何语，恐堕其术中耳。"魏王曰："公子既无此心，便可于寡人面前，作书复之。"即命左右取纸笔，付信陵君作回书。略云：

无忌受寡君不世之恩，糜首莫酬，南面之语，非所以训人臣也。蒙君辱贶，昧死以辞！

书付秦使，并金币带回。魏王亦遣使谢秦，并言："寡君年老，欲请太子增回国。"秦王许之。

太子增既回魏，复言信陵不可专任。信陵君虽则于心无愧，度王心中芥蒂⑤，终未释然，遂托病不朝，将相印兵符，俱缴还魏王，与宾客为长夜之饮，多近妇女，日夜为乐，惟恐不及。史臣有诗云：

侠气凌今古，威名动鬼神。一身全赵魏，百战却嬴秦。

镇国同坚础⑥，危词⑦似吠狺⑧。英雄无用处，酒色了残春。

再说秦昭襄王在位三年，得疾，丞相吕不韦入问疾。因使内侍以缄书密致王后，追述往日之誓。后旧情未断，遂召不韦与之私通。不韦以医药进王，王病一月而薨。不韦扶太子政即位，此时年仅一十三岁。尊庄襄后为太后，封其母弟成蟜为长安君，国事皆决于不韦，比于太公，号为尚父。不韦父死，四方诸侯宾客，吊者如市，车马填塞道路，视秦王之丧，愈加众盛，正是"权倾中外，威振诸侯"。不在话下。

秦王政元年⑨，吕不韦知信陵君退废，始复议用兵。使大将蒙骜同张唐伐赵，攻下晋阳。三年，再遣蒙骜同王龁攻韩，韩使公孙婴拒之。王龁曰："吾一败于赵，再败于魏，蒙秦王赦而不诛，此行当以死报！"遂帅其私属千人，直犯韩营，龁力战而死。韩兵乱，蒙骜乘之，大败韩师，杀公孙婴，取韩十二城以归。自信陵君废，而赵、魏之好亦绝。赵孝成王使廉颇伐魏，围繁阳，未克，而孝成王薨。太子偃嗣立，是为悼襄王⑩。时廉颇已克繁阳⑪，乘胜进取。而大夫郭开素以谄佞为廉颇所嫉，常因侍宴面叱之。郭开衔怨在心，谮于悼襄王，言："廉颇已老，不任事，伐魏久而无功。"乃使武襄君乐乘往代廉颇。廉颇怒曰："吾自事惠文王为将，于今四十余年，未有挫失。乐乘何人，而能代我？"遂勒兵攻乘，乘惧走归国。廉颇遂奔魏，魏王虽尊为客将，疑而不用。廉颇由是遂居大梁。

秦王政四年十月，蝗虫从东方来，蔽天，禾稼不收，疫病大作。吕不韦与宾客议令百姓纳粟千石，拜爵一级。后世纳粟之例，自此而起。是

年，魏信陵君伤于酒色，得疾而亡。冯驩哭泣过哀，亦死，宾客自刭从死者百余人。足见信陵君之能得士矣！明年，魏安釐王亦薨，太子增嗣立，是为景湣王⑫。秦知魏新丧君，又信陵君已死，思报败绩之仇，遣大将蒙骜攻魏，拔酸枣⑬等二十城，置东郡⑭。未几，又拔朝歌⑮，又攻下濮阳。卫元君⑯乃魏王之婿，东走野王，阻山而居。景湣王叹曰："使信陵君尚在，当不令秦兵纵横至此也！"于是遣使与赵通好。赵悼襄王亦患秦侵伐无已，方欲使人往纠列国，重寻信陵、平原二君合从之约。忽边吏报道："今有燕国，拜剧辛为大将，领兵十万，来犯北界。"

那剧辛原是赵人，先在赵时，原与庞煖有交。后来庞煖仕赵，剧辛投奔燕昭王，昭王用为蓟郡守。及燕王喜被赵将廉颇围困都城，赖将渠讲和而罢，深以为耻。将渠相燕，原出于赵人所命，非燕王之意，虽则助信陵君战秦有功，到底君臣之间，未能十分相信。将渠为相岁馀⑰，即托病归其印绶。燕王乃召剧辛于蓟，用为相国，共图报赵之事，奈心惮廉颇，不敢动掸。今日廉颇奔魏，庞煖为将，剧辛意颇轻之，乃迎合燕王之意，奏曰："庞煖庸才，非廉颇之比。况秦兵已拔晋阳，赵人疲敝，乘衅攻之，栗腹之耻可雪也。"燕王大悦曰："寡人正有此意，相国能为寡人一行乎？"剧辛曰："臣熟知地利，若蒙见委，定当生擒庞煖，献于大王之前。"燕王大悦，遂使剧辛将兵十万伐赵。赵王闻报，即召庞煖计议。煖曰："剧辛自恃宿将，必有轻敌之心。今李牧见守代郡，使引军南行，从庆都⑱一路来，以断其后，臣以一军迎战，彼腹背受敌，可以擒矣。"赵王从计而行。

却说剧辛渡易水，取路中山，直犯常山⑲地界，兵势甚锐。庞煖帅大军屯于东垣⑳，深沟高垒，以待其来。剧辛曰："我军深入，若彼坚壁不战，成功无日矣。"问帐下："谁敢挑战？"骁将栗元，乃栗腹之子，欲报父仇，欣然愿往。剧辛曰："更得一人帮助方可。"末将武阳靖请行。剧辛给锐卒万人，使犯赵师。庞煖使乐乘、乐闲张两翼以待，而亲率军迎战。两下交锋，约二十余合，一声炮响，两翼并进，俱用强弓劲弩，乱射燕军。武阳靖中箭而亡。栗元不能抵当，回车便走。庞煖同二将从后掩杀，一万锐卒，折去三千有余。剧辛大怒，急催大军亲自接应。庞煖已自还营去了。剧辛攻垒不能入，乃使人下书，约明日于阵前，单车相见。庞煖允之，两下各自准备。

至次日，彼此列成阵势，吩咐："不许施放冷箭。"庞煖先乘单车立于阵前，请剧将军会面。剧辛亦乘单车而出。庞煖在车中欠身曰："且喜将军齿发无恙。"剧辛曰："忆昔别君去赵，不觉距今已四十余年，某已衰老，君亦苍颜。人生如白驹过隙，信然也。"庞煖曰："将军向以昭王礼士，弃赵奔燕，一时豪杰景附，如云之从龙，风之从虎。今金台草没，无终墓木已拱，苏代、邹衍，相继去世，昌国君亦归吾国，燕之气运，亦可知矣！老将军年逾七十，孤立于衰王之庭，犹贪恋兵权，持凶器而行危事，欲何为乎？"剧辛曰："某受燕王三世[21]厚恩，粉骨难报，趁吾余年，欲为国家雪栗腹之耻。"庞煖曰："栗腹无故攻吾鄗邑，自取丧败，此乃燕之犯赵，非赵之犯燕也。"两下在军前反复酬答，庞煖忽大呼曰："有人得剧辛之首者，赏三百金！"剧辛曰："足下何轻吾太甚？吾岂不能取君之首耶？"庞煖曰："君命在身，各尽其力可耳！"剧辛大怒，把令旗一麾，栗元便引军杀出。这里乐乘、乐闲，双车接战，燕军渐失便宜。剧辛驱军大进，庞煖亦以大军迎之。两下混杀一场，燕军比赵损折更多，天晚各鸣金收兵。

剧辛回营，闷闷不悦。欲待回军，又在燕王面前夸了大口；欲待不回，又难取胜。正自踌躇。忽有守营军士报道："赵国遣人下书，见在辕门之外，未敢擅投。"剧辛命取书到，其书再三缄封甚固。发而观之，略曰：

代州守李牧，引军袭督亢[22]，截君之后。君宜速归，不然无及。某以昔日交情，不敢不告！

剧辛曰："庞煖欲摇动我军心耳！纵使李牧兵至，吾何惧哉！"命以书还其使人，来日再决死敌。赵使者已去，栗元进曰："庞煖之言，不可不信。万一李牧果引军袭吾之后，腹背受敌，何以处之？"剧辛笑曰："吾亦虑及于此。适才所言，稳住军心。汝今密传军令，虚扎营寨，连夜撤回，吾亲自断后，以拒追兵。"栗元领计去了。

谁知庞煖探听燕营虚设，同乐乘、乐闲，分三路追来。剧辛且战且走，行至龙泉河[23]，探子报道："前面旌旗塞路，闻说是代郡军马。"剧辛大惊曰："庞煖果不欺我！"遂不敢北进，引兵东行，欲取阜[24]城，一路奔往辽阳[25]。庞煖追及，大战于胡卢河[26]。剧辛兵败，叹曰："吾何面目为赵囚乎？"自刎而亡。此燕王喜十三年，秦王政之五年[27]也。髯翁有诗叹云：

金台应聘气昂昂，共翼昭王复旧疆。

昌国功名今在否？独将白首送沙场！

栗元被乐闲擒而斩之。获首二万余，余俱奔溃，或降，赵兵大胜。庞煖约会李牧，一齐征进，取武遂㉘、方城㉙之地。燕王亲诣将渠之门，求其为使，伏罪乞和。庞煖看将渠面情，班师奏凯而回。李牧仍守代郡去讫。赵悼襄王郊迎庞煖，劳之曰："将军武勇若此，廉、蔺犹在赵也！"庞煖曰："燕人已服，宜及此时合从列国，并力图秦，方保无虞。"

不知后事如何，且看下回分解。

【注释】

①郏州：古邑名。春秋郑地，战国后期属魏。即今河南郏县。

②华州：古邑名。应作华邑。春秋郑地，战国属魏。在今河南新郑北。

③少华山：山名。在今陕西华县东南，和太华（即西岳华山）峰势相连而稍低，故名少华。

④临潼关：不详。疑指今陕西临潼区。秦时称骊邑。临潼之名始于北宋。且地在函谷关之西，靠近秦都咸阳。又：本回叙信陵君败秦战斗中涉及的不少地名均与临潼一样不符当时形势。如少华、太华、渭河、渭口均在函谷关以西，不可能成为当时战斗地点。五国联军始终未能越过函谷关。这大约是作者把华州误会为今陕西华县所致。

⑤芥蒂：指细小梗塞物，比喻积在胸中的怨恨或不快。

⑥坚础：坚固的柱下石礅。

⑦危词：阴险狡诈的言辞。

⑧吠狺（yín 银）：犬吠之声。

⑨秦王政：即秦始皇。在位三十七年（前 246—前 210）。九年（前 228）始亲政。十七年至二十六年（前 230—前 221），先后攻灭山东六国，建立统一的封建国家。

⑩悼襄王：名赵偃。在位九年（前 244—前 236）。

⑪繁阳：战国时魏地，在繁水之阳。在今河南内黄县东北二十七里。

⑫景湣王：名魏增。在位十六年（前 242—前 227）。

⑬酸枣：春秋郑邑，战国属魏。在今河南延津县西南。

⑭东郡：秦王政五年（前 242）置。治所在濮阳。辖境约在今河南东北及山东西南部。

⑮朝歌：古邑名。曾为商代后期国都，春秋时曾为卫之都城。在今河

南淇县。

⑯卫元君：卫之国君，卫嗣君之子。在位二十五年（前267—前243）。卫本称公，卫声公子姬遨始贬号称卫成侯。成侯之孙因卫国仅有濮阳一地，又自贬号为"君"，即卫嗣君。

⑰将渠为相岁馀：此处与上回"未及半载，托病辞印"的叙述相矛盾。

⑱庆都：战国赵地名，在今河北唐县东北。

⑲常山：古山名，战国时属燕。在今河北元氏县西北。

⑳东垣：古邑名。战国初属中山，后并于赵。在今河北正定县南。

㉑三世：借指多世。剧辛曾为昭王、惠王、武成王、孝王及燕王喜等五世大臣。

㉒督亢：古地区名。战国时属燕。约当今河北涿州、固安、新城等

地。中有陂泽，支渠四通，富灌溉之利。

㉓龙泉河：古河流名。在今河北良乡县西北四十五里有龙泉山，下有泉水，终年不竭，东流入盐沟河。

㉔阜城：战国时燕邑名。在今河北阜城县东二十里。

㉕辽阳：古邑名，地址不详。赵曾置辚阳邑，后魏改辽阳。在今山西左权县。疑指此。

㉖胡卢河：古河流名。在今河北宁晋县东南，今名临晋泊，纵横各三十里。旧为滏、漳、滹沱诸水所汇。

㉗秦王政五年：即公元前242年。

㉘武遂：战国时燕地名。即今河北徐水区西之遂城。

㉙方城：战国时燕地名。在今河北固安县南十七里。

第一百三回　　李国舅争权除黄歇
樊於期传檄讨秦王

　　话说庞煖欲乘败燕之成，合从列国，为并力图秦之计。除齐附秦外，韩、魏、楚、燕，各出锐师，多者四五万，少亦二三万，共推春申君黄歇为上将。歇集诸将议曰："伐秦之师屡出，皆以函谷关为事，秦人设守甚严，未能得志。即我兵亦素知仰攻之难，咸有畏缩之心。若取道蒲坂①，由华州②而西，径袭渭南③，因窥潼关，兵法所谓'出其不意'也。"诸将皆曰："然。"遂分兵五路，俱出蒲关，望骊山④一路进发，直攻渭南，不克，围之。

　　秦丞相吕不韦使将军蒙骜、王翦、桓齮、李信、内史腾，各将兵五万人，五枝军兵，分应五国。不韦自为大将，兼统其军，离潼关五十里分为五屯，如列星之状。王翦言于不韦曰："以五国悉锐，攻一城而不克，其无能可知矣。三晋近秦，习与秦战，而楚在南方，其来独远，且自张仪亡后，三十余年不相攻伐。诚选五营之锐，合以攻楚，楚必不支，楚之一军破，余四军将望风而溃矣。"不韦以为然。于是使五屯设垒建帜如常，暗地各抽精兵一万，约以四鼓齐起，往袭楚寨。时李信以粮草稽迟，欲斩督粮牙将甘回，众将告求得免，但鞭背百余。甘回挟恨，夜奔楚军，以王翦之计告之。春申君大惊，欲驰报各营，恐其不及，遂即时传令，拔寨俱起，夜驰五十余里，方敢缓缓而行。比及秦兵到时，楚寨已撤矣。王翦曰："楚兵先遁，必有泄吾谋者。计虽不成，然兵已至此，不可空回。"遂往袭赵寨。壁垒坚固，攻不能入。庞煖仗剑立于军门，有敢擅动者即斩。秦兵乱了一夜，至天明，燕、韩、魏俱合兵来救，蒙骜等方才收兵。庞煖怪楚兵不至，使人探之，知其先撤，叹曰："合从之事，今后休矣！"诸将皆请班师，于是韩、魏之兵，先回本国。庞煖怒齐独附秦，挟燕兵伐之，取饶安⑤一城而返。

再说春申君奔回郢城，四国各遣人来问曰："楚为从长，奈何不告而先回，敢请其故？"考烈王责让黄歇，歇惭惧不容。时有魏人朱英，客于春申君之门，知楚方畏秦，乃说春申君曰："人皆以楚强国，及君而弱，英独谓不然。先君之时，秦去楚甚远，西隔巴蜀，南隔两周，而韩、魏又眈眈乎拟其后，是以三十年无秦患。此非楚之强，其势然也。今两周已并于秦，而秦方修怨于魏，魏旦暮亡，则陈、许为通道，恐秦、楚之争，从此方始，君之责让，正未已也。何不劝楚王东徙寿春⑥，去秦较远，绝长准以自固，可以少安。"黄歇然其谋，言于考烈王，乃择日迁都。按楚先都郢，后迁于⑦都，复迁于陈，今又迁于寿春，几四迁矣。史臣有诗云：

周为东迁王气歇，楚因屡徙霸图空。

从来避敌为延敌，莫把迁岐托古公⑧。

再说考烈王在位已久，尚无子息，黄歇遍求妇人宜子者以进，终不孕。有赵人李园，亦在春申君门下，为舍人。有妹李嫣色美，欲进于楚王，恐久后以无子失宠，心下踌躇："必须将妹先献春申君，待其有娠，然后进于楚王，幸而生子，异日得立为楚王，乃吾甥也。"又想："吾若自献其妹，不见贵重。还须施一小计，耍春申君自来求我。"于是给五日假归家，故意过期，直待第十日方至。黄歇怪其来迟。李园对曰："臣有女弟名嫣，颇有姿色，齐王闻之，遣使来求。臣与其使者饮酒数日，是以失期。"黄歇想道："此女名闻齐国，必是个美色。"遂问曰："已受其聘否？"园对曰："方且议之，聘尚未至也。"黄歇曰："能使我一见乎？"园曰："臣在君之门下，即吾女弟，谁非君妾婢之流，敢不如命。"乃盛饰其妹，迎至春申君府中。黄歇一见大喜，是夜即赐李园白璧二双，黄金三百镒，留其妹侍寝。未三月，即便怀孕。

李园私谓其妹嫣曰："为妾与为夫人孰贵？"嫣笑曰："妾安得比夫人？"园又曰："然则为夫人与为王后孰贵？"嫣又笑曰："王后贵甚！"李园曰："汝在春申君府中，不过一宠妾耳！今楚王无子，幸汝有娠，倘进于楚王，他日生子为王，汝为太后，岂不胜于为妾乎？"遂教以说词，使于枕席之间，如此这般："春申君必然听从。"李嫣一一领记。夜间侍寝之际，遂进言于黄歇曰："楚王之贵幸君，虽兄弟不如也。今君相楚二十余年，而王未有子，千秋百岁后，将更立兄弟。兄弟于君无恩，必将各立其所亲幸之人，君安得长有宠乎？"黄歇闻言，沉思未答。嫣又曰："妾所虑不止于此也。君贵，用事久，多失礼于王之兄弟，兄弟诚立，祸且及身，岂特江东封邑不可保而已哉？"黄歇愕然曰："卿言是也，吾虑不及此，今当奈何？"李嫣曰："妾有一计，不惟免祸，而且多福。但妾负愧，

难于自吐，又恐君不我听，是以妾未敢言。"黄歇曰："卿为我画策，何为不听？"李嫣曰："妾今自觉有孕矣，他人莫知也。幸妾侍君未久，诚以君之重，而进妾于楚王，王必幸妾。妾赖天佑生男，异日必为嫡嗣，则是君之子为王也。楚国尽可得，孰与身临不测之罪乎？"黄歇如梦初觉，如醉初醒，喜曰："'天下有智妇人，胜于男子'，卿之谓矣。"

次日，即召李园告之以意，密将李嫣出居别舍。黄歇入言于楚王曰："臣所闻李园妹名嫣者有色，相者皆以为宜子，当贵，齐王方遣人求之，王不可不先也。"楚王即命内侍宣取李嫣入宫。嫣善媚，楚王大宠爱之。及产期，双生二男，长曰捍，次曰犹。楚王喜不可言，遂立李嫣为王后，长子捍为太子。李园为国舅，贵幸用事，与春申君相并。园为人多诈术，外奉春申君益谨，而中实忌之。及考烈王二十五年[9]，病久不愈，李园想起其妹怀娠之事，惟春申君知之，他日太子为王，不便相处，不如杀之，以灭其口，乃使人各处访求勇力之士，收置门下，厚其衣食，以结其心。

朱英闻而疑之，曰："李园多蓄死士，必为春申君故也。"乃入见春申君曰："天下有无妄⑩之福，有无妄之祸，又有无妄之人，君知之乎？"黄歇曰："何谓无妄之福？"朱英曰："君相楚二十余年矣。名为相国，与楚王无二。今楚王病久不愈，一旦宫车晏驾⑪，少主嗣位，而君辅之，如伊尹、周公，俟王之年长，而反其政；若天与人归，遂南面即真。此所谓无妄之福也。"黄歇曰："何谓无妄之祸？"朱英曰："李园，王之舅也，而君位在其上，外虽柔顺，内实不甘。且同盗相妒⑫，势所必至也。闻其阴蓄死士，为日已久，何所用之？楚王一薨，李园必先入据权，而杀君以灭口。此所谓无妄之祸也。"黄歇曰："何谓无妄之人？"朱英曰："李园以妹故，宫中声息，朝夕相通，而君宅于城外，动辄后时。诚以郎中令⑬相处，某得领袖诸郎，李园先入，臣为君杀之。此所谓无妄之人也。"黄歇掀髯大笑曰："李园弱人耳，又事我素谨，安有此事？足下得无过虑乎？"朱英曰："君今日不用吾言，悔之晚矣。"黄歇曰："足下且退，容吾察之。如有用足下之处，即来相请。"朱英去三日，不见春申君动静，知其言不见用，叹曰："吾不去，祸将及矣！鸱夷子皮之风可追也。"乃不辞而去，东奔吴下，隐于五湖之间。髯翁有诗云：

> 红颜带子入王宫，盗国奸谋理不容。
>
> 天启春申无妄祸，朱英焉得令郎中？

朱英去十七日，而考烈王薨。李园预与宫殿侍卫相约："一闻有变，当先告我。"至是闻信，先入宫中，吩咐秘不发丧，密令死士伏于棘门之内。捱至日没，方使人徐报黄歇。黄歇大惊，不谋于宾客，即刻驾车而行。方进棘门⑭，两边死士突出，口呼："奉王后密旨，春申君谋反宜诛！"黄歇知事变，急欲回车，手下已被杀散，遂斩黄歇之头，投于城外，将城门紧闭，然后发丧。拥立太子捍嗣位，是为楚幽王⑮，时年才六岁。李园自立为相国，独专楚政。奉李嫣为王太后。传令尽灭春申君之族，收其食邑。哀哉！自李园当国，春申君宾客尽散，群公子皆疏远不任事。少主寡后，国政日紊，楚自此不可为矣。

话分两头。再说吕不韦愤五国之攻秦，谋欲报之，曰："本造谋者，赵将庞煖也。"乃使蒙骜同张唐督兵五万伐赵。三日后，再令长安君成蟜，同樊於期率兵五万为后继。宾客问于不韦曰："长安君年少，恐不可为大将。"不韦微笑曰："非尔所知也！"

且说蒙骜前军出函谷关，取路上党，径攻庆都⑯，结寨于都山。长安君大军营于屯留⑰，以为声援。赵使相国庞煖为大将，扈辄副之，率军十万拒敌，许庞煖便宜行事。庞煖曰："庆都之北，惟尧山⑱最高，登尧山可望都山⑲，宜往据之。"使扈辄引军二万先行。比至尧山，先有秦兵万人，在彼屯扎，被扈辄冲上杀散，就于山头下寨。蒙骜使张唐引军二万，前来争山，庞煖大军亦到，两边于山下列成阵势，大战一场。扈辄在山头用红旗为号，张唐往东，旗便往东指，张唐往西，旗便从西指。赵军只望红旗指处，围裹将来。庞煖下令："有人擒得张唐者，封以百里之地。"赵军无不死战。张唐奋尽平生之勇，不能透出重围，却得蒙骜军到，接应出来，同回都山大寨。庆都知救兵已到，守御益力。蒙骜等不能取胜，遣张唐往屯留，催取后队军兵。

却说长安君成蟜，年方十七岁，不谙军务，召樊於期议之。於期素恶不韦纳妾盗国之事，请屏去左右，备细与成蟜叙述一遍，言："今王非先王骨血，惟君乃是适子。文信侯今日以兵权付君，非好意也。恐一旦事泄，君与今王为难，故阳示恩宠，实欲出君于外。文信侯出入宫禁，与王太后宣淫不禁，夫妻父子，聚于一窟，所忌者独君耳。若蒙骜兵败无功，将借此以为君罪。轻则削籍，重则刑诛。嬴氏之国，化为吕氏，举国人皆知其必然，君不可不为之计。"成蟜曰："非足下说明，某不知也。为今计当奈何？"樊於期曰："今蒙骜兵困于赵，急未能归，而君手握重兵，若传檄以宣淫人之罪，明宫闱之诈，臣民谁不愿奉适嗣以主社稷者！"成蟜忿然按剑作色曰："大丈夫死则死耳！安能屈膝为贾人子下乎？惟将军善

图之!"樊於期伪向使者言:"大军即日移营,多致意蒙将军,用心准备。"使者去后,樊於期草就檄文,略曰:

长安君成蛲布告中外臣民知悉:传国之义,適统为尊;覆宗之恶,阴谋为甚。文信候吕不韦者,以阳翟之贾人,窥咸阳之主器[20]。今王政,实

非先王之嗣,乃不韦之子也。始以怀娠之妾,巧惑先君;继以奸生之儿,遂蒙血胤[21]。恃行金为奇策,邀反国为上功。两君之不寿有繇,是可忍也?三世之大权在握,孰能御之!朝岂真王,阴已易嬴而为吕,尊居假父,终当以臣而篡君。社稷将危,神人胥怒。某叨为嫡嗣,欲讫天诛。甲胄干

戈，载义声而生色；子孙臣庶，念先德以同驱。檄文到日，磨厉以须；车马临时，市肆勿变。

樊於期将檄文四下传布。秦人多有闻说吕不韦进妾之事者，及见檄内怀娠奸生等语，信其为实，虽然畏文信侯之威，不敢从兵，却也未免观望之意。时彗星先见东方，复见北方，又见西方，占者谓国中当有兵起，人心为之摇动。樊於期将屯留附县丁壮，悉编军伍，攻下长子^②、壶关^③，兵势益盛。

张唐知长安君已反，星夜奔往咸阳告变。秦王政见檄文大怒；召尚父吕不韦计议。不韦曰："长安君年少，不办为此，此乃樊於期所为也。於期有勇无谋，兵出即当就擒，不必过虑。"乃拜王翦为大将，桓齮、王贲为左右先锋，率军十万，往讨长安君。

再说蒙骜与庞煖相持，等待长安君接应不到，正疑讶间，接得檄文，如此恁般，大惊曰："吾与长安君同事，今攻赵无功，而长安君复造反，吾安得无罪？若不反戈以平逆贼，何以自解？"乃传令班师，将车马分为三队，亲自断后，缓缓而行。庞煖探听秦军移动，预选精兵三万，使扈辄从间道伏于太行山林木深处，嘱曰："蒙骜老将，必亲自断后，待秦兵过且尽，从后邀击，方保全胜。"蒙骜见前军径去无碍，放心前行。一声炮响，伏兵突出，蒙骜便与扈辄交战。良久，庞煖兵从后追及，秦兵前去者，已无斗志，遂大溃。蒙骜身带重伤，犹力战杀数十人，复亲射庞煖中其胁。赵军围之数重，乱箭射之，矢如蝟毛，可惜秦国一员名将，今日死于太行山之下。庞煖得胜，班师回赵，箭疮不痊，未几亦死。此事搁过不提。

再说张唐、王翦等兵至屯留，成蟜大惧。樊於期曰："王子今日乃骑虎之势，不得复下，况三城之兵，不下十五万，背城一战，未卜胜负，何惧之有！"乃列阵于城下以待。王翦亦列阵相对，谓樊於期曰："国家何负于汝，乃诱长安君造逆耶？"樊於期在车上欠身答曰："秦政乃吕不韦奸生之子，谁不知之？吾等世受国恩，何忍见嬴氏血食为吕氏所夺？长安君先王血胤，所以奉之。将军若念先王之祀，一同举义，杀向咸阳，诛淫人，废伪主，扶立长安君为王，将军不失封侯之位，同享富贵，岂不美哉。"王翦曰："太后怀妊十月，而生今王，其为先君所出无疑。汝乃造

谤，污蔑乘舆[24]，为此灭门之事，尚自巧言虚饰，摇惑军心。拿住之时，碎尸万段！"樊於期大怒，瞋目大呼，挥长刀直入秦军。秦军见其雄猛，莫不披靡。樊於期左冲右突，如入无人之境。王翦麾军围之，凡数次，皆斩将溃围而出，秦兵损折极多。

是日天晚，各自收军。王翦屯兵于伞盖山，思想："樊於期如此骁勇，急切难收，必须以计破之。"乃访帐下："何人与长安君相识？"有末将杨端和，乃屯留人，自言曾在长安君门下为客。王翦曰："我修书一封与汝，汝可送与长安君，劝他早图归顺，无自取死。"杨端和曰："小将如何入

得城去?"王翦曰:"俟交锋之时,乘其收军,汝可效敌军打扮,混入城中。只看攻城至急,便往见长安君,必然有变。"端和领计。王翦当下修书,缄讫,付与端和自去伺候行事。再召桓齮引一军攻长子城,王贲引一军攻壶关城,王翦自攻屯留,三处攻打,使他不能支应。樊於期谓成蟜曰:"今乘其分军之时,决一胜负。若长子、壶关不守,秦兵势大,更难敌矣。"成蟜年幼畏懦,涕泣言曰:"此事乃将军倡谋,但凭主裁,勿误我事。"樊於期抽选精兵万余,开门出战。王翦佯让一阵,退军十里,屯于伏龙山。於期得胜入城,杨端和已混入去了。因他原是本城之人,自有亲戚收留安歇,不在话下。成蟜问樊於期曰:"王翦军马不退如何?"樊於期答曰:"今日交锋,已挫其锐,明日当悉兵出战,务要生擒王翦,直入咸阳,扶立王子为君,方遂吾志。"

不知胜负如何,且看下回分解。

【注释】

①蒲坂:古邑名。战国属魏。在今山西永济市西蒲州。隔黄河与潼关相对。

②华州:此处指今陕西华县。与上回之古华邑不同。

③渭南:古邑名。即今陕西渭南县。

④骊山:山名。主峰在今陕西临潼区东南。

⑤饶安:战国时齐邑名。在今河北盐山县西南。

⑥寻春:战国楚邑名。在今安徽寿县。

⑦鄀(ruò 若):本古国名,允姓,后灭于楚,在今湖北宜城市东南。春秋时曾为楚都,但在都郢之前。战国时楚自郢迁陈,自陈迁巨阳(今安徽太和东南),自巨阳始迁寿春。凡五迁。此处叙述有误。

⑧古公:指古公亶父,即周文王的祖父。原居豳,因戎狄侵逼,乃迁于岐山之下,发展生产,使周族逐渐强大。

⑨考烈王二十五年：即公元前238年。

⑩无妄：即意外，指不期然而然者。

⑪宫车晏驾：本意为皇帝的车驾晚出。比喻帝王死亡。

⑫同盗相妒：暗指李园妹先孕后进考烈王一事。

⑬郎中令：古官名。战国后期始置，掌宫廷门户。

⑭棘（jǐ 几）门：棘通戟，古代宫门插有戟，故称宫门为戟门。一说，棘门为寿春城门。

⑮楚幽王：名熊悍，或名熊悼。在位十年（前237—前228）。

⑯庆都：战国赵邑名。在今河北唐县东北。

⑰屯留：战国赵邑名。在今山西屯留县南。

⑱尧山：古山名。在今河北顺平县西北。

⑲都山：古山名。应在今河北省顺平县附近。河北迁安、抚宁间有都

山，但与尧山相距甚远，疑非是。

⑳主器：帝王符玺之器，借指王位。

㉑血胤：嫡亲后代。

㉒长子：秦县名。今属山西。

㉓壶关：秦县名。今山西黎城县东北。

㉔乘舆：舆指君王之车。此借车以代君王。

第一百四回　甘罗童年取高位
　　　　　　　嫪毐伪腐乱秦宫

　　话说王翦退军十里，吩咐深沟高垒，分守险阨，不许出战。却发军二万，往助桓齮、王贲，催他早早收功。樊於期连日悉锐出战，秦兵只是不应。於期以王翦为怯，正想商议分兵往救长子、壶关二处，忽哨马报道："二城已被秦兵攻下！"於期大惊，乃立屯于城外，以安长安君之意。

　　却说桓齮、王贲闻王翦移营伏龙山，引兵来见，言："二城俱已收复，分兵设守，诸事停妥。"王翦大喜曰："屯留之势孤矣！只擒得樊於期，便可了事。"言未毕，守营卒报道："今有将军辛胜，奉秦王之命来到，已在营外。"王翦迎入帐中，问其来意。辛胜曰："一者，以军士劳苦，命赍犒赏颁赐；二者，秦王深恨樊於期，传语将军：'必须生致其人，手剑斩首，以快其恨！'王翦曰："将军此来，正有用处。"遂将来物犒赏三军。然后发令，使桓齮、王贲各引一军，分作左右埋伏，却教辛胜引五千人马，前去搦战，自己引大军准备攻城。

　　再说成蟜闻长子、壶关二城不守，使人急召樊於期入城商议。樊於期曰："只在旦晚，与决一战，若战而不胜，当与王子北走燕、赵，连合诸侯，共诛伪主，以安社稷。"成蟜曰："将军小心在意。"樊於期复还本营。哨马报："秦王新遣将军辛胜，今来索战。"樊於期曰："无名小卒，吾先除之。"遂率军开营出迎。略战数合，辛胜倒退。樊於期恃勇前进，约行五里，桓齮、王贲两路伏兵杀出，於期大败。急收军回，王翦兵已布满城下。於期大奋神威，杀开一条血路，城中开门接应入去了。王翦合兵围城，攻打甚急。樊於期亲自巡城，昼夜不倦。

杨端和在城中，见事势甚危，乘夜求见长安君成蟜，称："有机密事求见。"成蟜见是旧日门下之客，欣然唤入。端和请屏左右，告曰："秦之强，君所知也。虽六国不能取胜，君乃欲以孤城抗之，必无幸矣。"成蟜曰："樊於期言：'今王非先王所出。'导我为此，非吾初意也。"端和曰："樊於期恃匹夫之勇，不顾成败，欲以君行侥幸之事。今传檄郡县，无有应者，而王将军攻围甚急，城破之后，君何以自全乎？"成蟜曰："吾欲奔燕、赵，合从诸国，足下以为可否？"端和曰："合从之事，赵肃侯、齐湣王、魏信陵、楚春申俱曾为之，方合旋散，其不可成明矣。六国谁非畏秦者？君所在之国，秦遣一介责之，必将缚君以献，君尚可望活乎？”成蛴曰：“足下为吾计当如何？”端和曰：“王将军亦知君为樊於期所诱，有密书一封，托致于君。”遂将书呈上。成蛴发而观之，略曰：

君亲则介弟，贵则侯封，奈何听无稽之言，行不测之事，自取丧灭，岂不惜哉？首难者樊於期，君能斩其首，献于军前，束手归罪，某当保奏，王必恕君。苦迟回不决，悔无及矣！

成蛴看毕，流泪而言曰：“樊将军忠直之士，何忍加诛？”端和叹曰：“君所谓妇人之仁也！若不见从，臣当辞去。”成蛴曰：“足下且暂劳作伴，不可远离，所言俟从容再议。”端和曰：“愿君勿泄吾言也。”

次日，樊於期驾车来见成蛴曰：“秦兵势盛，人情惶惧，城旦暮不保，愿同王子出避燕、赵，更作后图。”成蛴曰：“吾宗族俱在咸阳，今远避他国，知其纳否？”樊於期曰：“诸国皆苦秦暴，何愁不纳？”正话间，外报：“秦兵在南门索战。”樊於期催并数次曰：“王子今不行，后将不可出矣。”成蛴犹豫不决。樊於期只得绰刀登车，驰出南门，复与秦兵交锋。杨端和劝成蛴登城观战。只见樊於期鏖战良久，秦兵益进，於期不能抵当，奔回城下，高叫：“开门！”杨端和仗剑立于成蛴之旁，厉声曰：“长安君已全城归降矣！樊将军请自便。有敢开门者斩！”袖中出一旗，旗上有个“降”字。左右皆端和亲戚，便将降旗竖起，不由成蛴做主，成蛴惟垂泣而已。樊於期叹口气曰：“孺子不足辅也！”秦兵围於期数重，因秦王之命，欲生致於期，不敢施放冷箭。於期复杀开一条血路，奔望燕、赵而去。王翦追之不及。

杨端和使成蛴开门，以纳秦兵。将成蛴幽于公馆，遣辛胜往咸阳报捷，兼请长安君发落。秦太后脱笄代长安君请罪，求免其死，且转乞吕不韦言之。秦王政怒曰：“反贼不诛，骨肉皆将谋叛矣！”遂遣使命王翦即枭斩成蛴于屯留。凡军吏从蛴者，皆取斩。合城百姓，尽迁于临洮[①]之地。一面悬赏格购樊於期：“有能擒献者，赏以五城。”使者至屯留，宣秦王之命。成蛴闻不蒙赦，自缢于馆舍。翦仍枭其首，悬于城门。军吏死者凡数万人。百姓迁徙，城中一空。此秦王政七年②事也。髯翁有诗云：

非种侵苗③理合锄，万全须看势何如？

屯留困守终无济，罪状空传一纸书。

是时秦王政年已长成，生得身长八尺五寸，英伟非常，质性聪明，志气超迈，每事自能主张，不全由太后、吕不韦做主。既定长安君之乱，乃谋复蒙骜之仇，集群臣议伐赵。刚成君蔡泽进曰："赵者，燕之世仇也，燕之附赵，非其本心。某请出使于燕，使燕王效质称臣，以孤赵之势。然后与燕共伐赵，我因以广河间④之地，此莫大之利也。"秦王以为然，即遣蔡泽往燕。

国学经典文库

东周列国志

第一百四回

图文珍藏版

泽说燕王曰："燕、赵皆万乘之国也，一战而栗腹死，再战而剧辛亡，大王忘两败之仇，而与赵共事，西向以抗强秦，胜则利归于赵，不胜则祸归于燕，是为燕计者过也。"燕王曰："寡人非甘心于赵，其奈力不敌何？"蔡泽曰："今秦王欲修五国合从之怨，臣窃以为燕与赵世仇，其从兵殆非得已。大王若遣太子为质于秦，以信臣之言，更请秦之大臣一人，以为燕相，则燕、秦之交，固于胶漆⑤，合两国之力，于以雪耻于赵不难矣。"燕王听其言，遂使太子丹为质于秦，因请大臣一人以为燕相。吕不韦欲遣张唐，使太史卜之，大吉。张唐托病不肯行。不韦驾车亲自往请，张唐辞曰："臣屡次伐赵，赵怨臣深矣！今往燕，必经赵过，臣不可往。"不韦再三强之，张唐坚执不从。

不韦回府中，独坐堂上纳闷。门下客有甘罗者，乃是甘茂之孙，时年仅十二岁，见不韦有不悦之色，进而问曰："君心中有何事？"不韦曰："孺子何知，而来问我？"甘罗曰："所贵门下士者，谓其能为君分忧任患也。君有事而不使臣得闻，虽欲效忠无地矣。"不韦曰："吾向者令刚成君使燕，燕太子丹已入质矣。今欲使张卿相燕，占得吉，而彼坚不肯行，吾所以不快者此耳！"甘罗曰："此小事，何不早言？臣请行之。"不韦怒，连叱曰："去，去！我亲往请之而不得，岂小子所能动耶？"甘罗曰："昔项橐⑥七岁为孔子师。今臣生十二岁，长于橐五年，试臣而不效，叱臣未晚。奈何轻量天下之士，遽以颜色相加哉？"不韦奇其言，改容谢之曰："孺子能令张卿行者，事成当以卿位相屈。"

甘罗欣然辞去，往见张唐。唐虽知为文信侯门客，见其年少轻之，问曰："孺子何以见辱？"甘罗曰："特来吊君耳！"张唐曰："某有何事可吊？"甘罗曰："君之功，自谓比武安君何如？"唐曰："武安君南挫强楚，北威燕、赵，战胜攻取，破城堕邑，不计其数，某功不及十之一也。"甘罗曰："然则应侯之用于秦也，视文信侯孰专？"张唐曰："应侯不及文信侯之专。"甘罗曰："君明知文信侯之权重于应侯乎？"张唐曰："何为不知。"甘罗曰："昔应侯欲使武安君攻赵，武安君不肯行，应侯一怒，而

武安君遂出咸阳，死于杜邮。今文信侯自请君相燕，而君不肯行；此武安

君所以不容于应侯者，而谓文信侯能容君乎？君之死期不远矣。”张唐悚
然有惧色，谢曰："孺子教我！"乃因甘罗以请罪于不韦，即日治装，将
行。甘罗谓不韦曰："张唐听臣之说，不得已而往燕，然中情不能不畏赵
也。愿假臣车五乘，为张唐先报赵。"不韦已知其才，乃入言于秦王曰：
"有甘茂之孙甘罗，年虽少，然名家之子孙，甚有智辩。今者张唐称病，
不肯相燕，甘罗一说而即行。复请先报赵王，惟王遣之！"秦王宣甘罗入
见，身才五尺，眉目秀美如画，秦王已自喜欢，问曰："孺子见赵王何以
措词？"甘罗对曰："察其喜惧，相机而进。言若波兴，随风而转，不可
以预定也。"秦王给以良车十乘，仆从百人，从之使赵。

赵悼襄王已闻燕、秦通好，正怕二国合计谋赵，忽报秦使者来到，喜

不可言，遂出郊二十里，迎接甘罗。及见其年少，暗暗称奇，问曰："向为秦通三川之路者亦甘氏，于先生为何人？"甘罗曰："臣祖也。"赵王曰："先生年几何？"对曰："十二岁。"赵王曰："秦廷年长者不足使乎？何以及先生？"甘罗曰："秦王用人，各因其任。年长者任以大事，年幼者任以小事。臣年最幼，故为使于赵耳。"赵王见其言辞磊落，又暗暗称奇，问曰："先生下辱敝邑，有何见教？"甘罗曰："大王闻燕太子丹入质于秦乎？"赵王曰："闻之。"甘罗又曰："大王闻张唐相燕乎？"赵王曰："亦闻之。"甘罗曰："夫燕太子丹入质于秦，是燕不欺秦也。张唐相燕，是秦不欺燕也。燕、秦不相欺，而赵危矣！"赵王曰："秦所以亲燕者何意？"甘罗曰："秦之亲燕，欲相与攻赵，而广河间之地也。大王不如割五城献秦，以广河间，臣请言于寡君，止张唐之行，绝燕之好，而与赵为欢。夫以强赵攻弱燕，而秦不为救，此其所得，岂止五城而已哉？"赵王大悦，赐甘罗黄金百镒，白璧二双，以五城地图付之，使还报秦王。秦王喜曰："河间之地，赖孺子而广矣！孺子之智，大于其身。"乃止张唐不遣，张唐亦深感之。赵闻张唐不行，知秦不助燕，乃命庞煖、李牧合兵伐燕，取上谷⑦三十城，赵得十九城，而以十一城归秦。秦王封甘罗为上卿，复以向时所封甘茂田宅赐之。今俗传甘罗十二为丞相，正谓此也。有诗为证：

　　片言纳地广河间，上谷封疆又割燕。

　　许大功劳出童子，天生智慧岂因年？

又有诗云：

　　甘罗早达子牙迟，迟早穷通各有时。

　　请看春花与秋菊，时来自发不愆期。

燕太子丹在秦，闻秦之背燕而与赵，如坐针毡，欲逃归，又恐不得出关，乃求与甘罗为友，欲资其谋，为归燕之计。忽一夕，甘罗梦紫衣吏持天符来，言："奉上帝命，召归天上。"遂无疾而卒。高才不寿，惜哉！太子丹遂留于秦矣。

话分两头。却说吕不韦以阳⑧伟善战，得宠于庄襄后，出入宫闱，素无忌惮；及见秦王年长，英明过人，始有惧意。奈太后淫心愈炽，不时宣召入甘泉宫⑨。不韦怕一旦事发，祸及于己，欲进一人以自代，想可以称

太后之意者，而难其人。闻市人嫪大，其阳具有名，里中淫妇人争事之。秦语呼人之无士行者曰毒，因称为嫪毒。偶犯淫罪，不韦曲赦之，留为府中舍人。秦俗：农事毕，国中纵倡乐三日，以节其劳。凡百戏任人陈设，有一长一艺，人所不能者，全在此日施逞。吕不韦以桐木为车轮，使嫪毒以其阳具穿于桐轮之中，轮转而具不伤，市人皆大笑。太后闻其事，私问于不韦，似有欣羡之意。不韦曰："太后欲见其人乎？臣请乘间进之。"

太后笑而不答，良久曰："君戏言耶？此外人，安得入内？"不韦曰："臣有一计在此。使人发其旧罪，下之腐刑[10]，太后行重赂于行刑者，诈为阉割，然后以宦者给事宫中，乃可长久。"太后大悦曰："此计甚妙！"乃以百金授不韦。

不韦密召嫪毐，告之以故。毐性淫，欣然自以为奇遇矣。不韦果使人发其他淫罪，论以腐刑。因以百金分赂主刑官吏，取驴阳具及他血，诈作阉割，拔其须眉。行刑者故意将驴阳传示左右，尽以为嫪毐之具。传闻者莫不骇异。嫪毐既诈腐如宦者状，遂杂于内侍之中以进。太后留侍宫中。夜令侍寝，试之，大畅所欲，以为胜不韦十倍也。明日，厚赐不韦，以酬其功。不韦乃幸得自脱。太后与嫪毐相处如夫妇。未几怀妊，太后恐生产时不可隐，诈称病，使嫪毐行金赂卜者，使诈言宫中有祟，当避西方二百里之外。秦王政颇疑吕不韦之事，亦幸太后稍远去，绝其往来，乃曰："雍州去咸阳西二百余里，且往时宫殿俱在，太后宜居之。"于是太后徙雍城，嫪为御而往。

既去咸阳，居雍故宫，名曰大郑宫[11]，嫪毐与太后益相亲不忌，两年之中，连生二子，筑密室藏而育之。太后私与毐约，异日王崩，以其子为后[12]，外人颇有知者，但无人敢言。太后奏称嫪毐代王侍养有功，请封以土地。秦王奉太后之命，封毐为长信侯，予以山阳[13]之地。毐骤贵，愈益恣肆。太后每日赏赐无算，宫室舆马，田猎游戏，任其所欲，事无大小，皆决于毐。毐蓄家僮数千人，宾客求宦达，愿为舍人者，复千余人。又贿结朝贵为己党，趋权者争附之，声势反过于文信侯矣。

秦王政九年春，彗星见，其长竟天。太史占之曰："国中当有兵变也。"按秦襄公立鄜畤以祀白帝[14]，后德公迁都于雍，遂于雍立郊天之坛，秦穆公又立宝夫人祠，岁岁致祭，遂为常规。后来虽再迁咸阳，此规不废。太后居于雍城，秦王政每岁以郊祀之期，至雍朝见太后。因举祀典，自有祈年宫[15]驻驾。是年复当其期，适有彗星之变，临行，使大将王翦耀兵于咸阳三日，同尚父吕不韦守国。桓齮引兵三万，屯于岐山，然后起驾。时秦王已二十二岁，犹未冠。太后命于德公之庙，行冠礼，佩剑，赐百官大酺⑯五日。太后亦与秦王宴于大郑故宫。

也是嫪毐享福太过，合当生出事来。毐与左右贵臣，赌博饮酒，至第四日，嫪毐与中大夫颜泄，连博失利，饮酒至醉，复求覆局。泄亦醉，不从。嫪毐直前扭颜泄，批其颊。泄不让，亦摘去嫪毐冠缨。毐怒甚，瞋目

大叱曰："吾乃今王之⑰假父也！尔婪人⑱子，何敢与我抗平？"颜泄惧，走出，恰遇秦王政从太后处饮酒出宫。颜泄伏地叩头，号泣请死。秦王政是有心机之人，不发一言，但令左右扶至祈年宫，然后问之。颜泄将嫪毐批颊，及自称假父之语，述了一遍。因奏："嫪毐实非宦者，诈为腐刑，私侍太后，见今产下二子，在于宫中，不久谋篡秦国。"秦王政闻之，大

怒，密以兵符往召桓齮，使引兵至雍。

有内史肆、佐弋竭⑲二人，素受太后及嫪毐金钱，与为死党，知其事，急奔嫪毐府中告之。毐已酒醒，大惊，夜叩大郑宫，求见太后，诉以如此这般："今日之计，除非乘桓齮兵未到，尽发宫骑卫卒，及宾客舍人，攻祈年宫，杀却今王，我夫妻尚可相保。"太后曰："宫骑安肯听吾令乎？"嫪毐曰："愿借太后玺，假作御宝用之。托言：'祈年宫有贼，王有令，召宫骑齐往救驾。'宜无不从。"太后是时主意亦乱，曰："惟尔行之。"遂出玺付毐。毐伪作秦王御书，加以太后玺文，遍召宫骑卫卒，本府宾客舍人，自不必说。乱至次日午牌，方才取齐。嫪毐与内史肆、佐弋竭，分将其众，围祈年宫。秦王政登台，问各军犯驾之意。答曰："长信侯传言行宫有贼，特来救驾。"秦王曰："长信侯便是贼！宫中有何贼耶？"宫骑卫卒等闻之，一半散去；一半胆大的，便反戈与宾客舍人相斗。秦王下令："有生擒嫪毐者，赐钱百万；杀之而以其首献者，赐钱五十万；得逆党一首者，赐爵一级；舆隶下贱，赏格皆同。"于是宦者及牧围诸人，皆尽死出战。百姓传闻嫪毐造反，亦来持挺助力。宾客舍人死者数百人。嫪毐兵败，夺路斩开东门出走，正遇桓齮大兵，活活的束手就缚，并内史肆、佐弋竭等皆被擒，付狱吏拷问得实。秦王政乃亲往大郑宫搜索，得嫪毐奸生二子于密室之中，使左右置于布囊中扑杀之。太后暗暗心痛，不敢出救，惟闭门流涕而已。

秦王竟不朝谒其母，归祈年宫。以太史占星有验，赐钱十万。狱吏献嫪毐招词，言："毐伪腐入宫，皆出文信侯吕不韦之计。其同谋死党，如内史肆、佐弋竭等，凡二十余人。"秦王命车裂嫪毐于东门之外，夷其三族。肆、竭等皆枭首示众。诸宾客舍人，从叛格斗者，皆诛死，即不预谋乱者，亦远迁于蜀地，凡迁四千余家。太后用玺党逆，不可为国母，减其禄奉，迁居于棫阳宫⑳，此乃离宫之最小者，以兵三百人守之，凡有人出入，必加盘诘。太后此时如囚妇矣，岂不丑哉！

秦王政平了嫪毐之乱，回驾咸阳。尚父吕不韦惧罪，伪称疾，不敢出谒。秦王欲并诛之，问于群臣。群臣多与交结，皆言："不韦扶立先王，有大功于社稷；况嫪毐未尝面质，虚实无凭，不宜从坐。"秦王乃赦不韦不诛，但免相，收其印绶。桓齮擒反贼有功，加封进级。是年夏四月，天发大寒，降霜雪，百姓多冻死。民间皆议："秦王迁谪太后，子不认母，故有此异。"大夫陈忠进谏曰："天下无无母之子，宜迎归咸阳，以尽孝道，庶几天变可回。"秦王大怒，命剥去其衣，置其身于蒺藜㉑之上而捶杀之，陈其尸于阙下，榜曰："有以太后事来谏者，视此！"秦臣相继来谏者不止。

不知可能感悟秦王否，且看下回分解。

【注释】

①临洮（táo 陶）：战国秦邑名。在今甘肃岷县。

②秦王政七年：即公元前 240 年。

③非种侵苗：杂草侵入生长禾苗之地。比喻秦王政以非嬴氏血统而入主秦国。

④河间：古地区名。因处于古黄河与永定河之间而得名。约当今河北省河间、献县、东光、阜城一带。战国时属赵。

⑤胶漆：胶与漆，均可用于粘固。比喻亲密无间。

⑥项橐（tuó 驼）：春秋时人。相传其七岁时而能难倒孔子，使孔子尊之为师。见《淮南子·说林》《新序·杂事五》等。

⑦上谷：古郡名。战国时燕置。在今河北张家口以东，延庆以西地区。又：上句言赵"命庞煖、李牧合兵……"而庞煖在太行山射杀蒙骜，自身中箭，"箭疮不痊，未几亦死"。（见第一〇三回）与此处叙述相矛盾。

⑧阳：男性生殖器。

⑨甘泉宫：秦离宫名，一称林光宫，在今陕西淳化县西北甘泉山，

故名。

⑩腐刑：即宫刑，古代一种酷刑，即阉割男性生殖器。

⑪大郑宫：秦都雍时之故宫。

⑫后：君王。

⑬山阳：战国时邑名。在今河南焦作市东南。

⑭"秦襄公"句：参见第四回。

⑮祈年宫：即蕲年宫。秦惠公所建，在雍（今陕西凤翔县东南）。秦孝公时称橐泉宫。

⑯大酺：聚会宴饮。《史记·张守节正义》："天下欢乐大饮酒也。"

⑰假父：义父或继父均可称假父。此处作继父解。

⑱窭（jù 具）人：穷而低贱之人。

⑲内史肆、佐弋竭：内史、佐弋，皆秦官名。内史，掌治理京师。佐弋，少府官，佐助弋射之事。肆、竭，人名。

⑳棫（yù预）阳宫：秦离宫名。秦昭王时所建。故址在今陕西扶风县东北。

㉑蒺藜：本植物名。亦指古代用木或铁制的带刺的障碍物，原用于军事上阻挡敌军前进。后来逐步用之于刑具，称为钉板。

第一百五回　茅焦解衣谏秦王
　　　　　　李牧坚壁却桓齮

话说秦大夫陈忠死后，相继而谏者不止，秦王辄戮之，陈尸阙下，前后凡诛杀二十七人，尸积成堆。时齐王建来朝于秦，赵悼襄王亦至，相与置酒咸阳宫甚欢，及见阙下死尸，问其故，莫不叹息，私议秦王之不孝也。

时有沧州人茅焦，适游咸阳，寓旅店，同舍偶言及此事，焦愤然曰："子而囚母，天地反覆矣。"使主人具汤水："吾将沐浴，明早叩阍入谏秦王。"同舍笑曰："彼二十七人者，皆王平日亲信之臣，尚且言而不听，死不旋踵[①]，岂少汝一布衣耶？"茅焦曰："谏者自二十七人而止，则秦王遂不听矣；若二十七人而不止，王之听不听，未可知也。"同舍皆笑其愚。次早五鼓，向主人索饭饱食。主人牵衣止之，茅焦绝衣而去。同寓者度其必死，相与剖分其衣囊。

茅焦来至阙下，伏尸大呼曰："臣齐客茅焦，愿上谏大王！"秦王使内侍出问曰："客所谏者何事？得无涉王太后语耶？"茅焦曰："臣正为此而来。"内侍还报曰："客果为太后事来谏也。"秦王曰："汝可指阙下积尸告之。"内侍谓茅焦曰："客不见阙下死人累累耶？何不畏死若是！"茅焦曰："臣闻天有二十八宿[②]，降生于地，则为正人。今死者已有二十七人矣，尚缺其一，臣所以来者，欲满其数耳。古圣贤谁人不死，臣又何畏哉？"内侍复还报。秦王大怒曰："狂夫故犯吾禁！"顾左右："炊镬汤于庭，当生煮之。彼安得全尸阙下，为二十七人满数乎？"于是秦王按剑而坐，龙眉倒竖，口中沫出，怒气勃勃不可遏，连呼："召狂夫来就烹！"

内侍往召茅焦，茅焦故意踽踽^③作细步，不肯急趋。内侍促之速行，茅焦曰："我见王即死矣，缓吾须臾何害？"内侍怜之，乃扶掖而前。茅焦至阶下，再拜叩头奏曰："臣闻之：'有生者不讳其死，有国者不讳其亡；讳亡者不可以得存，讳死者不可以得生。'夫死生存亡之计，明主之所究心也。不审大王欲闻之否？"秦王色稍降，问曰："汝有何计，可试言之？"茅焦对曰："夫忠臣不进阿顺之言，明主不蹈狂悖之行。主有悖行而臣不言，是臣负其君也；臣有忠言而君不听，是君负其臣也。大王有逆天之悖行，而大王不自知；微臣有逆耳之忠言，而大王又不欲闻，臣恐秦国从此危矣。"秦王悚然良久，色愈降，乃曰："子所言何事？寡人愿闻之。"茅焦曰："大王今日不以天下为事乎？"秦王曰："然。"茅焦曰："今天下之所以尊秦者，非独威力使然；亦以大王为天下之雄主，忠臣烈士，毕集秦庭故也。今大王车裂假父，有不仁之心；囊扑两弟，有不友之名；迁母于棫阳宫，有不孝之行；诛戮谏士，陈尸阙下，有桀、纣之治。

夫以天下为事，而所行如此，何以服天下乎？昔舜事嚚母④尽道，升庸为帝；桀杀龙逢，纣戮比干，天下叛之。臣自知必死，第恐臣死之后，更无有继二十八人之后，而复以言进者。怨谤日腾，忠谋结舌，中外离心，诸侯将叛，惜哉，秦之帝业垂成，而败之自大王也。臣言已毕，请就烹！"乃起立解衣趋镬。

秦王急走下殿，左手扶住茅焦，右手麾左右曰："去汤镬！"茅焦曰："大王已悬榜拒谏，不烹臣，无以立信。"秦王复命左右收起榜文。又命内侍与茅焦穿衣，延之坐，谢曰："前谏者，但数寡人之罪，未尝明悉存亡之计。天使先生开寡人之茅塞，寡人敢不敬听！"茅焦再拜进曰："大王既俯听臣言，请速备驾，往迎太后；阙下死尸，皆忠臣骨血，乞赐收葬。"秦王即命司里收取二十七人之尸，各具棺椁，同葬于龙首山⑤，表曰"会忠墓"。

是日秦王亲自发驾，往迎太后，即令茅焦御车，望雍州进发。南屏先生读史诗云：

二十七人尸累累，解衣趋镬有茅焦。

命中不死终须活，落得忠名万古标。

车驾将至棫阳宫，先令使者传报，秦王膝行而前，见了太后，叩头大哭，太后亦垂泪不已。秦王引茅焦谒见太后，指曰："此吾之颖考叔⑥也。"是晚，秦王就在棫阳宫歇宿。次日，请太后登辇前行，秦王后随，千乘万骑，簇拥如云，路观者无不称颂秦王之孝。回至咸阳，置酒甘泉宫中，母子欢饮。太后别置酒以宴茅焦，谢曰："使吾母子复得相会，皆茅君之力也。"秦王乃拜茅焦为太傅，爵上卿。又恐不韦复与宫闱相通，遣出都城，往河南本国居住。

列国闻文信侯就国，各遣使问安，争欲请之，处以相位，使者络绎于道。秦王恐其用于他国，为秦之害，乃手书一缄，以赐不韦。略曰：

君何功于秦，而封户十万？君何亲于秦，而号称尚父？秦之施于君者厚矣！嫪毐之逆，由君始之，寡人不忍加诛，听君就国。君不自悔祸，又

与诸侯使者交通，非寡人所以宽君之意也。其与家属徙居蜀郡，以郫^⑦之一城，为君终老。

　　吕不韦接书读讫，怒曰："吾破家扶立先王，功孰与我？太后先事我而得孕，王我所出也，亲孰与我？王何相负之甚也！"少顷，又叹曰："吾以贾人子，阴谋人国，淫人之妻，杀人之君^⑧，灭人之祀，皇天岂容我哉？今日死晚矣！"遂置鸩于酒中，服之而死。门下客素受其恩者，相与盗载其尸，偷葬于北邙山下，与其妻合冢。今北邙道西有大冢，民间传称吕母冢，盖宾客讳言不韦葬处也。

　　秦王闻不韦已死，求其尸不得，乃尽逐其宾客。因下令大索国中，凡他方游客，不许留居咸阳，已仕者削其官，三日内皆要逐出境外，容留之家，一体治罪。有楚国上蔡⑨人李斯，乃名贤荀卿之弟子，广有学问，向游秦国，事吕不韦为舍人。不韦荐其才能于秦王，拜为客卿。今日逐客令下，李斯亦在逐中，已被司里⑩驱出咸阳城外。斯于途中写就表章，托言机密事，使邮传⑪上之秦王。略曰：

臣闻："太山不让土壤，故能成其高，河海不择细流，故能就其深；王者不却众庶，故能成其德。"昔穆公之霸也，西取繇余于戎，东解百里奚于宛，迎蹇叔于宋，求丕豹、公孙枝于晋；孝公用商鞅，以定秦国之法；惠王用张仪，以散六国之从；昭王用范雎，以获兼并之谋：四君皆赖客以成其功，客亦何负于秦哉？大王必欲逐客，客将去秦而为敌国之用，求其效忠谋于秦者，不可得矣。

秦王览其书，大悟，遂除逐客之令，使人驰车往追李斯，及于骊山之下。斯乃还入咸阳，秦王命复其官，任用如初。

李斯因说秦王曰："昔秦穆公兴霸之时，诸侯尚众，周德未衰，故未可行兼并之术。自孝公以来，周室卑微，诸侯相并，仅存六国，秦之役属诸侯，非一代矣。夫以秦之强，大王之贤，扫荡诸国，如拂灶尘。乃不及此时汲汲图功，坐待诸侯复强，相聚合从，悔之何及！"秦王曰："寡人欲并吞六国，计将安出？"李斯曰："韩近秦而弱，请先取韩，以惧诸国。"秦王从其计，使内史腾为将，率师十万攻韩。

时韩桓惠王已薨，太子安⑫即位。有公子非者，善于刑名法律之学，见韩之削弱，数上书于韩王安，韩王不能用。及秦兵伐韩，韩王惧，公子非自负其才，欲求用于秦国，乃自请于韩王，愿为使聘秦，以求息兵。韩王从之。公子非西见秦王，言韩王愿纳地为东藩，秦王大喜。非因说之曰："臣有计可以破天下之从，而遂秦兼并之谋。大王用臣之谋，若赵不举，韩不亡，楚、魏不臣，齐、燕不附，愿斩臣之头，以徇于国，为人臣不忠者之戒。"因献其所著《说难》《孤愤》《五蠹》《说林》等书，五十余万言。秦王读而善之，欲用为客卿，与议国事。李斯忌其才，谮于秦王曰："诸侯公子，各亲其亲，岂为他人用哉？秦攻韩，韩王急而遣非入秦，安知不如苏秦反间之计？非不可任也。"秦王曰："然则逐之乎？"李斯曰："昔魏公子无忌、赵公子平原，皆曾留秦，秦不用，纵之还国，卒为秦患。非有才，不如杀之，以翦韩之翼。"秦王乃囚韩非于云阳[13]，将杀之。非曰："吾何罪？"狱吏曰："一栖不两雄。当今之世，有才者非用即诛，何必罪乎？"非乃慷慨赋诗曰：

《说》果难，《愤》何已？《五蠹》未除，《说林》何取！膏以香消，麝以脐死[14]。

是夜，非以冠缨自勒其喉而死。韩王闻非死，益惧，请以国内附称臣，秦王乃诏内史腾罢兵。

秦王一日与李斯议事，夸韩非之才，惜其已死。李斯乃进曰："臣举一人，姓尉名缭，大梁人也，深通兵法，其才胜韩非十倍。"秦王曰："其人安在？"李斯曰："今在咸阳。然其人自负甚高，不可以臣礼屈也。"秦王乃以宾礼召之。尉缭见秦王，长揖不拜。秦王答礼，置之上座，呼为先生。尉缭因进说曰："夫列国之于强秦，譬犹郡县也，散则易尽，合则难攻。夫三晋合而智伯亡，五国合而齐湣走。大王不可不虑。"秦王曰："欲使散而不复合，先生计将安出？"尉缭对曰："今国家之计，皆决于豪臣，豪臣岂尽忠智，不过多得财物为乐耳。大王勿爱府库之藏，厚赂其豪臣，以乱其谋，不过亡三十万金，而诸侯可尽。"秦王大悦，尊尉缭为上客，与之抗礼，衣服饮食，尽与己同，时时造其馆，长跪请教。尉缭曰："吾细察秦王为人，丰准长目，鸷膺豺声，中怀虎狼之心，残刻少恩，用人时轻为人屈，不用亦轻弃人。今天下未一，故不惜屈身于布衣，若得志，天下皆为鱼肉矣！"一夕，不辞而去。馆吏急报秦王。秦王如失臂手，遣轺车四出追还，与之立誓，拜为太尉，主兵事。其弟子皆拜为大夫。于是大出内帑金钱，分遣宾客使者，奔走列国，视其宠臣用事者，即厚赂之，探其国情。

秦王复问尉缭以并兼次第。尉缭曰："韩弱易攻，宜先；其次莫如赵、魏。三晋既尽，即举兵而加楚。楚亡，燕、齐又安往乎？"秦王曰："韩已称藩，而赵王尝置酒咸阳宫，未有加兵之名，奈何？"尉缭曰："赵地大兵强，且有韩、魏为助，未可一举而灭也。韩内附称藩，则赵失助之半矣。王若患伐赵无名，请先加兵于魏。赵王有宠臣郭开者，贪得无厌，臣遣弟子王敖往说魏王，使赂郭开而请救于赵王，赵必出兵，吾因以为赵罪，移兵击之。"秦王曰："善。"乃命大将桓齮，率兵十万，出函谷关，声言伐魏。复遣尉缭弟子王敖往魏，付以黄金五万斤，恣其所用。

王敖至魏，说魏王曰："三晋所以能抗强秦者，以唇齿互为蔽也。今韩已纳地称藩，而赵王亲诣咸阳，置酒为欢。韩、赵连袂而事秦，秦兵至魏，魏其危矣。大王何不割邺城以赂赵，而求救于赵？赵如发兵守邺，是赵代魏为守也。"魏王曰："先生度必得之赵王乎？"王敖谬言曰："赵之用事者郭开，臣素与相善，自能得之。"魏王从其言，以邺郡三城地界，并国书付与王敖，使往赵国求救。王敖先以黄金三千斤，交结郭开，然后言三城之事。郭开受魏金，谓悼襄王曰："秦之伐魏，欲并魏也。魏亡，

则及于赵矣。今彼割邺郡之三城以求救，王宜听之。"悼襄王使扈辄率师五万，往受其地。

秦王遂命桓齮进兵攻邺。扈辄出兵拒之，大战于东崿山[15]。扈辄兵败，桓齮乘胜追逐，遂拔邺，连破九城。扈辄兵保于宜安[16]，遣人告急于赵王。赵王聚群臣共议，众皆曰："昔年惟廉颇能御秦兵，庞氏、乐氏，亦称良将，今庞煖已死，而乐氏亦无人矣。惟廉颇尚在魏国，何不召之?"郭开与廉颇有仇，恐其复用，乃谮于赵王曰："廉将军年近七旬，筋力衰矣。况前有乐乘之隙，若召而不用，益增怨望。大王姑使人觇视，倘其未衰，召之未晚。"赵王惑其言，遣内侍唐玖以猰㺄[17]名甲一副、良马四匹劳问，因而察之。

郭开密邀唐玖至家，具酒相饯，出黄金二十镒为寿。唐玖讶其太厚，自谦无功，不敢受。郭开曰："有一事相烦，必受此金，方敢启齿。"玖乃收其金，问："郭大夫有何见谕？"郭开曰："廉将军与某素不相能。足下此去，倘彼筋力衰颓，自不必言；万一尚壮，亦求足下增添几句，只说老迈不堪，赵王必不复召，此即足下之厚意也。"

唐玖领命，竟往魏国，见了廉颇，致赵王之命。廉颇问曰："秦兵今犯赵乎？"唐玖曰："将军何以料之？"廉颇曰："某在魏数年，赵王无一字相及，今忽有名甲良马之赐，必有用某之处，是以知之。"唐玖曰："将军不恨赵王耶？"廉颇曰："某方日夜思用赵人，况敢恨赵王也？"乃留唐玖同食，故意在他面前施逞精神，一饭斗米俱尽，啖肉十余斤，狼餐虎咽，吃了一饱。因披赵王所赐之甲，一跃上马，驰骤如飞。复于马上舞长戟数回，乃跳下马，谓唐玖曰："某何如少年时？烦多多拜上赵王，尚欲以余年报效！"唐玖明明看见廉颇精神强壮，奈私受了郭开贿赂，回至邯郸，谓赵王曰："廉将军虽然年老，尚能食肉善饭，然有脾疾，与臣同坐，须臾间，遗矢^⑱三次矣。"赵王叹曰："战斗时岂堪遗矢？廉颇果老矣！"遂不复召，但益发军以助扈辄。时赵悼襄王之九年，秦王政之十一年^⑲也。其后楚王闻知廉颇在魏，使人召之。颇复奔楚为楚将，以楚兵不如赵，郁郁不得志而死。哀哉！史臣有诗云：

老成名将说廉颇，

遗矢谗言奈若何？

请看吴亡宰嚭死，

郭开何事取金多！

时王敖犹在赵，谓郭开曰："子不忧赵亡耶？何不劝王召廉颇也？"郭开曰："赵之存亡，一国事也。若廉颇，独我之仇，岂可使复来赵国？"王敖知其无为国之心，复探之曰："万一赵亡，君将焉往？"郭开曰："吾将于齐、楚之间，择一国而托身焉。"王敖曰："秦有并吞天下之势，齐、楚犹赵、魏也。为君计，不如托身于秦。秦王恢廓大度，屈己下贤，于人无所不容。"郭开曰："子魏人，何以知秦王之深也？"王敖曰："某之师尉缭子，见为秦太尉，某亦仕秦为大夫。秦王知君能得赵权，故命某交欢于子，所奉黄金，实秦王之赠也。若赵亡，君必来秦，当以上卿授子。赵之美田宅，惟君所欲。"郭开曰："足下果肯相荐，倘有见谕，无不奉承。"王敖复以黄金七千斤付开曰："秦王以万金见托，欲交结赵国将相，今尽以付君，后有事，当相求也。"郭开大喜曰："开受秦王厚赠，若不用心图报，即非人类。"王敖乃辞郭开归秦，以所余金四万斤反命曰："臣以一万金了郭开，以一郭开了赵也。"秦王知赵不用廉颇，更催桓齮进兵。赵悼襄王忧惧，一疾而薨。

悼襄王適子名嘉。赵有女娼，善歌舞，悼襄王悦之，留于宫中，与之生子，名迁。悼襄王爱娼，因及迁，乃废適子嘉而立庶子迁为太子，使郭开为太傅。迁素不好学，郭开又导以声色狗马之事，二人相得甚欢。及悼襄王已薨，郭开奉太子迁^⑳即位。以三百户封公子嘉，留于国中。郭开为相国用事。桓齮乘赵丧，袭破赵军于宜安，斩扈辄，杀十万余人，进逼邯郸。赵王迁自为太子时，闻代守李牧之能，乃使人乘急传持大将军印召牧。牧在代，有选车千五百乘，选骑万三千匹，精兵五万余人；留车三百乘，骑三千，兵万人守代，其余悉以自随，屯于邯郸城外；单身入城，谒见赵王。赵王问以却秦之术。李牧奏曰："秦乘累胜之威，其锋甚锐，未易挫也。愿假臣便宜，无拘文法，方敢受命。"赵王许之。又问："代兵堪战乎？"李牧曰："战则未足，守则有余。"赵王曰："今悉境内劲卒，尚可十万，使赵葱、颜聚各将五万，听君节制。"

李牧拜命而行，列营于肥累^㉑，置壁垒，坚守不战。日椎牛享士，使分队较射。军士日受赏赐，自求出战，牧终不许。桓齮曰："昔廉颇以坚壁拒王龁，今李牧亦用此计也。"乃分兵一半，往袭甘泉市^㉒。赵葱请救之，李牧曰："彼攻而我救，是致于人也，兵家所忌。不如往攻其营。彼方有事甘泉市，其营必虚，又见我坚壁已久，不为战备。若袭破其营，则桓齮之气夺矣。"遂分兵三路，夜袭其营。营中不意赵兵猝至，遂大溃败，

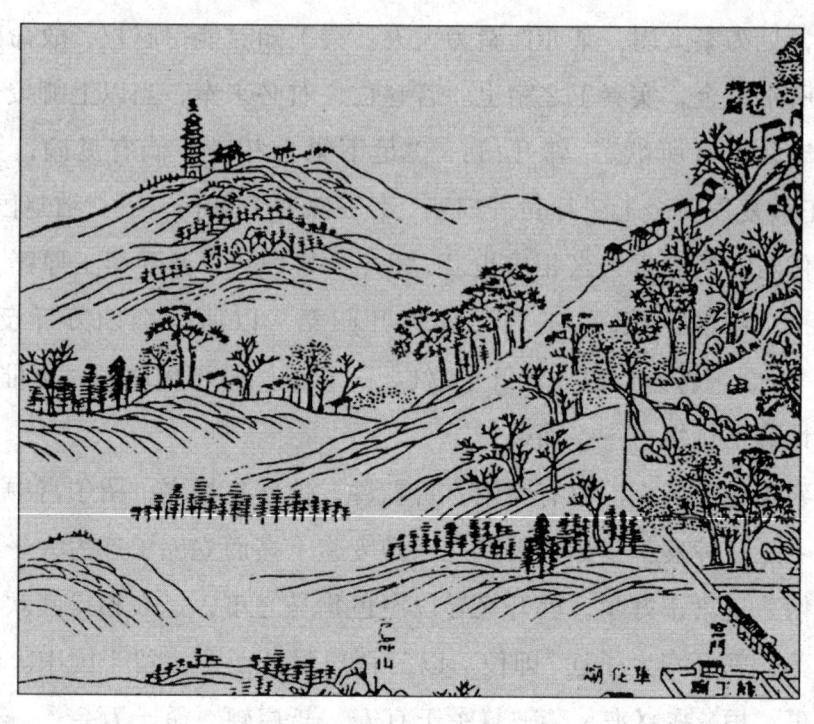

杀死有名牙将十余员，士卒无算。败兵奔往甘泉市，报知桓齮。桓齮大怒，悉兵来战。李牧张两翼以待之，代兵奋勇当先。交锋正酣，左右翼并进，桓齮不能抵当，大败，走归咸阳。赵王以李牧有却秦之功，曰："牧乃吾之白起也！"亦封为武安君，食邑万户。秦王政怒桓齮兵败，废为庶人。复使大将王翦、杨端和，各将兵分道伐赵。

不知胜负如何，且看下回分解。

【注释】

①不旋踵：不转动脚跟。引申为迅速。

②二十八宿（xiù 秀）：中国古代天文学家把日月所经过的天区，即黄道带的恒星分为二十八个星座，称为二十八宿。

③踽踽（jǔ 举）：小步慢行的样子。

④舜事嚚（yín 银）母：嚚，愚蠢。舜母死，有后母冥顽，虐待舜。但"舜顺适不失子道"（《史记·五帝本纪》）。

⑤龙首山：一名龙首原。在今西安市境内，北起渭河，南止樊川，长六十余里。

⑥颖考叔：指郑庄公逐母，而颖考叔能劝其与母和好之事。见第四回。

⑦郫（pí 皮）：古邑名。即今四川省郫都区。

⑧杀人之君：指秦孝文王除丧之三日，即中毒而死。见第一百一回。

⑨上蔡：古邑名。战国时属楚。今属河南省。

⑩司里：古官名。掌外来宾客馆舍和民居。《国语·周语》："敌国宾至，关尹以告……司里授馆。"

⑪邮传：又称驿传，驿站。既供来往官员住宿，也可以传递文书。

⑫太子安：即位后称韩王安，在位九年（前238—前230）。国并于秦。为韩最后一位国君，故无谥号。

⑬云阳：秦县名。在今陕西淳化县西北。

⑭麝以脐死：麝，鹿属，似鹿而小，腹部阴囊附近有香腺，其分泌物特香，可制麝香。人们为取得麝香而捕杀麝，故言麝以脐死。

⑮东崮山：古山名。应在今河北南部。地址不详。

⑯宜安：战国赵邑名。在今河北藁城县西南。

⑰搪猊（táng ní 唐泥）：兽名。疑类犀牛。古代铠甲多用其图像为饰，亦用其皮为铠甲。

⑱矢：同屎。

⑲秦王政之十一年：即公元前236年。

⑳太子迁：即位后称赵王迁。在位八年（前235—前228）。赵灭后其兄嘉立国于代，谥赵王迁为幽缪王。

㉑肥累：战国时赵地。在今河北藁城县西七里。《史记》作"肥下"。

㉒甘泉市：战国时赵地，具体地址待考。

第一百六回　王敖反间杀李牧
田光刎颈荐荆轲

　　话说赵王迁五年①，代中地震，墙屋倾倒大半，平地裂开百三十步，邯郸大旱。民间有童谣曰：

　　秦人笑，赵人号，以为不信，视地生毛。

　　明年，地果生白毛，长尺余，郭开蒙蔽，不使赵王闻之。时秦王再遣大将王翦、杨端和分道伐赵。王翦从太原一路进兵，杨端和从常山②一路进兵。复遣内史腾引军十万，屯于上党，以为声援。

　　时燕太子丹为质于秦，见秦兵大举伐赵，知祸必及于燕，阴使人致书于燕王，使为战守之备。又教燕王诈称有疾，使人请太子归国。燕王依其计，遣使至秦。秦王政曰："燕王不死，太子未可归也。欲归太子，除是乌头白、马生角方可！"太子丹仰天大呼，怨气一道，直冲霄汉，乌头皆白。秦王犹不肯遣。太子丹乃易服毁面，为人佣仆，赚出函谷关，星夜往燕国去讫。今真定府定州③南，有台名闻鸡台，即太子丹逃秦时，闻鸡早发处也。秦王方图韩、赵，未暇讨燕丹逃归之罪。

　　再说赵武安君李牧，大军屯于灰泉山④，连营数里，秦两路军马，皆不敢进。秦王闻此信，复遣王敖至王翦军中。王敖谓翦曰："李牧北边名将，未易取胜。将军姑与通和，但勿定约，使命往来之间，某自有计。"王翦果使人往赵营讲和，李牧亦使人报之。王敖至赵，再打郭开关节，言："李牧与秦私自讲和，约破赵之日，分王代郡。若以此言进于赵王，使以他将易去李牧，某言于秦王，君之功劳不小。"郭开已有外心，遂依王敖说话，密奏赵王。赵王阴使左右往察其情，果见李牧与王翦信使往来，遂信以为实然，谋于郭开。郭开奏曰："赵葱、颜聚，见在军中，大王诚遣使持兵符，即军中拜赵葱为大将，替回李牧，只说用为相国，牧必不疑。"

赵王从其言，遣司马尚持节至灰泉山军中，宣赵王之命。李牧曰："两军对垒，国家安危，悬于一将，虽有君命，吾不敢从！"司马尚私告李牧曰："郭开谮将军欲反，赵王入其言，是以相召，言拜相者，欺将军之言也。"李牧忿然曰："开始谮廉颇，今复谮吾，吾当提兵入朝，先除君侧之恶，然后御秦可也。"司马尚曰："将军称兵犯阙，知者以为忠，不知者反以为叛，适令谗人借为口实。以将军之才，随处可立功名，何必赵也。"李牧叹曰："吾尝恨乐毅、廉颇为赵将不终，不意今日乃及自己！"又曰："赵葱不堪代将，吾不可以将印授之。"乃悬印于幕中，中夜微服遁去，欲往魏国。赵葱感郭开举荐之恩，又怒李牧不肯授印，乃遣力士急捕李牧，得于旅人之家，乘其醉，缚而斩之，以其首来献。可怜李牧一时名将，为郭开所害，岂不冤哉！史臣有诗云：

却秦守代著威名，大厦全凭一木撑。

何事郭开贪外市，致令一旦坏长城！

司马尚不敢复命，窃妻孥奔海上去讫。赵葱遂代李牧挂印为大将，颜聚为副。代兵素服李牧，见其无辜被害，不胜愤怒，一夜间逾山越谷，逃散俱尽，赵葱不能禁也。

却说秦兵闻李牧死，军中皆酌酒相贺。王翦、杨端和两路军马，刻期并进。赵葱与颜聚计议，欲分兵往救太原、常山二处。颜聚曰："新易大将，军心不安，若合兵犹足以守，一分则势弱矣。"言未毕，哨马报："王翦攻狼孟⑤甚急，破在旦夕。"赵葱曰："狼孟一破，彼将长驱井陉⑥，合攻常山，而邯郸危矣，不得不往救之。"遂不听颜聚之谏，传令拔寨俱起。王翦觇探明白，预伏兵大谷。遣人于高阜瞭望，只等赵葱兵过一半，放起号炮，伏兵一齐杀出，将赵兵截做两段，首尾不能相顾。王翦引大军倾江倒峡般杀来，赵葱迎敌，兵败，为王翦所杀。颜聚收拾败军，奔回邯郸。秦兵遂拔狼孟，由井陉进兵，攻取下邑⑦。杨端和亦收取常山余地，进围邯郸。

秦王政闻两路兵俱已得胜，因命内史腾移兵往韩受地。韩王安大惧，尽献其城，入为秦臣。秦以韩地为颍川郡⑧。此韩王安之九年，秦王政之十七年也。韩自武子万⑨受邑于晋，三世至献子厥，始执晋政。厥三传至康子虎，始灭智氏。虎再传至景侯虔，始为诸侯。虔六传至宣惠王，始称王。四传至王安，而国入于秦。自韩虔六年，至宣惠王九年秋，凡为侯共八十年；自宣惠王十年，至王安九年国灭，凡为王九十四年。自此，六国只存其五矣。史臣有赞云：

万封韩原，贤裔惟阙。计全赵孤，阴功不泄。始偶六卿，终分三穴。从约不守，稽首秦厥。韩非虽使，无救亡灭！

再说秦兵围邯郸，颜聚悉兵拒守，赵王迁恐惧，欲遣使邻邦求救。郭开进曰："韩王已入臣，燕、魏方自保不暇，安能相救？以臣愚见，秦兵势大，不如全城归顺，不失封侯之位。"王迁欲听之，公子嘉伏地痛哭曰："先王以社稷宗庙传于王，何可弃也？臣愿与颜聚竭力效死！万一城破，代郡数百里，尚可为国，奈何束手为人俘囚乎？"郭开曰："城破则王为虏，岂能及代哉？"公子嘉拔剑在手，指郭开曰："覆国谗臣，尚敢多言，吾必斩之！"赵王劝解方散。王迁回宫，无计可施，惟饮酒取乐而已。郭开欲约会秦兵献城，奈公子嘉率其宗族宾客，帮助颜聚加意防守，水泄不漏，不能通信。

其时岁值连荒，城外民人逃尽，秦兵野无所掠，惟城中广有积粟，食用不乏，急切不下，乃与杨端和计议，暂退兵五十里外，以就粮运。城中见秦兵退去，防范稍弛，日启门一次，通出入。郭开乘此隙遣心腹出城，将密书一封，送入秦寨。书中大意云："某久有献城之意，奈不得其便。然赵王已十分畏惧，倘得秦王大驾亲临，某当劝赵王行衔璧舆榇⑩之礼。"王翦得书，即遣人驰报秦王。秦王亲帅精兵三万，使大将李信扈驾，取太原路来至邯郸，复围其城，昼夜攻打。城上望见大旆有"秦王"字，飞报赵王，赵王愈恐。郭开曰："秦王亲提兵至此，其意不破邯郸不已，公子嘉、颜聚辈不足恃也，愿大王自断于心！"赵王曰："寡人欲降秦，恐见杀如何？"郭开曰："秦不害韩王，岂害大王哉？若以和氏之璧并邯郸地图出献，秦王必喜。"赵王曰："卿度可行，便写降书。"郭开写就降书，又奏曰："降书虽写，公子嘉必然阻挡。闻秦王大营在西门，大王假以巡城为名，乘驾到彼，竟自开门送款，何愁不纳？"赵王一向昏迷，惟郭开之言是听，到此危急之际，益无主持，遂依其言。

颜聚方在北门点视，闻报赵王已出西门，送款于秦，大惊。公子嘉亦

飞骑而至，言："城上奉赵王之命，已竖降旗，秦兵即刻入城矣。"颜聚曰："吾当以死据住北门，公子收敛公族，火速到此，同奔代地，再图恢复。"公子嘉从其计，即率其宗族数百人，同颜聚奔出北门，星夜往代。颜聚劝公子嘉自立为代王⑪，以令其众；表李牧之功，复其官爵，亲自设祭，以收代人之心；遣使东与燕合，屯军于上谷⑫，以备秦寇。代国赖以粗定，不在话下。

再说秦王政准赵王迁之降，长驱入邯郸城，居赵王之宫。赵王以臣礼拜见，秦王坐而受之，故臣多有流涕者。明日，秦王弄和氏之璧，笑谓群臣曰："此先王以十五城易之而不得者也。"于是秦王出令，以赵地为巨鹿郡⑬，置守；安置赵王于房陵⑭，封郭开为上卿。赵王方悟郭开卖国之罪，叹曰："使李牧在此，秦人岂得食吾邯郸之粟耶？"那房陵四面有石室，如房屋一般。赵王居石室之中，闻水声淙淙，问左右，对曰："楚有四水，江、汉、沮、漳⑮，此名沮水，出房山达于汉江。"赵王凄然叹曰："水乃无情之物，尚能自达于汉江，寡人羁囚在此，望故乡千里，岂能至哉！"乃作山水之讴云：

房山为宫兮，沮水为浆。不闻调琴奏瑟兮，惟闻流水之汤汤！水之无情兮，犹能自致于汉江。嗟余万乘之主兮，徒梦怀乎故乡！夫谁使余及此兮？乃谗言之孔张！良臣淹没兮，社稷沦亡。余听不聪兮，敢怨秦王？

终夜无聊，每一发讴，哀动左右，遂发病不起。代王嘉闻王迁死，谥为幽谬王。有诗为证：

吴主丧邦縣佞嚭，赵王迁死为贪开。

若教贪佞能疏远，万岁金汤⑯永不隤。

秦王班师回咸阳，暂且休兵养士。郭开积金甚多，不能携带，乃俱窖于邯郸之宅第。事既定，自言于秦王，请休假回赵，搬取家财。秦王笑而许之。既至邯郸，发窖取金，载以数车，中途为盗所杀，取金而去。或云："李牧之客所为也。"呜呼！得金卖国，徒杀其身，愚哉！

再说燕太子丹逃回燕国，恨秦王甚，乃散家财，大聚宾客，谋为报秦之举。访得勇士夏扶、宋意，皆厚待之。有秦舞阳，年十三，白昼杀仇人于都市，市人畏不敢近，太子赦其罪，收致于门下。秦将樊於期得罪奔燕，匿深山中，至是闻太子好客，亦出身自归。丹待为上宾，于易水之东，筑一城以居之，名曰樊馆。太傅鞠武谏曰："秦虎狼之国，方蚕食诸侯，即使无隙，犹将生事，况收其仇人以为射的，如批龙之逆鳞，其伤必矣。愿太子速遣樊将军入匈奴以灭口，请西约三晋，南连齐、楚，北结匈奴，然后乃可徐图也。"太子丹曰："太傅之计，旷日持久。丹心如焚炙，不能须臾安息。况樊将军穷困来归，是丹哀怜之交也。丹岂以强秦之故，而远弃樊将军于荒漠？丹有死，不能矣。愿太傅更为丹虑之！"鞠武曰："夫以弱燕而抗强秦，如以毛投炉，无不焚也；以卵投石，无不碎也。臣智浅识寡，不能为太子画策。所识有田光先生，其人智深而勇沉，且多识异人。太子必欲图秦，非田光先生不可。"太子丹曰："丹未得交于田先生，愿因太傅而致之。"鞠武曰："敬诺。"

鞠武即驾车往田光家中，告曰："太子丹敬慕先生，愿就而决事，愿先生勿却。"田光曰："太子，贵人也，岂敢屈车驾哉？即不以光为鄙陋，欲共计事，光当往见，不敢自逸。"鞠武曰："先生不惜枉驾，此太子之幸也。"遂与田光同车，造太子宫中。太子丹闻田光至，亲出宫迎接，执辔下车，却行⑰为导，再拜致敬，跪拂其席。田光年老，偻行登上坐，旁观者皆窃笑。太子丹屏左右，避席而请曰："今日之势，燕、秦不两立，闻先生智勇足备，能奋奇策救燕须臾之亡乎？"田光对曰："臣闻：'骐骥盛壮之时，一日而驰千里，及其衰老，驽马先之。'今鞠太傅但知臣盛壮之时，不知臣已衰老矣。"太子丹曰："度先生交游中，亦有智勇如先生少壮之时，可代为先生持筹者乎？"田光摇首曰："大难，大难！虽然，太子自审门下客，可用者有几人？光请相之。"太子丹乃悉召夏扶、宋意、秦舞阳至，与田光相见。田光一一相过，问其姓名，谓太子曰："臣窃观太子客，俱无可用者。夏扶血勇之人，怒则面赤；宋意脉勇之人，怒则面青；秦舞阳骨勇之人，怒则面白。夫怒形于面，而使人觉之，何以济事？臣所知有荆卿者，乃神勇之人，喜怒不形，似为胜之。"太子丹曰："荆卿何名？何处人氏？"田光曰："荆卿者，名轲，本庆氏，齐大夫庆封之后也。庆封奔吴，家于朱方，楚讨杀庆封，其族奔卫，为卫人。以剑术说卫元君，元君不能用。及秦拔卫东地，并濮阳为东郡⑱，而轲复奔燕，改氏曰荆，人呼为荆卿，性嗜酒。燕人高渐离者，善击筑⑲，轲爱之，日与饮于燕市中。酒酣，渐离击筑，荆卿和而歌之，歌罢，辄涕泣而叹，以为天下无知己。此其人沉深有谋略，光万不如也。"太子丹曰："丹未得交于荆卿，愿因先生而致之。"田光曰："荆卿贫，臣每给其酒资，是宜听臣之言。"太子丹送田光出门，以自己所乘之车奉之，使内侍为御。光将上车，太子嘱曰："丹所言，国之大事也，愿先生勿泄于他人。"田光笑曰："老臣不敢。"

　　田光上车，访荆轲于酒市中。轲与高渐离同饮，半酣，渐离方调筑。田光闻筑音，下车直入，呼荆卿。渐离携筑避去。荆轲与田光相见，邀轲至其家中，谓曰："荆卿尝叹天下无知己，光亦以为然。然光老矣，精衰力耗，不足为知己驱驰。荆卿方壮盛，亦有意一试其胸中之奇乎？"荆轲曰："岂不愿之，但不遇其人耳。"田光曰："太子丹折节重客，燕国莫不闻之。今者不知光之衰老，以燕、秦之事谋及于光。光与卿相善，知卿之才，荐以自代，愿卿即过太子宫。"荆轲曰："先生有命，轲敢不从！"田光欲激荆轲之志，乃抚剑叹曰："光闻之：'长者为行，不使人疑。'今太子以国事告光，而嘱光勿泄，是疑光也。光奈何欲成人之事，而受其疑哉！光请以死自明，愿足下急往报于太子。"遂拔剑自刎而死。

荆轲方悲泣，而太子复遣使来视："荆先生来否？"荆轲知其诚，即乘田光来车，至太子宫。太子接待荆轲，与田光无二。既相见，问："田先生何不同来？"荆轲曰："光闻太子有私嘱之语，欲以死明其不言，已伏剑死矣！"太子丹抚膺恸哭曰："田先生为丹而死，岂不冤哉！"良久收泪，纳轲于上坐，太子丹避席顿首。轲慌忙答礼。太子丹曰："田先生不以丹为不肖，使丹得见荆卿，天与之幸，愿荆卿勿见鄙弃。"荆轲曰："太子所以忧秦者，何也？"丹曰："秦譬犹虎狼，吞噬无厌，非尽收天下之地，臣海内之王，其欲未足。今韩王尽已纳地为郡县矣。王翦大兵复破赵，虏其王。赵亡，次必及燕。此丹之所以卧不安席，临食而废箸者也。"荆轲曰："以太子之计，将举兵与角胜负乎？抑别有他策耶？"太子丹曰："燕小弱，数困于兵。今赵公子嘉自称代王，欲与燕合兵拒秦。丹恐举国之众，不当秦之一将，虽附以代王，未见其势之盛也。魏、齐素附于秦，而楚又远不相及，诸侯畏秦之强，无肯合从者。丹窃有愚计，诚得天下之勇士，伪使于秦，诱以重利，秦王贪得，必相近，因乘间劫之，使悉反诸侯侵地，如曹沫之于齐桓公，则大善矣。倘不从，则刺杀之。彼大将握重兵，各不相下，君亡国乱，上下猜疑，然后连合楚、魏，共立韩、赵之后，并力破秦，此乾坤再造之时也，惟荆卿留意焉。"荆轲沉思良久，对曰："此国之大事也，臣驽下，恐不足当任使。"太子丹前顿首固请曰："以荆卿高义，丹愿委命于卿，幸毋让！"荆轲再三谦逊，然后许诺。

于是尊荆轲为上卿，于樊馆之右，复筑一城，名曰荆馆，以奉荆轲。太子丹日造门下问安，供以太牢。间进车骑美女，恣其所欲，惟恐其意之不适也。轲一日与太子游东宫，观池水，有大龟出池旁，轲偶拾瓦投龟，太子丹捧金丸进之以代瓦。又一日共试骑，太子丹有马日行千里，轲偶言马肝味美，须臾，庖人进肝，所杀即千里马也。丹又言及秦将樊於期得罪秦王，见在燕国。荆轲请见之。太子治酒于华阳之台，请荆轲与樊於期相会，出所幸美人奉酒，复使美人鼓琴娱客。荆轲见其两手如玉，赞曰："美哉手也！"席散，丹使内侍以玉盘送物于轲，轲启视之，乃断美人之手，自明于轲，无所吝惜。轲叹曰："太子遇轲厚，乃至此乎？当以死报之！"

不知荆轲如何报恩，且看下回分解。

【注释】

①赵王迁五年：即公元前231年。

②常山：即北岳恒山，汉时避文帝刘恒讳改。其峰脉绵延至今河北曲阳。

③定州：明代州名，北魏置。其辖境约今河北定县、曲阳、深泽等地。

④灰泉山：古山名。应在今河北中部，地址不详。

⑤狼孟：战国时赵地名。今山西阳曲县。

⑥井陉：太行山关隘名。在今河北井陉县北，是由太行山进入华北平原的隘口。

⑦下邑：国都属县。《春秋·庄公二十八年》孔疏："国都为上，邑为下。"此指赵都邯郸附近之城邑。

⑧颍川郡：郡名。秦王政十七年（前230）置。辖境约今河南省中部，以有颍水而得名。治所在阳翟（今河南禹县）。

⑨武子万：即姬万。乃曲沃桓叔之子，因受封于韩原（今陕西韩城市西南），后谥为韩武子，成为韩之始祖，韩厥之祖父。

⑩衔璧舆榇（chèn 趁）：古代国君死后，口含玉。故国君出降，衔璧以示国亡当死。舆榇，指载棺以随。《左传·僖六年》："许男面缚衔璧，大夫衰绖，士舆榇。"

⑪代王：代王韩嘉，赵襄悼王嫡子。赵亡奔代，赵之亡大夫共立嘉为王。在位六年（前227—前222）。终并于秦。

⑫上谷：战国赵地。在今河北怀来县南。

⑬巨鹿郡：秦郡名。应为秦始皇二十五年（前222年）置。辖境约今河北省中南部。治所在今河北巨鹿县。

⑭房陵：原楚邑名，此时已为秦有。在今湖北省房县。

⑮沮、漳：均古水名。地在今湖北省中部。沮水源出保康县西南，漳水源出湖北南漳县西南。二水东南流至当阳市汇合，称沮漳河。南流至荆州入长江。

⑯金汤：金喻其坚，汤喻沸热而不可近。故古代以金汤比喻防守坚固。

⑰却行：倒退而行。是表示极其恭敬的样子。

⑱东郡：秦郡名。秦王政五年（前242）置。辖境约今河南省北部及山东西部一带。治所在濮阳（今河南濮阳西南）。

⑲筑（zhú 竹）：弦乐器名，似琴，有十三弦。弹者以左手扼之，右手用竹尺击之。

第一百七回　献地图荆轲闹秦庭
论兵法王翦代李信

话说荆轲平日常与人论剑术，少所许可，惟心服榆次①人盖聂，自以为不及，与之深结为友。至是，轲受燕太子丹厚恩，欲西入秦劫秦王，使人访求盖聂，欲邀请至燕，与之商议。因盖聂游踪未定，一时不能够来到。太子丹知荆轲是个豪杰，且暮敬事，不敢催促。忽边人报道："秦王遣大将王翦，北略地至燕南界。代王嘉遣使相约，一同发兵，共守上谷以拒秦。"太子丹大惧，言于荆轲曰："秦兵旦暮渡易水，足下虽欲为燕计，岂有及哉？"荆轲曰："臣思之熟矣！此行倘无以取信于秦王，未可得近也。夫樊将军得罪于秦，秦王购其首黄金千斤，封邑万家。而督亢膏腴之地，秦人所欲。诚得樊将军之首，与督亢之地图，奉献秦王，彼必喜而见臣，臣乃得有以报太子。"丹曰："樊将军穷困来归，何忍杀之？若督亢地图，所不敢惜！"

荆轲知太子丹不忍，乃私见樊於期曰："将军得祸于秦，可谓深矣。父母宗族，皆为戮殁，今闻购将军之首，金千斤，邑万家，将军将何以雪其恨乎？"樊於期仰天太息，流涕而言曰："某每一念及秦政，痛彻心髓！愿与之俱死，恨未有其地耳。"荆轲曰："今有一言，可以解燕国之患，报将军之仇者，将军肯听之乎？"於期亟问曰："计将安出？"荆轲踌躇不语。於期曰："荆卿何以不言？"轲曰："计诚有之，但难于出口。"於期曰："苟报秦仇，虽粉骨碎身，某所不恤，又何出口之难乎？"荆轲曰："某之愚计，欲前刺秦王，而恐其不得近也。诚得将军之首，以献于秦，秦王必喜而见臣。臣左手把其袖，右手矶其胸，则将军之仇报，而燕亦得免于灭亡之患矣。将军以为何如？"樊於期卸衣偏袒，奋臂顿足，大呼曰：

"此臣之日夜切齿腐心而恨其无策者也，今乃得闻明教。"即拔佩剑刎其喉，喉绝而颈未断，荆轲复以剑断之。有诗为证：

闻说奇谋喜欲狂，幽魂先已赴咸阳。

荆卿若遂屠龙计，不枉将军剑下亡。

荆轲使人飞报太子曰："已得樊将军首矣！"太子丹闻报，驰车至，伏尸而哭极哀，命厚葬其身，而以其首置木函中。荆轲曰："太子曾觅利匕首乎？"太子丹曰："有赵人徐夫人匕首，长一尺八寸，甚利，丹以百金得之，使工人染以毒药，曾以试人，若出血沾丝缕，无不立死，装以待荆卿久矣！未知荆卿行期何日？”荆轲曰：“臣有所善客盖聂未至，欲俟之以为副。”太子丹曰：“足下之客，如海中之萍，未可定也。丹之门下，有勇士数人，惟秦舞阳为最，或可以副行乎？”荆轲见太子十分急切，乃叹曰：“今提一匕首，入不测之强秦，此往而不返者也。臣所以迟迟，欲俟吾客，本图万全。太子既不能待，请行矣。”

于是太子丹草就国书，只说献督亢之地并樊将军之首，俱付荆轲。以千金为轲治装，秦舞阳为副使同行。临发之日，太子丹与相厚宾客知其事者，俱白衣素冠，送至易水之上，设宴饯行。高渐离闻荆轲入秦，亦持豚肩斗酒而至，荆轲使与太子丹相见，丹命入席同坐。酒行数巡，高渐离击筑，荆轲和而歌，为变徵②之声。歌曰：

风萧萧兮易水寒，壮士一去兮不复还！

声甚哀惨，宾客及随从之人，无不涕泣，有如临丧。荆轲仰面呵气，直冲霄汉，化成白虹一道，贯于日中，见者惊异。轲复慷慨为羽声③，歌曰：

探虎穴兮入蛟宫，仰天嘘气兮成白虹！

其声激烈雄壮，众莫不瞋目奋励，有如临敌。于是太子丹复引卮酒，跪进于轲。轲一吸而尽，牵舞阳之臂，腾跃上车，催鞭疾驰，竟不反顾。太子丹登高阜以望之，不见而止，凄然如有所失，带泪而返。晋处士陶靖节④有诗曰：

燕丹善养士，志在报强嬴。招集百夫良，岁暮得荆卿。君子死知己，提剑出燕京；素骥鸣广陌，慷慨送我行。雄发指危冠，猛气冲长缨。饮饯易水上，四座列群英，左席击悲筑，右席唱高声。萧萧哀风逝，淡淡寒波生，商音更流涕，羽奏壮士惊。心知去不归，且有后世名。

荆轲既至咸阳，知中庶子⑤蒙嘉有宠于秦王，先以千金赂之，求为先容⑥。蒙嘉入奏秦王曰：“燕王怖大王之威，不敢举兵，以逆军吏，愿举国为内臣，比于诸侯之列，给贡职如郡县，以奉守先人之宗庙。恐惧不敢

自陈，谨斩樊於期之首，及献燕督亢之地图，燕王亲自函封，拜送使者于庭。今上卿荆轲，见在馆驿候旨，惟大王命之。"秦王闻樊於期已诛，大喜，乃朝服设九宾之礼，召使者至咸阳宫相见。荆轲藏匕首于袖，捧樊於期头函，秦舞阳捧督亢舆地图匣，相随而进。将次升阶，秦舞阳面白如死人，似有振恐之状。侍臣曰："使者色变为何？"荆轲回顾舞阳而笑，上前叩首谢曰："一介秦舞阳，乃北番蛮夷之鄙人，生平未尝见天子，故不胜振慑悚息⑦，易其常度。愿大王宽宥其罪，使得毕使于前。"秦王传旨，止许正使一人上殿。左右叱舞阳下阶。秦王命取头函验之，果是樊於期之首，问荆轲："何不早杀逆臣来献？"荆轲奏曰："樊於期得罪大王，窜伏北漠，寡君悬千金之赏，购求得之，欲生致于大王；诚恐中途有变，故断其首，冀以稍纾大王之怒。"荆轲辞语从容，颜色愈和，秦王不疑。

时秦舞阳捧地图匣，俯首跪于阶下。秦王谓荆轲曰："取舞阳所持地图来，与寡人观之！"荆轲从舞阳手中，取过图函，亲自呈上。秦王展图，方欲观看。荆轲匕首已露，不能掩藏，当下未免着忙。左手把秦王之袖，右手执匕首刺其胸，未及身，秦王大惊，奋身而起，袖绝。因那时五月初旬天气，所穿罗縠⑧单衣，故易裂也。王座旁设有屏风，长八尺，秦王超而过之，屏风仆地。荆轲持匕首在后紧追。秦王不能脱身，绕柱而走。原来秦法，群臣侍殿上者，不许持尺寸之兵，诸郎中宿卫之官⑨，执兵戈者，皆陈列于殿下，非奉宣召，不敢擅自入殿。今仓卒变起，不暇呼唤。群臣皆以手共搏轲。轲勇甚，近者辄仆。有侍医夏无且，亦以药囊击轲，轲奋臂一挥，药囊俱碎。虽然荆轲勇甚，群臣没奈他何，却也亏着要打发众人，所以秦王东奔西走，不曾被荆轲拿住。秦王所佩宝剑，名"鹿卢"，长八尺，欲拔剑击轲，剑长，靶不能脱。有小内侍赵高急唤曰："大王何不背剑而拔之？"秦王悟，依其言，把剑推在背后，前边便短，容易拔出。秦王勇力，不弱于荆轲，匕首尺余，止可近刺，剑长八尺，可以远击。秦王得剑在手，其胆便壮，遂直前来砍荆轲，断其左股。荆轲扑身倒于左边铜柱之旁，不能起立，乃举匕首以掷秦王。秦王闪开，那匕首在秦王耳边过去，直刺入右边铜柱之中，火光迸出。秦王复以剑击轲，轲以手接剑，三指俱落，连被八创。荆轲倚柱而笑，向秦王箕踞⑩骂曰："幸哉汝也！吾欲效曹沫故事，以生劫汝，反诸侯侵地，不意事之不就，被汝幸免，岂非天乎！然汝恃强力，吞并诸侯，享国亦岂长久耶？"左右争上前攒杀之。秦舞阳在殿下，知荆轲动手，也要向前，却被郎中等众人击杀。此秦王政二十年事也。可惜荆轲受了燕太子丹多时供养，特地入秦，一事无成，不惟自害其身，又枉害了田光、樊於期、秦舞阳三人性命，断送燕丹父子，岂非剑术之不精乎？髯翁有诗云：

独提匕首入秦都，神勇其如剑术疏！

壮士不还谋不就，樊君应与觅头颅。

秦王心战目眩，呆坐半日，神色方才稍定。往视荆轲，轲双目圆睁，宛如生人，怒气勃勃。秦王惧，命取荆轲、秦舞阳之尸及樊於期之首，同焚于市中，燕国从者皆枭首，分悬国门。遂起驾还内宫。宫中后妃闻变，俱前来问安，因置酒压惊称贺。有一胡姬，乃赵王宫人，秦王破赵，选入宫，善琴有宠，列在妃位。秦王使鼓琴解闷。胡姬援琴而奏之，其声曰：

罗縠单衣兮可裂而绝，八尺屏风兮可超而越，鹿卢之剑兮可负而拔，嗟彼凶狡兮身亡国灭！

秦王爱其敏捷，赐缯绮⑪一箧，是夜尽欢，因宿于胡姬之宫。后来胡姬生子，即胡亥也，是为二世皇帝⑫。此是后话。

次早，秦王视朝，论功行赏，首推夏无且，以黄金二百镒赐之，曰："无且爱我，以药囊投荆轲也。"次唤小内侍赵高曰："'背剑而拔之'，赖汝教我。"亦赐黄金百镒。群臣中手搏荆轲者，视有伤轻重加赏。殿下郎中人等，击杀秦舞阳者，亦俱有赐。蒙嘉误为荆轲先容，凌迟处死，灭其家。蒙骜先已病死，其子蒙武，见为裨将，以不知情，特赦之。秦王怒气未息，乃益发兵，使王贲将之，助其父王翦攻燕。

燕太子丹不胜其愤，悉众迎战于易水之西。燕兵大败，夏扶、宋意皆战死。丹奔蓟城，鞠武被杀，王翦合兵围之，十月城破。燕王喜谓太子丹曰："今日破国亡家，尽由于汝！"丹对曰："韩、赵之灭，岂亦丹罪耶？今城中精兵，尚有二万，辽东负山阻河，犹足固守，父王宜速往！"燕王喜不得已，登车开东门而出。太子丹尽驱其精兵，亲自断后，护送燕王东行，退保辽东，都平壤⑬。王翦攻下蓟城，告捷于咸阳。王翦积劳成病，一面上表告老。秦王曰："太子丹之仇，寡人不能忘，然王翦诚老矣。"使将军李信代领其众，以追燕王父子。召王翦归，赐予甚厚。翦谢病，老于频阳⑭。

燕王闻李信兵至，遣使求救于代王嘉。嘉乃报燕王书，略曰：

秦所以急攻燕者，以怨太子丹故也。王能杀丹以谢于秦，秦怒必解，燕之社稷，幸得血食。

燕王喜犹豫未忍，太子丹惧诛，乃与其宾客，自匿于桃花岛⑮。李信屯兵首山⑯，使人持书数太子丹之罪。燕王喜大惧，佯召太子丹计事，以酒灌醉，缢杀之，然后断其首。燕王喜哭之恸。时夏五月，忽然天降大雪，平地深二尺五寸，寒凛如严冬，人谓太子丹怨气所致也。燕王将太子丹之首，函送李信军中，为书谢罪。李信驰奏秦王，且言："五月大雪，军人苦寒多病，求暂许班师。"秦王谋于尉缭，尉缭奏曰："燕栖于辽，赵栖于代，譬之游魂，不久自散。今日之计，宜先下魏，次及荆楚，二国既定，燕、代可不劳而下。"秦王曰："善。"乃诏李信收兵回国。再命王贲为大将，引军十万，出函谷关攻魏。

时魏景湣王已薨，太子假⑰立三年矣。自秦攻燕时，魏王假增筑大梁之城，内外俱浚深沟，预修守备。使人结好齐王，说以利害，言：魏与齐乃唇齿之国，唇亡则齿寒。魏亡，则祸必及于齐，愿同心协力，互相救援。"齐自君王后薨，其弟后胜为相国用事，多受秦黄金，力言："秦必不负齐，今若与魏合从，必触秦怒。"齐王建惑其言，遂辞魏使。王贲连战皆胜，进围大梁。值天道多雨，王贲乘油幕车[18]，访求水势，知黄河在

城之西北，而汴河从荥阳发源来，亦经由城西而过，乃命军士于西北开渠，引二河之水，筑堤壅其下流。军士冒雨兴工，王贲亲自持盖催督。及渠成，雨一连十日不止，水势浩大，贲命决堤通沟，内外沟俱泛溢。城被浸三日，颓坏者数处，秦兵遂乘之而入。魏王假方与群臣议书降表，为王贲所虏，上囚车，与官属俱送至咸阳。假中途病死。王贲尽取魏地，为三川郡[19]。并收野王地，废卫君角为庶人。按魏自晋献公之世，毕万受封，万生芒季，芒季生武子犨，犨佐晋文公成霸，犨复四传至桓子侈，灭范氏、中行氏、智氏，侈生文侯斯，与韩、赵三分晋国，凡七传而至王假，国灭，共有国二百年。史臣赞云：

毕公之苗，因国为姓。胤裔繁昌，世戴忠正。文始建侯，武益强盛[21]。

惠王好战^㉒，大梁不竞。信陵养士，神气稍振。景湣式微，再传而陨。

时秦王政二十二年^㉓事也。

是年，秦王用尉缭之策，复谋伐楚，问于李信曰："将军度伐楚之役，用几何人而足？"李信对曰："不过用二十万人。"复召老将王翦问之，翦对曰："信以二十万人攻楚，必败。以臣愚见，非六十万人不可。"秦王私念曰："老人固宜怯，不如李将军壮勇。"遂罢王翦不用，命李信为大将，蒙武副之，率兵二十万伐楚。李信攻平舆^㉔，蒙武攻寝丘^㉕。信年少骁勇，一鼓攻下平舆城，于是引兵而西，攻下申城^㉖，遣人持书约蒙武会于城父^㉗，欲合兵以捣郢城^㉘。

话分两头。却说楚自李园杀春申君黄歇，立幽王捍，捍即黄歇与李氏所生之子也。幽王立十年而薨，无子。其时李园亦卒。郡臣乃立宗人公子犹，是为哀王。哀王立二月，而其庶兄负刍^㉙，袭杀哀王，遂自立为王。负刍在位三年，闻秦兵深入楚地，乃拜项燕为大将，率兵二十余万，水陆并进。探知李信兵出申城，自率大军迎于西陵^㉚，使副将屈定设七伏于鲁台山诸处。李信恃勇前进，遇项燕，两下交锋，战酣之际，七路伏兵俱起，李信不能抵敌，大败而走。项燕逐之，凡三日三夜不息，杀都尉七人，军士死者无算。李信率残兵退保冥阨^㉛，项燕复攻破之，李信弃城而遁。项燕追及平舆，尽复故地。蒙武未至城父，闻李信兵败，亦退入赵界，遣使告急。

秦王大怒，尽削李信官邑，亲自命驾造频阳，来见王翦，问曰："将军策李信以二十万人攻楚必败，今果辱秦军矣。将军虽病，能为寡人强起，将兵一行乎？"王翦再拜谢曰："老臣罢病悖乱，心力俱衰，惟大王更择贤将而任之。"秦王曰："此行非将军不可，将军幸勿却。"王翦对曰："大王必不得已而用臣，非六十万人不可。"秦王曰："寡人闻：'古者大国三军，次国二军，小国一军，军不尽行，未尝缺乏。'五霸威加诸侯，其制国不过千乘，以一乘七十五人计之，从未及十万之额。今将军必用六十万，古所未有也。"王翦对曰："古者约日而阵^㉜，皆阵而战，步伐俱有常法，致武而不重伤㉝，声罪而不兼地，虽干戈之中，寓礼让之意。故帝王用兵，从不用众。齐桓公作内政㉞，胜兵㉟不过三万人，犹且更番而用。今列国兵争，以强凌弱，以众暴寡，逢人则杀，遇地则攻，报级㊱动曰数万，围城动经数年，是以农夫皆操戈刃，童稚亦登册籍，势所必至，虽欲用少而不可得。况楚国地尽东南，号令一出，百万之众可具，臣谓六十万，尚恐不相当，岂复能减于此哉？"秦王叹曰："非将军老于兵，不能透彻至此，寡人听将军矣。"遂以后车载王翦入朝，即日拜为大将，以六十万授之，仍用蒙武为副。

临行，秦王亲至坝上㊲设饯。王翦引卮，为秦王寿曰："大王饮此，臣有所请。"秦王一饮而尽，问曰："将军何言？"王翦出一简于袖中，所开写咸阳美田宅数处，求秦王："批给臣家。"秦王曰："将军若成功而回，寡人方与将军共富贵，何忧于贫？"王翦曰："臣老矣，大王虽以封侯劳臣，譬如风中之烛，光耀几时？不如及臣目中，多给美田宅，为子孙业，世世受大王之恩耳。"秦王大笑，许之。既至函谷关，复遣使者求园池数处。蒙武曰："老将军之请乞，不太多乎？"王翦密告曰："秦王性强厉而多疑，今以精甲六十万畀我，是空国而托我也。我多请田宅园池，为子孙业，所以安秦王之心耳。"蒙武曰："老将军高见，吾所不及。"

不知王翦伐楚如何，且看下回分解。

【注释】

①榆次：战国时赵地。在今山西榆次县。

②变徵（zhǐ 只）：古代音律分宫、商、角、变徵、徵、羽、变宫七声。变徵相当于今之 F 调。此调音节苍凉，适于悲歌。

③羽声：相当于 A 调。此调音节高亢，故其声激昂慷慨。

④陶靖节：即晋宋间大诗人陶渊明（365—427），世称靖节先生。此诗名《咏荆轲》，文句略有变动，并删去末尾共十句。

⑤中庶子：古官名。为东宫太子属官，掌宫廷中及诸臣嫡庶版籍。

⑥先容：事先致意，介绍推荐。

⑦振慑悚息：震动畏惧，惶恐不安的样子。

⑧罗縠（hú 胡）：绫罗绉纱。

⑨郎中宿卫之官：指守护宫禁的近侍及值班卫士。

⑩箕踞：古时坐于席上，足向后，形似跪，臀部紧贴足后跟，以示恭敬。若前伸两足，手据膝，形如箕状，则称箕踞，乃傲慢不敬之状。

⑪缯绮（zèng qǐ 赠启）：有花纹的丝织品。

⑫二世皇帝：名胡亥。秦始皇次子。始皇死，赵高、李斯定计害死长子扶苏，立胡亥为帝。在位三年（前209—前207）。引发陈胜、吴广起义。后赵高逼其自杀。

⑬平壤：朝鲜古都邑名，即今平壤市。离当时燕国甚远，燕王喜只奔辽东，后被虏，国亡。下回言秦军过鸭绿江，破平壤，皆与史实不符。

⑭频阳：战国时秦邑名。在今陕西富平县东南，因在频水之北而得名。王翦乃频阳人，故归老于此。

⑮桃花岛：古地名，在今辽宁省兴城滨海。

⑯首山：又称都山，在今河北抚宁、迁安一带。

⑰太子假：魏景湣王（前242—前228在位）太子，即位后称魏王假，是魏国最后一位国君。在位三年（前227—前225）。灭于秦，故无谥号。

⑱油幕车：车幔上涂过油的车子，可以在雨中行驶。

⑲三川郡：古郡名。本韩宣王置，秦灭魏后，辖区扩充为河南中部一带，治所在雒阳（今洛阳市东北）。

⑳卫君角：卫国最后国君，卫元君子。据《史记》，卫君角至秦二世元年（前209）始被废为庶人。

㉑武益强盛：指魏武侯击，七年伐齐至桑丘，十一年三家灭晋，十五年败赵于北蔺，十六年伐楚取鲁阳。

㉒惠王好战：魏惠王宠用庞涓，曾多次攻伐邻国，但两次为齐孙膑所败，商鞅复用诈术擒公子卬，致从安邑徙都大梁以避秦。

㉓秦王政二十二年：即公元前225年。

㉔平舆：战国楚地名。在今河南平舆县北。

㉕寝丘：战国楚地名，在今河南固始县东南。

㉖申城：古申国地，战国时楚邑。在今河南南阳市北。

㉗城父：战国楚地，在今安徽亳州境内。

㉘邾城：古邑名。战国时楚地。楚宣王灭邾国（在今山东邹城），迁其君于此，故名。在今湖北黄冈市西北。

㉙负刍：楚国最后国君。在位五年（前227—前223）。

㉚西陵：战国楚地。在今湖北黄冈市西北。但西陵距申城太远，疑为

西阳（河南光山县西南）之误。

㉛冥阨：战国楚地，为著名关隘。即今河南南阳市西南平靖关。

㉜约日而阵：指交战双方预先商定好日期才布阵。

㉝致武而不重（chóng 虫）伤：使用武力，但不刺杀已伤敌兵。

㉞内政：指国内政治措施。《国语·齐语》："管子对曰：'作内政而寄军令焉。'"韦昭注："内政，国政也。"

㉟胜兵：犹精兵也。

㊱报级：以斩敌首级来报功。

㊲坝上：亦作霸上、灞上。地名。在灞水之西，即白鹿原。在今陕西西安市长安区东。

第一百八回　兼六国混一舆图　号始皇建立郡县

话说王翦代李信为大将，率军六十万，声言伐楚。项燕守东冈①以拒之，见秦兵众多，遣使驰报楚王，求添兵助将。楚王复起兵二十万，使将军景骐将之，以助项燕。

却说王翦兵屯于天中山②，连营十余里，坚壁固守，项燕日使人挑战，终不出。项燕曰："王翦老将，怯战固其宜也。"王翦休士洗沐，日椎牛设飨，亲与士卒同饮食，将吏感恩，愿为效力，屡屡请战，辄以醇酒灌之。如此数月，士卒日间无事，惟投石超距③为戏。按范蠡《兵法》：投石者，用石块重十二斤，立木为机发之，去三百步为胜，不及者为负。其有力者，能以手飞石，则多胜一筹。超距者，横木高七八尺，跳跃而过，以此赌胜。王翦每日使各营军吏，默记其胜负，知其力之强弱。外益收敛为自守之状，不许军人往楚界樵采。获得楚人，以酒食劳之放还。相持岁余，项燕终不得一战，以为王翦名虽伐楚，实自保耳，遂不为战备。

王翦忽一日大享将士，言："今日与诸君破楚。"将士皆磨拳擦掌，争先奋勇。乃选骁勇有力者，约二万人，谓之壮士，别为一军，为冲锋。而分军数道，吩咐楚军一败，各自分头略地。项燕不意王翦猝至，仓皇出战。壮士蓄力多时，不胜技痒，大呼陷阵，一人足敌百人。楚兵大败，屈定战死。项燕与景骐率败兵东走，翦乘胜追逐，再战于永安城④，复大败之。遂攻下西陵，荆、襄大震。王翦使蒙武分军一半，屯于鄂渚⑤，传檄湖南各郡，宣布秦王威德。自率大军径趋淮南⑥，直捣寿春，一面遣人往咸阳报捷。项燕往淮上募兵未回，王翦乘虚急攻，城遂破。景骐自刎于城楼，楚王负刍被虏。秦王政发驾亲至樊口⑦受俘，责负刍以弑君之罪，废为庶人。命王翦合兵鄂渚，以收荆、襄，于是湖、湘一带郡县，望风旷溃。

再说项燕募得二万五千人，来至徐城⑧，适遇楚王之同母弟昌平君逃难奔来，言寿春已破，楚王掳去，不知死活。项燕曰："吴、越有长江为限，地方千余里，尚可立国。"乃率其众渡江，奉昌平君为楚王，居于兰陵⑨，缮兵城守。

再说王翦已定淮北、淮南之地，谒秦王于鄂渚。秦王夸奖其功，然后言曰："项燕又立楚王于江南，奈何？"王翦曰："楚之形势，在于江、淮。今全淮皆为吾有，彼残喘仅存，大兵至，即就缚耳，何足虑哉！"秦王曰："王将军年虽老，志何壮也！"明日，秦王驾回咸阳，仍留王翦兵，使平江南。

王翦令蒙武造船于鹦鹉洲。逾年船成，顺流而下，守江军士不能御，秦兵遂登陆。留兵十万屯黄山，以断江口。大军自朱方⑩进围兰陵，四面列营，军声震天。凡夫椒山⑪、君山⑫、荆南山⑬诸处，兵皆布满，以绝越中救兵。项燕悉城中兵，战于城下。初合，秦兵稍却。王翦驱壮士分为左右二队，各持短兵，大呼突入其阵。蒙武手斩裨将一人，复生擒一人，秦兵勇气十倍。项燕复大败，奔入城中，筑门固守。王翦用云梯仰攻，项燕用火箭射之，烧其梯。蒙武曰："项燕釜中之鱼也。若筑垒与城齐，周围攻急，我众彼寡，守备不周，不一月，其城必破。"王翦从其计，攻城愈急。昌平君亲自巡城，为流矢所中，军士扶回行宫，夜半身死。项燕泣曰："吾所以偷生在此，为芈氏一脉未绝也。今日尚何望乎？"乃仰天长号者三，引剑自刎而死。城中大乱，秦兵遂登城启门，王翦整军而入，抚定居民。遂率大军南下，至于锡山。军士埋锅造饭，掘地得古碑，上刻有十二字云：

有锡兵，天下争；无锡宁，天下清。

王翦召士人问之，言："此山乃慧山⑭之东峰，自周平王东迁于雒，此山遂产铅锡，因名锡山。四百年来，取用不竭。近日出产渐少。此碑亦不知何人所造。"王翦叹曰："此碑出露，天下从此渐宁矣！岂非古人先窥其定数，故埋碑以示后乎？今后当名此地为无锡。"今无锡县名，实始于此。

王翦兵过姑苏，守臣以城降。遂渡浙江，略定越地。越王子孙，自越亡以后，散处甬江⑮、天台⑯之间，依海而居，自称君长，不相统属。至是，闻秦王威德，悉来纳降。王翦收其舆图户口，飞报秦王，并定豫章之地，立九江、会稽二郡⑰。楚祝融之祀遂绝。此秦王政二十四年⑱事也。按楚自周桓王十六年，武王熊通始强大称王，自此岁岁并吞小国。五传至庄王旅始称霸，又五传至昭王珍，几为吴灭。又六传至威王商，兼有吴、越，于是江、淮尽属于楚，几占天下之半。怀王槐任用奸臣靳尚，见欺于秦，始渐衰弱。又五传至负刍，而国并于秦。史臣有赞云：

鬻熊之嗣，肇封于楚。通王旅霸[19]，大开南土。子围篡嫡，商臣弑父。天祸未悔，凭奸自怙。昭困奔亡，怀迫囚苦。襄烈遂衰，负刍为虏。

王翦灭楚，班师回咸阳，秦王赐黄金千镒，翦告老，仍归频阳。秦王乃拜其子王贲为大将，攻燕王于辽东。秦王命之曰：“将军若平辽东，乘破竹之势，便可收代，无烦再举。”王贲兵渡鸭绿江，围平壤城，破之，虏燕王喜，送入咸阳，废为庶人。按燕自召公肇封，九世至惠侯，而周厉王奔虆。八传至庄公，而齐桓公伐山戎，为燕辟地五百里，燕始强大。又十九传至文公，而苏秦说以合从之术，其子易王始称王，列于七国。易王传哙，为齐所灭。哙子昭王复国，又四传至喜而国亡。史臣有赞云：

召伯治陕，甘棠怀德。易王僭号，齿⑳于六国。哙以懦亡，平以强获㉑。一谋不就，辽东并失。传四十三，年八九伯㉒。姬姓后亡，召公之泽。

王贲既灭燕，遂移师西攻代。代王嘉兵败，欲走匈奴，贲追及于猫儿庄㉓，擒而囚之。嘉自杀。尽得云中、雁门之地。此秦王政二十五年事。按赵自造父仕周，世为周大夫。幽王无道，叔带奔晋，事晋文侯，始建赵氏。五世至赵夙，事献公。再传至赵衰，事文公。衰子盾事襄、成、景三公，晋主霸，赵氏世为霸佐。盾子朔中绝，朔子武复立。又二传至简子鞅，鞅传襄子无恤，与韩、魏三分晋国。无恤传其侄桓子浣，浣传子籍，始称侯，谥烈。六传至武灵王而胡服，又四传至王迁被虏，而公子嘉自立为代王，守赵祀，嘉王代六年而国灭。自此六国遂亡其五，惟齐尚在。史臣有赞云：

赵氏之世，与秦同祖。周穆平徐，乃封造父。带始事晋，夙初有土。武世晋卿，籍为赵主。胡服虽强，内乱外侮。颇牧不用，王迁囚虏。云中六载，余焰一吐。

王贲捷书至咸阳，秦王大喜，赐王贲手书，略曰：

将军一出而平燕及代，奔驰二千余里，方之乃父，劳苦功高，不相上下。虽然，自燕而齐，归途南北便道也。齐在，譬如人身尚缺一臂，愿以将军之余威，震电及之。将军父子，功于秦无两！

王贲得书，遂引兵取燕山㉔，望河间㉕一路南行。

却说齐王建听相国后胜之言，不救韩、魏，每灭一国，反遣使入秦称贺。秦复以黄金厚赂使者，使者归，备述秦王相待之厚，齐王以为和好可恃，不修战略。及闻五国尽灭，王建内不自安，与后胜商议，始发兵守其西界，以防秦兵掩袭。却不提防王贲兵过吴桥㉖，直犯济南㉗。齐自王建即位，四十四年，不被兵革，上下安于无事，从不曾演习武艺。况且秦兵强暴，素闻传说，今日数十万之众，如泰山般压将下来，如何不怕，何人敢与他抵对？王贲由历下^㉘、淄川^㉙，径犯临淄，所过长驱直捣，如入无

人之境。临淄城中，百姓乱奔乱窜，城门不守。后胜束手无计，只得劝王建迎降。王贲兵不血刃，两月之间，尽得山东之地。秦王闻捷，传令曰："齐王建用后胜计，绝秦使，欲为乱，今幸将士用命，齐国就灭。本当君臣俱戮，念建四十余年恭顺之情，免其诛死，可与妻子迁于共城^㉚，有司日给斗粟，毕其余生。后胜就本处斩首。"

王贲奉命诛后胜，遣吏卒押送王建，安置共城。惟茅屋数间，在太行

山下，四围皆松柏，绝无居人，宫眷虽然离散，犹数十口，只斗粟不敷，有司又不时给。王建止一子，尚幼，中夜啼饥，建凄然起坐，闻风吹松柏之声，想起在临淄时，何等富贵，今误听奸臣后胜，至于亡国，饥饿穷山，悔之何及，遂泣下不止，不数日而卒。宫人俱逃，其子不知所终。传言谓王建因饿而死，齐人闻而哀之，因为歌曰：

松耶柏耶？饥不可为餐。谁使建极耶？嗟任人之匪端！

后人传此为"松柏之歌"，盖咎后胜之误国也。按齐始祖陈完，乃陈厉公佗之子，于周庄王十五年，避难奔齐，遂仕齐，讳陈为田氏。数传至田桓子无宇，又再传至僖子乞，以厚施得民心，田氏日强，乞子恒弑齐君，又三传至太公和，遂篡齐称侯。又三传至威王而益强，称王号。又四传至王建而国亡矣。史臣有赞云：

陈完避难，奔于太姜㉛。物莫两盛，妫替田昌㉜。和始擅命㉝，威遂称王。孟尝延客，田单救亡。相胜利贿㉞，认贼为祥。哀哉王建，松柏苍苍。

时秦王政之二十六年㉟也。

时六国悉并于秦，天下一统。秦王以六国曾并称王号，其名不尊，欲改称帝。昔年亦曾有东西二帝之议，不足以传后世，威四夷，乃采上古君号，惟三皇五帝，功德在三王之上，惟秦德兼三皇，功迈五帝，遂兼二号称"皇帝"。追尊其父庄襄王为太上皇。又以为周公作谥法，子得议父，臣得议君，为非礼；今后除谥法不用："朕为始皇帝，后世以数计之，二世，三世，以至于百千万世，传之无穷。"天子自称曰"朕"，臣下奏事称"陛下"。召良工琢和氏之璧为传国玺，其文曰："受命于天，既寿永昌。"又推终始五德之传，以为周得火德，惟水能灭火，秦应水德之运，衣服旌旗皆尚黑。水数六，故器物尺寸，俱用六数。以十月朔为正月，朝贺皆于是月。"正""政"音同，皇帝御讳不可犯，改"正"字音为"征"。征者，非吉祥之事，然出自始皇之意，人不敢言。

尉缭见始皇意气盈满，纷更不休，私叹曰："秦虽得天下，而元气衰矣，其能永乎？"与弟子王敖一夕遁去，不知所往。始皇问群臣曰："尉缭弃朕而去，何也？”群臣皆曰：“尉缭佐陛下定四海，功最大，亦望裂土分封，如周之太公、周公。今陛下尊号已定，而论功之典不行，彼失意，是以去耳。”始皇曰：“周室分茅之制^㊱，尚可行乎？”群臣皆曰：“燕、齐、楚、代，地远难周，不置王无以镇之。”李斯议曰：“周封国数百，同姓为多，其后子孙，自相争杀无已。今陛下混一海内，皆为郡县，虽有功臣，厚其禄俸，无尺土一民之擅，绝兵革之原，岂非久安长治之术

哉？”始皇从其议，乃分天下为三十六郡。那三十六郡：

内史郡	汉中郡	北地郡	陇西郡
上郡	太原郡	河东郡	上党郡
云中郡	雁门郡	代郡	三川郡
邯郸郡	南阳郡	颍川郡	齐郡（即琅琊郡）
薛郡（即泗水郡）	东郡	辽西郡	辽东郡
上谷郡	渔阳郡	巨鹿郡	右北平郡
九江郡	会稽郡	鄣郡	闽中郡
南海郡	象郡	桂林郡	巴郡
蜀郡	黔中郡	南郡	长沙郡

是时北边有胡患，故渔阳、上谷等郡[37]，辖地最少，设戍镇守。南方水乡安靖，故九江、会稽等郡，辖地最多。皆出李斯调度。每郡置守尉[38]一人，监御史[39]一人。收天下甲兵，聚于咸阳销之，铸金人十二，每人重千石，置宫庭中，以应"临洮长人"之瑞[40]。徙天下豪富于咸阳，共二十万户。又于咸阳北坂，仿六国宫室，建造离宫六所。又作阿房之宫。拜李斯为丞相，赵高为郎中令。诸将帅有功者，如王贲、蒙武等，各封万户，其他或数千户，俱准其所入之赋，官为给之。于是焚书坑儒，游巡无度，筑万里长城以拒胡，百姓嗷嗷，不得聊生。及二世，暴虐更甚，而陈胜、吴广之徒，群起而亡之矣。史臣有《列国歌》曰：

东迁强国齐郑最，荆楚渐横开桓文。楚庄宋襄和秦穆，迭为五霸得专征。晋襄景悼称世霸．平哀齐景思代兴[41]。晋楚两衰吴越进，阖闾勾践何纵横？春秋诸国难尽数，几派源流略可寻。鲁卫晋燕曹郑蔡，与吴姬姓同宗盟[42]。齐由吕尚宋商裔，禹后杞越颛顼荆。秦亦颛裔陈祖舜，许始太岳各有生。及交战国七雄起，韩赵魏氏晋三分。魏与韩皆周同姓，赵先造父同嬴秦。齐吕改田即陈后，黄歇代楚熊暗倾[43]。宋亡于齐鲁入楚，吴越交胜总归荆。周鼎既迁合从散，六国相随渐属秦。

髯仙读《列国志》，有诗云：

卜世虽然八百年，半由人事半由天。

绵延过历缘忠厚，陵替随波为倒颠。

六国媚秦甘北面，二周失祀恨东迁。

总观千古兴亡局，尽在朝中用佞贤。

【注释】

①东冈：古地名。疑在河南、安徽之间。地址待考。

②天中山：又名天台山。在今河南汝南县北。

③投石超距：古代军中竞技名。投石即抛掷石块，有似今之铅球。超距类似今之跳高。

④永安城：今安徽阜阳市西有永安镇，疑指此。

⑤鄂渚：战国楚地名。在今湖北武汉市长江之中。

⑥淮南：古地区名。指安徽境内淮水以南一带。

⑦樊口：古地名。在今湖北鄂州市西北。因位于樊山脚下，为樊港入长江之口，故名。

⑧徐城：古徐国地。在今江苏泗洪县南。

⑨兰陵：此指南兰陵，东晋时侨置县名。在今江苏常州市西北。

⑩朱方：春秋吴邑名，战国时属楚。今江苏丹徒区地。

⑪夫椒山：古山名。在今江苏无锡市。

⑫君山：古山名。在今江苏江阴市。以春申君而得名。

⑬荆南山：古山名。在今江苏宜兴市。

⑭惠山：亦称慧山、九龙山。在今江苏无锡市西。相传西域僧人慧照居此，故名。

⑮甬江：本越国地名。在今浙江余姚市一带。

⑯天台：本越国地名。在今浙江天台县。

⑰九江、会稽二郡：秦郡名。九江郡辖区约今安徽、河南淮河以南、湖北黄冈以东及江西大部。治所在寿春（今安徽寿县）。会稽郡辖区为江苏长江以南、安徽东南及浙江北部。治所在吴县（今苏州市）。

⑱秦王政二十四年：即公元前223年。

⑲通王旅霸：指楚武王熊通开始称王。楚庄王芈旅为春秋五霸之一。

⑳齿：并列。

㉑平以强获：指燕王哙之子昭王姬平，能招揽贤才得以强大，伐齐报仇。

㉒年八九伯：伯，通"百"。燕自召公受封之时（前1027）至被秦所灭（前222），共八百多年。为列国中享国之较长者。

㉓猫儿庄：古地名。在今内蒙古察哈尔右翼前旗东南。

㉔燕山：古山脉名，即今河北及北京市北部之燕山山脉。

㉕河间：古地区名。在今河北省献县、河间、东光、交河一带。因处

古黄河及永定河之间而得名。

㉖吴桥：古地名。乃齐之北界。在今河北省吴桥县东。

㉗济南：古地区名。指古济水（今为黄河所夺）以南地区。

㉘历下：古邑名。春秋战国时齐地。在今山东济南市西，因南对历山，城在山下而得名。

㉙淄川：古县名。隋置。在今山东淄博市南。

㉚共城：古邑名。原为共伯封国，后属卫，在今河南卫辉市。

㉛太姜：原齐国为姜太公（子牙）所封之国，故以代齐。

㉜妫替田昌：田齐昌盛，而田氏本宗之陈国（妫姓）反而日益衰微。

㉝擅命：擅自发号施令。指齐相田和迁齐康公于海上，遂夺齐国。

㉞相胜利贿：指齐王建的相国后胜，收取秦之贿赂，不做防御。

㉟秦王政之二十六年：即公元前 221 年。这一年应为春秋战国结束，天下统一于秦。

㊱分茅之制：分封诸侯时，用白茅裹着泥土授予被封者，象征授予土地和权力。故称分茅之制，亦即封建制。

㊲渔阳、上谷等郡：秦北方郡名。渔阳郡辖区为今北京、天津及附近地区。治所在今北京市密云区西南。上谷郡本战国时燕置，辖区为今河北省西北部，治所在沮阳（今河北怀来县东南）。

㊳守、尉：即郡守与郡尉。郡守负责行政，郡尉负责军事及治安。

㊴监御史：古官名，主管各郡监察。

㊵"临洮长人"之瑞：据《史记·秦始皇本纪》司马贞索隐："始皇二十六年，有长人见于临洮。"故作金人十二以象之。

㊶"平哀"句：指晋平公时，晋国衰微，齐景公欲代为中原盟主。

㊷"与吴"句：指鲁、卫、晋、燕、曹、郑、蔡诸国与吴国均为姬姓。

㊸"黄歇"句：指黄歇得李园妹，怀孕后始献与楚考烈王，生楚幽王，幽王已非熊姓。

附录　东周列国志人物一览表

	通名	异名	官职	关系	出现回目
二画	卜齮		鲁闵大夫		22
	卜商	子夏	魏文侯师	孔子门人	85、87
三画	卫武公	姬和		卫庄公父	1、2
	卫桓公	姬完		卫武公孙	4、5
	卫庄公	姬杨		卫武公子	5
	子铖		陈桓大夫		6
	卫宣公	姬晋		桓公弟,庄公子	6、11、12
	大良		北戎元帅		8
	小良		北戎元帅		8
	卫惠公	姬朔		卫宣公子	11、12、14、19、23
	卫戴公	姬申		宣公孙,公子硕与宣姜子	12、23
	卫文公	姬毁		戴公同母弟	12、23、31、39
	子突		周庄王下士		14
	卫姬	长卫姬		齐桓妾,卫惠女、无亏母	17、20、24、31、32、33
	子禽			周釐王大夫	19
	卫懿公	姬赤		惠公子	20、22、23
	卫姬	少卫姬		长卫姬妹,齐桓妾,公子元母	20、32

	名	别名	职位	关系	回数
三画	子文	令尹子文、斗子文、斗谷於菟	楚成令尹	斗伯比子,斗若敖孙	20、23、24、39、41、69
	子元	王子善、令尹子元、公子元	楚成令尹	楚武王子,楚文王弟	20
	兀律古		孤竹国相		21
	于伯		卫懿公将		23
	子臧			郑文公嫡次子	24
	山祈		晋惠大夫		29
	士会	士季、范武子、随季、士随、随会……	晋文大夫	士蒍之孙	36、37、40、47、48、49、50、51、54、56
	士泄		郑文公将	郑文公子	37
	小东		周襄王宫婢		37、38
	卫成公	姬郑、卫郑		卫文公子	38、39、40、41、42、43、49、66
	于朗		曹共公大夫		39
	门尹般		宋成大夫		40
	小子憖		秦穆大将	秦穆公次子	40、41
	子人九		郑文大夫		41
	士荣		卫成大夫		42
	子车奄息		秦穆大夫		47
	子车仲行		秦穆大夫	奄息弟	47
	子车鍼虎		秦穆大夫	奄息弟	47
	士縠		晋文大夫	士蒍之子	47、48
	工尹齐		楚庄副将		54
	士燮	范叔、范文子、范孟	晋景大夫	士会之子	56、58、59
	士匄	伯瑕、范匄、范宣子	晋悼大夫	士燮之子	58、59、60、61、62、63、64
	士鲂		晋悼大夫	士会少子	59、60、61
	士渥浊		晋悼太傅		59

	士鞅	范献、范鞅子	晋悼大夫	士匄之子	61、62、63、64、71、72、75
	卫定公	姬臧		卫穆公子	61
	卫献公	姬衎		卫定公子	61、62、65、66
	卫殇公	子叔、公孙剽		卫穆公孙,公子黑肩之子	61、62、65
三	工偻		齐庄高唐守		62
	子疆		楚康别将		66
	子服何		鲁哀大夫		67
	子山			齐诸公子	67
	子商			齐诸公子	67
	子周			齐诸公子	67
画	卫灵公	姬元		卫襄公子	68、79
	于征师		陈哀大夫		69
	子服惠伯	公子服椒	鲁昭大夫	仲孙蔑之孙,子服何祖父	70
	干将		吴人,冶剑者		74
	子蒲		秦哀大将		77
	子虎		秦哀大将		77
	卫出公	姬辄		灵公孙、公子蒯瞆之子	79、82、83
	士芳		晋献大夫	士会祖父	79
	子羔	高柴	仕于卫	孔子门人	79
	子贡	端木赐	鲁、卫之相	孔子门人	79、81
	士吉射	范吉射、范昭子	晋顷六卿	士鞅子	79
	卫庄公	蒯瞆		灵公、南子之子	79、82、83
	子石	公孙龙		孔子门人	81
	卫悼公	姬默		庄公庶弟	83
	子期	公子结	楚惠司马	楚平王庶子	76、77、83
	子思	孔汲		孔子嫡孙	87
	子之		燕易王相国		91

子兰			楚怀王少子	92
卫君	即卫怀君			95
卫庆		魏安釐将		100
卫元君			魏景闵王婿	102、106
卫君角			卫元君子	107
方叔		周宣王大臣		1
尹吉甫		周宣王大臣		1、2
犬戎主				3、4
公子成		郑武大夫		3
太宰让		鲁惠大夫		4
太史敦		秦文公太史		4
公子吕	子封	郑庄上卿	郑宗室	4、5、6、7
公孙滑			郑武公孙、段之子	4、5
公孙阏	子都	郑庄大夫		4、6、7
公子州吁		自立卫君	卫庄公庶子	5、6
太子狐			周平王子	5
公子翚	羽父	鲁隐大夫	鲁惠公庶子	5、6、7、9
孔父嘉	孔父	宋殇大司马	孔丘祖先	5、6、7、8
公子佗	公子他、伍父	陈桓大夫	陈文公子,桓公弟	6、9、10
公子元		郑庄大夫	公子吕弟	7、9、10
公孙获		郑庄大夫		7
公子元		齐僖大夫		8
公孙戴仲		齐僖大夫		8
公子仪		曾为郑君	郑庄公子	8、10、13、19
公子亹		曾为郑君	郑庄公子	8、10、12、13
太子兔			陈桓公子	9、10
少师		随侯大夫		10
文姜			齐僖公女,鲁桓公妻	8、9、12、13、14、15、19、22
斗伯比		楚武令尹	令尹子文之父	10、17、20
斗丹		楚武大夫		10、17

（表左侧纵列标注：四画）

	邓曼		郑庄元妃,世子忽母	10
	公子柔		鲁桓大夫	11
	公子溺		鲁桓大夫	11、13
	公子游		宋庄大夫	宋闵公从弟	11、17
	公子彭生		齐僖大夫	11、13、14
	公孙无知		曾为齐君	齐庄公孙,夷仲年子	11、14、15、25、26
	公子阏		郑昭大夫	11、19
	公父定叔		郑昭臣	共叔段之孙	11、19
四	无盐	钟离春		齐宣王后	12、89、92
	公子寿			卫宣与齐姜之子	12、23
	公子硕	昭伯		卫宣庶子	12、23
	公子偃		鲁庄大夫	13、16、17
	公子牙		鲁庄庶弟	13
	王子克			周庄王弟,周桓王次子	11、13、24
画	王姬			周桓王女,齐襄夫人	13、14
	王子成父		齐桓大司马		13、15、16、18、20、21
	斗祈		楚武令尹		14、17
	公子纠			齐襄庶长子	15、16、36
	仇牧		宋闵大夫		17
	公子游		曾为宋君	宋闵从弟	17
	公子目夷	子鱼	宋襄公相	宋桓庶长子,宋襄庶兄	17、24、32、33、34、35
	公孙耳		卫惠大夫	卫武公之孙	17
	公子结		陈宣大夫		17
	斗伯比		楚文大夫	斗若敖子,子文父	17、20
	斗廉	射师	楚文大夫	斗章兄	17、20、23
	王子颓	子颓		周庄王与姚姬之子	19、24、26、37、44
	巴君				19
	公子御寇			陈宣公世子	19

	公子完	田敬仲、陈完、陈定	齐桓工正	陈厉公子,齐田氏之祖	19、24、32、108
	少姬			晋献妾、骊姬妹、卓子母	20
	开方	公子开方	齐桓大夫	卫懿公子	20、21、23、29、30、31、32
	斗御疆		楚成大夫	斗班之父	20
	斗梧		楚成大夫		20
	王孙游		楚成大夫		20
	王孙嘉		楚成大夫		20
	斗班		楚成申公		20
四	斗若敖			子文祖父	20
	斗章		楚成大夫	斗廉弟	20、23
	风氏			鲁庄公妾,公子申母	22
	公子般		曾为鲁君	鲁庄、孟任子	22
	公子奚斯	子鱼	鲁僖大夫		22
	孔婴齐		卫懿将		23
	公子无亏		曾为齐君	齐桓公长子	23、32、33、39
画	孔叔		郑文大夫		23、24
	王子带	太叔、叔带、甘叔	周襄王封甘公	周惠王次子,周襄王庶弟	24、29、37、38、42
	王子虎		周惠下士周襄卿士	周襄王子	24、41、42
	公孙敖		鲁僖大夫	庆父之子	24
	公子戊		曹昭大夫		24
	犬戎主				25
	公子絷		秦穆大夫		25、26、28、30、36、38、40
	公孙枝	子桑	秦穆大夫		25、26、28、30、35、36、38、44、45、47、105
	内史廖		秦穆史官		26
	内子孟			里克之妻	27
	介子推		晋大夫		27、31、35、36、37、40

	王子党		周襄大夫		28
	长桑君			扁鹊之师	32
	王姬			齐桓公夫人	32
	公子雍		秦穆大夫	齐桓公第六子	32、39、40
	公子荡		宋襄大夫		33、34
	公孙固		宋襄大将		33、34、35、39、41
	斗勃	子上	楚成令尹		33、34、40、41、46
	文芈			楚成王妹、郑文公夫人	34
四	斗般	子扬、斗班	楚庄令尹	子文之子	34、41、46、51
	邓惜		晋令狐邑宰		36
	公子雍		秦穆大夫	晋文、杜祁之子	36、44、47
	介母			介子推母	37
	毛卫		周襄大夫		38
	元咺		卫成大夫		39、41、42、66
	公子遂	仲遂、东门遂、仲孙遂	鲁僖大夫	鲁庄庶子	34、39、48、49、50
画	斗宜申	子西、司马子西	楚成司马		34、40、41、46
	斗越椒	伯梦	楚成大将	斗伯比之孙	40、41、46、48、50、51
	元角			元咺之子	41、42
	尹武公		周襄上卿		41、46
	长牂		卫成大夫		42
	公子瑕	公子适	曾为卫君		43
	公子仪			公子瑕同母弟	43
	孔达		卫成上卿	孔父嘉之后	43
	公子乐			晋文、辰嬴子	44、47
	王孙满		周匡大夫		44、51
	公子归生	子家	郑穆大夫		46、50、51、52
	斗克黄	斗生	楚穆箴尹	子文之孙、斗般之子	46、51
	公子职			楚成王少子	46
	公子成		宋成大夫	宋庄公子	46

	公孙杵臼		赵盾门客		47、57、59
	公子茷		楚穆大夫		48
	公子庞		郑穆大夫		48
	公子丰			郑穆公子、印段父	48、52
	公子卬		宋昭司马		48、49
	王姬			周襄王姐、宋襄公夫人、宋成公母	49
	公孙寿		宋昭司城	公子荡之子、荡意诸之父	49
四	公孙孔叔		宋昭大夫	宋襄公之孙	49
	公孙钟离		宋昭大夫	宋襄公之孙	49
	公子须		宋文司城	宋文公母弟	49
	公孙友		宋昭左师	公子目夷之子	49
	公子恶			鲁文公、姜氏嫡长子	49、50
	公子视			恶同母弟	49、50
	公子叔肸			鲁文公庶子	49、50
画	公孙敖		鲁文大夫	孟孙氏后,庆公之子	49
	公孙兹		鲁文大夫	叔孙氏后,叔牙之子	49
	公冉务人		叔孙彭生家臣		50
	公子婴齐		鲁成大夫	叔肸之子	50
	公子侧	子反	楚庄将		51、53、54、55、58、59
	公子婴齐	子重	楚庄令尹	楚庄王弟	51、53、54、55、57、58、59、60、68
	公子宋	子公	郑灵公卿		51、52
	斗贲皇	苗贲皇	晋景大夫	斗越椒子	51、58
	斗旗			斗越椒从弟	51
	公子去疾	子良	郑襄大夫	郑穆公子	52、53
	公子喜	子罕	郑襄大夫	郑穆公子	52
	公子騑	子驷	郑襄大夫	郑穆公子	52、60、61
	公子发	子国	郑襄大夫	郑穆公子	52、61

	姓名	字	职位	说明	回目
	公子嘉	子孔	郑襄大夫	郑穆公子	52、60、61、62
	公子偃	子游	郑襄大夫	郑穆公子	52
	公子舒	子印	郑襄大夫	郑穆公子	52
	公子羽		郑襄大夫	郑穆公子	52
	公子然		郑襄大夫	郑穆公子	52
	公子志		郑襄大夫	郑穆公子	52
	公子蛮			郑灵公庶兄	52
	孔宁		陈灵大夫		52、53
	公子少西	子夏	陈司马	陈定公子、夏御叔之父	52
四	公子谷臣			楚庄王次子	53、54、57
	孔子				52、56、78、79、81
	公子张			郑穆公孙	54
	公孙归父		鲁宣大夫	东门遂之子	56
	公子罢		楚共大夫		58
	长鱼矫		晋厉大夫		58、59、62
	公子壬夫	子辛	楚共令尹	公子侧之弟	58、59、60
画	王尹襄		楚共大夫		58
	公子贞	子囊	楚共令尹	壬夫之弟	60、61、62
	公子杨干			晋悼同母弟	60
	公孙辄	子耳	郑僖卿	郑穆公孙,公子去疾子	60、61
	公孙虿	子蟜	郑僖大夫	郑穆公孙,公子偃之子	60、61
	公孙舍之	子展	郑僖卿	郑穆公孙,公子喜之子	60、61、62
	公孙夏	子西	郑僖大夫	郑穆公孙,公子騑之子	61
	公孙乔	子产	郑简卿	郑穆公孙,公子发之子	61、66、68、72

	名	别名	身份	说明	回数
四 画	公孙良霄	伯有	郑简大夫	公子去疾之孙,公孙辄之子	61、67
	公子党		吴诸樊大将		61
	公子无地		秦景大将		61
	公子黑肩		卫定大夫	卫穆公子,卫定公弟	61
	公孙丁		卫献射师		61、62、65
	公子鱄	子鲜		卫献公同母弟	62、65、66
	太子牙	公子牙		齐灵公、仲子之子	62
	公子午	子庚	楚共令尹	楚庄王子	62
	中行喜		晋平大夫		62、63
	公孙傲		齐庄勇爵		63、64
	王何		齐庄龙爵		63、65、67
	王孙挥		齐庄大将		64
	太史伯		齐景史官		65
	太史仲		齐景史官 太史伯弟		65
	太史叔		齐景史官 太史伯弟		65
	太史季		齐景史官 太史伯弟		65
	公孙免馀		卫献大夫		65、66
	公孙无地		卫献大夫		65、66
	公孙臣		卫献大夫	公孙无地兄弟	65、66
	孔羁		卫献大夫		65
	太叔仪		卫献卿	卫成公子、卫文公孙	65、66
	公子铖		秦景大夫	秦景公弟	66
	王子围	公子围	楚康令尹	楚共王庶子、楚康王弟	66、67
	允常		越王	勾践之父	66、67、73、75
	王子晋	子乔		周灵王长子	67

公孙黑	子皙	郑简大夫	公子骓之子	67
公孙泄		郑简大夫	公子嘉之子	67
公孙楚	子南	郑简大夫	郑穆公孙	67
丰氏			郑公子丰之后，公子围妻	67
公子慕			楚王熊麇之子	67
公子平夏			楚王熊麇之子	67
斗成然	子旗	楚灵郊尹	斗韦龟之子	67、69、70
王黑		齐景大夫		68
公子留		曾为陈君	陈哀次子	68、69
公子胜			陈哀第三子	69
公子招	司徒招	陈哀司徒	陈哀公弟	69
公子过		陈哀少傅		69
公孙吴		陈哀大夫	陈哀公孙，偃师之子	69
公孙归生		蔡灵大夫		69
斗韦龟		楚灵大夫	斗成然父，子文玄孙	69
公子罢敌			楚灵王子	70
公子鲂		楚平司马		70、71
王僚	州于	吴王	吴王夷昧之子	71、73、75、87
公子蒲		秦哀大夫		71、77
太子痤			宋平公子	72
公子寅		宋元大夫		72
公子御戎		宋元大夫	宋平公子	72
公子辰			宋元公母弟	72
公子地			宋元公子	72
专诸		吴勇士		73
尹文公固		周景王卿		73
公子申	子西	楚昭令尹	楚平王庶长子	73、75、76、77、83
专毅		吴阖闾上卿	专诸之子	73、75、76、79
风胡子		楚相剑者		75
公孙哲		唐国大夫		75

四画

国学经典文库

东周列国志

附录

图文珍藏版

姓名	别名	身份	关系	回数
公孙姓		蔡昭大夫		75
太子波			吴阖闾子	75、79
公子乾			蔡昭公次子	75、76
公子夫概		吴阖闾先锋	阖闾母弟	75、76、77
公子山			阖闾庶子	76、77
公子结	子期	楚昭大夫	楚平王庶子	75、76、77
斗巢		楚昭大将		76、77
王孙由于		楚昭大夫		76、77
王孙圉		楚昭大夫		76
斗辛		楚昭大夫	斗成然子	76、77
斗怀		楚昭大夫	斗成然子、斗辛弟	76、77
太子衍			鲁昭公子	78
公子务人			鲁昭公子、太及衍母弟	78
公山不狃		鲁季孙费邑宰		78
公敛阳		鲁孟孙成邑宰		78
公若藐		鲁叔孙郈邑宰		78
少正卯		鲁隐大夫		78
少姜			齐景公女,吴太子波妻	79
夫差		吴王	吴阖闾太孙,太子波之子	79、80、81、82、83
勾践		越王	越允常子	79、80、81、82、83、101
文种	文会、大夫种	越勾践大夫		79、80、81、82、83、101
王孙雄		吴夫差大夫		79、80、81
公子朝	宋朝	宋景公时公子	南子情夫	79
王孙骆		吴阖闾大夫		79、82、83
太子友		夫差子		79、82、83
计倪		越勾践太史		80、83

	公子荼	安孺子	曾为齐君	齐景公幼子	81
	公孙夏		齐简大夫		81、82
	公孙挥		齐简大夫		81、82
	公孙圣		吴异士		82
	王子姑曹		吴夫差大将		82、83
	王子地		吴夫差大夫		82
	王孙弥庸		吴夫差大夫		82
	孔圉	孔文子	卫灵大夫		82
	孔悝		卫出正卿	孔圉子	82
	孔姬			卫庄公姐、孔悝之母	82
	公孙敢		卫都守门者		82
四	太子疾			卫庄次子	82、83
	公子般师		曾为卫君	卫襄公之孙	83
	公子起		曾为卫君	卫灵公子	83
	王子启			楚平庶子	83
	尹铎		赵鞅家臣		84
	公仲连		赵烈侯臣		85
画	公孙焦		中山国大夫		85
	公宜休		鲁穆相国		86
	太史儋		周烈王太史		86
	公叔痤		魏惠王相国		87
	公子卬		魏惠大夫		87、89
	公子虔		秦孝公太傅		87、89
	公孙贾		秦孝太师		87、89
	王错		魏惠相国		87
	公孙阅		齐邹忌门客		88
	太子申			魏惠王子	88、89
	王骥		齐宣王嬖臣		89
	公子少官		秦孝副将		89
	乌获		秦孝力士		89、92
	无疆		越王	勾践六代孙	89

国学经典文库

东周列国志

附录

图文珍藏版

1713

	姓名	别名	身份	关系	回目
	太子丹			燕王喜子	101、104、106
	壬子		东周君		101
	公孙婴		韩厘王将		102
	内史腾		秦王政将		103、105、106
	王贲		秦王政大将	王翦子	103、104、107
	内史肆		秦王政臣		104
	王敖		尉缭门人		105、106、108
	公子嘉	代王嘉	封为代王	赵悼襄王嫡子	105、106、107、108
五	召虎		宣王大宗伯		1、2
	申伯	申侯	宣王卿士		1、2、3
	左儒		宣王下大夫		1、2
	申后			申伯之女、幽王妻	2、3
	古里赤		犬戎大将		3
	石碏		卫桓大夫		5、6
	东宫得臣			齐庄公太子	5
	后妫			陈国女、卫庄公次妃	5
	石厚		卫州吁上卿	石碏之子	5、6、7
	宁翊		卫州吁使者		5
画	右宰丑		卫桓右宰		6、7
	右公子职		卫宣大夫		12、14
	左公子泄		卫宣大夫		12、14
	宁跪		卫宣大夫		12
	申繻		鲁桓大夫		13
	石之纷如		齐襄心腹力士		13
	东郭牙		齐襄大夫		15、16、18
	宁越		齐桓大夫		15、16
	召忽		齐公子纠之傅		15、16、101
	宁戚		齐桓大夫		18、19、29、32
	召伯廖		周惠王卿		19、20、24、29
	石速		周惠王膳夫		19

国学经典文库

东周列国志

附录

图文珍藏版

	申生	太子申生、共世子		晋献公太子	20、25、27、29、63、101
	史苏		晋献太史		20、25、31
	东关五		晋献大夫		20、25、27、28
	世子华			郑文公太子	20、24
	宁速	宁庄子	卫懿大夫	宁跪之孙	22、24、31、32、65
	石骀仲		卫大夫	石碏之后	23
	石祁子		卫懿大夫	石骀仲之子	23
	礼孔		卫懿大夫		23
	弘演		卫懿大夫		23
	白乙丙	蹇丙	秦穆公元帅	蹇叔子	26、30、40、44、46、47、48
	司马说		晋惠大夫		31
五	头须		晋重耳守藏小吏		31、37
	卢医	秦越人、扁鹊			32
	乐仆尹		宋襄大夫		34
	召公过		周襄王大夫		38
	左鄢父		周襄大夫		38
	宁俞	宁武子	卫成大夫	宁速子	39、41、42、65
画	石癸		郑文将		40
	司马瞒		卫成大夫		42
	石申父		郑文大夫		44
	白部胡		翟君		45、46
	白暾		翟君	白部胡弟	45、46、47
	申无畏	申舟	楚穆司马		48、50、55
	乐耳		郑穆大夫		48
	乐伯		楚庄大将		51、53、54
	申犀		楚庄大夫	申无畏子	55
	司马乐豫		宋昭司马		49
	世子舍		曾为齐君	齐昭公太子	49
	仪行父		陈灵大夫		52、53
	乐婴齐		宋文大夫		55

	石稷		卫穆副将	石碏曾孙	56
	卢蒲就魁		齐顷嬖人		56
	石奂		郑简大夫		61
	北宫括		卫献大夫	卫成公曾孙	61
	宁殖		卫献亚卿	宁俞孙、宁相子	61、62、65
	乐王鲋	叔鱼	晋平大夫		63
	卢蒲癸		齐庄龙爵		63、65、66
	东郭偃		齐崔杼家臣		63、65、66、67
	申鲜虞		齐庄大将		64、65
	卢蒲嫳			卢蒲癸之弟	65、66、67
	宁喜		卫殇左相	宁殖之子	65、66
五	石恶		卫殇大夫	石稷之孙	65、66
	北宫遗		卫殇大夫	北宫括之子、卫成公玄孙	65
	世子角			卫殇公子	65
	右宰榖		卫殇大夫		65
	印段			郑公子丰之子	67
画	申无宇		楚芋尹	申舟之子	67、68、69
	世子有			蔡灵公子	69
	世子禄			楚灵王子	70
	司马督		楚灵大将		70
	史狎		楚公子弃疾家臣		70
	申亥		楚人	申无宇子	70
	世子建	太子建		楚平王子	70、71、72、73
	古冶子		齐景勇士		70、71
	司马督		楚灵司马		70
	田开疆		齐景勇士		71
	田穰苴	司马穰苴	齐景司马		71
	世子朱		曾为蔡君	蔡平公子	71
	东国	蔡悼侯		蔡平公庶子	71
	白公胜	芈胜		楚平太子建之子	71、72、73、77、83

国学经典文库

东周列国志

附录

图文珍藏版

	姓名	别称	官职	关系	页码
五画	田氏			田居女、吴起妻	86
	申详		鲁穆将		86
	田忌		齐康公大将		86、88、89
	申不害		韩昭侯相		86
	田肦		齐威王高唐守		86
	甘龙		秦孝公大夫		87、89
	丕选		赵邯郸守		88
	田婴	薛公、靖郭君	齐威王将		88、89、91、93
	田骈		齐威稷门学士		89
	龙贾		魏惠王大夫		89、90
	田文	薛公、孟尝君	齐湣王相国	田婴子	91、92、93、94、95、97、101、108
	师被		燕王哙将		91
	乐池		赵武灵大将		91
	甘茂		秦惠文左相		91、92、104
	冯喜			张仪舍人	92
	白起	武安君	秦昭襄大将		92、94、95、96、98、99、100、101
	田不礼		赵太子章相		93
	平原君	公子胜、赵胜	赵惠文王相	赵惠文王弟	93、94、96、98、99、100、101
	冯谖		孟尝君门客		94、102
	卢曼		宋康王将		94
	乐毅	昌国君、望诸君	燕昭王大将	乐羊之孙	95、96
	乐乘	武襄君	燕、赵将军	乐毅从弟	95、96.101、102
	田单	安平君	齐襄王大将	齐田氏宗人	95、97、108
	乐闲	昌国君	燕惠王将	乐毅子	95、101、102
	冯亭	华陵君	韩厘王上党守		98
	司马梗		秦昭襄大将		98
	司马错		秦昭襄大将		98
	田巴		辩士		100

画	姓名	别名	官职	关系	回数
	甘回		秦昭襄牙将		103
	甘罗		秦王政上卿	甘茂之孙	104
	田光		燕丹门客		106
六画	仲山甫		宣王太宰		1、2
	吕章		申侯大夫		3
	齐僖公	吕禄甫		齐庄公子	5、6、7、8、9、11、12
	庄姜			齐庄公女、卫庄公夫人	5
	夷仲年		齐僖大夫	齐僖公弟	6、7
	许庄公				7
	百里		许庄大夫		7
六画	仲子			鲁宣公继室	7
	华督	太宰督、华父督	宋殇太宰	宋戴公孙、宋殇公堂叔	8、11、17
	齐襄公	吕诸儿		齐僖公子	9、11、12、13、14、25
	夷姜			卫庄公妾、后为宣公夫人	12
	齐姜	宣姜		卫宣公妻	9、12
	邢妃			卫宣公元配	12
	庆父			鲁桓公庶长子、鲁庄庶兄	13、22
	西虢公伯		周庄王卿		14、19
	齐桓公	公子小白、小白		齐襄公次子	15、16、17、18、19、20、21、22、23、24、28、29、30、31、32、34、36、51、67、69、77、78、80、86、95、98、107
	仲孙湫		齐桓大夫		15、17、18、22
	华家		宋桓司马	华督子	17
	师叔	子人师	郑厉大夫		19、20、24
	边伯		周厘大夫	王子颓党	19

国学经典文库

东周列国志

附录

图文珍藏版

	齐惠公	公子元		齐桓公、少卫姬子	32、33、49、50、53
	齐孝公	公子昭		齐桓公、郑姬子	24、32、33、34、39
	齐昭公	公子潘		齐桓公、葛嬴子	32、33、39、41、42、49
	齐懿公	公子商人		齐桓公、密姬子	32、33、49
	成得臣	子玉、令尹子五	楚成令尹		33、34、35、39、40、41、45
	向訾宋		宋襄大夫		34
	伯芈			郑文公女	34
	怀嬴			公子圉妻、重耳妻	35、37
	吕氏			卫僖负羁妻	35、39
	羊舌职		晋文大夫	羊舌肸父	36、55、56、59
	先蔑	士伯	晋文大夫		36、37、41、42、43、47、48
六	孙炎		卫成大夫		39、40、41、42
	祁瞒		晋文将		37、39、40、41、42
	孙伯纠		晋文大夫		37、40
	羊舌突		晋文大夫	羊舌职父	40
	成大心	孙伯	楚成大夫	成得臣子	40、41、46
	百畴		许将	百佗后	40
画	成嘉		楚成大夫	成得臣子	41
	阳处父		晋襄大夫		44、45、46、47
	先都	子会	晋襄大夫	先轸弟	36、44、47、48
	仲归		楚成大夫		46
	先且居		晋襄元帅	先轸子	45、46、47
	江芈			楚成王妹、嫁江君	46
	先克		晋襄大夫	先且居子	47、48
	华耦		宋昭大夫、司马	华督曾孙、华秀老子	48、49
	先縠	原縠、彘子	晋灵大夫	先克子	48、53、54
	许昭公	姬锡我		许僖公子	49
	许伯		楚庄将		53、54
	许偃		楚庄将		53、54
	华御事		宋昭司寇	华督孙、华家子	48

	齐灵公	吕环		齐顷公子	60、62
	羊舌赤	伯华	晋悼大夫	羊舌职之子	60、63、64
	羊舌肸	叔向	晋悼大夫	羊舌职次子	60、61、63、64、66、68、70、71
	夷昧		吴王	吴王寿梦第三子	60、66、67、71
	孙林父	孙文子	卫献大夫	孙良夫之子	61、62、65、66
	孙蒯			孙林父子	61、65、66
	孙嘉			林父次子	61、65、66
	师曹		卫献乐师		61
	戎子			齐灵公嬖姜	62
	仲子			齐灵姜、戎子娣、公子牙母	62
六	夙沙卫		齐灵寺人、公子牙少傅		62
	庆封		齐庄上卿		62、63、64、65、66、67、69
	州绰		晋平将		62、63
	邢蒯		栾盈党羽		62、63、64
	州宾		栾盈家臣	州绰弟	62、63、64
	羊舌虎	叔虎		羊舌职庶子，羊舌赤、肸弟	62、63
画	阳毕		晋平大夫	阳处父孙	62、63
	牟登		晋荀吴部将		64
	牟刚		晋荀吴部将	牟登子	64
	牟劲		晋荀吴部将	牟刚之弟	64
	华周		齐庄勇士		64
	庆舍			庆封子	65、67
	孙襄			孙林父幼子	65
	齐景公	吕杵臼		齐灵公子	65、66、68、70、71、78、79、81
	齐恶		卫献大夫		65、66

	庆姜			庆舍女、卢蒲癸妻	67
	庆嗣			庆封族人	67
	庆遗			庆封族人	67
	庆绳			庆封族人	67
	许悼公				67
	师涓		卫灵乐师		68
	华亥		宋平右师	华元之后	69
	阳丐	子瑕、公孙瑕	楚灵令尹	楚穆王曾孙	69、70、73
	观从	子玉	楚平卜尹		70
	羊舌鲋		晋昭司马	羊舌肸弟	70
	庄贾		齐景大夫		71
	羊舌食我		晋顷大夫	羊舌肸子	71
	祁胜		晋祁盈家臣		71
六	祁盈		晋顷大夫	祁午子	71
	邬臧		晋顷陪臣	祁盈家臣	71
	齐女			楚世子建之妻	71
	向胜		宋元大夫	向戌子	72
	向行		宋元大夫	向戌子	72
	向宁		宋元大夫	向戌子	72
	向罗			向宁子	72
	华向		宋元大夫	华元之后	72
画	华定		宋元大夫	华元之后	72
	华费遂		宋元大司马	华元之后	72
	华䝙			华费遂长子	72
	华多僚			华费遂次子	72
	华登			华费遂三子	72
	华启			华定子	72
	华无戚			华亥子	72
	庆忌			吴王僚子	73、74、75
	刘献公	刘挚	周景王卿士		70

	任鄙		秦孝力士		89、92
	毕成	贾舍人（变名）	苏秦门客		90
	齐闵王	田地		齐宣王子	91、92、94、95、97、100、104、105
	匡章		齐闵大将		91、93
	向寿		秦武大将		92、93
	芒卯		魏昭将		94、96、98
	夷维		齐闵嬖臣		94、95
	朱亥		魏安厘偏将		94、100、102
	许历		赵军士		96
	齐襄王	田法章		齐闵王子	95、97、98
	齐王建	田建		齐襄王子	98、105、108
六	朱英		楚顷襄使者		98
	华阳夫人		楚人	安国君宠妃	99、100、101
	吕不韦	文信侯	秦庄襄相国	秦始皇之尚父	99、100、101、102、103、104、105
画	庆秦		燕王喜将		101
	如姬			魏安厘王妃	100、101
	成峤	长安君		秦王政母弟	102、103、104
	朱英		魏人	春申君家食客	103
	庆都		赵悼襄王上党守将		103
	司马尚		赵王迁司马		106
	后胜		齐王建相国	君王后弟	107
	芒季			晋毕万子，魏犨父	107
七	伯阳父		宣王太史		1、2
	杜伯		宣王上大夫		1、2
	姒大妻			褒姒养母	2
	伯服			褒姒之子	2、3、24
画	李丁		犬戎右先锋		3、4
	宋穆公	子和		宋宣公弟	5

国学经典文库

东周列国志

附录

图文珍藏版

国学经典文库

东周列国志

附录

图文珍藏版

	吾离		姜戎国君		26
	赤斑		西戎国君		26、46
	怀嬴			秦穆公女、晋怀、晋文夫人	31、35、37
	宋华子			齐桓公第六如夫人	32
	陈穆公	妫款		陈宣公子	33、41
	宋成公	子王臣		宋襄公子	34、40、41、42、48、49
	芈氏			郑文公夫人、楚成王妹	34
	苍葛		周襄阳樊守臣		38
	赤风子			赤丁之子	38
	赤丁		翟国大将		38
	䓍吕臣		楚成大夫		34、39、40、41、42
七	䓍贾	伯嬴	楚穆令尹	䓍吕臣子、孙叔敖父	39、41、46、48、50、51
	陈共公	妫朔		陈穆公子	42、48
	冶廑		卫成大夫		42、43
	医衍		晋文医生		43
	杞子		秦穆副将		43、44、96
	杨孙		秦穆副将		43、44
画	佚之狐		郑文大夫		43
	弄玉			秦穆幼女	47
	宋昭公	子杵臼		宋成公子	48、49
	宋文公	子鲍、公子鲍		宋昭公庶弟	49、55
	陈灵公	妫平国		陈共公子	49、52、53
	邴原		齐桓大夫		49
	邴歜		齐昭大夫	邴原子	49
	声姜			齐桓女、鲁僖公夫人、鲁文公母	49
	声己			戴己娣、公孙敖妾、难之母	49
	苏从		楚庄大夫		50、51

	灵辄		晋义士		50
	陈成公	妫午		陈灵公子	53、60
	宋共公	子固		宋文公子	55、58
	杜回		秦桓大将		55、58
	郤夏		齐顷将		56
	伯宗		晋景大夫	孙伯纠子	55、58
	寿梦		吴国君		57、58、60、61、65、75
	伯州犁		楚共太宰	伯宗子	58、67、70
	狄虒弥		鲁成大夫		60
	张老		晋悼大夫		59、60、61
	谷阳		楚公子侧仆人		59
	宋平公	子成		宋共公子	60
	陈哀公	妫弱		陈成公子	60、68、69
七	妘斑		偪阳国大夫		60
	伯骈		郑简大夫		61
	灵皋		晋梗阳巫者		62
	张君臣		晋平司马	张老子	62
	辛俞		栾盈家臣		62、63
	郤师		齐庄男爵		63、64、65
	张孟趱		晋平大夫		64
画	陈须无	陈文子	齐庄大夫	陈敬仲曾孙	65、66、67
	陈无宇	陈桓子、田桓子	齐景大夫	陈须无子	66、67、68、69、71、108
	芈麇		楚王	楚康王同母弟	67
	罕虎	子皮	郑简上卿	公孙舍之之子	67、84
	良止		郑简大夫	公子良霄之子	67
	芈氏			蔡灵公夫人、楚宗室女	67
	伯姬			鲁女、宋平公夫人	67
	陈孔奂		陈哀大夫		69
	陈惠公	妫吴		陈世子偃师之子	70
	张骼		晋昭大夫	张老之孙	70

沈尹戌		楚平左司马		72、73、74、75、76
宋元公	子佐		宋平公庶子	72
沈子逞		沈国君		73
伯郤宛	子恶	楚平右尹	伯州犁子	70、73、74
伯嚭	太宰嚭	吴夫差太宰	楚伯郤宛子	74、75、76、77、79、80、81、82、83、105
吴勾卑		楚沈尹戌家臣		76
沈诸梁	叶公	楚昭大臣	沈尹戌子	76、77、83
宋木		楚昭大将		76、77
季芈			楚昭妹	76、77
扶臧			吴公子夫概之子	77
宋景公	子头曼		宋元公子	79
灵姑浮		越王勾践大将		79
张柳朔		范、中行二氏党羽		79
陈乞	陈僖子	齐景大夫	陈元宇孙	81、108
陈恒		齐简大夫	陈乞子	81、82、108
陈音		楚善弓矢者		81
陈逆	子行	齐简大夫	陈恒弟	82
陈豹		齐简大夫	陈恒族人、陈须无孙	82
伯有			赵简子长子	83
张孟谈		赵襄子谋臣		84
伯勇			赵襄子兄	85
李克		魏文侯臣		85、87
吴起		魏西河守		85、86、101
张丑		田齐将领		86
严仲子	严遂		侠累之友	86
阿大夫		齐即墨大夫		86
杜挚		秦孝大夫		87、89
张仪	馀子、武信君	秦惠文相		87、90、91、92、95、105
苏秦	季子、武安君	六国相		87、89、90、91、101

七

画

苏代		燕易大夫	苏秦弟	90、91、93、99
苏厉		齐湣大夫	苏秦弟	90、91
张仪妻				90
邹衍		燕昭臣		91、102
陈轸		楚怀客卿		91
宋遗		楚怀勇士		91
吴娃			赵武灵王继室、赵惠文王母	93
李兑		赵惠文王太傅		93、96、97、101
宋康王	子偃、桀宋		宋辟公之子	94
宋辟公				94
陈举		齐闵大夫		94
李牧		赵惠文将		96、98、101、102、105
芈戎	华阳君		秦宣太后弟	97
张唐		秦昭襄将		98、101、102、103、104
苏射		赵孝成将		98
杨泉君			秦昭襄后弟	99
辛垣衍		魏安厘客将军		100
李同			赵孝成传舍吏子	100
李信		秦王政将		103
李园		楚春申君舍人		103、107
李嫣			李园妹、楚考烈王后	103
犹			楚考烈王子、幽王弟	103
杨端和		秦王政将		103、104、105、106
辛胜		秦王政将		104
佐弋竭		秦王政臣		104
陈忠		秦王政大夫		104、105
李斯		秦王政丞相		105、108
李信		秦王政大将		106、107、108
宋意		燕太子丹勇士		106

七

画

	周宣王	太子靖			1、2、47
	周幽王	宫涅		宣王子	2、3、24、25
	周平王	宜臼		幽王子	2、3、4、5、25
	郑伯友	郑桓公	幽王司徒	宣王弟、幽王叔	2、3、37
	周公咺		幽王大臣		3
	郑庄公	寤生		郑武公子	4、5、6、7、8、9、10、19
	周公黑肩		平王大臣	周公咺子	5、6、9、11、13
	郑昭公	世子忽		郑庄公子	5、6、7、8、10、11、12、13
	周桓王	姬林		平王孙	5、6、9、10、11、24
	季梁		随大夫		10
	屈瑕		楚熊通大夫		10
	周庄王	姬佗		桓王子	11、13、17、18、19、24
	郑武公	世子掘突		郑桓公子	3、4
	季友	公子友、季文子	鲁宣公相	鲁庄公嫡弟	13、22、23、78
	孟阳		齐襄嬖臣		13、14
八	屈重		楚武王莫敖		14、17
	周公忌父		周庄大夫		14、19
	周僖王	姬胡齐		周庄王子	17、18、19
	邾子克		邾国君		18
	单蔑	单子	周僖大夫		18、19
	周惠王	姬阆		周僖王子	19、20、24
画	郑文公	姬捷、郑捷		郑厉公子	19、20、23、33、34、35、37、41、42、43、44
	易牙	雍巫	齐桓嬖臣		17、18、24、29、30、31、32、33、40
	狐姬			晋献公妾、重耳之母	20
	卓子		曾为晋君	晋献公、少姬之子	20、27、28、42
	狐毛		晋文大夫	狐突子、重耳舅	20、31、34、35、36、37、39、40、41、44
	屈完		楚成大夫		20、23、24、67
	孟任			鲁庄公妾、公子般母	22

国学经典文库

东周列国志

附录

图文珍藏版

国学经典文库

东周列国志

附录

图文珍藏版

	叔侯	申公	楚成将		39、40
	宛春		楚成将		40
	茅筏		晋文大夫		40
	国归父		齐孝上卿	国懿仲子	40、41、49
	周颛		卫成大夫		42、43
	周公阅		周襄太宰		43
	弦高		郑商人		44
	狐鞠居		晋襄大夫	狐射姑弟	45、46
	狐溱		晋襄大夫	狐毛之子	45
	叔孙得臣		鲁文大夫	叔孙彭生弟	47、49、50
	叔孙侨如		鲁成大夫	叔孙得臣子	47、56、65
	侨如		翟国大将		47、69
	臾骈		晋襄司马		47、48、50
	范山		楚穆大夫		48
	单伯		周匡大夫		49
八	周匡王	姬班		周顷王子	49、50、51
	季孙行父	季文子	鲁文上卿	公子友之子	22、49、50、56、57
	叔仲彭生		鲁文太傅	叔孙氏后、公子兹之子	49、50
	季无佚		鲁僖大夫	季孙行父之父、季友之子	49
画	孟孙谷		鲁文大夫	公孙敖子	49
	孟孙难		鲁文卿	孟孙谷弟	49
	屈荡		楚庄大夫		50、51、53、54、58
	屈巫	子灵、巫臣	楚庄大夫	屈荡子	53、57、60
	泄冶		陈灵大夫		52、53
	国佐父	国佐	齐顷上卿	国归父子	56、57
	郑襄公	公子坚		郑穆公子,灵公庶兄	48、52、53、54、57
	郑灵公	姬夷		郑穆公世子	51、52
	郑丘缓		晋景公将		56
	狐庸	巫狐庸、屈狐庸	吴相国	屈巫子	57、60、66

国学经典文库

东周列国志

附录

图文珍藏版

	郑绰公	姬费		郑襄公子	57
	周简王	姬夷		周定王子	58、59、60
	苗贲皇	斗贲皇	晋厉将	楚斗越椒子、奔晋	51、58
	单襄公		周顷王卿		59
	孟张		晋厉寺人		59
	郑成公	姬晫		郑悼公弟	58、59、60
	周灵王	姬泄心、髭王		周简王子	60、61、62、63、64、65、66、67
	鱼石		宋平大夫、奔楚		59、60
	鱼府		宋平大夫、奔楚		59、60
	郑僖公	姬髡顽		郑成公子	60
	孟乐		无终国大夫		60
	郑简公	姬嘉		郑僖公弟	60、61、66、67、68
	叔梁纥		鲁成大夫	孔子之父	60、78
八	季札			吴寿梦第四子	61、65、66、73
	武		秦景庶长		61
	定姜			卫定公夫人、献公母	61
	析归父		齐灵将		62、63
	孟姜	孟姜女		杞梁妻	64
	国夏		齐灵世卿	国佐父之子	65、78、81
画	屈建	子木	楚康令尹		66、67
	周景王	姬贵		周灵王次子	67、68、69、70、73
	驷带		郑简大夫	郑穆公曾孙	67
	屈申		楚灵大夫	屈荡之子	67
	屈生		楚灵大夫	屈建之子	67
	孟姬			鲁女、齐灵公妾、齐景公母夫人	68
	郑姬			陈哀公元妃	69
	狐父		晋昭大夫		69
	郑丹	子革	楚灵右尹	郑穆公孙、子然之子,奔楚	67、69、70

	奋扬		楚平东宫司马		70、71
	季孙意如		鲁昭上卿	季孙行父孙、季孙纥子	70、71、78
	叔孙婼		鲁昭上卿	叔孙豹之子	71
	孟嬴	无祥公主、伯嬴		秦哀长妹、楚平夺为妻、楚昭母	71、76、77
	武城黑		楚平大夫		72、75、76
	宜僚		宋元寺人		72
	郑定公	姬宁		郑简公子	72、73、77
	单穆公旗	单旗	周景卿士		73
	周悼王	姬猛		周景王子	73
	郚肸		周景庶子朝党羽		73
	周敬王	姬丐、东王		周景王嫡次子、悼王弟	73、75、77、78、79、80、81、82、83
八	欧冶子		冶剑者		73、75
	季桓子	季孙斯	鲁定上卿	季孙意如子	78、81
	孟孙无忌	孟懿子、孟孙何忌	鲁定卿	仲孙蔑孙、仲孙貜子	78
	叔孙州仇		鲁定卿	叔孙婼之孙、叔孙不敢子	78、82
画	叔孙辄			叔孙州仇庶子	78
	林楚		鲁季氏门客		78
	苦越		鲁季氏家臣		78
	驷赤		鲁叔孙氏家臣		78
	弥子瑕		卫灵公宠臣		79
	季孙肥	季康子	鲁定卿	季孙斯之子	79
	范皋夷		晋范中行党羽		79
	范蠡	少伯、鸱夷子皮、陶朱公	越勾践大夫		79、80、81、82、83、103
	苦成		越勾践太宰		80

	姓名	别号	身份	关系	回目
	孟贲		齐勇士		92
	周赧王	姬延		周慎靓王定子	92、94、95、97、98、99、101
	景史		楚怀大将		92
	肥义		赵惠相国		93
	景成		宋康王臣		94
	屈志高		宋康王将		94
	狐咺		齐闵大夫		94
	范雎	范叔、张禄、应侯	秦昭襄丞相		97、98、99、100、101、104、105
	郑安平		秦昭襄将	范雎友	97、99、100、101
	景阳		楚考烈将		101、102
	庞煖		赵孝成将		102、103
八画	武阳靖		燕王喜将		102
	茅焦		秦王政太傅		105
	景骐		楚王负刍大将		108
	屈定		楚王负刍大将		108
	赵叔带		周幽王大夫	晋大夫赵氏之祖	2、108
	洪德			周大夫褒珦之子	2
九画	段	共叔段、太叔段、京城大叔		郑武公子、庄公弟	4、5
	姜后			周宣王后	1、2
	姜氏			申侯女、郑武公妻、庄公、叔段母	4、5
	祝冉		郑庄大夫		8、9、10、11
	南宫长万		宋庄大将		10、11、17、18、69
	急子			卫宣公、夷姜之子	12、23
	施伯		鲁庄大夫		13、15、16、18、39
	荣叔		周庄大夫		13
	竖貂	竖刁、寺人貂	齐桓宠臣		17、18、21、23、29、30、31、32、33

国学经典文库

东周列国志

附录

图文珍藏版

	姚姬	王姚		周庄王嬖妾、王子颓母	19
	祝跪		周庄大夫	王子颓党羽	19
	莒医		莒国医生	文姜情夫	19
	哀姜			齐襄女、鲁庄公夫人	19、20
	赵夙		晋献大夫		20、108
	郧夫人			斗伯比舅母	20
	郧子		郧国君	斗伯比舅父	20
	郧女			郧夫人女、斗伯比妻	20
	皇子		齐之高士		22
	秋亚		鲁之勇士		22
	姜氏			周惠王后、世子郑母	24
	荀息	荀叔	晋献大夫		25、27、28、29、42
	宫之奇		虞国大夫		25
	勃鞮	寺人勃鞮	晋献寺人		27、31、36、39
九	赵衰	子馀、赵成子、赵季、成季	晋文大夫	重耳之师、赵夙之子	27、31、34、35、36、37、38、39、40、41、42.44、45、46、47、59、108
	胥臣	季子、司空季子、臼季	晋文大夫		27、35、36、37、38、39、40、41、44、45、47
	郤芮		晋惠大夫		27、28、29、30、31、35、36、37、63
画	郤乞		晋惠大夫		29、30、37
	城西巫者		晋曲沃人		29
	郤步扬		晋惠大夫		30、36、37、39、40、42
	郤溱		晋文大夫		36，37、38、39、40、
	荀林父	荀伯、中行桓子	晋文大夫、中行将	荀息子	36、39、40、41、42、47、48、49、53、54、55、56、79
	赵盾	赵盂、赵宣子	晋襄大夫	赵衰、叔隗子	37、47、48、49、50、51、52、59、108

	扁鹊		名医		32、72
	赵同	原同、原叔	晋成大夫	赵衰、赵姬子	37、51、54、57
	赵括	屏季	晋成大夫	赵衰、赵姬子	37、51、54、57
	赵婴齐	赵婴、楼婴	晋成大夫	赵衰、赵姬子	37、51、54、57
	封氏		郑乡民		38
	封二郎		郑乡民	封氏弟	38
	郤縠		晋文元帅		39
	赵姬	伯姬		晋文公长女、赵衰妻	37、51
	柳下惠	展获、展子禽	鲁贤者、士师		39
	侯獳		曹共小臣		43
	胥婴		晋襄大夫	胥臣子	44、45
	郤缺	冀缺、郤成子	晋成元帅	郤芮子	44、48、49、52、63
	侯宣多		郑文大夫		44
	胥甲		晋灵大夫	胥臣子	48
	胥克		晋灵下军佐	胥甲子	48
	荡意诸		宋昭司城	公孙寿子	48、49
九	荡虺		宋文司马	荡意诸弟	49
	赵穿		晋襄大夫	赵盾从弟、晋襄公婿	48、50、51
	绕朝		秦康大夫		48
	昭姬	叔姬	鲁女	齐昭夫人	49、50
	姜氏	哀姜、出姜		齐昭公女、鲁文公夫人	49、50
画	赵朔		晋成大夫	赵盾子、晋成公婿	49、50、51、54、57、108
	赵旃	赵叟	晋景部将	赵穿子	51、54、57
	养由基		楚庄将		51、55、58、61、66
	赵胜		晋悼大夫	赵旃子	57、59、64
	郤锜		晋景大夫	郤克子	57、58、59、62
	郤克		晋景大夫	郤缺子	54、56
	皇戌进	皇戌	郑襄大夫		54、57
	郤雍			郤克族人	55、56
	荀首		晋景大夫	荀林父弟	54、57

国学经典文库

东周列国志

附录

图文珍藏版

国学经典文库

东周列国志

附录

图文珍藏版

姓名	别字	身份	关系	回数
祖姬			魏犨妾	55
郤犨		晋厉大夫	郤克从弟	58、59、62
郤至	温季、季子	晋厉大夫	郤步扬孙、郤克族侄	58、59、62
郤乞		晋厉大夫	郤至弟	58
郤毅		晋厉大夫	郤犨子	58
胥童		晋厉嬖臣	胥甲孙、胥克子	58、59、62
赵武		晋悼司寇	赵朔子	57、59、60、61、62、64、66、67、70、107
姚句耳		郑成大夫		58
荀偃	伯游、中行偃、中行献子	晋厉大夫	荀庚子、荀林父孙	58、59、60、61、62
荀宾		晋悼大夫		59
荀骓		晋景大夫		57
荀䓨	子羽、知䓨、知武子	晋景大夫	荀首子	54、57、58、59、60、61
荀庚	中行伯	晋景大夫	荀林父子	60
荀吴	中行吴、中行穆子	晋平大夫	荀偃子	62、63、64、69、70
荀会		晋悼大夫		60、61
胥午		晋平大夫		63
赵鞅	赵简子	晋六卿	赵武孙、赵成子	72、78、79、82、83、85、108
封具		齐庄勇爵		63、65
晏嫠		齐庄将		64
南史氏		齐景史官		65
穿封戍		楚康大夫		66、69、70
皇颉		郑将		66、69
闾丘婴		齐景大夫		67
须务牟			楚公子弃疾家臣	70
费无极		楚平大夫		70、73、74、77
莒子		莒国君		71

荀寅	中行寅、中行文子	晋顷大夫	荀吴之子	72、75、79
荀跞	智跞、智文子	晋顷大夫	荀盈之子、荀罃之孙	71、72、73、78、79、80
皇甫讷			楚东皋公好友	72
掩馀			吴庆忌母弟	73、75
南宫极		周景大将		73
胡子髡		胡国君		73
要离		吴勇士		74、75
钟建		楚昭大夫		76、77
胡子豹		胡国君		77
施氏			叔梁纥前妻	78
侯犯		鲁郈邑马正		78
南子			宋女、卫灵公夫人	79
胥犴		越勾践将		79
赵午			赵鞅族子	79
荀甲	智宣子、智徐五		荀跞子	79、84
荀瑶	智伯	晋六卿	荀跞之孙、荀甲子	79、83、84、101、105
闾丘明		齐简大夫	闾丘婴之子	81、82
胥门巢		吴夫差大将		82、83
浑良夫		卫孙氏小臣		82、83
胥弥赦		卫庄下大夫		83
赵襄子	无恤	晋六卿	赵鞅之子	83、84、85、92、108
段规		韩虎谋士		84
荀宵			荀瑶之兄	84
赵周			赵襄子兄伯鲁之子	85
赵桓子	赵浣	晋三家之主	伯鲁之孙、赵周之子	85、108
赵烈侯	赵籍		赵浣之子	85、96、108
段干木		魏文贤臣		85
段朋		田齐大将		86
种首		齐威王司寇		86

左侧标注："九" "画"

国学经典文库

东周列国志

附 录

图文珍藏版

	将渠		燕王喜大夫	101、102
	赵悼襄王	赵偃		赵孝成王子	102、104、105
	项橐			孔子之师	104
	赵王迁	幽谬王		赵悼襄王次子	105、106、108
	赵葱		赵王迁将		105、106
	荆轲	荆卿	卫刺客	庆封之后	106、107
	赵高		秦王政内侍		107、108
	胡姬			秦政姬、胡亥母	107
	胡亥		秦二世皇帝	秦王政子	107、108
	项燕		楚负刍大将		107、108
十画	晋文侯	姬仇			3、20、38
	秦襄公	嬴开			3、4
	秦文公			襄公子	4
	高渠弥		郑庄大夫		5、6.7、8、9、12、13
十	原繁		郑庄大夫		9、11、13、19
	秦子		鲁桓将		11、15
	姬克			周桓王子、周庄王弟	11
	徒人费		齐襄宦者		14
	高傒		齐襄世卿		15、19、22
画	宾须无		齐桓大夫		16、19、21、23、29
	息侯		息国君		17
	息妫			息侯妻	17、19
	晋昭侯	姬伯		晋文侯子	20
	晋孝侯	姬平		晋昭侯弟	20
	晋鄂侯	姬郄		晋孝侯弟	20
	晋哀侯	姬光		晋鄂侯子	20
	晋小子侯	姬缗		晋哀侯弟	20
	晋献公	姬佹诸		曲沃武公子	20、24、25、27、36、37、39、107
	贾姬			晋献公元妃	20
	贾君			晋献公继妃	20、28、29

国学经典文库

东周列国志

附录

图文珍藏版

国学经典文库

东周列国志

附录

图文珍藏版

画	姓名	字		身份	关系	回数
	铎遏寇			晋悼大夫		59
	诸樊			吴王	寿梦长子	60、61、63、65
	馀祭			吴王	寿梦次子	60、61、62
	秦堇父			鲁成勇将		60
	栾祁				士匄女、栾黡妻	61、62
	秦景公	嬴后			秦桓公子	61
	高厚			齐灵世卿	高固子	62
	栾盈			晋悼大夫	栾黡子	61、62、64
	晋平公	姬彪			晋悼公子	62、63、65、66、67、68
	郭最			齐灵将		62、63、64
	晏婴	平仲		齐景大夫		62、63、65、66、67、68、70、78、79、81
	栾宾			曲沃桓叔相	栾枝祖父	62、64
	栾成				栾枝父	62
十	栾乐				栾盈族人	62、63、64
	栾鲂			晋平大夫	栾盈族人	62、63、64
	贾举			齐庄勇爵		63、64、65
	铎甫			齐庄勇爵		63
	栾荣				栾乐、栾盈党羽	64
画	贾竖			齐庄近侍		64、65
	铎父			齐庄勇爵		63、65
	高止			齐庄世卿	高厚之子	65、67、68
	息桓			楚康大夫		66
	高虿	子尾		齐景大夫	齐惠公子子高之子	67、68
	栾灶	子雅		齐景大夫	齐惠公之孙	67
	栾施	子旗		齐景大夫	栾灶子	67、68、69
	高竖				高止之子	67、68
	高郰				高偃后	67
	徐吾犯			郑简大夫		67
	徐君			徐国之君		67、70、71
	高强	子良		齐景大夫	高虿之子	67、68、69

晋昭公	姬夷		晋平公子	68、69、70、71、85
倚相		楚灵左史		70
夏啮		陈人	夏征舒玄孙	70、73
郯子		郯国君		71
晋顷公	姬去疾		晋昭公子	71、73、79
秦哀公			秦景公子	71、77
贾氏			伍员之妻	72
浣纱女子				73
姬匄			周景王嫡次子	73
被离		吴国市吏		73
姬朝			周景王庶长子	73
宾孟		周景大夫		73
晋陈		楚昭大夫		74
烛庸			王僚母弟	73、75
唐成公		唐国君		75、76、77
晋定公	姬午		晋顷公子	75、82
桓魋		宋景司马		79
诸稽郢		越勾践司马		79、80、82
高柴	子羔	卫出大夫	孔子门人	79、82
皋如		越勾践司农		80
荼	安孺子		齐景公庶幼子	81
高张		齐景世卿	高郾子	81
高无平		齐简世卿	高张子	81、82
展如		齐简大将		82
钼商		鲁叔孙家臣		82
宽		楚惠司马	楚司马子期子	83
晋出公	姬凿		晋定公子	83
晋哀公	姬骄		晋昭公曾孙、晋出公弟	83、85
絺疵		智伯谋士		84
高黑		赵襄子谋臣		84

十

画

原过		赵襄子家臣		84
晋幽公	姬柳		晋哀公子	85
姬揭	西周公	封于王城	周考王弟、东周公姬班父	85
姬班	东周公	封于王城巩	姬揭子	85
晋靖公	姬俱酒		晋幽公曾孙	85
姬窟		中山国君		85
秦简公	嬴卓子		秦怀公子、秦灵公叔	86
秦惠公			秦简公子	86、105
秦灵公			秦怀公孙	86
秦献公	嬴师隰		秦灵公子	86
聂政		魏人		86
聂嫈			聂政姊	86
秦孝公	嬴渠梁		秦献公子	86、89、91、105
袁达		齐威牙将		88、89
秦惠文王	嬴驷		秦孝公子	87、89、90、91
徐甲			庞涓心腹	88
徐生		魏人		89
郭槐		燕王哙太傅		91
剧辛		燕昭大臣		91、95、101、102、91
逢侯丑		楚怀大夫		91
秦武王	嬴荡		秦惠文王子	91、92
秦昭襄王	嬴稷		秦武王异母弟	92、93、94、95、97、98、100、101、102、105
高信		赵惠文相肥义近侍		93
剔成			宋康王兄	94
息氏			宋康臣韩冯妻	94
唐昧		楚顷襄将		94
晋鄙		魏安厘大将		95、99、100、102

十

画

	秦庄襄王	嬴子楚、异人		秦孝文王子	96、98、99、100、101、108
	秦孝文王	嬴柱、安国君、子傒		秦昭襄王子	96、99、100、101
	夏妃			安国君妃、异人生母	99
	秦始皇	赵政、嬴政、秦王政		秦庄襄王异人、赵姬之子	99、102、104、105、106、107、108
	唐举		大梁相者		101
	郭开		赵襄悼佞臣		102、105、106
	栗腹		燕王喜相国		101、102
	栗元		燕王喜将	栗腹子	102
	桓齮		秦王政将		103、104、105
十	秦德公		春秋初秦君	秦宁公子、秦武公弟	104
	唐玖		赵襄悼内侍		105
画	夏扶		燕丹勇士		106
	秦舞阳		燕丹勇士		106、107
	高渐离		燕击筑者	荆轲之友	106
	徐夫人		铸剑者		107
	夏无且		秦王政侍医		107
	祭公易		周幽大臣		2、3
	祭足	仲、祭仲	郑庄大夫		4、6、7、8、9、10、11、12、19
十	曼伯		郑庄大夫		9
	随侯		随国君		10
一	黄子		黄国君		10、23
	猛获		宋庄大将		11、17
画	梁子		鲁桓将		11、15
	祭氏	雍姬		祭足女、雍纠妻	11、67
	强钼		祭足家臣		11
	曹沫		鲁庄大夫		13、15、18、78
	曹刿		鲁庄大夫		16、17、19、39
	萧叔大心		宋附庸国君		17

国学经典文库

东周列国志

附录

图文珍藏版

国学经典文库

东周列国志

附录

图文珍藏版

	游吉	子羽	郑简行人	郑穆公曾孙、公子偃孙、公孙虿子	67、72
	鲁昭公	姬裯		鲁襄公子	68、70、71、78
	朝吴		蔡灵大夫	公子归生之子	69、70、71
	智跞	荀跞、知文子	晋昭大夫	智盈之子	70
	韩不信	韩简子	晋定大夫	韩起孙、韩须子	72、79
	椒丘䜣		东海壮士		74
	鲁定公	姬宋		鲁昭庶子	78、79
	舜华		晋定臣		79
	畴无馀		越勾践将		79、82
	董安于		赵鞅谋士		79、84
	皓进		越勾践司直		80
	鲁哀公	姬蒋		鲁定公子	81、82、83
	琴牢	子张		孔子门人	81
	董褐		晋定大夫		82
十	韩虎	韩康子		韩不信之孙、韩庚子	83、84、106
二	智果	辅果		智伯族人	84
	智开			智伯弟	84
画	智国		智伯谋士	智伯族人	84
	韩景侯	韩虔	韩始为诸侯	韩虎之孙、韩起章子	85、106
	曾参			孔子门人	86、92
	鲁穆公	姬显		鲁元公姬嘉子	86
	韩烈侯	韩取		韩景侯子	86
	韩山坚		韩烈侯相		86
	韩文侯			烈侯子	86
	韩哀侯			文侯子	86
	韩懿侯	韩若山		哀侯子	86
	韩昭侯			懿侯子	86、88、89
	景监		秦孝嬖臣		87

画	姓名	别名	身份	关系	页码
	禽滑		墨子门人		88
	韩宣惠王			昭侯子	91、106
	韩后			赵武灵王后、太子章母	93
	韩厘王	韩咎		韩襄王仓子	94、96
	韩冯		宋康王舍人		94
	韩聂		齐闵将		94、95
	惠文太后			齐闵王女、赵孝成王母	98
	敢		赵孝成筮史		98
	傅豹		赵孝成将		98
	鲁仲连	千里驹	齐游士		100
十二画	韩桓惠王			韩厘王子	105
	韩王安	太子安	韩国最末之君	韩桓惠王子	105、106
	韩非	公子非			105
	韩万	韩武子		韩子舆祖父	106
	满也速		犬戎右先锋		3、4
	新臣	许叔	许国君	许庄公弟	7
十三画	瑕叔盈		郑庄大夫		7、9
	楚武王	熊通		楚蚡冒弟	10、14、90、108
	楚文王	熊赀		楚武王子	10、14、17、19、24、90
	雍姞			郑庄公妾、子突母	10
	雍纠		郑厉大夫	祭足婿	10、11、67
	雍禀		齐襄大夫		14、15
	鲍叔牙		齐桓大夫		15、16、17、20、23、24、29、30、31、32
	詹父		周庄大夫	王子颓党	19
	楚成王	熊恽		楚文王、息妫次子	19、20、23、24、33、34、35、39、40、44
	慎不害		鲁闵太傅		22
	虞公		虞国君		25、26

国学经典文库

东周列国志

附录

图文珍藏版

1758

	蛾晰		晋惠大夫		30、31
	解张		晋文大夫	介子推邻人	37
	颓叔		周襄大夫		37、38
	简师父		周襄大夫		38
	颛犬			卫公子	41、42
	楚穆王	芈商臣		楚成王子	46、48、49、108
	解扬	子虎	晋灵大夫		50、55
	蒯得		晋灵部将		47、48
	詹嘉		晋灵大夫		48
	楚庄王	芈旅		楚穆王子	49、50、51、52、53、54、55、56、57、69、108
	摄叔		楚庄将		54
	解张		晋景大夫	解扬子	56
	鲍癸		晋景大夫		54
	楚共王	芈审		楚庄王子	56、58、59、60、61
	解狐		晋悼大夫	解扬之子	60
十三画	楚康王	芈昭		楚共王子	61、66、67
	督戎		栾盈力士		62
	解雍		晋赵武部将		64
	解肃		晋赵武部将	解雍弟	64
	雍鉏		卫孙林父家将		65、66
	褚带		卫孙林父家将		65
	褚师申		卫献大夫		65
	鲍国		齐景大夫	鲍叔牙玄孙	67、68、69
	楚灵王	公子围、熊虔、楚虔		楚共王子	66、67、68、69、70
	阖闾	公子光		吴王诸樊长子	70、73、74、75、79
	楚平王	公子弃疾、熊居		楚共王幼子	69、70、71、72、73
	鄢将师		楚平大夫		70、71、73、74
	楚昭王	芈珍、芈轸		楚平王、孟嬴子	71、73、75、76、77、78、79、81、83、108

	蓝尹亹		楚昭大夫		76、77
	窦犫		晋定大夫		79
	鲍牧		齐景大夫	鲍国之子	79、81
	鲍息			鲍牧之子	81、82
	楚惠王	芈章		楚昭王子	83
	鼓须		中山国大将		85
	楚悼王	熊疑		楚惠王曾孙	86、101
	楚肃王	芈臧		楚悼王子	86
	楚威王	熊商		楚肃王侄、楚宣王子	89、90、91、108
	楚厉王				90
	楚怀王	熊槐		楚威王子	91、92、93、98、108
	靳尚	上官大夫		楚怀嬖臣	91、92、108
	蒙骜			秦昭襄大将	92、98、101、102、103、104
	楚顷襄王	熊横		楚怀太子	92、95、96
十	廉颇	信平君		赵惠文大将	95、96、98、99、101、102、105
三	虞卿	虞兮		赵惠文上卿	96、98
画	楚考烈王	熊完		顷襄王子	96、98、99、103
	楚幽王	熊捍		考烈王子	103、107
	蒙嘉		秦王政中庶子	蒙骜之族	107
	蒙武		秦王政大将		107、108
	楚哀王	熊犹、公子犹		楚幽王弟	107
	楚王负刍			楚哀公庶兄	107、108
	楚王昌平君			负刍同母弟	108
十	臧孙达		鲁桓大夫		9
	熊率比		楚武王大夫		10
	管至父		齐襄大夫		13、14、15
四	管仲	仲父	齐桓卿		14、15、17、18、19、20、21、23、24、29、30、31、32、36、69、87、95、98、101

国学经典文库

东周列国志

附录

图文珍藏版

国学经典文库

东周列国志

附录

图文珍藏版

国学经典文库

东周列国志

附录

图文珍藏版

国学经典文库

东周列国志

附录

图文珍藏版

	檀子		齐威南城守		86
	魏襄王	魏嗣		魏惠王子	90、91
	魏哀王			魏襄王子	91、92
	魏章		秦惠文大将		91、92
	魏昭王			魏哀王子	94、95、97
	戴乌		宋康王谏臣		94
	戴直		宋康王将		94
	魏冉	穰侯	秦昭襄相	宣太后异母弟、秦昭襄王母舅	96、97
	魏齐		魏昭相国		97、98
	魏安厘王	魏圉		魏昭王子	97、98、99、100、101、102
	魏景闵王	魏增		魏安厘王子	102、105、106
	鞠武		燕丹太傅		106
	魏王假	太子假		魏景闵王子	107
十八画以上	鬻拳	太伯	楚文大夫、大阍		17、19
	酆舒		赤狄潞国大夫		47、48、55
	籍偃		晋悼舆司马		59、62、63
	鳞朱		宋大夫奔楚者		59、60
	蘧伯玉	蘧瑗	卫灵大夫	孔子友人	61、65、66、79
	禤姬			齐灵媵、太子光母	62
	蹶由			吴夷昧宗室	67
	囊瓦	子常	楚平令尹	公子夏之孙	69、73、74、75、76、77
	籍谈		晋昭大夫		70、73

特别提示：

　　本书在编写过程中，参阅和使用了一些报刊、著述和图片。由于联系上的困难，和部分作品的作者（或译者）未能取得联系，对此谨致深深的歉意。敬请原作者（或译者）见到本书后，及时与本书编者联系，以便我们按照国家有关规定支付稿酬并赠送样书。

　　联系电话：010-80776121　联系人：马老师